壹卷
YE BOOK

洞 见 人 和 时 代

王风 著

世运推移与文章兴替

中国近代文学论集

增订本

四川人民出版社

本书部分篇目系国家社会科学基金项目"现代中国文学的发生与演化研究"【项目号21BZW030】阶段性成果

目 录

增订本序 ………………………………………001
初版前言 ………………………………………005

"近代文学""新文学""现代文学"诸问题 ………001
  为什么要有近代文学 …………………001
  文学革命的胡适叙事与周氏兄弟路线 ………011

严复"信达雅"爰及"所谓文字上的一种洁癖" ………017
章太炎语言文字论说体系中的历史民族 ………057
刘师培文学观的学术资源与论争背景 ………120
王国维学术变迁的知识谱系、文体和语体问题 ………163
林纾非桐城派说 ………196

周氏兄弟早期著译与汉语现代书写语言……212
近代报刊评论与五四文学性论说文……283
晚清拼音化运动与白话文运动催发的国语思潮……309
文学革命与国语运动之关系……341
工具革命和思想革命的缪辀……372

新时代的旧人物……400
  严复：书牍里的中国……400
  章太炎：行万四千里之后……411
  刘师培：闭关谢客　抱疾著述……417
  林纾：拼我残年　极力卫道……429
  王国维："殉清"亦或"殉文化"……452

初版后记……480

增订本序

本书初印,距今已有八年,之所以起念增订,盖因绝版日久。而诸多新朋询问如何可获,不少旧友以为尚有可观。近年拙所作,门类繁杂,本书相关论域,尽管始终未曾放下,但成文者远不足另成新著。由此想或许合新旧所作,以报新朋,兼答旧友。

其中论说,核心无非汉语书写之文体和语体问题。而借助"近代文学"诸多对象,意在合晚清与五四两个时期,统而观之,而不仅仅拘于单一的既成路径。回思这其中的"现实关怀",或感于汉语书写百年来的逐代衰变,以为有此近忧不可无远虑,是关民族文化的根本所在。因以上溯晚清,考其多源,回观五四以降书写嬗变,及其升降得失之缘由。

事实上,汉语现代书写语言的产生,并非以白话代文言一语可了。晚清时期,文言的变化远较白话剧烈。原因在于文言的使用场域要广泛得多,亦系变革的载具;而白话依然是宜民便俗之用具,更有历史的惯性。到五四时期,胡适所倡议,关键在于引导了白话的精英化。其中新文学做出了绝大部分的贡献，成就了延续至今的汉语现代书写语言。

回顾汉语书写史，文言白话的二元体制，系统性地存在于宋元明清。肇端于唐宋八大家的"唐宋派"文言，与此前不同，是一种完全脱离口语的书写语言，并成为此后文言的主脉。相对应的，是这一路文言，和正统意识形态的总体对位，发展到桐城派，最终"净化"为"学行继程朱之后，文章在韩欧之间"。与此歧路者，无论晚明的小品，还是晚清的魏晋六朝文，多体现出某种语言的异端，同时多少均具意识形态的反叛性。而这一千年间的白话，主要两类：一是"高端"的"语录"，由基于口语的实录，蜕化成富有口语感的书写文体；一是市民消费的小说和戏曲，小说亦由口说嬗变为书写，戏曲多数剧种使用方言口语。此类"通俗"作品，绝大多数取最多受众认同的仁义礼智信等儒家正统观念，来结构故事，而传播于文盲半文盲的细民群氓。此即千年来文言白话的职能分工，也是极低识字率的传统中国，能维持社会各阶层统一价值观的缘由所在。

这一"双轨"体制，从文学革命开始，在民国时期经历了一个"单轨"转换。以传统白话为底基，结合通行口语，并很大程度上移植了晚清"近代文言"的变革成果，从而发展出沿用至今的汉语现代书写语言。不过，无论如何的选择，都内含着异化的芽蘖。或许，与古代中国文言白话异路所带来的问题相反，现代中国过于强调口语对书写的上位统治，使得汉语现代书写的主体性天然缺位，则必定出现书写退化的隐患。就此，尤以周氏兄弟，其晚清文言和五四以后白话的实践，均是脱离口语，变法于书写内部，而最终达成至今最为丰赡的语言样态。这或是如今的药石。

既云新版，依例总得写几句话。只是对如此巨大的问题，作如此粗陋的疏解，迹近妄为。惟多年来与朋友语及区区所论，每有妄议。姑笔记于此，以示言责。

犹有需说明者，本著于近世文字变迁，多所致意。未料以简化字排版，即有应报。如引章太炎致刘师培书，有句"思君之勤，使人髮白"，"發""髮"已简化合并为"发"，校样中看到"使人发白"，险些喷饭。又"餘""余"二字，今简并为"余"，输入法却早可打出简体形的"馀"，何所自来不可知，想必不断有人频繁遭遇歧义的困境，需求太甚而终至于编造。确实，书中用词如"余力""余勇""余论"等，均易误会，但这还不太严重。引《新方言》"餘字犹在本部"，则实在无法简为"余"。王国维《錄曲餘談》、林纾《技擊餘聞》，如作"余谈"、"余闻"，那就完全是另一个意思了。因此之故，只得起用"髮""馀"，并全书统一。是记于此，以为编辑免责之券。

此度增订，蒙夏寅、黄秋华、黄嘉庆、贺天行、陈汝嫣、王睿临、廖秀芳、林怡萱、李成城、陈凯迪诸小友，重核文字，略有订正。同时更换少量注释，大体系后出而更可据信版本。新增文等，季剑青、张丽华、袁一丹诸公，均有所指摘。是所深谢者。

  本书初版经年，家父见背。此度再版，母亲未发一语，猝然远行。区区唯我，悲辛酸苦，自是言语不能为力。人生天地间，终难逃成一孤儿吧。

癸卯清明之日王风草于京西二右堂

初版前言

这是临时起意编出的一本书。因为总觉得还没有做够做足,原是不曾有这样的打算的。师友不断的敦促,使得它或许未足月就生产了。从这个意义上,说是勉强凑出,也不是不可以。一方面生性疏懒,一方面兴趣驳杂,使得所有事情总显得格外难以全功。加上编辑《废名集》,占用了十二年间相当部分的精力,则真正被认可为"研究"的,其所能够使用的时间实在也不能算多。而好玩的话题总是纷至沓来,自己的意志力又极为薄弱,不免这里来一点那里弄几下。到得需要收拾时,却发现到处线头,一地散碎。虽然或许多少都有点儿价值,但像我这样的,总不能全部打包,自以为有资格编"文存"。

也只有汇集此处的这些文章,还算自成系统,也是自己相对投入较多思考的结果。仔细检阅,这些文章的写作前后有十多年,除了再度证明自己的荒唐废时外,还发现主要想法其实一直没什么变化。这固然可见多年来的未曾进步,但换个角度,也说明原初的一些立场,至少在我自己这儿,总算经受住了时间的考验。

说起来，进入我现在所从事的这个领域，并非什么志趣使然。最大的缘由，恐怕还是与夏晓虹、钱理群、陈平原等几位老师原先熟悉，并得到他们的鼓励和接纳。二十年前回北大中文系，陈老师作为导师开始指导我，这算是我"研究"的开始。自然，本书所涉及的诸多话题，也是陈、夏的主要研究方向，这可以说是师承的结果。至于钱老师，则是《废名集》的始作俑者。还有就是因特别的缘由而结缘的木山英雄先生，方法上我是受到他的一些影响的。当然，更多的同道，尤其是北大中文系现代文学专业的诸多前辈、同事，对我的帮助不可缕述亦不可尽述。或者可以说，包括本书以外的，我几乎所有的工作，都是对师友的"践约"吧。

我所在的这个学科，称为"现代文学"。但其实我的基本困惑，都是这个学科所得以构成的几个前提。首先，"现代文学"和"新文学"，在大部分使用场域，这两个概念可以互相替换，不过二者究竟是一物还是两物，如果是两物，那相互间到底是什么关系？其次，"现代文学"是相对于"古代文学"而言的，那么现代的和古代的，这两个"文学"是一个东西么？再次，"新文学"是相对于"旧文学"而言的，那么所谓"新"指的是什么？最后，"新文学"号称以白话代文言，而白话一千多年前就已经出现了，凭什么说这时候才"代"？当然可以说这时的白话与古代的白话不同，但那究竟又不同在哪儿？

  因此说到底，我这么多年所希望弄清楚的，就是自己身在何处。本书绝大部分内容是"新文学"的前史，所谓"近代文学"，其实是以之为工具，试图借此回答所谓"现代文学"或"新文学"究为何物。相关问题多多少少都有我自己的判断，而其中涉及较多的，是"书写语言"问题，主要就是所谓"白话"。古典白话和现代白话，普通人凭感觉可以一眼区分，但学理上如何界定，找不到满意的解释。汉语言学界，是可以借鉴的资源。不过当代语言学研究，主流的立场，语言学主要处理的是口语而不是书写语言的问题，形象而不准确的说法，研究的是"语法"而不是"文法"。事实上关于书写语言，语言学界投入的力量，相对来说是很少的，当然还是能看到可以归为新的"文法"现象的条目性总结。在我认为，语言学界以口语为主要研究对象，并没有特别可以值得质疑之处。但文学界，首先要面对的就应该是书写语言的问题，因为文学最主要就是以书写语言为工具。而现实的局面，文学界基本上不去处理这个问题，或者只是表面上看似在处理此类问题。

  我不知道自己是否提出成功的解答，比较集中的相关论述是通过有关周氏兄弟的那篇文章提出来的。在我看来，汉语现代书写语言，其之所以不同于古代的，包括白话甚至文言的书写语言，在于书写形式的改变。也就是段落、标点等，作为附加要素全面参与写作，使得文本出现不同的样貌，这首先是篇章层面的问题。几乎我们所可以观察到的新"文法",都多少是依赖标点、段落的出现而得以实现,并部分影响到口语。

进入晚清,对于我来说,首要的是借此判定"新文学"的性质,对于汉语现代书写语言的思考,是重心之一。可以说,现代书写语言是周氏兄弟等在新文学中造就的,而新文学之所以区别于以往的文学,在工具层面上也正是由于使用的是现代书写语言,二者是一体两面。其次还有两个方面的动因,即新文学是怎么来的,当下文学的问题究竟在何处。这两个问题事实上相互关联。简单说,我觉得所谓五四"新文学",是晚清提供的诸多可能性的最后抉择的结果。而历史的任何选择都有它不得不然的理由,也都带有它的利和弊。遗失在历史深处被废弃的路向,其主张也并非没有它的正当性。当下的文学来源于由五四开端所形成的"新文学"传统,而"新文学"这种选择的利弊,随着历史的发展会逐渐被放大。那么"法由弊生",存在于晚清而最终遭到遗弃的各种逻辑,重新发掘出土,作为当下的批判性资源,是可以引发思考的。

书中"新时代的旧人物",其对象基本都另有专论,置于一书,正是"人"与"文"的对观。这些文章因为一些偶然的原因而成稿,同时也是另一种学术文体的尝试。我觉得历史研究,论述固然是一种方法,但叙述也是一种方法。而且好的叙述本身就是特殊的论述,横摆浮搁,置于不置可否,或者正是精微的分寸。而不同对象,所遗留的史料疏密相差不可以道里计,所考验的正是学者的"叙事"。

  有时我也困惑,所谓历史研究,究竟是为了什么。或者逝去的世界终究还是个世界,我们试图去重构"真相",固然是不可能最终成功的冲动,但或许意味着事关"公平"的努力,并不因时过境迁而放弃。如此的话,对于"过去"的追究,就是给予"现在"以信心,那么也是为了"未来"了。要言之,人文学术的究极,无非就是世道人心。

2014年12月

"近代文学""新文学""现代文学"诸问题

为什么要有近代文学

近一百多年的文学历史,现在被划分为"近代文学""现代文学"和"当代文学",要是翻译起来,从英文到日文,都无从措手,虽然这可以成为说明汉语精密程度的良好例证,但确确实实也是一个富有意味的"国情"。

讨论这些概念的成因,会是给人以良好启发的学术课题,但将它们与长达两三千年的"古代文学"并列,无论从哪方面看都显得烦琐。八十年代中期钱理群、黄子平、陈平原先生的"二十世纪中国文学三人谈",就是试图打通三个时段,在新的观念背景下对已有的知识体系进行重新整理,可以说是学术史的必然。这成为十几年来文学史研究的重要动力,尽管大部分冠以"二十世纪"的研究成果只是对各个时段进行简单的知识联缀,但仍无废于我们对这一思路的学术前景的期待。

另一方面，也应该看到，不管各个学术分支产生的背景是什么，一旦它的知识形成相对独立的系统，同样会产生自身发展的动力。一个很好的例子，去年洪子诚先生发表了一篇很重要的论文《"当代文学"的概念》，[①]在我看来，这不仅仅是梳理概念或是反思学科史，而是寻找当代文学自身的特质，建立独立的叙述，并对现代文学宣告分别。而且，以新时期以前的当代文学为重点的研究，其对象已经漫延到现代这一时段，洪先生的"保守主义宣言"与"二十世纪中国文学"同样起到了"打通"的效果，这有点出人意料。

那么还有一个近代文学，相对于其他几个时段来说，近代文学显得特殊。在过去，近代这个时段的文学是古代文学的附件，同时也是现代文学的史前时期，古代文学史总会谈到近代，现代文学史也往往从近代起讲，看上去像是两面沾光，而恰恰正由于此，"近代文学"与其他几个概念不同，它不代表一个独立的学术分支。这其中问题的关键在于，"古代文学"和"现代文学"是按照两张设计图纸盖起来的建筑，尽管设计思路是一致的，但它们之间没有直接的联系，"近代文学"处于两者之间，很难解释"古代文学"何以转换为"现代文学"，因而无法构建起叙述框架。

关于这一点可以稍作分析。首先，中国古代尽管有"文学"这个词，但并没有我们现在称之为"文学"的概念，在古

---

① 《文学评论》1998年第6期。

代只有文体的类别，没有性质统一的"文学"，各文体自相发展，各管各的事，"诗言志""文载道"，可以互不侵犯，这一点钱锺书讲到过。到近代，西方知识体系进来，教育制度进来，于是开始整合，抽取符合要求的文体，拆拆卸卸，煮成一锅"文学"，然后追认出一个"中国文学史"来，文体在文学史叙述中虽然还存在，但上面有更大的诗歌、小说、戏剧、散文这种"体裁"的等级，成为分类的标准，我们讲每个朝代的文学史就是这么讲的，尽管碰到类似赋、骈文这种土产显得有点尴尬。其次，我们对整个文学史的看法本质上就是"一代有一代之文学"这个观念，唐诗、宋词、元曲、明清小说，肯定是各个朝代的偏重，这里既有雅的，也有俗的，还有民间的，新兴的现代观念与沿袭已久的传统看法构成了关系复杂的妥协，但到《红楼梦》《儒林外史》之后，这一切就结束了，古代文学实际上也结束了，然后是近代，会提到龚自珍等人，但已经无法贯彻前面的思路，我们不知道这"一代之文学"是什么。再次，对于整个古代文学的整体评价是呈马鞍形的，以唐代尤其盛唐为顶点，前面是向上的，后面是向下的，这一设计思路其实就是为五四的重新上扬的旋律作准备，因而近代这一段必然是整个历史中最灰暗的。这是古代文学史一般的"技术"构成和描述方式。

现代文学是另一回事。其实在民国，现代文学和新文学是不一样的，有几本以"现代"命名的书，如钱基博的、任访秋的，讨论的时段和对象并不是我们现在所习惯的，要宽泛一些；而"新文学"，是以五四前后为起点并形成传统的文学，与古代文学史由于被追认而形成不同，所谓"新文学史"，是伴随着新文学的发展被当事人逐步地叙述出来的。到共和国时代，具体地说也就是五十年代中期，"新文学"基本上被"现代文学"替换了，这两个概念内涵的不同，《"当代文学"的概念》有详细的分析，我这里大致谈谈外部的具体原因。首先涉及的一个文件是1951年的《"中国新文学史"教学大纲（初稿）》，这是在政协共同纲领的文化政策指导下建立的诸多符合新意识形态要求的课程中的一个，这份文件规定："新文学不是'白话文学''国语文学''人的文学''平民的文学'等等"，"新文学是新民主主义的文学"。[②]不过，顶梁柱换了，砖瓦还是旧的，官方意识形态的要求和已经成型的知识体系构成了紧张的关系，当然这是需要专门论述的复杂问题。但可以注意的是，与民国时代"新文学史"多是临时课程不同，伴随着共和国的建立，它被建设成基础课程，不过这个建设是独立进行的，也就是说，并不与"中国文学史"相联系，"中国文学史"作为总名，通常指的是古代文学，这种状况一直延续到现在，或者说在历史学的其他领域都有类似的情况，这关系到对传统的看法和对现代的认同问题，并不总与现实政治的变迁相关。但五十年代初期的"新文学史"，并非"中国文学史"

[②] 《"中国新文学史"教学大纲（初稿）》，《新建设》第4卷第4期，1951年7月。

的扩展，而是诠释《新民主主义论》的例证，倒确确实实是政权更替的产物。到五十年代中期，情况有了变化，伴随高校统一教材的设计和编写，"新文学史"被置入"中国文学史"之中，1957年高教部公布的一份文件《中国文学史教学大纲》，第九编为"新民主主义革命时代的文学"，"剧情主线"是"社会主义现实主义"，③但叙述中用的已都是"现代文学"而不是"新文学"或别的，这主要是重新对整个"中国文学史"进行时段划分所带来的结果，也就是说，"先秦两汉""魏晋南北朝隋唐""宋元明清"之后有一个"现代"。在现实主义、人民性、爱国等总主题下，"现代文学成了中国文学史的一个新的发展部分"，这样的叙述策略使得"新文学""旧文学"的对立模式不再重要甚至不再适宜，所以后来的教材就基本上是"现代文学"这个最具中性色彩的名称一统天下了。到八十年代以后，权威政治的影响在文学史叙述中逐渐退隐，五六十年代被不断删除的作家慢慢回到文学史，比如被称为自由主义的那些人，这样，我们的"现代文学"也就和民国时代的"新文学"很接近了，只是学科的名称已回不到"新文学"。而既然是"现代文学"，很自然的，我们考虑到新文学传统之外的同时存在的另外的文学传统，比如旧文学、俗文学、民间文学，等等。但由于知识体系早已形成，实际上我们是用新文学的叙事框架去吸收这个传统之外的东西，"现代文学"本质上还是

---

③ 《中国文学史教学大纲》，高等教育出版社1957年8月版。

"新文学"，所以不在这个传统的作家，比如张恨水，我们就比较棘手，至于张爱玲，万幸她没有把作品在《紫罗兰》上从头发到尾，否则我们简直束手无策。用这个实际上是"新文学"的"现代文学"去衔接"古代文学"，是衔接不上的，就说传统小说，我们会讲到狭邪、谴责，但五四后还在发展，就是通俗小说这个传统，一天也没有停止过，直到今天的金庸；至于同光体，至少要算到抗战前；古文一路大致也到这个时间，等等。新文学并不构成与之替代的关系，倒像是一个新发生的传统。如果我们的"现代文学"和"新文学"不是一回事，把这些包括进去，倒是能理顺与"古代文学"的关系，但现在的情况并不这样，"现代文学"只是"新文学"，因而它不像"古代文学"那样，构成中国文学史的一个真正意义上的时段，它是一个可以封闭的自足的传统。

在经过"资源重组"的古代文学和具有"自足传统"的现代文学之间，有这么一个所谓近代文学，难以被"古代文学"和"现代文学"的叙述框架兼容，仅从这一点看，它有成为独立学术分支的理由。但另一方面，由于"古代文学"和"现代文学"的叙述策略相距甚远，"近代文学"处于两个远比自身强大得多的学术传统之间，既无法对二者的关系作出合理解释，更不可能从这一领域的思考出发，影响并改变相邻学科的学术路向，这是近代文学研究长期无法取得根本性进展的直接原因。当然，它所蕴藏的学术潜能也吸引着新的研究力量。

本来，近代文学领域是有研究者的，他们实际上就是古代文学学者群体的一部分，也产生了不少让人尊敬的成果。近十年二十年，情况有了很大的变化，一批现代文学领域的学者开始上溯，进入近代领域，更准确地说是进入五四以前，这当然是一支富有活力的新生力量。但事情往往是这样，我们不可能空手走上一块新的土地，以往的知识构架、思维惯性以及理论方法都会被带进去，首先我们会非常顺利地找到黄遵宪、梁启超、王国维，他们是为五四而存在的；其次如严复、林纾、章太炎、刘师培，证明任何有所变化的努力是徒劳的；至于其他，我想我们的看法和胡适、钱玄同不会有太大的差别。经常会遇到这样一些议论，传统诗文到那时已经什么都写不出来了，所以新文学应运而生，这类富有戏剧性的历史决定论的假设是极其危险的，我可以随便举两个例子，是旧体诗方面的，四十年代周作人的"杂诗"和六十年代聂绀弩的"以杂文入诗"，在历史上都不容易找到第二例，也都成为很适宜地表达作者思想感情的文体，怎么就敢肯定它早已不行了呢？讲这些我是想说明，我们会顺着早已形成的新文学的思路进入近代，以新文学为标准论证近代，逆推近代。我们所做的只不过是扩展对象，近代文学在这种描述中重新变成一个附件，只不过掉一个方向，附在现代文学之上而已。

当然这可能难以避免，或者也是必然的过程和必要的步骤，事实只有经过描述才能成为历史，而描述必须依赖一定的逻辑。当我们扩大描述对象时，以往的思路就成为依据，从现代进入近代，很自然会变成寻找新文学的起源，甚至"二十世纪中国文学"在起点的寻找上也不可能脱离这个模式。但问题在于，仅仅如此是无需乎所谓近代的，就像过去有了古代文学有没有"近代文学"无可无不可一样。现在我们的工作就像是——记得以前在报纸上看到一则消息或是笑话，说英国举办最短小说征文比赛，获奖的一篇只有两句："女王怀孕了，谁是父亲？"——我们当然知道谁是"父亲"，就是那个叫作"欧洲"的家伙，它让我们有了"新文学"。关注一下它们的恋爱过程是必要的，但那也不过还是"新文学"而已，"现代文学"这个学科的扩张而已，扩张是有限度的，当然硬来也没人拦着，只是再往上走，非弄成胡适的《白话文学史》不可。如此回头看看，我们目前的工作不能算太有出息。

但好像必须从这里开始，首先要"进入"近代，不过这种"进入"应该是作为"殖民者"而不是"旅游者"，然后的工作则是谋求脱离"母国"而独立，也就是说，由"进入"转而为"处在"。近代文学作为中国文学史一个至关重要的时期，给研究者提供的广度是足够的，旧有文体的整合、新兴书面语的崛起，以及文学史的建构，乃至"文学"被作为概念和观念，无不出现在那时，而同时存在的多种可能性作为埋没的资源，可以为我们反思现实提供依据。这些特质使得近代文学完全有可能与古代文学和现代文学区别开来，说得更明确点，有成为独立学术分支的基础，而一旦出现独有的研究思路，上引下联，将影响我们对古代文学和现代文学的看法。

在强调"打通"的今天，为近代文学划界而治，是有点不合时宜，不过我想，从来没有绝对的道理，现在谁都在喊打通文史哲，可一个世纪以前文史哲的分科，不也提供了现代学术发展的动力！所谓天下大势，分久必合，合久必分，学术史也不例外。另一方面，强势学科向邻近学科的侵入、蔓延和弱势学科的崛起、独立，同样是学术史上屡见不鲜的事实，在历史学领域很多时候体现为这样一个过程，即由强势学科在时间上的延展，转而为弱势学科在空间上的开拓，有时还会造成强弱转换，并开始另一个相反的过程，学术便在这一起一伏中向前发展，二者相生相克、不可偏废。类似近代文学这样的弱势学科的自固藩篱，实际上也是一种"打通"，只是与强势学科由于惯性而横向扩张不同，更多体现为纵向的层次上的丰富。当然，说这些并不意味着我赞成目前对于文学史的琐碎分割，在我看来，教育体制内的"中国文学史"，一个"古代"、一个"现代"就足够了，甚至从"生产"学者的角度着眼，这种"两分"都应该打破；但是，就学术研究的格局而言，在各种各样追求广度的"整体观"的对面，应该有足以构成对话的多元而具有深度的局部空间，学术的真正发展正有赖于二者的互相挑战，一路摔打。从这个意义上说，"二十世纪中国文学"和《"当代文学"的概念》尽管策略迥异，却同样可以看作学术上的重大进展，这两类思路在当今研究界的并存，是非常有益的事实，而所谓"近代文学"，作为一个有潜力同时有待发展的新空间，可以加入这一格局，参与对话。

近代文学目前主要有来自古代文学和现代文学两支力量，知识背景、研究方法、学术思路各不相同，比如说，总体上看，具有古代文学背景的研究者大体从文集入手，其成果多以人物派别为纲目，条分缕析，偏于"内部研究"；具有现代文学背景的研究者大体从报刊入手，其成果多以问题为纲目，具有跨学科的特点，偏于"外部研究"。二者各自的利弊自是一言难尽，但正由于有这样特殊的研究格局，反而天然地存在着向不同方向、不同层面发展的可能性，因而可以相信这一领域拥有较好的潜力。当然首先是不能再让半殖民地半封建之类的一统天下，也不能专门为新文学填写出生证明，而是应该共同致力于恢复这一时代的丰富性，尤其是被埋没于历史深处的思考，以及影响于后来者的"暗流"。在这方面，像木山英雄先生的《"文学复古"与"文学革命"》、④陈平原先生的《现代中国的"魏晋风度"与"六朝散文"》，⑤堪谓空谷足音，只可惜太少了，远不成气候。我想，至少在目前，我们为近代文学筑一道随时准备拆除的篱笆还是必要的，由于这个时段的特殊性，也许它将成为我们重新思考"中国文学"自身、质疑整部文学史的出发点。

（初刊《中国现代文学研究丛刊》2001年第1期）

---

④ 《学人》第10辑，江苏文艺出版社1996年9月版。
⑤ 《中国文化》1997年第15—16期。

文学革命的胡适叙事与周氏兄弟路线

现有的——或者说一直以来的文学革命叙事基本上是一个环环相扣的线性描述,这个描述的主体线索一开始就被胡适牢牢控制,这是由胡适天生的历史感造成的,比如,《建设的文学革命论》扩展《文学改良刍议》的同时将二者的关系历史化了:"我的《文学改良刍议》发表以来,已有一年多了。这十几个月之中,这个问题居然引起了许多狠有价值的讨论,居然受了许多狠可使人乐观的响应。"⑥《新青年》中尤其是"通信"里胡适的言论牢固地联结着他的工作过程和思考逻辑,并将他所认为的他人有效的议论不断地纳入他下一步的文本。其后《五十年来中国之文学》和《白话文学史》追认了这场运动的历史合法性,再后则有《逼上梁山》等文本,在收入胡适本人所编的《中国新文学大系·建设理论集》时,以他为中心叙述的被"逼上梁山","'偶然'在国外发难"的故事成了新文学唯一的"历史的引子",在该卷"导言"中,"活的文学"和"人的文学"成为前后承继的两个"中心理论",中间还有个"易卜生主义"作过渡,周氏兄弟独立的思考背景被抽离,奇妙地进入胡适相对于"文的形式"的内容革命的框架,文学革命被牢固地塑造为发源于胡适个人同时以书写语言变革为核心

---

⑥ 《新青年》第四卷第四号,1918年4月5日。

的运动。⑦

这是一个完整而权威的论述，以后的认知一直以此为中心。周作人《中国新文学的源流》试图提出另外的历史叙述，但显然并未获得广泛认可，钱基博《现代中国文学史》更被视为异类。革命文学者、延安时期毛泽东等虽然试图抽换其骨架，但似乎此类工作正不免以胡适为对话或颠覆的对象，仅仅将其压入纸背。如今的文学史构架确实比以前"超然"，而实际上是又翻了个个儿，回到当初胡适的传奇。

在我看来，《新青年》集团更应该被认知为一个带有不同资源的多种力量的共同体，在文学革命这个结点上有了价值追求的交集。因而这是一个立体的结构而不是一个线性的开展。新文学之"新"正表明它是与诸如旧文学、俗文学这样的对立体制共存的，这种局面使得文学革命内部的不同思考方向被遮蔽了，更准确地说，是自我压抑了。比如，周氏兄弟是以自居边缘的姿态加入《新青年》的，鲁迅所谓"听将令"、⑧周作人所谓"客员"⑨就是这种姿态的反映。首先他们接受了白话的共识，其次他们工作的重点事实上与陈独秀更为接近，即延续民国建元以来的思想运动，结合自己晚清以来的思考，而进入所谓伦理革命，《人的文学》等等实际是此类问题的延伸，在他们那儿，文学既是一个实践的平台，又是一个需要重建灵

---

⑦ 《中国新文学大系·建设理论集》"导言"，上海良友图书印刷公司1935年10月版。
⑧ 《呐喊》"自序"，《鲁迅全集》第一卷，人民文学出版社2005年11月版。
⑨ 《知堂回想录（药堂谈往）（手稿本）》"一二一 卯字号的名人二"，牛津大学出版社，2021年版，第266页。

魂的对象。

在这样一个延长线上，胡适和周氏兄弟等人的晚清经验以及以后的路向是值得注意的。晚清时期的胡适已经注意到语言变革的可能性，所谓"文学改良"，是遥接梁启超思路的，也就是由面向普通民众的启蒙路线发展为整个书写语言的革命，由此带出他一系列主张。而周氏兄弟，其文学追求是在古奥的文言内部进行的，重在精神层面而非工具。事实上，周氏兄弟文言的现代因素要远远超过胡适所看重的晚清白话实践，而周作人直到1914年仍主张"易俗语而为文言"，[10] 1922年又要把古文请进国语文学里来，认为此前用尽方法攻击古文只是由于"文言的皇帝专制，白话军出来反抗"，[11] 显然他在文学革命期间策略性地回避了自己的一部分看法。同样当时陈独秀对于《新青年》全体改为白话甚是兴味索然，但也并不特别反对，也是由于其关怀不一样。再则鲁迅，以文言为"现在的屠杀者"，[12] 其对语言、文字态度之极端贯彻一生，但他的出发点与胡适并不相同，结合其对历史的独特读解，以及如不读中国书等等极端主张，可以知道，鲁迅是强烈地意识到思想深深植根于语言，也就是说，思想革命、社会变革是不可能脱离甚或外在于语言的，颠覆文言就是颠覆文言所承载的，当然，从

---

[10] 《小说与社会》，《绍兴县教育会月刊》第五号，1914年2月20日。转引自陈平原、夏晓虹编《二十世纪中国小说理论资料》第一卷，北京大学出版社1997年2月版。

[11] 《国语文学谈》，原刊《京报副刊》1926年1月24日，《艺术与生活》，岳麓书社1989年6月版。

[12] 《现在的屠杀者》，《热风》，《鲁迅全集》第一卷。

语言哲学的立场而言，这是非常深刻的。

这还仅仅是语言观方面，类似可分梳者所在多是，文学革命后《新青年》集团解散，失和的周氏兄弟各自在文坛上努力，"荷戟独彷徨"和"自己的园地"体现出不同的孤独，并注入各自的内涵，逐渐发展出相反的方向，很大程度上都可以看作文学革命时期被遮盖能量的释放。周氏兄弟尽管表面上一个是激进主义知识分子的精神领袖，一个是自由主义知识分子的盟主，但他们都强烈地质疑甚至反对胡适的进化论思路，实质上都持某种循环论的立场，因而，文学革命在他们那儿并没有胡适那种开天辟地的历史感。

这还仅仅是周氏兄弟，其他如陈独秀、钱玄同、刘半农等都有他们的个人资源，这些资源合并的过程实际上是他们各自压制了分歧的整合结果，由此回溯他们的个人史，可以发现文学革命时期以胡适为主的白话主张只是《新青年》集团的公约数，由于必须一致对外的现实制约，内部可能出现的丰富讨论实际上被压抑了，同时表现出相当程度的对历史、对他者的语言暴力，这些内在的不同思路在五四之后才被释放出来，并被带到不同的方向，鲁迅所谓"有的高升，有的退隐"[13]从这个意义上看实在是必然的。另一方面，也由于各人删繁就简的默契，胡适对文学革命自觉的叙述成为后来历史叙事的核心，现代的文学进程被描述成发源于语言变革随后不断丰富和进化

---

[13] 《〈自选集〉自序》，《南腔北调集》，《鲁迅全集》第四卷。

的线性过程。

因而,看待文学革命,当然需要知道他们说了什么,另外更重要的是他们没说什么。有些时候,文学革命之前和文学革命之后同样被表达的看法却不见于文学革命之中,那么,作为可能的研究策略,逐一检讨每一个参与者的个人史,此前的和此后的,似乎是一个有效的思路。不把文学革命看作一个种子,而将其视为把不同的思路捆扎在一起的绳子,反而可以全面释放文学革命的内涵。甚至新文学的对立面,比如学衡派,将其视为新文学的反动,与追溯他们与胡适的交往史,所看到的也会有很大的不同。这样,胡适的自我起源叙述需要颠覆,白话问题只是《新青年》集团一个技术共识,一个平台。在此基础上弄清他们在文学革命时各自发言的逻辑,情况会如何呢?可能会是这样,文学革命不再是个神话,同时文学革命会被描述为众声喧哗的舞台。

近二十年来不断提出的各种"晚清-五四"的叙事模式,无论是"二十世纪中国文学",还是"没有晚清,何来五四",还是其他整合晚清五四的理论设计,各种各样的一体化运动,一个共同之处是,晚清和五四是作为前后的两个整体来考虑的,也就是说,将之视为对话的两个空间。这带来两个路向,其一,为五四寻找根据,最后所叙述的晚清是五四的晚清;其二,将晚清作为五四的对立面,新文学压抑了晚清的多维向度。那么,如果考虑到文学革命内部所存在的自我压抑以及此后的释放，另外如果考虑到文学革命的几乎所有命题都从晚清的土壤里生长出来，也许我们可以拆散这两个整体性的空间，而对个体的时间流程兴味盎然。

最后要说明的是，文学革命还有周边的环境，并不是那个时代文学的全体，这是已有的"晚清-五四"叙事模式的一个总体性盲点。说得时髦一些，晚清现代性的多样面孔并不只有新文学这个接点。回到我几年前的主张，就是有必要重新区分并界定"新文学"和"现代文学"两个概念，"新文学"指发端于文学革命的一个新的文学传统，"现代文学"则包容源于二十世纪初年的一切文学，是多个传统的集合，既包括新文学，也包括旧文学、俗文学，等等，它们有一个混沌的开始，然后交集、对抗、包容、互换，新文学是在这样的对话体中成长的，只有在这样的界面上，诸如民间、平民、大众，诸如杂诗、新民歌、样板戏，诸如徐訏、张爱玲、赵树理，等等的问题，才有更广阔的背景可供论述。或者这么说，应该把新文学长回到现代文学的树上。

（初刊《中国现代文学研究丛刊》2006年第1期）

严复"信达雅"爰及"所谓文字上的一种洁癖"

一

严复"信达雅",可以说是现代中国最成功的理论——不止是指翻译界,而是笼括整个学界而言。当然最成功未必意味着最优越,恰恰其所受到的批评,和赞誉一样都是最多的。周作人所谓,"自从严几道发表宣言以来,信达雅三者为译书不刊的典则,至今悬之国门无人能损益一字",①其固未必是。但正如罗新璋所言,"不论攻之者还是辩之者,凡是探讨翻译标准的,基本上不脱信达雅的范围"。②1998年,沈苏儒出版《论信达雅》,"谨以本书纪念严复《天演论·译例言》刊行一百周年",其中专章罗列各家评议,有"肯定",有"大体肯定或不否定而代之以新说",还有"否定或不置评",计109

---

① 周作人:《谈翻译》,氏《苦口甘口》,太平书局1944年版。
② 罗新璋:《我国自成体系的翻译理论》,罗新璋、陈应年主编:《翻译论集》,商务印书馆1984年版。

家。③其实可以想见，未及见者恐不是个小数。自有"信达雅"一说，中国从事翻译的基本都得念叨这"三字经"，而翻译遍布于几乎所有学科。至于其所涉文章、书写的范畴，文学界、语言学界自然亦无可回避。

百多年不断的言说，"信达雅"汇聚了不可胜数的笺释。由于严复对这三个概念没有给出清晰的"界说"，故而后人各各望文生义，误会也可谓不计其数。自然，论者因误解而生批评，本身就是为了立论。从这个意义上说，"信达雅"既是一个缺乏明确阐述的理论，也因此成为一个生产力极为旺盛的体系。它在很大程度上构建了中国现代翻译史，影响所及，又非翻译史所能笼罩。

"信达雅"所在的《译例言》，最早出现于光绪二十四年（1898）《天演论》沔阳慎始基斋本。《天演论》的翻译过程和版本状况是一个极为复杂的问题，大体而言，赫胥黎 Evolution and Ethics（《进化论与伦理学》）完成于1894年，严复应很快得到，并开始翻译。随后有牌记"光绪乙未"（1895）的陕西味经售书处重刊本，不过这个本子是个未被授权的刻本，没有吴序、自序和译例言，"乙未"也不大对。再就是《严复集》第五册收有存于中国历史博物馆的手稿本，系丁酉年（1897）的作者删改本。此本自序题《赫胥黎治功天演论序》，末署"光绪丙申重九"，亦即西历1896年10月15日，这个署款为此

---

③　沈苏儒：《论信达雅——严复翻译理论研究》第三章，商务印书馆1998年版。

后所有版本所沿用。但实际上，从题名到内容，都曾经历过不小的改动。

所谓"治功天演论"，"治功"指的是人事之功，而"天演"，即严复所总结的"物竞天择，适者生存"。依其"自序"所言："赫胥黎氏此书之恉，本以救斯宾塞任天为治之末流……且于自强保种之图洞若观火。"也就是说，取赫胥黎之强调"治功"，救弊斯宾塞"贯天地人而一理之"的"天演"。[4]《赫胥黎治功天演论》这个版本，除了现存国家博物馆的稿本外，至少还有梁启超处的抄本。1897年年中梁的《论译书》，两次提到《治功天演论》。[5]而孙宝瑄是年日记十二月初二："诣《蒙学报》馆，晤浩吾论教，携赫胥黎《治功天演论》归，即严复所译者。"[6]叶瀚浩吾为《蒙学报》"总撰述"，梁启超为《时务报》"总笔"，这两个刊物俱由汪康年"总董"或"总理"。就这层关系而言，孙宝瑄借去的很可能就是梁启超手里的那个本子。[7]

1897年12月18日《国闻汇编》第二册，序言正式刊出，但已经题为《译天演论自序》。对勘可以发现，文字较《赫胥黎治功天演论序》，有了不小的改动。是为定本，与次年正式

---

[4] 严复：《赫胥黎治功天演论序》，王栻主编：《严复集》第五册"附：天演论手稿"，中华书局1986年版。
[5] 梁启超：《论译书》，黎雅秋主编：《中国科学翻译史料》，中国科学技术大学出版社1996年版。
[6] 孙宝瑄：《忘山庐日记》，上海古籍出版社，1983年版，第155页。
[7] 可参看王天根《〈天演论〉的早期稿本及其流传考析》，《史学史研究》2002年第3期。

出版的慎始基斋本《自序》完全一致，唯"内导""外导"二词被替换为"内籀""外籀"。⑧因而这个本子《译例言》所谓，"稿经新会梁任公、沔阳卢木斋诸君借钞"，所借者并不是同一个本子，虽然仍延续了"光绪丙申重九"的署款。

其实"治功"一语应该更早就为严复所放弃，甚至在梁启超《论译书》提到《治功天演论》时，严复那儿已经删除了该词。关于《天演论》，尽管当年的阅读抄录者不在少数，但严复最看重的请教对象无疑是吴汝纶。吴去世后严集李商隐、陆游句所成挽联："平生风义兼师友，天下英雄惟使君。"兼及交谊与评价，堪称绝对。有关严吴二人的讨论，张丽华曾有完整的解读。⑨此姑在其基础上申说张皇之。

目前存留的吴、严当年的通信并不完整，但大体还是能够还原他们的往复过程。丙申（1896）七月十八日吴汝纶《答严幼陵》言："尊译《天演论》，计已脱稿。"⑩可知此时吴清楚严译《天演论》事，而尚未得见其书。三个月后严复撰《赫胥黎治功天演论序》，也许此时才有此书名。至丁酉（1897）二月七日吴《答严幼陵》："得惠书并大著《天演论》，虽刘先主之得荆州，不足为喻。比经手录副本，秘之枕中。"则刚得此书，而书名已是《天演论》。因而半年后梁启

---

⑧ 见《国闻汇编》第二册，1897年12月18日。
⑨ 参看张丽华《现代中国"短篇小说"的兴起》第三章第一节，北京大学出版社2011年版。
⑩ 吴汝纶：《答严幼陵》丙申（1896）七月十八日，徐寿凯、施培毅校点《吴汝纶尺牍》，黄山书社，1990年版，第80页。

超《论译书》，所谈及的《治功天演论序》，是更早的书稿。

吴汝纶初读《天演论》后，对严复的体例提出了一项异议：

> ……顾蒙意尚有不能尽无私疑者，以谓执事若自为一书，则可纵意驰骋，若以译赫氏之书为名，则篇中所引古书古事，皆宜以元书所称西方者为当，似不必改用中国人语，以中事中人固非赫氏所及知。法宜如晋、宋名流所译佛书，与中儒著述，显分体制，似为入式。此在大著虽为小节，又已见之例言，然究不若纯用元书之为尤美。⑪

这里所谓"又已见之例言"，并非现在尽人皆知的《译例言》，那是撰于次年，即"光绪二十四年岁在戊戌"。吴汝纶所读到的固已不可复睹，但《赫胥黎治功天演论序》后所附的《译例》四条，应就是当年吴之所见，其前两条如此：

> 一、是译以理解明白为主，词语颠倒增减，无非求达作者深意，然未尝离宗也。
>
> 一、原书引喻多取西洋古书，事理相当，则以中国古书故事代之，为用本同，凡以求达而已。

---

⑪ 吴汝纶：《答严幼陵》丁酉（1897）二月七日，徐寿凯、施培毅校点《吴汝纶尺牍》，第119页。

严复"信达雅"爰及"所谓文字上的一种洁癖" 021

在译著中，用"换例"的办法，"以中国古书故事"替换"西洋古书"的"引喻"。要说起来，是犯了翻译的大忌。以严复的学养，断不至于此，故一定另有缘由。《译例》中另有一条："有作者所持公理已为中国古人先发者，谨就谫陋所知，列为后按，以备参观。"⑫如果回头再看他的"自序"，持《易》《春秋》之理，印证"西国近二百年学术"，是在于认为二者有相通之处。中学的问题是"发其端而莫能竟其绪，拟其大而未能议其精"，需要"转籍西学以为还读我书之用"。就严复的角度，并非仅是接引西学而已，还要借助西学来激发中学自身的潜力，中西之学在他这儿岂止可以对话，简直是要互相融汇的。

因而《天演论》一书，对于严复来说并不简单是译著，或者主要不是译著，毋宁说是论说。"中国古人先发者"是他使用的材料，⑬赫胥黎之论述对他来说何尝不是材料。中西古今之说，在此汇为一编，或按或断，以阐发一己之见。这样的话，"词语颠倒增减"不是问题，"西洋古书""引喻"换成"中国古书故事"，只要"事理相当"，也不成其为问题了。能达到"理解明白"的目的即可，亦即这两条"译例"中都提到的"求达"。"信达雅"一说，在严复最初的想法中，原不存

---

⑫ 严复：《赫胥黎治功天演论》"译例"，王栻主编：《严复集》第五册"附：天演论手稿"。
⑬ 严复：《赫胥黎治功天演论序》，王栻主编：《严复集》第五册"附：天演论手稿"。

在。他的目的很简单,就是要将自己的意思表达出来,让读者清楚。至于是否尊重原文,是否符合翻译的一般原则,皆在所不计。因而一言以蔽之,或者一"字"以蔽之,就是"达"。

吴汝纶固然清楚该著"特借赫胥黎之书,用为主文谲谏之资而已。必绳以舌人之法,固执事所不乐居,亦大失述作之深恉"。但他还是从翻译的原则,提出了异议。以为尽管"已见之例言",但总是"以译赫氏之书为名",而非"执事""自为一书",因而其中的"中事中人"并不合适。⑭由此引发了严复近半年的修改,至该年十月十五日,与吴汝纶函中报告:

> 拙译《天演论》近已删改就绪,其参引己说多者,皆削归后案而张皇之,虽未能悉用晋唐名流翻译义例,而似较前为优,凡此皆受先生之赐矣。⑮

这里提到的"虽未能悉用晋唐名流翻译义例",是回应吴汝纶来函中,"法宜如晋宋名流所译佛书,与中儒著述,显分体制,似为入式"。显然,"义例"或"体制"的问题,并不光是"削归后案"就可以简单解决,以满足吴汝纶对"入式""得

---

⑭ 吴汝纶:《答严幼陵》丁酉(1897)二月七日,徐寿凯、施培毅校点《吴汝纶尺牍》,第119页。
⑮ 严复:《与吴汝纶书》"一"(1897)十月十五日,王栻主编:《严复集》第三册。

体"的关切。⑯又信中"许序《天演论》,感极"之语,⑰可知此前有严复求序的去函,和吴汝纶应允的答件。

《天演论》吴序款署"光绪戊戌孟夏 桐城吴汝纶叙",但这个时间颇为可疑。戊戌(1898)二月二十八日吴汝纶《答严几道》,"接二月十九日惠书,知拙序已呈左右",二月可是"仲春"。由此可见,《桐城吴先生年谱》记载此序作于"光绪二十四年戊戌正月",是没有问题的。何况此"天演论序"条,还特别说明:"自此以下,皆有手稿,其序次先后厘然不紊。"⑱依吴汝纶作为长者的辈分和古文大家的身份,序给出去了,再要回来修改并新署时间,这个应该是不会有的,⑲那么就是严复的更动了。为何如此,可以注意到的是,《译例言》署款"光绪二十四年岁在戊戌四月二十二日严复识于天津尊疑学塾",与吴序同是"孟夏"。也就是说,严复是为了表明,他写《译例言》时并未见到吴汝纶的序,目的在掩饰这两篇文章的关系。

当然尚可疑问,严复大可以保留吴序的时间,而将《译例言》的署款时间提前。但事实上又不可能,二月二十八日吴

---

⑯ 吴汝纶:《答严几道》己亥(1899)二月廿三日,徐寿凯、施培毅校点《吴汝纶尺牍》,第160页。其中云:"来示谓欧洲国史略,似中国所谓长编、纪事本末等比,然则欲译其书,即用曾太傅所称叙记、典志二门,似为得体。"
⑰ 严复:《与吴汝纶书》(1897)十月十五日,王栻主编:《严复集》第三册。
⑱ 郭立志编:《桐城吴先生(汝纶)年谱》卷三"文集笺证",文海出版社1972年版。
⑲ 也有论者注意到时间的矛盾,推论严复退回吴汝纶修改。揆诸情理,实难以想象。郑永福、田海林:《关于〈天演论〉的几个问题》,《史学月刊》1989年第2期。

024 世运推移与文章兴替:中国近代文学论集(增订本)

汝纶函并言,"《天演论》凡己意所发明,皆退入后案,义例精审。其命篇立名,尚疑未慊。卮言既成滥语,悬疏又袭释氏,皆似非所谓能树立不因循者之所为。"[20]《译例言》介绍其事经过:

> 仆始翻"卮言",而钱唐夏穗卿曾佑,病其滥恶,谓内典原有此种,可名"悬谈"。及桐城吴丈挚父汝纶见之,又谓"卮言"既成滥词,"悬谈"亦沿释氏,均非能自树立者所为,不如用诸子旧例,随篇标目为佳。穗卿又谓如此则篇自为文,于原书建立一本之义稍晦。而"悬谈"、"悬疏"诸名,悬者玄也,乃会撮精旨之言,与此不合,必不可用。于是乃依其原目,质译"导言",而分注吴之篇目于下,取便阅者。[21]

可知到三月之后,严复还在跟夏曾佑就吴汝纶的意见讨论篇目的"定名",《译例言》无法倒填日月。

吴序用了大部分篇幅谈"文"的问题,实际上暗含着他与严复之间,关于书写语言选择的分歧,也就是是否走类似佛典翻译的路线。作为古文大家,吴汝纶自然是不会在"序"这样的文体中,直截了当地异议或批评。尤其自命接续着桐城本籍前辈姚鼐以来的文统,如何委婉而不着痕迹地道出自己的

---

[20] 吴汝纶:《答严几道》戊戌(1898)二月廿八日,徐寿凯、施培毅校点《吴汝纶尺牍》,第141页。
[21] 严复:《天演论》"译例言",王栻主编:《严复集》第五册。

看法，此类"文章作法"，在他那儿自是驾轻就熟。序言梳理了整个中国文章史，指出晚周以来，有"集录"和"自著"两类，"自著"原于《易》《春秋》，汉代《太史公书》《太玄》是其流亚。"集录"起于《诗》《书》，乃韩愈以后唐宋人所原本。这实际上说的是专著和文集两类著述。吴汝纶认为"自著"汉以后衰弱，继以"集录"的兴盛，而这个兴盛的集录之文，说的其实就是八大家以降的古文传统。那么西学进来，从性质上类似于"自著"的体例。然而"士大夫相矜尚以为学者，时文耳，公牍耳，说部耳。舍此三者，几无所为书。而是三者，固不足与文学之事"。这么轰轰烈烈地说了一通之后，转入正题，"文如几道，可与言译书矣"：

> 往者释氏之入中国，中学未衰也，能者笔受，前后相望，顾其文自为一类，不与中国同。今赫胥黎氏之道，未知于释氏何如？然欲侪其书于太史氏、扬氏之列，吾知其难也；即欲侪之唐宋作者，吾亦知其难也。严子一文之，而其书乃骎骎与晚周诸子相上下，然则文顾不重耶。[22]

这段话说得非常微妙，也正是桐城古文的长技。表面上是极高的赞誉，"骎骎与晚周诸子相上下"，在后世确实也成为涉及严复的一句著名的评语。但吴汝纶的真正看法是在前面，释氏之书，

---

[22] 吴汝纶：《天演论》"吴序"，王栻主编：《严复集》第五册。

"顾其文自为一类，不与中国同。今赫胥黎氏之道，未知于释氏何如"，说到底就是认为西书与释氏典籍一样，"不与中国同"。"欲侪其书于太史氏、扬氏之列，吾知其难也；即欲侪之唐宋作者，吾亦知其难也"，则是并不认同严译的书写语言路线。

印证前一年吴汝纶给严复的函件，建议"与中儒著述，显分体制"，就可以很清楚看出吴序的真正意思。事实上，撰序次年己亥（1899）二月廿三日《答严几道》，吴又将这个意见更清晰肯定地重复了一遍：

> 欧洲文字与吾国绝殊，译之似宜别创体制，如六朝人之译佛书，其体全是特创。今不但不宜袭用中文，亦并不宜袭用佛书。窃谓以执事雄笔，必可自我作古。又妄意彼书固自有体制，或易其辞而仍其体，似亦可也。不通西文，不敢意定，独中国诸书，无可仿效耳。

吴汝纶所持的立场，未始没有道理。用以往的书写语言翻译西书，肯定会遇到很多问题，即便如严复，自也不可能身无体会。但吴这样主张，另有一层隐秘的心理，就是不愿意西学这样的新东西，带着大量的概念和词汇，掺进汉文原有的书写，尤其是八大家以来的古文传统中。吴汝纶是古文家，也是洋务派，他知道西学对中国是必须的，这方面并不保守。但另一方面，他希望能坚守古文的"纯洁"，"《古文辞类纂》一书，二千年高文略具于此，以为六经后之第一书。此后必应改习西学，中国浩如烟海之书，行当废去，独留此书，可令周、孔遗文绵延不绝"。因而，西学应该像佛典那样，被中土吸收后，仍自成一类，保持很强的异质性，这样才不会威胁到"二千年高文"。这是他不断建议严复的真正原因。

　　吴、严当年的通信，应极为频密，现在所能见到的只是有限几通。可以想见，此类的讨论远不止于此。吴汝纶的主张，以及《天演论》所撰序的言下之意，严复自然心知肚明。但在他那儿，一方面中西之学是可以会通的；另一方面，文章上严复之向吴汝纶请教，正是希望自己的文字能够到达那样的层面。不管是"一名之立，旬月踟蹰"的艰苦努力，还是向吴汝纶请教"行文欲求尔雅，有不可阑入之字，改窜则失真，因仍则伤洁，此诚难事"的解决方案，[23]无不是朝着吴所建议的相反方向行进。吴汝纶将严复方之"晚周诸子"，实则桐城"文统"，由方姚上溯归有光、八大家、《史记》《左传》，归源于"五经"，原没有"诸子"太多事。即便他的主张未必如此狭隘，[24]无意识中也不无将严复轻轻推开的心情吧。这是两人

---

[23] 吴汝纶：《答严几道》己亥（1899）二月廿三日，徐寿凯、施培毅校点《吴汝纶尺牍》，第160页。

[24] 姚鼐：《古文辞类纂》为桐城派建立文统，并无先秦诸子位置。曾国藩：《经史百家杂钞》规模较广，但主要是扩入"经史"，"子"部微乎其微。吴汝纶为曾之弟子，但又是桐城人，大体师曾国藩而祖姚鼐，其主张调剂二者。可参看关爱和《桐城派立诚求真与道统文统情结》，《河南大学学报》1990年第5期；《桐城派的中兴、改造与复归——试论曾国藩、吴汝纶的文学活动与作用》，《文学遗产》1985年第3期。王风：《林纾非桐城派说》，《学人》第9辑，江苏文艺出版社1996年4月版。已收录本书。

之间微妙至极的一拒一迎。《译例言》中,所谓"实则精理微言,用汉以前字法、句法,则为达易。用近世利俗文字,则求达难",是严复有关书写语言选择的宣言。相较吴序,对"近世利俗文字"的拒绝两人立场一致;而严对"汉以前字法、句法"的坚持,表面上与吴的"乃骎骎与晚周诸子相上下"不谋而合,实则真只是表面上的默契,内里却埋藏着致命的分歧。《译例言》是严复见到吴序之后所写,则极少数的知者,看到的是严的异议,而大多数的不知者,以为他是借吴之嘉言给自己贴金,则不免知者失笑而不知者讶笑了。严复将二文的写作时间调为同一个月,以表明各各独立成文,原因或在于此。

二

《治功天演论》的《译例》,本是非常简单的交代。其目的恰在说明该书违反普通翻译原则的做法,乃为"求达",说白了是要读者不要当做一般译书看。而到《天演论》正式出版,因为师友间,尤其是与吴汝纶的诸多讨论,发展出著名的《译例言》,却是正面阐述普通的翻译原则。对于《天演论》实际的翻译路线,与《译例言》所阐发的扞格之处,条目中做了前提性的说明:

> 题曰达恉,不云笔译,取便发挥,实非正法。什法师有

云："学我者病。"来者方多，幸勿以是书为口实也。

确实，《天演论》诸版本都署的是"英国赫胥黎造论　侯官严复达恉"。这与随后如《原富》初版本署"英伦斯密亚当原本　侯官严复几道翻译"，[25]显是判然有别。也就是说，在严复那儿，《原富》这样的才是"笔译"，《天演论》不是。"来者方多，幸勿以是书为口实也"，说的其实就是不能用《天演论》来印证《译例言》，那只是"达恉"。

《译例言》第一条开宗明义，曰：

> 译事三难：信、达、雅。求其信已大难矣，顾信矣不达，虽译犹不译也，则达尚焉。

"信达雅"从此成为不刊之论，三者并举，论者纷纭。但如果回到原文，可以看出，"达"始终是核心。此前《治功天演论》的《译例》，凡所言说，皆是"为达"，只有"达"而无"信""雅"。《译例言》所谓"达尚焉"之"尚"，说明"信""雅"皆是为了"达"。"信矣不达，虽译犹不译也"，目的是"达"。第二条言，"凡此经营，皆以为达，为达即所以为信也"，也是"为达"。第三条之"求其尔雅"，"用汉以前字法、句法，则为达易；用近世利俗文字，则求达难"，所谓

---

[25] 见光绪二十七年南洋公学译书院第一次印行本。

"为达""求达",最终目标还是"达"。

"信达雅"的关系,各种解释非常之多。如要取其简明,则"信"是针对原文而言,"雅"是针对译文而言。而"达",是关系于译出语和译入语的,也就是二者之间的"交通"。故而"求信""求其尔雅",都是为了"达"。"求其信已大难",就翻译而言,"信"是基础,自然无需多做解释。而"雅",则涉及他的书写语言选择,也是他与吴汝纶等反复讨论的问题。《译例言》第三条:

> 《易》曰:"修辞立诚。"子曰:"辞达而已。"又曰:"言之无文,行之不远。"三曰[者]乃文章正轨,亦即为译事楷模。故信达而外,求其尔雅,此不仅期以行远已耳。实则精理微言,用汉以前字法、句法,则为达易;用近世利俗文字,则求达难。往往抑义就词,毫厘千里。审择于斯二者之间,夫固有所不得已也,岂钓奇哉!不佞此译,颇贻艰深文陋之讥,实则刻意求显,不过如是。[26]

这里引了三条古老而著名的圣人经书文句,用来作为"信达雅"的靠山。"诚"即"信","辞达"本就有"达"。至于"雅",后人绝大多都理解为文雅、古雅、典雅,高明点的则大体释成"风格"。钱锺书所谓"译事之信,当包达、雅;达

---

[26] 严复:《天演论》"译例言",王栻主编:《严复集》第五册。

正以尽信,而雅非为饰达。依义旨以传,而能如风格以出,斯之谓信",其"雅"对应的是"风格"。不过这是他的别解,并批评严复"尚未推究"。[27]钱锺书理解严复说的是"in itself possess high literary merits",[28]大体还是近于"高雅",或"言之无文"的"文"。总之一百多年来,有无数牛头不对马嘴的议论、批评、发挥,几乎看不到说得对的。其实"尔雅"本训为"近正","求其尔雅"勉强翻译成现在的说法,就是使用符合轨范的语言。[29]"言之无文,行之不远",此语的引用,解者每为之干扰,事实上严复要说的不是"文"。"此不仅期以行远已耳",首要是"行远",再者则是"求达"。依其本意,或可改写成这样的句式:"求其尔雅,辄用汉以前字法、句法,可以行远,可以为达。"

在严复的认识里,正式的、正规的书写语言,自然是文言,尤其是"汉以前字法、句法"的文言。而这是相对于"近世利俗文字"而言的。所谓"近世利俗文字",指的是当年为了开启民智,所使用的浅文白话,有利于文化程度较低民众的接受。要说起来,持有这些主张的开明士人,恰恰是严复的同

---

[27] 钱锺书:《管锥编》"一〇一 全三国文卷七五",生活·读书·新知三联书店,2007年版,第1748页。

[28] Chien Chung-shu, "A Chapter in the History of Chinese Translation", *The China Critic* 7, No. 45 (Nov. 8 1934).

[29] 严复此意,解者稀少。沈苏儒较为准确,见《论信达雅》第二章(四)之"'雅'作为翻译原则的本意是什么?"另马祖毅:《中国翻译简史——五四以前部分》(中国对外翻译出版公司,1984年版,第261页)和王宏志:《重释"信、达、雅"》(清华大学出版社,2007年版,第91页),都指出"雅"指"雅言",或"尔雅"乃"近正"意,却转而又认为严复说得不对,或所指并非如此。

志。因此,"不佞此译,颇贻艰深文陋之讥,实则刻意求显"的辩解,是说给周围朋友听的。果不其然,翌年致张元济函,就有这样的抱怨:

> 昨晤汪、杨二君,皆极口赞许笔墨之佳,然于书中妙义实未领略,而皆有怪我示人以难之意。天乎冤哉!仆下笔时,求浅、求显、求明、求顺之不暇,何敢一毫好作高古之意耶?又可怪者,于拙作既病其难矣,与言同事诸人后日有作,当不外文从字顺,彼则又病其笔墨其[之]不文。有求于世,则啼笑皆非。此吴挚甫所以劝复不宜于并世中求知己……

严复自是满腹委屈,此函言及"《原富》拙稿,刻接译十数册,而于原书仅乃过半工程"。㉚严译经常是边译边为人所借阅,"汪、杨二君"所"怪",或许指的是此书。两年后《原富》正式出版,翌年亦即1902年壬寅大年初一,流亡日本的梁启超在横滨创办《新民丛报》。梁也是严的老熟人了,此时正忙于主张涉及文字的各种"革命"。创刊号书评栏"绍介新著",评介的就是《原富》:

> 但吾辈所犹有憾者,其文笔太务渊雅,刻意模仿先秦文体,非多读古书之人,一翻殆难索解。夫文界之宜革命久矣,

㉚ 严复:《与张元济书》"六"(1899),王栻主编:《严复集》第三册。

> 欧美日本诸国文体之变化，常与其文明程度成比例。况此等学理邃赜之书，非以流畅锐达之笔行之，安能使学僮受其益乎。著译之业，将以播文明思想于国民也，非为藏山不朽之名誉也。文人结习，吾不能为贤者讳矣。[31]

意见类似于"汪、杨二君"朋友间私下的评论，而梁启超以公开的方式表达出来，严复自也不能只是在私函中回应，于是报之以公开信：

> 窃以谓文辞者，载理想之羽翼，而以达情感之音声也。是故理之精者不能载以粗犷之词，而情之正者不可达以鄙俗之气。中国文之美者，莫若司马迁、韩愈。而迁之言曰："其志洁者，其称物芳。"愈之言曰："文无难易，唯其是。"仆之于文，非务渊雅也，务其是耳……若徒为近俗之辞，以取便市井乡僻之不学，此于文界，乃所谓陵迟，非革命也。且不佞之所从事者，学理邃赜之书也，非以饷学僮而望其受益也，吾译正以待多读中国古书之人。[32]

办报的梁启超，正以言论耸动天下，所关心自然在影响力。而严复是要将中国需要的西学引入，考虑的是什么样的方式

---

[31] 见《新民丛报》第一号，1902年2月8日。
[32] 严复：《与新民丛报论所译原富书》，《新民丛报》第七号，1902年5月8日。文署"壬寅三月"。

才是最准确的。具体到书写语言，当时的白话确实无法承担这样的任务，尽管白话有上千年的历史，但主要用于民众的消费读物。到了近代，也只是增加了启蒙性的功能。相较而言，文言的应用面要更为广泛，是官方正式的书写语言，其来源于上古经典，词汇文法比较稳定。从这个角度说，严复的选择并没有错。但就晚清当时的气氛，梁启超这样的批评是必然会出现的。[33]吴汝纶在《天演论序》中说："凡为书必与其时之学者相入，而后其效明。今学者方以时文公牍说部为学，而严子乃欲进以可久之词，与晚周诸子相上下之书，吾惧其舛驰而不相入也。"[34]真可谓不幸而言中。

不过，吴汝纶所称许"与晚周诸子相上下"，与严复自言之"用汉以前字法、句法"，其实都是言过其实。己亥（1899）二月廿三日吴汝纶《答严几道》，有下面的讨论：

> 未［来］示谓：行文欲求尔雅，有不可阑入之字，改窜则失真，因仍则伤洁，此诚难事。鄙意：与其伤洁，毋宁失真。凡琐屑不足道之事不记何伤。若名之为文，而俚俗鄙浅，荐绅所不道。此则昔之知言者无不悬为戒律，曾氏所谓辞气远鄙也。文固有化俗为雅之一法，如左氏之言"马矢"，庄生之言"矢溺"，公羊之言"登来"，太史之言"伙颐"。在当时固皆以

---

[33] 《新民丛报》此后还有涉及严复译词的讨论。参看沈国威《一名之立 旬月踟蹰——严复译词研究》第四章"一"，社会科学文献出版社2019年版。
[34] 吴汝纶：《天演论》"吴序"，王栻主编：《严复集》第五册。

俚语为文，而不失为雅。若范书所载"铁胫"，"尤来"，"大抢"，"五楼"，"五幡"等名目，窃料太史公执笔，必皆芟薙不书，不然胜、广、项氏时，必多有俚鄙不经之事，何以《史记》中绝不一见。如今时鸦片馆等比，此自难入文，削之似不为过。倘令为林文忠作传，则烧鸦片一事，固当大书特书，但必叙明源委，如史公之记平准，班氏之叙盐铁论耳。亦非一切割弃，至失事实也……㉟

所谓"与其伤洁，毋宁失真"，正是桐城一脉相承的心法。当年祖师方苞曾就"雅洁"，"训门人沈廷芳曰"："古文中，不可入语录中语，魏晋六朝人藻丽俳语，汉赋中板重字法，诗歌中隽语，南北史佻巧语。"㊱又"答程夔州"云："传记用佛氏语则不雅……岂惟佛说，即宋五子讲学口语，亦不宜入散体文。"㊲吴汝纶所举例证，以及语言禁忌，无不是这一观念的产物，"汉以前"何尝如此"忌口"？因而严复所走的书写语言路向，正是向桐城派学习和靠近的过程，与"晚周诸子"更是水米无干。当然，即便桐城，他也是半路出家，在深知文章的人眼里，必然是逃不过去的。吴汝纶心里清楚而不便明言，而与严复同辈的文章大家章太炎，说起话来就不会客气。《与

㉟ 吴汝纶：《答严几道》己亥（1899）二月廿三日，徐寿凯、施培毅校点《吴汝纶尺牍》，第160页。
㊱ 苏惇元编：《望溪先生年谱》"十四年己巳"，清咸丰刻本。
㊲ 方苞：《答程夔州书》，氏《望溪集》文集卷六"书"，咸丰元年（1851）戴钧衡刻本。

人论文书》纵论天下：

> 曩与足下言，仆重汪中，未尝薄姚鼐、张惠言，姚、张所法，上不过唐宋，然视吴蜀六士为谨（夸言稍少，此近代文所长。若恽敬之恣，龚自珍之僞，则不可同论）。仆视此虽不与宋祁、司马光等。要之文能循俗，后生以是为法，犹有坛宇，不下堕于猥言酿辞，兹所以无废也。并世所见，王闿运能尽雅，其次吴汝纶以下，有桐城马其昶为能尽俗（萧穆犹未能尽俗）。下流所仰，乃在严复、林纾之徒。复辞虽饬，气体比于制举，若将所谓曳行作姿者也。纾视复又弥下……[38]

太炎为文法魏晋，与唐宋八大家以来的"古文"异路。这段文字，虽视桐城为"俗"，但还是认为"无废"。而到了严林，则直指等而下之。"气体比于制举"，说是有八股的气味了。这是非常伤人的评价，其来源当是钱大昕《与友人书》："王若霖言：'灵皋以古文为时文，却以时文为古文。'方终身病之。"[39]

太炎个性有谑而虐的一面，最刻薄的比喻是冲着"视复又弥下"的林纾去的。其实他对严复不无尊重，但还是忍不住"刻画"了一句，"若将所谓曳行作姿者也"。不过这在他的文

---

[38] 章太炎：《与人论文书》，《章太炎全集》第四卷，上海人民出版社1985年版。
[39] 钱大昕：《与友人书》，氏《潜研堂集》文集卷三十三，清嘉庆刻本。

章中也不是独此一处，别无分号。1903年严复出版译著《社会通诠》，四年之后，章太炎在他主笔的《民报》十二号上，刊发《社会通诠商兑》。正面批驳之馀，也来了一段"杂文笔法"：

> 严氏固略知小学，而于周秦两汉唐宋儒先之文史，能得其句读矣。然相其文质，于声音节奏之间，犹未离于帖括。申天之态，回复之词，载飞载鸣，情状可见。盖俯仰于桐城之道左，而未趋其庭庑者也。⑩

既穷形尽相又尖冷刻薄。"犹未离于帖括"，说的还是八股气。"俯仰于桐城之道左，而未趋其庭庑者"，指明严复想学的是桐城，而实际上并未学到家。当时周氏兄弟都在东京，于太炎执弟子礼。这段话给他们留下的印象实在太深了，尤其出于《诗经·小宛》的"载飞载鸣"一语，可谓终身难忘。鲁迅直到去世前一年，文章中还提到这个早年看到的"典故"：

> 五四时代的所谓"桐城谬种"和"选学妖孽"，是指做"载飞载鸣"的文章和抱住《文选》寻字汇的人们的，而某一种人确也是这一流，形容惬当，所以这名目的流传

---

⑩ 章太炎：《社会通诠商兑》，《民报》第十二号，1907年3月6日。

也较为永久。[41]

五四时期的"桐城谬种",指的是林纾。但在太炎那儿,林更下于严一等,所以连"未趋其庭庑"都算不上。同样是太炎弟子的钱玄同自然熟知乃师的评价,因而谥其为"谬种"。鲁迅这儿是拖出"载飞载鸣"与其相配,典出于严复身上,但并不指严复。对于鲁迅来说,严复的译著是他极为重要的阅读经历。

> ……他所看见的是那时出版的严译"天演论"。这是一本不三不四的译本,因为原来不是专讲进化论的,乃是赫胥黎的一篇论文,题目是"进化与伦理",译者严几道又是用了"达恉"的办法,就原本的意思大做其文章,吴挚甫给做序文,恭维得了不得,说原书的意思不见得怎么高深,经译者用了上好的古文一译,这便可以和先秦的子书媲美了。鲁迅在当时也还不明白他们的底细,只觉得很是新奇,如"朝华夕拾"中"琐记"一篇里所说,什么"赫胥黎独处一室之中,在英伦之南,背山而面野,槛外诸境,历历如在几下",琅琅可诵,有如"八大家"的文章。因此大家便看重了严几道,以后他每译出一部书来,鲁迅一定设法买来……直到后来在东京,看见"民报"上章太炎先生的文章,说严几道的译文"载飞载鸣",不

---

[41] 鲁迅:《五论"文人相轻"》,《且介亭杂文二集》,《鲁迅全集》第六卷,人民文学出版社1981年版。

脱八股文习气,这才恍然大悟,不再佩服了。㊷

这是周作人对于鲁迅的回忆,其实也是自己的经验。此前三十多年,《我的复古的经验》中谈道:"最初读严几道林琴南的译书,觉得这种以诸子之文写夷人的话的办法非常正当,便竭力的学他。虽然因为不懂'义法'的奥妙,固然学得不像,但自己却觉得不很背于移译的正宗了。随后听了太炎先生的教诲,更进一步,改去那'载飞载鸣'的调子,换上许多古字。多谢这种努力,《域外小说集》的原版只卖去了二十部。"㊸

《域外小说集》1909年出版,是晚清周氏兄弟在日本共同工作的最重要成果。事实上,鲁迅和周作人进入文学领域,最早受到的影响不外乎梁启超、林纾、严复。鲁迅于梁启超多些,而周作人是林纾,严复在他们心目中则比梁林更要高明。1906年年中章太炎到了日本,几个月后周氏兄弟东京聚首,他们之间于是有了师弟之谊。鲁迅去世时,周作人的回忆文章,明确点明了这个时间点,以及他们文笔的变化:

丙丁之际我们翻译小说,还多用林氏的笔调,这时候就有点不满意,即严氏的文章也嫌他有八股气了。㊹

㊷ 周作人:《鲁迅的青年时代》"鲁迅与清末文坛",中国青年出版社1957年版。
㊸ 周作人:《我的复古的经验》,氏《雨天的书》,岳麓书社1987年版。
㊹ 周作人:《关于鲁迅之二》,氏《瓜豆集》,岳麓书社1989年版。

"丙丁"即丙午、丁未，1906到1907年。从《红星佚史》的翻译开始，他们逐渐脱离此前梁、林、严，还有陈冷血文风的影响，探索自己的书写语言路线。这在《域外小说集》时达到了极端。㊺

《域外小说集》标举"迻译亦期弗失文情"，㊻周作人所说的"多喜用本字古义"还属其次。㊼重要的是"任情删易，即为不诚。故宁佛戾时人，移徙具足耳"。㊽这与严复主张的路线已经完全相反，是将外文的"字法、句法"，直接移用到汉语书写中。或者说，严复走的是"归化"的路线，他与时人的争论要点，在于何种汉语书写语言是合适的，或者说是"尔雅"的。而周氏兄弟坚决将汉语书写"异化"，全面向翻译的源语言靠近。

严复"信达雅"之"雅"，其本意在于语言选择，这在周氏兄弟自然不会误解，周作人就直接指明"乃由于珍重古文的缘故"、"乃是以古文为本的"。㊾因此，严复所谓"求其尔雅"，已经完全不在他们的考虑范围之内。《域外小说集》出版后，鲁迅写了一则广告称："因慎为译述，抽意以期于信，绎

㊺ 参看王风《周氏兄弟早期著译与汉语现代书写语言》，《鲁迅研究月刊》2009年第12期、2010年第2期。已收录本书。
㊻ 鲁迅：《域外小说集·序言》，《鲁迅全集》第十卷。
㊼ 周作人：《关于鲁迅之二》，氏《瓜豆集》。
㊽ 鲁迅：《域外小说集·略例》，《鲁迅全集》第十卷。
㊾ 遐寿：《翻译四题》，《翻译通报》第2卷第6期，1951年6月。

辞以求其达。"[50]几乎同时,《〈劲草〉译本序》也说:"爰加厘定,使益近于信达。托氏撰述之真,得以表著;而译者求诚之志,或亦稍遂矣。"[51]所谓"期于信""求其达",所谓"近于信达""求诚之志",均是保存"信达"而刊落"雅"。严复"信达雅"的构架在兄弟那儿还保留着,只不过"雅"被放逐了。

三

去除"雅",也就是不认同于严复的语言选择,但周氏兄弟并未因此彻底转到章太炎的"魏晋文",而是"移徙具足"地任由译出语影响自己的译入语。不过,固然都尊崇"信"与"达","信"自不待言,而如何"达",其实二人之间也并不完全一致。1944年周作人回忆晚清时他的翻译,曾这样解释:

> 先将原文看过一遍,记清内中的意思,随将原本搁起,拆碎其意思,另找相当的汉文一一配合,原文一字可以写作六七字,原文半句也无妨变成一二字,上下前后随意安置,总之要凑得像妥贴的汉文,便都无妨碍,唯一的条件是一整句还他一整句,意思完全,不减少也不加多,那就行了。这种译文不能

---

[50] 见《时报》宣统元年(1909)闰二月二十七日。参看郭长海《新发现的鲁迅佚文〈域外小说集〉(第一册)广告》,《鲁迅研究月刊》1992年第1期。又见次日《神州日报》,参看谢仁敏《新发现〈域外小说集〉最早的赠书文告一则》,《鲁迅研究月刊》2009年第11期。

[51] 见《集外集拾遗补编》,《鲁迅全集》第八卷。按,此文是鲁迅还是周作人所作,窃以为尚需考究。

纯用八大家,最好是利用骈散夹杂的文体,伸缩比较自由,不至于为格调所拘牵,非增减字句不能成章,而且这种文体看去也有色泽,因近雅而似达,所以易于讨好。㊾

"意思完全",不增减原文,是周作人的"信"。而"凑得像妥贴的汉文",就是他的"达"。但他所说的"近雅而似达",乃事后之言,其"雅"已与严复所言不同,不是"八大家",而是他自己选择的"骈散夹杂的文体"。

共居日本时期的周氏兄弟,总体上还是鲁迅在主导。周作人表面个性随和,思维似乎亦偏于折中,实则未必完全如斯。这样"骈散夹杂的文体",本质上还是"将就",他不是不清楚。民元以后一人蛰居家乡,遂以中西合璧的依据,写了一批豆腐块文章:

以前我作古文,都用一句一圈的点句法。后来想到希腊古人都是整块的连写,不分句读段落,也不分字,觉得很是古朴,可以取法;中国文章的写法正是这样,可谓不谋而合,用圈点句殊欠古雅……因此我就主张取消圈点的办法,一篇文章必须整块的连写到底,(虽然仍有题目,不能彻底的遵循古法,)在本县的《教育会月刊》上还留存着我的这种成绩。

㊾ 周作人:《谈翻译》,氏《苦口甘口》。

这是其“复古”的“第三支路”，“言行一致的做去”，而得到“‘此路不通’的一个教训”。[53]于是转而为新文学，此即周作人自叙的逻辑。

至于鲁迅，则以其理论的彻底性，一以贯之，从不妥协。他的“信”的范畴，从来是连“文体”，乃至“字法、句法”也包括在内的。这不但晚清时的几篇翻译如此，民元以后乃至进入白话时代，始终不变。1913年他翻译上野阳一《艺术玩赏之教育》，其“附记”特别交代，“用亟循字迻译，庶不甚损原意”。[54]极端到尽可能的“循字迻译”，是要将“信”执行到文法以及语序的层面。1917年底表彰周瘦鹃《欧美名家短篇小说丛刊》，同时也批评“命题造语，又系用本国成语，原本固未尝有此，未免不诚”。[55]一年后《新青年》中，应该是他借周作人的名义，用白话文做出这样的宣言：

> 我以为此后译本，仍当杂入原文，要使中国文中有容得别国文的度量，不必多造怪字。又当竭力保存原作的“风气习惯，语言条理”；最好是逐字译，不得已也应逐句译，宁可“中不像中，西不像西”，不必改头换面……[56]

---

[53] 周作人：《我的复古的经验》，氏《雨天的书》。
[54] 鲁迅：《〈艺术玩赏之教育〉译者附记》，《鲁迅全集》第十卷。
[55] 《教育公报》第四年第十五期，1917年11月。
[56] “周作人答张寿朋”，《新青年》第五卷第六号“通信”，1918年12月15日。按，这段话的语感、态度均是鲁迅式的，而且周作人从未主张“逐字译”。

仍然是要"逐字译",其目的是以此改造并创造新的"中国文"。这体现出兄弟二人对于汉语现代书写语言不同的想象。鲁迅的主要路向,是引入外文的语法方式,拓宽汉文新的表达手段。而周作人,则首先是考虑到汉文本身的表达限度,在这个限度内尽可能地丰富,由此来创造新的书写语言:"我们的理想是在国语能力的范围内,以现代语为主,采纳古代的以及外国的分子,使他丰富柔软,能够表现大概的感情思想……如能这样的做去,国语渐益丰美,语法也益精密,庶几可以适应现代的要求了。"[57]因而涉及翻译,同样是主张"直译",周作人的意见与鲁迅其实并不一致。《陀螺序》言:

> 我现在还是相信直译法,因为我觉得没有更好的方法。但是直译也有条件,便是必须达意,尽汉语的能力所能及的范围内,保存原文的风格,表现原语的意义,换一句话就是信与达。[58]

前提仍在"汉语的能力",必须在这个"达意"的基础上,"保存原文的风格,表现原语的意义"才有基础。这是周作人在"信与达"之间所作的平衡。

《陀螺序》刊于1925年6月22日《语丝》第三十二期,而

---

[57] 周作人:《国语改造的意见》,氏《艺术与生活》,岳麓书社1989年版。
[58] 周作人:《陀螺序》,《语丝》第三十二期,1925年6月22日。

到本年12月，鲁迅出版译著《出了象牙之塔》，在其"后记"有这样一段话：

> 文句仍然是直译，和我历来所取的方法一样，也竭力想保存原书的口吻，大抵连语句的前后次序也不甚颠倒。

这里他界定"直译"，则特别强调"语句的前后次序"。固然这是其一贯的主张，但此处特别补写并点出，[59]很有可能是对周作人说法的异议。因为在此前一年，也就是《陀螺序》发表的前半年，具体是1924年的11月22日，鲁迅在其译著《苦闷的象征》的"引言"中，是这样说的：

> 文句大概是直译的，也极愿意一并保存原文的口吻。但我于国语文法是外行，想必很有不合轨范的句子在里面。[60]

两相对照，可以很明显看出语气的差异。《苦闷的象征》的"引言"，自谦背后所表明的，是对"轨范"原无异议。而到《出了象牙之塔》的"后记"，特意点出"不甚颠倒"，是我们熟悉的鲁迅特有的"强项"作风，其所隐含，则是对"轨范"的不以为意了。

---

[59] 鲁迅：《出了象牙之塔》"后记"，《鲁迅全集》第十卷。原刊于《语丝》第五十七期（1925年12月14日）时，并无所引内容，乃成书时补写。
[60] 鲁迅：《苦闷的象征》"引言"，《鲁迅全集》第十卷。

此一时期已是兄弟"失和"之后，不同意见自然无法像以往可以当面商讨，是以化为曲折的公开发言。不过这并不是什么严重的问题。况且其时兄弟两人共处《语丝》阵营，正与《现代评论》派激烈冲突。而兄弟"失和"的事情，似乎亲近的周边之外，知道的人并不多。[61]此后1926年8月底，鲁迅南下厦门，1927年1月转到广州，10月抵上海，与许广平公开同居。则其家事也就不成其什么秘密了。而在上海头两年，鲁迅一方面急剧"左转"，一方面又遭"革命文学"的"围剿"。骂战之中，周作人也被故意扯出，以为讥诮。1929年9月，在中共干涉下，"围剿"结束。也恰在此时，梁实秋发表《论鲁迅先生的"硬译"》，就鲁迅当时所翻译的左派文艺理论，予以评论。

　　梁实秋与鲁迅的争论，从鲁迅甫到上海就已开始。也许由此缘故，他对鲁迅的作品一直跟踪注意。1929年6月和10月，鲁迅译卢那察尔斯基《艺术论》和《文艺与批评》相继出版，梁实秋第一时间看到，即在《新月》上发表书评。[62]

　　梁文题目中"硬译"加了引号，这个词其实就来源于鲁迅本人。《文艺与批评》的《译者附记》里说：

---

[61] 在《语丝》与《现代评论》两派论争期间，从陈源、徐志摩文字看，显然不知道周氏兄弟已经失和。
[62] 梁实秋：《论鲁迅先生的"硬译"》，《新月》第二卷第六、七合期，1929年9月。文中提到鲁迅《文艺与批评》，该书10月出版，因而或许《新月》该号实际上脱期了。

从译本看来，卢那卡尔斯基的论说就已经很够明白，痛快了。但因为译者的能力不够和中国文本来的缺点，译完一看，晦涩，甚而至于难解之处也真多；倘将仂句拆下来呢，又失了原来的精悍的语气。在我，是除了还是这样的硬译之外，只有"束手"这一条路——就是所谓"没有出路"——了，所馀的惟一的希望，只在读者还肯硬着头皮看下去而已。[63]

1929年鲁迅开始翻译"现代新兴文学"，或许由于首先处理的都是理论文本，所采取的确实是比以往更加激进的翻译策略，因而有不少"希奇古怪的句法"。也确如梁实秋所言，"读这样的书，就如同看地图一般，要伸着手指出来寻找句法的线索位置"。[64]

《论鲁迅先生的"硬译"》一开头就提到鲁迅十分不愿意听到的名字：陈西滢。此前几个月，也是在《新月》上，陈源发表了《论翻译》，不过此文与鲁迅毫无关联。西滢对严复"信达雅"不满意，标榜"形似、意似、神似"，[65]大有"彼可取而代之"的架势。而梁实秋引陈西滢，特别举出的是陈提到周作人的地方：

---

[63] 鲁迅：《〈文艺与批评〉译者附记》，《鲁迅全集》第十卷。原刊《春潮》月刊第一卷第三期（1929年1月），系卢那卡尔斯基《托尔斯泰之死与少年欧罗巴》译者跋语。
[64] 梁实秋：《论鲁迅先生的"硬译"》，《新月》第二卷第六、七合期。
[65] 西滢：《论翻译》，《新月》第二卷第四期，1929年6月。

什么叫死译？西滢先生说："他们非但字比句次，而且一字不可增，一字不可减，一字不可先，一字不可后，名曰翻译，而'译犹不译'，这种方法，即提倡直译的周作人先生都谥之为'死译'。""死译"这个名词大概是周作人先生的创造了。⑯

陈西滢是鲁迅的死敌，周作人与鲁迅已经决裂。这些梁实秋应该都清楚，特别援引陈周，不无故意刺激的打算，其心思颇为可议。而所谓"死译"，也确实是"周作人先生的创造"，就在《陀螺序》中：

近来似乎不免有人误会了直译的意思，以为只要一字一字地将原文换成汉语，就是直译，譬如英文的Lying on his back一句，不译作"仰卧着"而译为"卧着在他的背上"，那便是欲求信而反不词了。据我的意见，"仰卧着"是直译，也可以说即意译；将它略去不译，或是作"坦腹高卧"以至"卧北窗下自以为羲皇上人"是胡译；"卧着在他的背上"这一派乃是死译了。古时翻译佛经的时候，也曾有过这样的事，在《金刚经》中"与大比丘众千二百五十人俱"这一句话，达摩笈多译本为"大比丘众共半十三比丘百"，正是相同的例：在梵文里

---

⑯ 梁实秋：《论鲁迅先生的"硬译"》，《新月》第二卷第六、七合期。按，梁实秋漏引"一字不可减"，姑据西滢文补。

可以如此说法，但译成汉文却不得不稍加变化，因为这是在汉语表现力的范围之外了，这是我对于翻译的意见，在这里顺便说及……㊆

周作人的"一字一字地将原文换成汉语"，陈西滢的"非但字比句次，而且一字不可增，一字不可减，一字不可先，一字不可后"，其实都不是直接针对鲁迅的发言，却均被梁实秋征发来讨伐鲁迅，谥为"死译"。为此鲁迅作《"硬译"与"文学的阶级性"》以反击，将翻译与"阶级性"并在一处，类于八股文之"截搭题"，也是鲁迅愤怒时文章之一体。文中，就"硬译"问题，鲁迅再度声明自己的方针：

日本语和欧美很"不同"，但他们逐渐添加了新句法，比起古文来，更宜于翻译而不失原来的精悍的语气，开初自然是须"找寻句法的线索位置"，很给了一些人不"愉快"的，但经找寻和习惯，现在已经同化，成为己有了。中国的文法，比日本的古文还要不完备，然而也曾有些变迁，例如《史》《汉》不同于《书经》，现在的白话文又不同于《史》《汉》；有添造，例如唐译佛经，元译上谕，当时很有些"文

㊆ 周作人：《陀螺序》，《语丝》第三十二期，1925年6月22日。其中提到达摩译文"共半十三比丘百"，系梵文计数。"十三比丘百"，意为十三百比丘，即一千三百之数；而"半十三百"，乃第十三"百"仅"半"，去此半百，共得一千二百五十。

法句法词法"是生造的,一经习用,便不必伸出手指,就懂得了。现在又来了"外国文",许多句子,即也须新造,——说得坏点,就是硬造。据我的经验,这样译来,教之化为几句,更能保存原来的精悍的语气,但因为有待于新造,所以原先的中国文是有缺点的。

也就是说,鲁迅的翻译,于传播思想文学之外,还有个重大目的,即改造汉语的书写语言。为此不惜跨越限度,以"硬译"来输入新的"文法句法词法"。周作人局于"汉语表现力的范围"而"化为几句"的做法,本就是他要去打破的。为此,他重申晚清以来一直坚持的观点,"按板规逐句,甚而至于逐字译"。[68]这种最死板、最笨拙的翻译路线,并非能力问题,而是是非任所月旦,使命一身担待的抱负。

这场争论后过了一年,赵景深也写了一篇《论翻译》,虽非冲着鲁迅而来,但其所论说,实在比梁实秋又跨前了不止一步:

> 我以为译书应为读者打算;换一句话说,首先我们应该注重于读者方面。译得错不错是第二个问题,最要紧的是译得顺不顺。倘若译得一点也不错,而文字格里格达,吉里吉八,拖拖拉拉一长串,要折断人家的嗓子,其害处当甚于误译。……所以严复的"信""达""雅"三个条件,我认为其次序应该

---

[68] 鲁迅:《"硬译"与"文学的阶级性"》,《二心集》,《鲁迅全集》第四卷。

是"达""信""雅"。⁶⁹

这些主张,被鲁迅总结为"与其信而不顺,不如顺而不信"。⁷⁰赵景深"译得错不错是第二个问题",根本上触及了鲁迅的底线,遭到严厉的批驳事属当然。

赵景深提到"最要紧的是译得顺不顺",又将"信达雅"变换次序,置"达"于首位。因此尽管"顺"和"达",意义并不完全相同,但也差不远了。鲁迅的反驳事实上也在于此。本来,按鲁迅一贯并不断强化的主张,不避于"硬译""硬造",则"达"之坚持与否实已属极为可疑。因而,赵景深的立论,刺激着鲁迅进一步的明确阐述。

鲁迅针对赵景深而发的几篇,是在赵文刊出九个月之后所写。⁷¹此时将他拎出来,实际上是由于瞿秋白,鲁迅原先应该没有注意到这篇文章。1931年9、10月间,鲁迅翻译的《毁灭》出版,瞿秋白来函与他就翻译问题进行讨论,信中提到了严复,也提到赵景深:

> 严几道的翻译,不用说了。他是:
> 译须信雅达,

---

⑥⁹ 赵景深:《论翻译》,《读书月刊》第一卷第六期,1931年3月。
⑦⁰ 鲁迅:《几条"顺"的翻译》,《二心集》,《鲁迅全集》第四卷。
⑦¹ 有《几条"顺"的翻译》(《北斗》第一卷第四期,1931年12月20日)、《风马牛》(《北斗》第一卷第四期,1931年12月20日)、《再来一条"顺"的翻译》(《北斗》第二卷第一期,1932年1月20日)。

文必夏殷周。

其实，他是用一个"雅"字打消了"信"和"达"……

现在赵景深之流，又来要求：

宁错而务顺，

毋拗而仅信！

瞿秋白批严批赵，但也并不同意鲁迅翻译的做法。他是站在"群众"的立场，要求"遵照着中国白话的文法公律"，"违反这些公律的新字眼，新句法——就是说不上口的——自然淘汰出去，不能够存在"。因此，在翻译上，瞿秋白主张，一方面"应当把原文的本意，完全正确的介绍给中国读者"，另一方面"这样的直译，应当用中国人口头上可以讲得出来的白话来写"。他认为大众的口语完全足够使用于书写了，鲁迅用不着"容忍这'多少的不顺'"。

也就是说，相对赵景深所主张的"宁错而务顺"，瞿秋白不过是认为可以做到"信"而"顺"的，只要照着平常说话来就成。与梁实秋、赵景深不同，瞿秋白是同志、知己，因此鲁迅的回复很是客气，但原则一点不退：

……无论什么，我是至今主张"宁信而不顺"的……这样的译本，不但在输入新的内容，也在输入新的表现法。中国的文或话，法子实在太不精密了……这语法的不精密，就在证明思路的不精密，换一句话，就是脑筋有些糊涂……要医这病，我以为只好陆续吃一点苦，装进异样的句法去，古的，外省外府的，外国的，后来便可以据为己有……一面尽量的输入，一面尽量的消化，吸收，可用的传下去了，渣滓就听他剩落在过去里。

这里"古的，外省外府的，外国的"，与周作人"采纳古代的以及外国的分子"，原则一致，只是策略不同。相较瞿秋白，经历晚清、五四的鲁迅，尽管正在转化为革命者，但其原先的启蒙立场一直是深入骨髓的。事实上，他自己之被启蒙，正来自晚清如严复、章太炎等辈，而终身抱有感激之情。对于瞿秋白将严复与赵景深扯在一处，鲁迅特意提醒，严赵"实有虎狗之别，不能相提并论的"。在这封信中，他大段议论严复，并总结说：

他的翻译，实在是汉唐译经历史的缩图。中国之译佛经，汉末质直，他没有取法。六朝真是"达"而"雅"了，他的《天演论》的模范就在此。唐则以"信"为主，粗粗一看，简直是不能懂的，这就仿佛他后来的译书。

所谓"后来的译书"，是鲁迅很准确地将《天演论》，与严复的其他译著区分开来："最好懂的自然是《天演论》，桐城气息十足，连字的平仄也都留心，摇头晃脑的读起来，真是音调铿锵，使人不自觉其头晕……然而严又陵自己却知道这太'达'的译法是不对的，所以他不称为'翻译'，而写作'侯官严复达㤰'；序例上发了一通'信达雅'之类的议论之后，结末却声明道：'什法师云，"学我者病"。来者方多，慎勿以是书为口实也！'"

鲁迅揣测，严复虽"信达雅"并提，但在《天演论》时，就意识到"太'达'的译法是不对的"。之后"有《名学》，有《法意》，有《原富》等等……看得'信'比'达雅'都重一些"。[72]这也只能是鲁迅的理解了。严译之中，《天演论》确实异样，但那是有意如此。而此后所译数种，严复从没有对"达"有过怀疑。他自认为是"求浅、求显、求明、求顺"。之所以有"示人以难"的印象，是因为原书学理深邃，而并非他的译语作怪。

不过正是借助严复，在"信达雅"体系中，鲁迅继晚清放逐"雅"之后，三十年代初又放逐了"达"，最终倔强地坚守在"信"这样一个高地上。"修辞立诚"在他那儿始终是不可有一丝退让的道德自律的底线。

鲁迅去世之后，周作人有两篇回忆文章，其中言及留日期间师从章太炎，遂对林纾、严复皆有不满，"以后写文多喜用本字古义"，并说"此所谓文字上的一种洁癖，与复古全无关系"。[73]其实，"文字上的洁癖"，原无关于"复古"还是

---

[72] 鲁迅：《关于翻译的通信（并J.K.来信）》，《二心集》，《鲁迅全集》第四卷。
[73] 周作人：《关于鲁迅之二》，氏《瓜豆集》。

"革命",而是对于汉语书写语言的维护之心,所表现出的一种"态度"。正如严复自称,"不佞译文,亦字字由戥子称出"。[74]而吴汝纶于"入式""得体"的反复致意;章太炎对"正名""法式"的无穷尽追求;鲁迅从"循字移译"到"硬译"的强项;以及周作人再三要求"名从主人",反对专有名词一概据英语音译。[75]关心问题固所畸轻畸重,价值取向或是南辕北辙,而怵怵惕惕、孜孜汲汲、区区矻矻,无不以斯文在兹而身任天下后世者。

汉语现代书写语言,挚乳于清季,成就于文学革命。甲午以降,举凡拼音化运动、白话文运动、国语运动,以及梁启超诸多主张,均系胡适"刍议"之源头。其后国语罗马字、汉字拉丁化,乃至简化字,一以贯之,皆在宜民便俗,所谓"方便法门"。周氏兄弟之一而再再而三,一者自严几道,再者自章太炎,三者君子豹变,其文蔚也。是所一脉流衍,则在锻炼汉语书写。此得彼失容或有之,而"文字上的洁癖",正是其精神的表象。《中庸》云"致广大而尽精微",汉语现代书写,甫自发端,"广大""精微",道分两歧,于今百年,久矣夫其权宜偏至,无如不克执其两端,此中国之患也。

(初刊《文艺争鸣》2020年第4期)

---

[74] 严复译:《孟德斯鸠法意》,商务印书馆,1981年版,第219页。
[75] 此类文章甚多,如遐寿:《名从主人的音译》,《翻译通报》第2卷第3期,1951年2月。

章太炎语言文字论说体系中的历史民族

一

光绪三十二年（1906）丙午五月初八日（6月29日），在因"苏报案"系狱三年后，章太炎出囹圄的当晚即登上赴日本的轮船。孙中山专门派人至沪，迎为《民报》主笔。五月二十四日（7月15日），东京留学生开会"欢迎章炳麟枚叔先生"，"至者二千人"。① 太炎登台演说，"只就兄弟平生的历史，与近日办事的方法，略讲给诸君听听"。这场演讲标志着他进入革命派的核心阶层，同时也意味着经过多年变化淘洗，在思想与主张上形成了自己的定见。

在"平生的历史"部分，章太炎自承"疯癫""神经病"，而追根溯源，则在于少年时代的阅读：

---

① 民意《纪七月十五日欢迎章炳麟枚叔先生事》，《民报》第六号，1906年7月25日。

> 兄弟少小的时候，因读蒋氏《东华录》，其中有戴名世、曾静、查嗣庭诸人的案件，便就胸中发愤，觉得异种乱华，是我们心里第一恨事。后来读郑所南、王船山两先生的书，全是那些保卫汉种的话，民族思想，渐渐发达。但两先生的话，却没有甚么学理。②

民元以前章太炎的工作，一言以蔽之就是为"民族思想"注入"学理"。而蒋良骐《东华录》，更是终其一生反复道及的一部书，被太炎描述成自己的"元阅读"。1903年《狱中答新闻报》："自十六、七岁时读蒋氏《东华录》《明季稗史》，见夫扬州、嘉定、戴名世、曾静之事，仇满之念固已勃然在胸。"③ 同年《致陶亚魂柳亚庐书》："鄙人自十四、五时，览蒋氏《东华录》，已有逐满之志。"④ 其于公开私下场合均不讳言。民国成立后，他仍然不断回顾，1918年《光复军序》云："余年十三、四，始读蒋氏《东华录》，见吕留良、曾静事，怅然不怡，辄言有清代明，宁与张、李也。"⑤ 而到晚年，则有更详细的回忆：

---

② 太炎：《演说录》，《民报》第六号。
③ 《狱中答新闻报》，《苏报》，光绪二十九年闰五月十二日（1903年7月6日）。转引自汤志钧《章太炎政论选集》上册，中华书局1977年11月版。
④ 西狩《致□□二子书（癸卯四月）》，《复报》第五期，1906年10月12日。
⑤ 龚翼星：《光复军志》，天津华新印刷局1918年8月版。转引自汤志钧《章太炎年谱长编》上册，中华书局，1979年10月版，第6页。

余十一、二岁时,外祖朱左卿名有虔,海盐人。授余读经。偶读蒋氏《东华录》曾静案,外祖谓:"夷夏之防,同于君臣之义。"余问:"前人有谈此语否。"外祖曰:"王船山、顾亭林已言之,尤以王氏之言为甚。谓历代亡国,无足轻重,惟南宋之亡,则衣冠文物,亦与之俱亡。"余曰:"明亡于清,反不如亡于李闯。"外祖曰:"今不必作此论,若果李闯得明天下,闯虽不善,其子孙未必皆不善,惟今不必作此论耳。"余之革命思想伏根于此。依外祖之言观之,可见种族革命思想原在汉人心中,惟隐而不显耳。⑥

随着时间的推移,其叙述中阅读蒋氏《东华录》的年龄也从十六、七岁逐步降至十一、二岁。或许这是忆往的常态,不足为异。⑦不过,"历代亡国,无足轻重,惟南宋之亡,则衣冠文物,亦与之俱亡",则道出章太炎参与革命的基础立场。所谓"王船山、顾亭林已言之"者,王夫之《周易外传·离》:"夏商之授于圣人,贤于周之强国;周之授于强国,贤于汉之奸臣;汉之授于奸臣,贤于唐之盗贼;唐之授于盗贼,贤于宋之夷狄。"又《宋论》"恭宗、端宗、祥兴帝"第二条:"汉、

---

⑥ 朱希祖:《本师章太炎先生口授少年事迹笔记》,讲录时间为1936年4月28日。《制言》第二十五期"太炎先生纪念专号",1936年9月16日。
⑦ 何冠彪注意到这个现象,参见氏作《章炳麟与蒋良骥〈东华录〉——历史名人喜好夸大少年事迹一例》,氏著《明清人物与著述》,香港教育图书公司,1996年版,第183—188页。其事固然,唯忆往每为自证当下,添加枝叶而不自觉,人之常态,与故意伪造取利,判然有别。后人可道出,而不必苛论。

唐之亡，皆自亡也。宋亡，则举黄帝、尧、舜以来道法相传之天下而亡之也。"⑧至于顾炎武，则《日知录》卷十三"正始"："有亡国，有亡天下，亡国与亡天下奚辨？曰：易姓改号，谓之亡国。仁义充塞，而至于率兽食人，人将相食，谓之亡天下。"⑨

无论是兴中会入会誓词"驱除鞑虏，恢复中华，创立合众政府"，还是同盟会纲领"驱除鞑虏，恢复中华，创立民国，平均地权"，孙中山均改写自朱元璋所发布《谕中原檄》中的"驱除胡虏，恢复中华，立纲陈纪，救济斯民"。其前半部分，所诉诸的都是种族复仇，似乎与章太炎所谓"种族革命思想"并无二致。但孙中山早期文献，如《民报·发刊词》首次提出民族、民权、民生三大主义。⑩在东京《民报》创刊周年庆祝大会的演说，亦即后来所谓《三民主义与中国前途》中，首次用到汉语词"中华民国"，⑪其论述重点都在"民国"二字，于世界历史大势的格局中，从义理上予以论证。至于"中华"，在孙那儿是不证自明的，并未述及。而一年半后《民报》刊发太炎《中华民国解》，洋洋洒洒："是故华云、夏云、汉云，随举一名，互摄三义。建汉名以为族，而邦国之

---

⑧ 王夫之：《周易外传》卷二，《船山全书》第一册；《宋论》卷十五，《船山全书》第十一册。岳麓书社1988年12月版。
⑨ 《日知录集释》中册，顾炎武著，黄汝成集释，栾保群、吕宗力校点，上海古籍出版社2006年12月版。
⑩ 孙文：《发刊词》，《民报》第一号，1905年11月26日。
⑪ 民意《纪十二月二日本报纪元节庆祝大会事及演说辞》，《民报》第十号，1906年12月20日。

义斯在。建华名以为国,而种族之义亦在。此中华民国之所以谥。"[12]其所论者,全在"中华"二字,由古而今,遍及四裔,而于"民国"之"民"究所云何几不着一字。

此可见于"邦国",于"种族",章太炎与孙中山及绝大多数革命党人的理解,有着很大的不同和侧重:

> 故今世种同者,古或异。种异者,古或同。要以有史为限断,则谓之历史民族,非其本始然也。[13]

太炎所关心,简而言之就在所谓"衣冠文物",因而本民族历史与文化的依据是其根本,亦即"历史民族"其所云者。

普通述及章太炎,总会谈到他从维新到革命的变化,约略以1900年《解辫髪》《客帝匡谬》为分界。想必在当年就是这样的评价,因而1903年狱中答记者,他对此做了明确的否定:

> 中岁主《时务报》,与康、梁诸子委蛇,亦尝言及变法。当是时,固以为民气获伸,则满洲五百万人必不能自立于汉土,其言虽与今异,其旨则与今同。昔为间接之革命,今为直接之革命,何有所谓始欲维新,终创革命者哉。

---

[12] 太炎:《中华民国解》,《民报》第十五号,1907年7月5日。
[13] 《訄书(重订本)·序种姓上》,《章太炎全集》(三),上海人民出版社1984年7月版。

联系同文中小时读蒋氏《东华录》种种，构成一个具有逻辑脉络的完整叙事。而接下来的论述，则直接陵轹"维新""革命"二语，以为"惟以维新革命，锱铢相较，大勇小怯，秒忽相衡"，因而需要"正名"：

> 夫民族主义，炽盛于二十世纪，逆胡膻虏，非我族类。不能变法当革，能变法亦当革。不能救民当革，能救民亦当革。吾之序《革命军》，以为革命、光复，名实大异。从俗言之，则曰革命。从吾辈之主义言之，则曰光复。会朝清明，异于汤武，攘除贵族，异于山岳党。其为希腊、意大利之中兴则是矣，其为英、法之革命则犹有小差也。⑭

王夫之《黄书·原极第一》云："故圣人先号万姓而示之以独贵。保其所贵，匡其终乱，施于孙子，须于后圣。可禅，可继，可革，而不可使夷类间之。"⑮"革"是汉种自己的事情，对于"夷类"，那就不是"革命"而是"光复"了。亦即《革命军序》所谓："同族相代，谓之革命；异族攘窃，谓之灭亡。改制同族，谓之革命；驱逐异族，谓之光复。今中国既灭亡于逆胡，所当谋者，光复也，非革命云尔。"⑯所以"变

---

⑭ 《狱中答新闻报》，转引自汤志钧编《章太炎政论选集》上册。
⑮ 王夫之：《黄书·原极》，《船山全书》第十二册。
⑯ 《革命军序》，舒芜等编《中国近代文论选》下，人民文学出版社1981年1月版。

法""救民",这些维新或革命的口号皆非根本。所谓"能变法亦当革",所谓"能救民亦当革",章太炎语气决绝,他的目标,在于"祀夏配天,光复旧物"。⑰

晚清革命党人大体由三支组成,主要人物籍属广东的兴中会,籍属湖南的华兴会,以及籍属浙江的光复会。光复会成立于1904年,会名或许就来自章太炎。其后他在不同场合不断将当时已经通行的"革命"正名为"光复",会中同仁想必皆佩服其学问,但似乎也没人孜孜于其间的分别。

章太炎实践的是一条独特的道路,《东京留学生欢迎会演说词》"近日办事的方法"部分,他首先言及:"一切政治、法律、战术等项,这都是诸君已经研究的,不必提起。"显然此类形而下的事情,不能入他的法眼。"依兄弟看,第一要在感情",至于如何成就"感情",则"全在宗教、国粹两项"。

宗教问题,章太炎选择的是佛教,以为可以"勇猛无畏,众志成城,方才干得事来"。至于国粹,是"要人爱惜我们汉种的历史",这其中"一是语言文字,二是典章制度,三是人物事迹"。⑱

这场演说后五十日,章接任主编的《民报》第七号出版,刊有《国学讲习会序》,谓"天特留此一席以待先生",宣布太炎讲学:

---

⑰ 《狱中答新闻报》,转引自汤志钧编《章太炎政论选集》上册。
⑱ 太炎:《演说录》,《民报》第六号。

> 先生已允为宣讲者：一，中国语言文字制作之源；一，典章制度所以设施之旨趣；一，古来人物事迹之可为法式者……且先生治佛学尤精，谓将由佛学易天下。临讲之目，此亦要点。[19]

可见演说中"近日办事的方法"，马上要一一实行。而据宋教仁日记，国学讲习会规模甚广，科目繁多，计划中也非一人施讲。[20]但《国学讲习会序》中所标榜者仅是章太炎，可见自家阵营中已经以他为旗帜。当时的讲学情况已不可知，今所留存者仅是当月出版署名章炳麟的《国学讲习会略说》，则确可知太炎是开讲了的。《国学讲习会略说》收《论语言文字之学》《论文学》《论诸子学》，三文很快也在上海《国粹学报》连载，《论文学》改题《文学论略》，《论诸子学》改题《诸子学略说》。《国学讲习会略说》中还保留着讲学的口气，《论语言文字之学》开头"今日诸君欲知国学"，《国粹学报》本作"今欲知国学"。《论诸子学》起首"上来既讲文学，今就学说中诸子一类，为诸君言其概略"，《诸子学略说》中删去。因可知本都是口说的文字据本，其后也只有一半文字入集《国故论衡》，即《论语言文字之学》抽取部分改题《语言缘起

---

[19] 国学讲习会发起人《国学讲习会序》，《民报》第七号，1906年9月5日。
[20] 参见汤志钧《章太炎年谱长编》上册，第214—215页。

说》,《文学论略》删削为《文学总略》。[21]

《国学讲习会序》作者应为章士钊,中谓:

> 夫国学者,国家所以成立之源泉也。吾闻处竞争之世,徒恃国学固不足以立国矣。而吾未闻国学不兴而国能自立者也。吾闻有国亡而国学不亡者矣,而吾未闻国学先亡而国仍立者也。故今日国学之无人兴起,即将影响于国家之存灭。[22]

这段文字的风格颇有梁启超的气息,但意思应该来自太炎,也是当年国粹派同志的根本立场。所谓"国学",本就不仅仅是"学",其上还有个"国","学"是"国""成立之源泉"。也就是说,光有"学"未必能有其"国",而无"学"必不能立其"国"。章太炎反复认真分辨他所从事的是"光复"而不是"革命",缘由正在于此:

> 余学虽有师友讲习,然得于忧患者多。自三十九岁亡命日本,提奖光复,未尝废学。[23]

---

[21] 章炳麟:《国学讲习会略说》,秀光社1906年9月版。章绛:《诸子略说》,《国粹学报》第二十、二十一期,1906年9月8日、10月7日;章绛:《文学论略》,《国粹学报》第二十一至二十三期,1906年10月7日、11月6日、12月5日;章绛:《论语言文字之学》,《国粹学报》第二十四、二十五期,1907年1月4日、2月2日。

[22] 国学讲习会发起人《国学讲习会序》,《民报》第7号。按章士钊《疏〈黄帝魂〉》云:"犹忆太炎出狱莅东,同人以讲学相要,为设国学讲习会,而责序于余。"《辛亥革命回忆录》第一集,文史资料出版社,1961年版,第289页。

[23] 《自定年谱》"清稿"本,"宣统二年四十三岁"条,《章太炎先生自定年谱》,上海书店1986年6月版。

"光复"与"学",是不可分割的一体两面。只有在这个意义上,才能理解章太炎学术工作的动机,以及他"讲学"的目的。1906年下半年的讲学似乎没有维持多长时间,其后章太炎陷入《民报》以及大量的政治事务中,大概未能"讲学"。1908年10月《民报》遭禁,按他自己的说法,又开始讲学。《自定年谱》"宣统元年"条:

<blockquote>
《民报》既被禁,余闲处与诸子讲学……焕卿自南洋归,余方讲学,焕卿亦言:"逸仙难与图事,吾辈主张光复,本在江上,事亦在同盟会先,曷分设光复会。"余诺之,同盟会人亦有附者。然讲学如故。㉔
</blockquote>

太炎不愧文章圣手,此节记同盟会涣散,陶成章拟重建光复会,翌年正月成立时且以章为会长。但此处追述,仅"余诺之"三字表明态度。在叙述这些政治大事时插入数语,"余闲处与诸子讲学""余方讲学""然讲学如故",从文章角度似是以闲笔调理辞气,变换节奏,实则"讲学"乃是叙述主脉,"闲处""方""然"等,其意态正在这不言而言中。

作为掌门大弟子,黄侃是可以洞彻乃师肺腑的,多年后,其追叙如此:

㉔ 《自定年谱》"清稿"本,"宣统元年四十二岁"条,《章太炎先生自定年谱》。

> 先生与日本政府讼，数月，卒不得胜，遂退居，教授诸游学者以国学……思适印度为浮屠，资斧困绝，不能行。寓庐至数月不举火，日以百钱市麦饼以自度，衣被三年不浣，困厄如此，而德操弥厉。其授人以国学也，以谓国不幸衰亡，学术不绝，民犹有所观感，庶几收硕果之效，有复阳之望。故勤勤恳恳，不惮其劳，弟子至数百人。可谓独立不惧，暗然日章，自顾君以来，鲜有伦类者矣。㉕

其谓"退居"讲学，与章太炎所述一致。不过据朱希祖日记，早在《民报》被禁前半年，神田大成中学的《说文》课已开班。章、黄所记并不准确，但也许不是记忆问题，而是强调与《民报》被禁的因果关系。甚至朱日记中，神田开课前半个多月，还有太炎他处演讲的记载，㉖可知"讲学"也许是章在日期间的常态。脱却《民报》社务，则更可以"谢公社事，专务厉学。徙居小日向台町二丁目二十六番，署门曰'国学讲习会'。杂宾不至，从游者皆素心人"。㉗黄侃将太炎拟之为"顾君"，实则顾亭林曾改名"绛"，又改名"炎武"，而章炳麟亦曾改名"绛"，而号"太炎"。此与康有为自比孔子之"素王"，而号"长素"。一诚笃，一虚骄，其间不可以道里计也。

㉕ 黄季刚：《太炎先生行事记》，《神州丛报》第一卷第一册，1913年8月1日。
㉖ 参见汤志钧《章太炎年谱长编》上册，第291—294页。
㉗ 章炳麟：《与锺君论学书》，1909年1月20日，"锺君"即锺正楙。"谢公社事"语气节奏不洽，疑为"谢公杜事"，移写整理时形近而讹。《文史》第2辑，中华书局1963年1月版。

太炎奋力讲学，"以谓国不幸衰亡，学术不绝，民犹有所观感，庶几收硕果之效，有复阳之望"。当时他自然不可能预知清廷何时覆灭，所可以努力的是维系"学术不绝"，才能有所依俟，以期于"复阳之望"。荧光爝火，守先待后，是为太炎学术的真精神。

正因为身任顾炎武，自以为文化命脉所系，当生命受到威胁，章太炎总有无限焦虑。1903年上海狱中，有《癸卯□中漫笔》：

> 上天以国粹付余，自炳麟之初生，迄于今兹，三十有六岁。凤鸟不至，河不出图，惟余亦不任宅其位，繄素王素臣之迹是践，岂直保守残阙而已。又将官其财物，恢明而光大之。怀未得遂，累于□国，惟□翼□欤，则犹有继述者。至于支那闳硕壮美之学，而遂斩其统绪，国故民纪，绝于余手，是则余之罪也。㉘

语气似乎夸慢，而拳拳之心，读之令人动容。1908年因刘师培与之反目事，他移书孙诒让，请前辈为之调停，自言"非为一身毁誉之故，独念先汉故言不绝如缕，非有同好，谁与

㉘ 《章太炎癸卯□中漫笔》，《国粹学报》第八期，1905年9月18日。"□中"即"狱中"。收于《太炎文录初编·文录卷一》，题《癸卯狱中自记》，其中"累于□国，惟□翼□欤"作"累于仇国，惟金火相革欤"，参见《章太炎全集》（四），上海人民出版社1985年9月版。

共济"，所希望于刘师培者，乃是"与麟戮力支持残局"。诒让尚未接到函件便已离世。㉙翌年直接致函刘师培，极言"与君学术素同，盖乃千载一遇。中以小衅，蔚为仇雠……思君之勤，使人髪白"，㉚痛心疾首，溢于言表，所为者尽在"国粹日微，赖子提倡"。㉛

辛亥"秋八月，武昌兵起，余时方与诸生讲学"，很快"湖南、江西相继反正"，大局已变，章太炎"始辍讲业"。㉜

二

1906年7月章太炎第三度赴日，1911年11月返国。此数年间，概而言之即其自言之"提奖光复，不废讲学"。期间所出版，最早系1906年9月《国学讲习会略说》，收《论语言文字之学》《论文学》《论诸子学》三文。最晚系1910年6月《国故论衡》，"分小学、文学、诸子学三类"，《教育今语杂志》上的广告，称"本在学会口说，次为文辞"。㉝正可见其一以贯

㉙ 《与孙诒让》，末署"上五月初三"即6月1日，本月二十二日（即6月20日），孙诒让卒。《制言》第三十期，1936年12月1日。据孙延钊《徐杭先生与先征君》，孙诒让未及收到来信，参见汤志钧《章太炎年谱长编》上册，第262页。
㉚ 《再与刘光汉书》，《太炎文录初编·文录卷二》，《章太炎全集》（四）。钱玄同《章太炎黄季刚二君关于刘申叔之文十首》系于己酉（1909），收入刘师培著，钱玄同主编：《刘申叔遗书》（上），江苏古籍出版社1997年3月版。
㉛ 《某君与某书》之二，《国粹学报》第二十四期，1907年1月4日。
㉜ 《自定年谱》"清稿"本，"宣统三年四十四岁"条，《章太炎先生自定年谱》。
㉝ 《国故论衡广告》，见1910年《教育今语杂志》各期，转引自汤志钧《章太炎年谱长编》上册，第344页。

之的"讲学",在结构上,基本都是这三支。

因太炎有"语言文字之学"一语,遂被后来的学者赋予现代学术转型的意义,即与传统"小学"划然有别。此说甚是浑沦,实则二语在太炎处通常混用,等而为一,用"小学"者更为常见,"语言文字"一般在论述二者关系时使用。《论语言文字之学》只在开头部分言"语言文字之学",此后俱称"小学"。不过,不管"语言文字之学"还是"小学",他确实有不同前人与时人的界定。[34]《论语言文字之学》云:

> 此语言文字之学,古称小学……今日言小学者,皆似以此为经学之附属品。实则小学之用,非专以通经而已。周秦诸子史记汉书之属,皆多古言古字,非知小学者必不能读。若欲专求文学,更非小学不可……如上所说,则小学者,非为通经之学,而为一切学问之单位之学。

有清一代,朴学大师辈出,其中"小学"一门,早已由附庸蔚为大国。但在一般观念上,"小学"确为通经之用。而在章太炎那儿,正如孔子并不居于特殊的"教主"之席,《语》《孟》应回归诸子之部列一样,经部诚如章学诚所谓"六经皆史",也不具有特出的典籍地位。"小学"是一切学术的基础,

---

[34] 有关这一问题,较恰切的论述,可参见黄锦树《章太炎语言文字之学的知识(精神)系谱》,花木兰文化出版社,2012年版,第4—7页。

因而"今日诸君欲知国学,则不得不先知语言文字"。

"所谓小学,其义云何,曰字之形体、音声、训诂而已。"太炎如此界说,实在平平无奇。不过对于诸多清儒名著,他认为仅可称"说文之学""尔雅方言之学""古韵唐韵之学",而"不得称为小学",只有像戴东原以下如段、王、郝,能够"兼此三者,得其条贯",才当得起其心目中的"语言文字之学"。[35]

章太炎所谓"语言文字之学"或"小学",有远超乎前贤的关怀。《国故论衡》开卷首篇之《小学略说》,是章的纲领性文件,其言曰:

> ……凡治小学者,非专辨章形体,要于推寻故言,得其经脉……盖小学者,国故之本,王教之端,上以推校先典,下以宜民便俗,岂专引笔划篆,缴绕文字而已……[36]

太炎之前,"小学"本是"通经"的工具。太炎之后,一般人的观念,诚如吴稚晖所言,"语言文字之为用,无他,供人与人相互者也"。[37]但对于章太炎来说,"国故之本,王教之端,上以推校先典,下以宜民便俗",从国故到民俗,负载着古今上下的文化。而且,"上世草昧,中古帝王之行事,存于传

---

[35] 《论语言文字之学》,《国学讲习会略说》。
[36] 《小学略说》,《国故论衡》上卷,上海大共和日报馆1912年12月版。
[37] 燃料《书驳中国用万国新语说后》,《新世纪》第五十七期,1908年7月25日。

记者已寡，惟文字、语言间留其痕迹，此与地中僵石为无形之二种大史"。㊳这岂是"器具"而止，简直就是中华文明的本体。

　　太炎所处之世，李鸿章所谓"三千馀年一大变局"，危机遍及所有方面。精英阶层的应对方案，也是言人人殊。具体到语言文字层面，则有拼音化、白话文的改革思路，此有增广民智、普及教育等思考背景。而现实的局面，由于西方文明大量涌入，已有语言文字不敷使用，造新字、用新词已到疲于奔命的局面。二十世纪伊始，以梁启超为代表，大量移用"和制汉语"，文章也染上日本风，影响所及，已成风气。太炎自幼"泛览典文"，及壮以光复为使命。在他眼里，文化命脉所系，首要在于语言文字，而这也是危机根本所在。时下局面，诸多改革方案，无论拼音化还是日语词等等，皆无异饮鸩止渴。

　　早在初刻本《訄书·订文》，章太炎就阐述了他的判断。从史籀到许慎，文字"九千名"，而"自《玉篇》以逮《集韵》，不损二万字"。但北宋以降，各项所用，"千名"至"四千名"而足，"其它则视以为腐木败革也已矣"。相对的，"今英语最数，无虑六万言。言各成义，不相陵越。东西之有书契，莫緐是者，故足以表西海"。㊴

㊳ 《致吴君遂书》（1902年8月8日），汤志钧编《章太炎政论选集》上册。
㊴ 《訄书（初刻本）·订文》，《章太炎全集》（三）。

当然，此说有个问题，汉字的"名"即"字"，与英语的"言"即"word"，并不是可以直接比较的概念。太炎也不是不懂这一点，《订文》附录《正名略例》中就专有一条论及此：

> 西方以数声成言，乃为一字，震旦则否。然释故、释言而外，复有释训。非联绵两字，即以双声迭韵成语，此异于单举者。又若事物名号，合用数言……是皆两义和合，并为一称。苟自西方言之，亦何异一字邪。今通俗所用，虽廑跂二千，其不至甚忧困匮者，固赖此转移尔。由是言之，施于檄移，亦逾万字。然于理财正辞，其忧不逮甚矣。若有创作，用缵旧文，故一字训数字两端，皆称一字。是则书童竹笞，数必盈亿矣。[40]

此处"字"的界说，扩张成相当于如今的"词"。但即便如此，他认为也只是满足"通俗所用"，至于"理财正辞"，则远远不够。而现实状况中"以二千名与夫六万言者相角"，简直是最大的民族危机，"乌乎，此夫中国之所以日削也"。因为"于文字之盈欠，则卜其世之盛衰矣"，再也没有比这更形象地反映出当下国家的衰败。作为应对之策，《订文》云：

> 先师荀子曰，后王起，必将有循于旧名，有作于新名……

---

[40] 《訄书（初刻本）·订文·正名略例》，《章太炎全集》（三）。

孟晋之后王，必修述文字。其形色志念，故有其名，今不能举者，循而摭之。故无其名，今匮于用者，则自我作之。㊶

此即"创作"与"用缵旧文"的两项方针。待到《訄书》重订本，《订文》所附，则杂入1902年《文学说例》内容，改名《正名杂义》。其最后部分所提及，"武岛又次郎作《修辞学》曰：'言语三种，适于文辞，曰见在语、国民语、箸名语，是为善用法。反之亦有三种，曰废弃语、千百年以上所必用，而今亡佚者，曰废弃语。外来语、新造语，施于文辞，是为不善用法。'"对三种"不善用法"，武岛认为外来语、新造语有时非用不可，但须节制。而废弃语，"世人或取丘墓死语，强令苏生，语既久废，人所不晓，辄令神味减失"。对此，太炎同意"官号地望""械器舆服"必用今名，即"有作于新名"者。至于废弃语，他则以为"顷岁或需新造，寻检苍雅，则废语多有可用为新语者"。此其所谓"有循于旧名"，同样是应对当下词语需求的策略，而更为章太炎所尤其关注，也是他独有的思考和主张：

……若其雅俗称名，新故杂用，是宁有厉禁邪。至云人所不晓，致减神味，说尤鄙倦。夫废弃之语，固有施于文辞，则为间见，行于䜌谚，反为达称者矣……此并旷绝千年，或数百

㊶ 《訄书（初刻本）·订文》，《章太炎全集》（三）。

稔，不见于文辞久矣。然耕夫贩妇，尚人人能言之……故文辞则千年旷绝，鄙谚则百姓与能……然则不晓者仅一部之文人，而晓者乃散在全部之国民，何为其惛憃减昧也。繇是以言，废弃语之待用，亦与外来、新造无殊……㊷

也就是说，"废弃语"只是不存于文人笔札，却为民间所惯用，文人笔下的死文字，在国民口中是活语言。因而"雅俗""新故"可以并存，千年之久，万里之广，俱可统为一体，这是他解决文之"日以啙媮"的方案。㊸

时隔数年，太炎东渡日本后，开始有机会将这一观念转化为学术工作。1906年在致刘师培函中，他谈到这个想法：

鄙意今日所急，在比辑里语，作今方言……仆所志独在中国本部，乡土异语，足以见古字古言者不少……比类知原，其事非一，若能精如杨子，辑为一书，上通故训，下谐时俗，亦可以发思古之幽情矣……吾侪于此，犹能致力，亦有意乎。㊹

汉语方言，尤其南方方言中，遗存上古、中古汉语的音义，这是人所皆知的事实。不过，当初扬雄《方言》全名《輶轩使者

㊷ 《訄书（重订本）·订文·正名杂义》，《章太炎全集》（三）。
㊸ 参见彭春凌《以"一返方言"抵抗"汉字统一"与"万国新语"——章太炎关于语言文字问题的论争（1906—1911）》，《近代史研究》2008年第2期。
㊹ 《丙午与刘光汉书》，《太炎文录初编·文录卷二》，《章太炎全集》（四）。

绝代语释别国方言》,其志诚如许慎《说文解字·丌部》,"古之遒人以木铎记诗言",目的在于"采览异言,以为奏籍"。㊺后世所作,大体也是"采风"的馀脉。而章太炎所设想,"上通故训,下谐时俗",则是真正的"礼失求诸野"了。

一年后,《民报》刊出《博征海内方言告白》,曰:"果欲文言合一,当先博考方言,寻其语根,得其本字,然后编为典语,旁行通国,斯为得之。"㊻这里所揭橥的目标是当时盛行的"文言合一",章太炎为此提供一个他自己的方案。

晚清所谓言文合一,白话文与拼音化主张者,都以此作为理论支撑。白话文相对文言文更接近现代口语,有着言文一致的基础,不过,其对接的传统是以白话小说为主的传统书写语言。真正接近当下口语的是白话报,但显然因过于简单,很难支持新书写语言的建设,况且还有方言的歧异。拼音化则是以取消汉字为目标,直接拼写口语,虽然可以言文一致,但由于各地方言差异,直接导致汉语书写的分裂。至二十世纪初,又有统一语言的口号,不过如此先须推行通用语,那么以拼音化实现言文一致的便捷性也就谈不上了。㊼

《博征海内方言告白》是为章太炎撰辑《新方言》征集

㊺ 刘光汉:《新方言·后序一》,《章太炎全集》(七),上海人民出版社1999年5月版。语出郭璞《方言序》:"盖闻方言之作,出乎輶轩之使,所以巡游万国,采览异言,车轨之所交,人迹之所蹈,靡不毕载,以为奏籍。"
㊻ 《博征海内方言告白》,自《民报》第十七号(1907年10月25日)起,基本每期都有刊载。
㊼ 参见王风《晚清拼音化与白话文催发的国语思潮》,《现代中国》第1辑,2001年10月。本书已收录。

资料,《新方言》成书,书末刘师培和黄侃的"后序",季刚言:"傥令殊语皆明,声气无阂。乡曲相鄙之见,由之以息。文言一致之真,庶几可睹。芳泽所披,于是远矣。"[48]申叔言:"夫言以足志,音以审言,音明则言通,言通则志达。异日统一民言,以县群众,其将有取于斯。"[49]一个说"文言一致",一个说"统一民言",似乎商量好了替太炎道出心志。普通凭印象认为章太炎"复古""保守""反对白话"等等,其实都是皮毛之见。恰恰相反,他的学术工作,正是为了解决"文言一致"与"统一民言"之类当下的文化问题。"今夫种族之分合,必以其言辞异同为大齐"。[50]只不过太炎的"路线图"与众不同,其所谋者大,计划也浩繁得无边无际。

《新方言》1907年10月在《国粹学报》连载,1909年8月成书出版。从书名看,是继武子云的方言学之作;不过从方法上看,以古语证今语,以今语通古语,可看作语源学著作。"世人学欧罗巴语,多寻其语根,溯之希腊、罗甸;今于国语,顾不欲推见本始。此尚不足齿于冠带之伦,何有于问学乎。"在他看来,"盖有诵读占毕之声既用唐韵,俗语犹不违古音者;有通语既用今音,一乡一州犹不违唐韵者;有数字同从一声,唐韵以来一字转变,馀字犹在本部,而俗语或从之俱变者。""古音"早于"唐韵","唐韵"早于"今音",因而所

---

[48] 黄侃:《新方言·后序二》,《章太炎全集》(七)。
[49] 刘光汉:《新方言·后序一》,《章太炎全集》(七)。
[50] 《訄书(重订本)·方言》,《章太炎全集》(三)。

谓“俗语”，相对于“通语”和“诵读占毕之声”，更可以说是“雅言”。于此动人的存在，章太炎几于情不能自已：

……后生不可待也，及吾未入丘墓之时，为之理解，犹愈于放失已……读吾书者，虽身在陇亩，与夫市井贩夫，当知今之殊言，不违姬汉。既陟升於皇之赫戏，案以临瞻故国，其恻怆可知也。(51)

其对“身在陇亩，与夫市井贩夫”满怀深情，而“临瞻故国”的“恻怆”，刘师培则为之疏解：

抑自东晋以还，胡羯氐羌，入宅中夏，河淮南北，间杂夷音。重以蒙古、建州之乱，风俗颓替，虏语横行。而委巷之谈，妇孺之语，转能保故言而不失，此则夏声之仅存者。昔欧洲希意诸国，受制非种，故老遗民，保持旧语，而思古之念，沛然以生，光复之勋，蘿蕍于此。今诸华夷祸与希意同，欲革夷言而从夏声，又必以此书为嚆矢。此则太炎之志也。(52)

“思古”乃为了“光复”，这始终是章太炎学术的最原始动力。因而“国故”固然是学术，但更重要的是其指引向“故国”，维系人民的记忆，使其保持原有的根本，不被同化，亦

(51) 《新方言（重订本）·新方言序》，《章太炎全集》（七）。
(52) 刘光汉：《新方言·后序一》，《章太炎全集》（七）。

即所谓"国性":

> 小学故训萌芽财二百年……其以披析坟典,若导大窾。次即董理方言,令民葆爱旧贯,无忘故常,国虽苓落,必有与立。盖闻意大利之兴也,在习罗马古文,七八百岁而后建国。然则光复旧物,岂旦莫事哉。在使国性不醨,后人收其效耳。[53]

"小学故训"的重要,以及"董理方言"的现实关怀,可谓寄意遥深。"光复旧物"并非"旦莫事",太炎当年是以为自己看不到的。因而对于学术工作,他期以长远,努力维持"旧贯""故常",只要"国性不醨",则总会有一天"后人收其效耳"。

1907年,日本有"汉字统一会"之设,并将端方、张之洞两位极具势力,并且有相当文化影响的封疆大吏拉进去挂名。这个组织"反对罗甸字母,且欲联合亚东三国",亦即中日韩,共同维护汉字地位。这大概即今时髦所称"汉字文化圈"第一次共同的文化行动,但其策略之一是"选择常用之字以为程限"。[54]这个思路其实并不奇怪,而且延续至今。"汉字统一会"未必是始作俑者,但却是最早试图使其成为多国共同政策的。对于章太炎来说,这显然是个问题严重的方案,他素

---

[53] 章炳麟:《与钟君论学书》,《文史》第2辑。
[54] 太炎:《汉字统一会之荒陋》,《民报》第十七号,1907年10月25日。

所忧心"暖暖以二千名与夫六万言者相角",并全力为此工作以求解决办法,《新方言》的一个重大目的即在于此。"夫语言文字之繁简,从于社会质文",⑤而"汉字统一会"却"以限制文字为汉字统一之途",完全南辕北辙,国内居然有势力者支持。于是,在上海的《国粹学报》开始连载《新方言》的同时,东京《民报》上刊登章的《汉字统一会之荒陋》。

在这篇文章中,太炎谈到汉字对于日本和对于中国完全不同,在中国"声音训诂,古今相禅",而日本汉字之外有假名,汉字只是"补阙之具"。因此限制字量在日本或可,在中国岂止不可,反而应该反其道而行。由此介绍到《新方言》,"得三百七十事",均是为方言寻本字:

> 若综其实,则今之里语,合于《说文》《三仓》《尔雅》《方言》者正多。双声相转而字异共〔其〕音,邻部相移而字异其韵,审知条贯,则根柢豁然可求……若偏讨九州异语,以稽周秦汉魏间小学家书,其文字往往而在,视今所习用者,或增千许……

这些一般人眼中的"废弃语",存于"今世方言",在太炎看来,"上合周汉者众,其宝贵过于天球九鼎,皇忍拨弃之

---

⑤ 《訄书(重订本)·订文·正名杂义》,《章太炎全集》(三)。

为”。(56)因而，“略细殊语，征之古音”，(57)则可以使得“已陈之语，绝而复苏，难谕之词，视而可识”。(58)

“笔札常文”中的“死文字”，在“今世方言”中是“活语言”。章太炎《新方言》所致力的方向，就是要从方言中复活已废弃文字，在这样的“文言一致”基础上“统一民言”：

俗士有恒言，以言文一致为准，所定文法，率近小说、演义之流。其或纯为白话，而以蕴藉温厚之词间之，所用成语，徒唐宋文人所造。何若一返方言，本无言文歧义之征，而又深契古义，视唐宋儒言为典则耶。昔陆法言作《切韵》，盖集合州郡异音，不悉以隋京为准。今者音韵虽宜一致，如所谓官音者。然顺天音过促急，平入不分，难为准则。而殊言别语，终合葆存。(59)

当时所谓“言文一致”，主体思路是以文就言。而北方方言地域最广，使用人口最多，其中北京方言因政治、文化上的原因颇居优势。至于书写语言，则发端于唐宋的白话文，与所谓“官话”语法系统一致，即太炎所谓“小说、演义之流”。不过他反对“纯为白话”，就因为只是源出唐宋，远不如方言“本无言文歧义之征，而又深契古义”。“一返方言”，既解决

(56) 太炎：《汉字统一会之荒陋》，《民报》第十七号。
(57) 《新方言·新方言序》，《章太炎全集》（七）。
(58) 黄侃：《新方言·后序二》，《章太炎全集》（七）。
(59) 太炎：《汉字统一会之荒陋》，《民报》第十七号。

言文一致的现实问题，又与语言文字的历史建立高度统一性。地域之别、古今之异，在他的方案中遍包众有，融为一体，得到彻底的安置，"合天下之异言以成新语"。[60]不得不说，这确实是完美得让人晕眩的秩序。

不过，所谓"一返方言"，方言本身就意味着差异的存在，共同语可以是统一体，方言总要有所取舍。事实上，早在《訄书》，就有《方言》一章讨论了这个问题，曰不当取宛平（北京）而当取夏口（汉口）。这在太炎那儿自有充分的语言史根据，"是故言必上楚，反朔方之声于二南，而隆周召"。[61]

任何方言都不可能十全十美，而章太炎的性格是必求其极致。陆法言因此成为榜样，《切韵》系隋初八人论列天下音韵，"因论南北是非，古今通塞。欲更捃选精切，除削疏缓，萧颜多所决定"的产物，虽以洛阳音为主，但实是折衷南北，"皆采合州国殊言，从其至当，不一以隋京为准，故县诸日月而不刊"。[62]《切韵序》"我辈数人，定则定矣"，这种只问是非并且毅然承担的风度显然于太炎很是投缘，他的方略，"循法言《切韵》之例，一字数音，区其正变，则虽谓周汉旧言，犹存今世可也"：

---

[60] 《与钱玄同》，1907年8月18日。马勇编《章太炎书信集》，河北人民出版社，2003年1月版，第101页。
[61] 《訄书（重订本）·方言》，《章太炎全集》（三）。
[62] 太炎：《规新世纪》，《民报》第二十四号，1908年10月10日。

今之声韵，或正或讹，南北皆有偏至。北方分纽，善府于神珙，而韵略有函胡。广东辨韵，眇合于法言，而纽复多殽混。南北相校，惟江汉处其中流，江陵、武昌，韵纽皆正，然犹须旁采州国，以成夏声……既以江汉间为正音，复取四方典则之声，用相和会，则声韵其无谬矣……若知斯类，北人不当以南纪之言为磔格，南人不当以中州之语为冤句，有能调均殊语，以为一家，则名言其有则矣。(63)

简言之，即"不从乡曲，不从首都"。此在章太炎有他的理由，"盖汉字以形为主，于形中著定谐声之法，虽象形指事会意诸文，亦皆有正音在。非如欧洲文字，以音从语不以语从音，故可强取首都为定也"。就他的判断，"今宛平语，不如江宁审正多矣，而江宁复不逮武昌审正，然武昌亦一二华离。故余谓当旁采州国以补武昌之阙"，非但如此，"名词雅俗亦当杂采殊方，夫政令不可以王者专制，言语独可以首都专制耶"。(64)章太炎《新方言》的工作，其根本的目标，就是"旁采州国""杂采殊方"，为中国共同语建设打下基础，这是一个径行独往的方略：

文言合一，盖时彦所哗言也。此事固未可猝行，藉令行

(63) 太炎：《驳中国用万国新语说》，《民报》第二十一号，1908年6月10日。
(64) 太炎：《规新世纪》，《民报》第二十四号。

之，不得其道，徒令文学日窳。方国殊言，间存古训，亦即随之消亡。以此阁围烝黎，翩其反矣。余以为文字训故，必当普教国人。九服异言，咸宜撑其本始。乃至出辞之法，正名之方，各得准绳，悉能解谕。当尔之时，诸方别语，庶将斠如画一……⑥⑤

理想可谓无比高蹈，但这是个只在理论上圆洽的设计。"文字训故"需要"普教国人"，另外还须"寻其语根，得其本字，然后编为典语"。⑥⑥对于这一计划的前景，章太炎有他的想象：

可知中夏言文，肇端皇古，虽展转迁变，而语不离其宗。凡南北省界偏党之见，自此可断，并音简字愚诬之说，自此可消。以此读周秦两汉之书，向所视为诘诎者，乃如造膝密谈，亲相酬对……⑥⑦

简而言之，即是以历史统一当下，以时间统一空间，"简稽古语，以审今言，如执左券，以合右方之契，虽更千载，而豪忽未尝相左"。⑥⑧"寻其语根，得其本字"所造成的"言"，与

---

⑥⑤ 《正言论》，《国故论衡》上卷。
⑥⑥ 《博征海内方言告白》，《民报》第十七号以后各期。
⑥⑦ 《新方言定本》，《国粹学报》第五十六期，1909年8月5日。
⑥⑧ 太炎：《汉字统一会之荒陋》，《民报》第十七号。

"周秦两汉之书"的"文"，完全融洽，"古今语言，虽递相嬗代，未有不归其宗，故今语犹古语也"。(69)这种共时性与历时性的浑然一体，一方面可以消除地域的差异，另一方面，追寻"语不离其宗"的"宗"，与"皇古"牢固联结，将人民的口头用语与历史典籍熔为一炉，此即太炎的"文言合一"。

对章太炎而言，这个独得的"文言一致"并"统一民言"的方案，于内有"辑和民族，齐一语言，调度风俗，究宣情志"，(70)建立民族共同体的目的。同时，于外则有使"国性不醨"，文化不被同化的作用。

《新方言》作为一项学术工作，目标并不在于方言的调查和研究，而是为中国共同语设计完美的方案。方言众多，太炎局促海外，不可能遍访九州，摭拾遗言。依赖周围朋友提供口语材料，难以避免有所差错，大概他心里也清楚。因而一直希望同好参与，后学继承。1914年被袁世凯软禁北京，5月决意绝食，自分必死，乃驰书其婿龚宝铨，托求墓地，交代后事。斯所慨然，"夫成功者去，事所当然，今亦瞑目，无所吝恨。但以怀抱学术，教思无穷，其志不尽……所欲著之竹帛者，盖尚有三四种，是不可得，则遗恨于千年矣"。(71)稍早前，作《题所撰初印本〈新方言〉予黄侃》，自以为"终已不

(69) 《自述学术次第》，《菿汉三言》附录。虞云国校点，上海书店出版社2011年8月版。

(70) 《代议然否论》，《太炎文录初编・别录卷一》，《章太炎全集》（四）。

(71) 《与龚未生书》，1914年5月23日，汤志钧编《章太炎政论选集》下册。

得反乡里，上先人冢墓"，遂以"《新方言》三百七十事赠黄季刚"，此可看作太炎的学术遗嘱：

> 季刚年方盛壮，学术能为愚心稠适，又寂泊愿握苦节。此八百事，赖季刚桄大之。余自分问学不逮子云隃远，身为皇汉之逸民，差无符命投阁之耻。念欲自拟幼安嗣宗，又劣弱不胜也。保氏旧文，危若引发。绝续之际，愿季刚亹亹而已。[72]

三

章太炎的语言文字观，要言之，首先认为文起于言，文字"权舆于语言"，这自然并无特别。他立论的重点在于二者的"殊流"，即"语言文学〔字〕功用各殊"。[73]文字有言语不能取代的作用，"文字本以代言，而其用则有独至"。[74]《订文》中关键一个论断就是：

> 文因于言，其末则言挚迫而因于文。

在言语力所不能及的边界，文字开始承担起使命。文字所表达

---

[72]《题所撰初印本〈新方言〉予黄侃》，《雅言》第六期，"章太炎文录（续）"，1914年3月10日。
[73]《文学说例》，舒芜等编《中国近代文论选》下。
[74]《论文学》，《国学讲习会略说》。

的较言语更加复杂,"名实惑眩,将为之别异",并不是言语的替代或附庸。职是之故,"文之琐细,所以为简也。词之苛碎,所以为朴也。"言或同音,不可分辨,字则异形,各司其义。因而文字的"琐碎",正意味着意义分辨的细微准确,"言各成义,不相陵越",所以反而越是"简朴"。[75]

章太炎的学术工作并非仅仅为了发思古之幽情,而是要处理现实关怀的,"名守既慢,大共以小学之用趣于道古而止,微欤"。[76]所谓"道古",远不能概其志趣。在他看来,语言文字的局面,内则北宋以降,文字大坏,"唇吻所恃,千名而足。檄移所恃,二千名而足。细旃之所承,金匮之所藏,箸于文史者,三千名而足。清庙之所奏,同律之所被,箸于赋颂者,四千名而足"。外则西方文化大举进入,"今自与异域互市,械器日更,志念之新者日檗,犹暖暖以二千名与夫六万言者相角。其寱便既相万,及缘傅以译,而其道大穷"。[77]

关于文字,随着时代的发展,尤其面临当下新知识爆炸性的增长,自然需要新造。但这方面章太炎是有节制的,认为已有的基本够用,首先要从"废弃语"中起死复生,不得已者才须新造:

> 古者制字,非有一成之律,如君臣父子夫妇俦友,皆有正

---

[75] 《訄书(初刻本)·订文》,《章太炎全集》(三)。
[76] 《新方言·新方言序》,《章太炎全集》(七)。
[77] 《訄书(初刻本)·订文》,《章太炎全集》(三)。

字。兄弟独无,其后特制𢎨字,字既从弟,而弟复无正文。是皆待后人之补苴增广也。然自《说文》以至《集韵》,递增之字,以足俶用。今之有物无名,有意无词者,寻检故籍,储材不少,举而用之,亦犹修废官也。必古无是物,古无是义者,然后创造,则其功亦非难举矣。[78]

不管是"举而用之"还是"创造",都是为了汉字能够承担复杂的社会需要,文字本是随着社会的变化而不断增加,"自大上以至今日,解垢益盛,则文以益繁",此即所谓"孳乳"。[79]

文字需要意义明确,系统严密,不可串乱而导致"名实圂殽,易致眩惑",才能担负从政教到学术到文辞到日常交流各方面的作用。对此章太炎有着强烈的"洁癖",比如要求"故有之字,今强借以名他物者,宜削去更定。如镥锑,本火齐珠也,今以锑为金类原质之名。汽,本水涸也,今以汽为蒸气之名。"其中如"锑",是近代以来最大一批新造字中的一员,其在于化学元素周期表的输入,当时的五六十种元素,已有文字中只有金银铜铁锡及铅汞等少量可用,于是以形声法大量创造,其偏旁如"气"如"金"如"石"。"锑"即其一,造者初未料汉字原有,意义绝异,因而太炎认为"必当更定"。[80]

---

[78] 《訄书(初刻本)·订文·正名略例》,《章太炎全集》(三)。
[79] 《訄书(初刻本)·订文》,《章太炎全集》(三)。
[80] 《訄书(初刻本)·订文·正名略例》,《章太炎全集》(三)。

相对而言，新造字数量并不多，而已有文字的使用状况，才是章太炎关注的重点。尤其"六书"中的"假借"一例，《文学说例》云：

> 六书初斠，形声事意，皆以组成本义。而言语笔札之用，则假借为多。自徐楚金系《说文》，始有引申一例。然鼒君以"令""长"为假借。"令"者发号，"长"者久远，而以为司号令，位敻高之称，是则假借即引申。与夫意义绝异而徒以同声通用者，其趣殊矣。

《说文解字叙》："假借者，本无其字，依声托事，令长是也。"太炎引徐锴之说，以为假借就是引申。而"意义绝异而徒以同声通用者"，[81]即后来章太炎所说的"通借"，[82]在他的系统中是排除在"六书"之外的。不断道及，很大程度上乃是与刘师培的争论相关。[83]"假借"本为"六书"之一，但与"形声事意"不同，并不"组成本义"。太炎借用姊崎正治的观点，"言语本不能与外物吻合，则必不得不有所表象"，以为"假借"即所谓"表象主义之病质"。唯其既不可免，而期其少，且文字的增加本就有此救治的功能：

---

[81] 《文学说例》，舒芜等编《中国近代文论选》下。
[82] 独角《论文字的通借》，《教育今语杂志》第四册，1910年6月6日。
[83] 参见王风《刘师培文学观的学术资源与论争背景》，《学人》第13辑，1998年3月。本书已收录。

> 惟夫庶事緐兴，文字亦日孳乳，则渐离表象之义，而为正文。如"能"如"豪"，以猛兽为表象。如"朋"如"羣"，以禽兽为表象……久之"能"则有"態"，"毫"则有"勢"，"朋"则有"倗"，"羣"则有"窘"，皆特制正文矣。而施于文辞者，犹惯用古文，而怠更新体。由是表象主义，日益浸淫。

章太炎文字古色生香，唯其好用本字古义。但后人对他多所误会，其所谓"本字古义"，并非一般理解的越古老越好。其所云者"正文"，既包括初文，也包括"孳乳"的后出文字，"本由一语，甲毛而为数文者"，文字之精密端由于此。因而"新体"既出，就不应再用"古文"代表。如此整个文字系统才能够各司其职，周密运转，不断发展，应付时代的变化，满足社会的需求。

不过，有关"文字"，此时章太炎并未找到满意的理论体系。这其中关键的问题就是，不可能所有的"庶事緐兴"都能"特制正文"，大量的还需"假借""转注"。《文学说例》借用姊崎正治的理论，谈到"假借"：

> 夫号物之数曰万，动植金石械器之属，已不能尽为其名。至于人事之端，心理之微，本无体象，则不得不假用他名以表之。若动静形容之字，在有形者，已不能物为其号，而多以一

言檃括。在无形者,则更不得不假借以为表象。

而"表象主义"乃是"病质",太炎语中尽显无奈,"虽然,人未有生而无病者,而病必期其少"。但"六书"之中,"假借为多",[84] 显然这样无序的状态不能让人满意,他一时也找不到完满的解释。数年后的《论语言文字之学》,投入大量篇幅重新阐释这个问题,文中先是"引申假借"不断连用,接着讨论"转注"和"假借":

> 然则转注之义,许实误解。实则所谓转注者,即是引申之义。如发号为令,引申则为县令。久远为长,引申则为长者。许氏以此为假借,不知此乃转注也……如水流注,辗转不绝,故得转注之名。若夫假借之例,则所谓依声托事是已。然有本无其字依声托事者,亦有本有其字依声托事者。本无其字者,略有二种,一与转注相近,一与转注相远……本有其字者,如近世仍用之字,多借同音同部同组者以代正文……亦有后人为之则称别字,古人为之则称假借者……此二者皆是本有其字者也……

早年他引徐锴的说法,以为"假借即引申",此时改称"所谓转注者,即是引申之义",故而"引申"代替"转注"与"假

---

[84] 《文学说例》,舒芜等编《中国近代文论选》下。

借"连用。关于"转注",在"六书"中最为难解,因而历史上争议也最大,但都为探究许慎原意。章太炎直谓"许实误解",说明其目的完全不同,在于如何为我所用,解决自己的理论问题。

至于"假借"则解释得非常复杂,尤其"后人为之则称别字,古人为之则称假借者",虽然太炎说"实乃沿袭误用,但其由来已久,故亦无所訾议"。但就其求完美的风格而言,这样的认可简直就是个意外。此于《国故论衡》可以见之,《论文学》即《国粹学报》上的《文学论略》,删削后以《文学总略》为名整体收入。而《论语言文字之学》则腰斩之,此段所在前半部分废弃,说明他并不满意。而后半部分以《语言缘起说》为名改写后编录,其中从另一个角度又谈及"转注"和"假借"。《论语言文字之学》较《语言缘起说》所改写者,所述更为详细易解:

> 其释转注,亦未尝不可云"建类一首,同意相受",而义则与许君有异。许所谓"首",以形为之首也;吾所谓"首",以声为之首也。许所谓"同意相受",两字之意不异毫厘,得相为互训也;吾所谓"同意相受",数字之义成于递演,无碍于归根也。虽然,此转注也,而亦未尝不为假借。就最初言,只造声首之字,而一切递演之字,皆未造成,则声首之字,兼该递演之义,是所谓转注也。就今日言,已有递演之

字,还观古人之专用声首,以兼该诸义者,则谓之"本无其字,依声托事"。是即所谓假借之近于转注者也。[85]

如此,在文字历史的维度上,"转注"和"假借"获得新的视角。太炎之所以如此极力推究,所关心者其实正在"递演"二字。《国故论衡》中,《语言缘起说》之后紧接《转注假借说》,则横扫一切,别立机杼:

> 余以转注、假借,悉为造字之则。泛称同训者,后人亦得名转注,非六书之转注也。同声通用者,后人虽通号假借,非六书之假借也。盖字者,孳乳而寖多。字之未造,语言先之矣。以文字代语言,各循其声。方语有殊,名义一也,其音或双声相转,迭韵相迤,则为更制一字,此所谓转注也。孳乳日繁,即又为之节制,故有意相引申,音相切合者,义虽少变,则不为更制一字,此所谓假借也。[86]

以"转注""假借"为"造字之则",可谓一反成说。这既包括前人,也包括他自己。分"六书"为"造字""用字"两类,是清儒如戴、段等的说法,戴震所谓"四体二用",[87]又

---

[85] 《论语言文字之学》,《国学讲习会略说》。
[86] 《转注假借说》,《国故论衡》上卷。
[87] 《答江慎修先生论小学书》,《戴震集》文集三,汤志钧校点,上海古籍出版社1980年5月版。

如段玉裁《说文解字注》云："盖有指事、象形，而后有会意、形声，有是四者为体，而后有转注、假借二者为用。"[88]早前章太炎《正名略例》言："其在六书，本有叚借一例，然为用字法，非为造字法。"[89]在《论语言文字之学》中，也是以"转注""假借"为"用字之法"。并称"转注、假借二者，实轶出形体之外，因循旧论，始以形体概之。此后专明引申、假借之事则属训诂者。"[90]而到《国故论衡》，他却以为"二君立例过尷，于造字之则既无与"。"转注"并非戴段所谓"同训"，而是因为"方语"的不同"为更制一字"。"假借"也并非阮刘认为的"同声通用"，而是由于"引申"乃"不为更制一字"，此为不造之造。

太炎最早以"引申"解释"假借"，后来改为解释"转注"，此时又回过头来，"引申之义，正许君所谓假借"。如此反复，其实都为了寻找完美的理论阐述。现实中文字的滥用和败坏在他那儿是锥心之痛，"表象主义"原也是他无可奈何不得不和解的理论敌人。此时也许终于可以找到最终的理论解脱了：

转注者，繁而不杀，恣文字之孳乳者也。假借者，志而如

---

[88] 段玉裁：《说文解字叙注》，《说文解字注》卷十五上，嘉庆二十年（1815）经韵楼刻本。
[89] 《訄书（初刻本）·订文·正名略例》，《章太炎全集》（三）。
[90] 《论语言文字之学》，《国学讲习会略说》。

晦，节文字之孳乳者也。二者消息相殊，正负相待，造字者以为繁省大例。[91]

如此具有对称美的表述，确有涣然冰释之感。在章太炎那儿，十年的努力之后，也许是如释重负。文字如何"孳乳"是他要解决的问题，如今终于有了井然的秩序。当然，这是否就是许慎所谓"转注""假借"，早已不是他关心的问题。因为，即使"六书"最初出处的《周礼·地官》，他也以为"或言六书始于《保氏》，殊无征验"。他所要溯源的是"仓颉"的本心，"仓颉初载，规摹宏远，转注假借具于泰初"。[92]因而黄侃赞美道："其《转注假借说》一篇，订正群言，爽然而解，不仅为叔重之功臣，盖上与仓圣合符，下与虎门诸儒接席矣。"[93]

"转注""假借"之所以让章太炎投入如此巨大的精力，在于他想为庞大的汉字系统寻找一个完善的理论。"古字至少，而后代孳乳为九千，唐宋以来，字至二三万矣，自非域外之语，字虽转繇，其语必有所根本，盖义相引申者，由其近似之声，转成一语，转造一字，此语言文字自然之则也。"因而作《文始》，指向文字之源，梳理"孳乳浸多之理"，[94]希图为所有汉字建立联系：

---

[91] 《转注假借说》，《国故论衡》上卷。
[92] 《文始叙例》，《文始》，《章太炎全集》（七）。
[93] 《声韵通例·附：与人论治小学书》，《黄侃论学杂著》，中华书局上海编辑所1964年9月版。
[94] 《自述学术次第》，《菿汉三言》附录。

……独欲浚抒流别，相其阴阳。于是刺取《说文》独体，命以初文。其诸省变，及合体象形、指事，与声具而形残，若同体复重者，谓之准初文。都五百十字，集为四百五十七条。讨其类物，比其声均。音义相雠，谓之变易。义自音衍，谓之孳乳。坒而次之，得五六千名。(95)

《说文解字叙》言："仓颉之初作书也，盖依类象形，故谓之文。其后形声相益，即谓之字。文者，物象之本。字者，言孳乳而寖多也。""转注""假借"是所谓"字"的问题，而《文始》则直指"文"，再言其"变易"和"孳乳"。其最终目标，依黄侃的说法，"令诸夏之文，少则九千，多或数万，皆可绳穿条贯，得其统纪"。(96)

"少则九千，多或数万"，就来自于章太炎，《訄书·订文》：

章炳麟曰：乌乎，此夫中国之所以日削也。自史籀之作书，凡九千名，非苟为之也，有其文者必有其谚言。秦篆杀之，《凡将》诸篇继作，及鄦氏时，亦九千名。衍乎鄦氏者，自《玉篇》以逮《集韵》，不损三万字，非苟为之也，有其文者必有其谚言。

(95) 《文始叙例》，《文始》，《章太炎全集》（七）。
(96) 黄侃：《声韵略说·论斯学大略》，《黄侃论学杂著》。

其时章太炎忧心如焚于中国之"日削",在于"英语最数,无虑六万言",而中国"其所以治百官,察万民者,则鼪乎檄移之二千而止"。⁹⁷民国后《訄书》增删并更名为《检论》,《订文》一篇也经改写,相关文字则易为:

> 章炳麟曰:中国之字,非少也。今小篆九千文,以为语柢,其数过于欧洲。絫而成名,则百万以往。⁹⁸

从"日削也"到"非少也",从"二千名"与"六万言"的不能"相角",到"其数过于欧洲",可见原先的焦虑已转为现下的信心。心情之所以有此转换,在于手边的《文始》已经写定,可以流布。

就章太炎自己的评价,这是他终极性的学术工作之一,实系发千古之覆,"斯盖先哲之所未谕,守文者之所痌劳"。⁹⁹《新方言》"文理密察,知言之选,自谓悬诸日月不刊之书矣"。ⁱ⁰⁰而《文始》则更与《齐物论释》同样,"持之有故,言之成理,不好与儒先立异,亦不欲为苟同……可谓一字千金矣",ⁱ⁰¹斯"总集字学、音学之大成,譬之梵教,所谓最后了

---

⁹⁷ 《訄书(重订本)·订文》,《章太炎全集》(三)。
⁹⁸ 《检论·订文》,《章太炎全集》(三)。
⁹⁹ 《文始叙例》,《文始》,《章太炎全集》(七)。
ⁱ⁰⁰ 太炎:《汉字统一会之荒陋》,《民报》第十七号。
ⁱ⁰¹ 《自述学术次第》,《菿汉三言》附录。

义"。[102]民初被袁世凯拘禁，弟子钱玄同为钞《文始》副本未竟，移书催促，自谓"死丧无日，无几相见矣。原书返我，或可望《尧典》同棺耳"。[103]

不过后之论者可未必以为然，最严厉也最有名的评价来自傅斯年，《历史语言研究所工作之旨趣》曰：

> ……又坐看章炳麟君一流人尸学问上的大权威。章氏在文字学以外是个文人，在文字学以内做了一部《文始》，一步倒退过孙诒让，再步倒退过吴大澂，三步倒退过阮元，不特自己不能用新材料，即是别人已经开头用了的新材料，他还抹杀着。至于那部《新方言》，东西南北的猜去，何尝寻扬雄就一字因地变异作观察？这么竟倒退过二千多年了。[104]

此"二千多年"正与太炎之"千六百年"相映成趣。史语所可谓傅斯年一手而立，领导二十多年。此公有能力，也有毅力，有定见，也有成见。本来，史语所作为中央研究院的一个机构，海纳百川，不应有特定立场，傅则建设得像个学派。即便章氏一路此时并不在他眼中，但也不适合在纲领性文件中表达立场。固然其批判并非毫无道理，后来的语言学家虽肯定太

---

[102] 《声韵通例·附：与人论治小学书》，《黄侃论学杂著》。
[103] 《与钱玄同》（1913年2月5日），马勇编《章太炎书信集》。
[104] 傅斯年：《中央研究院历史语言研究所工作之旨趣》，《中央研究院历史语言研究所集刊》创刊号，1928年10月。

炎贡献，也多指出《新方言》《文始》说错的，并不是一个小比例。这有学术方面的原因，比如章立"成均图"，对转、旁转，乃至交纽转、隔越转，结果几乎无所不转。[105]但造成这样的问题，恰恰是由于章太炎并不像傅斯年或绝大部分现代学者所认为的，历史学、语言学等等仅仅是一门科学。所谓"学术本以救偏，而迹之所寄，偏亦由生"，[106]他发动"学术"所要"救"的，是如此广大的"偏"，诚如木山英雄所言，"当传统已经不能成为自明的前提时，便出现了根本性的危机，这种对于危机的自觉决定了章炳麟国学追本溯源的性格"。[107]探讨语言文字，实关系着民族有以立所以存的根基。悬此为的，自然一往而深，不能自已。

因而，《新方言》固然"犹未周备"，[108]《文始》固然"未达神恉，多所缺遗"，[109]仍无废于"县诸日月""一字千金"。因为他觉得自己的理论已经给出这样的判断："今语虽多异古，求之尔雅方言说文，必有其字，故汉语最纯洁不杂。其有杂者……待正则之语言统一，则鄙言自废矣。"[110]得出"汉语最纯洁不杂"的结论，这在太炎自是心愿完足，因为大局已定，拾遗补阙，待之来者可也。

---

[105] 《成均图》，《国故论衡》上卷。
[106] 《通讯》，《国粹学报》第五十九期，1909年11月2日。
[107] 木山英雄《文学复古与文学革命》，氏著《文学复古与文学革命——木山英雄中国现代文学思想论集》，北京大学出版社，2004年9月版，第216页。
[108] 太炎：《汉字统一会之荒陋》，《民报》第十七号。
[109] 《文始叙例》，《文始》，《章太炎全集》（七）。
[110] 太炎：《规新世纪》，《民报》第二十四号。

四

章太炎所谓"文学",也须在他的"语言文字之学"的基础上才能理解,所谓"文辞之本,在乎文字"。[11]《文学说例》定义"文学":"尔雅以观于古,无取小辩,谓之文学。"其所云者,在如何运字成文,姑可称为"书契之学",与现如今所谓"文学"风马牛不相及。在他"正文"的观念下,其于"质言""文言"之间的价值取向就不难理解了,所谓"文辞愈工者,病亦愈剧",因而"斲雕为朴,亦尚故训求是之文而已",至以注疏一体为"文辞之极致也"。

按章太炎的看法,"文学陵迟"起于"衰宋",在于"苍雅之学"的没落,"訏诞自壮者,反以破碎讥往儒,六百年中,人尽盲瞽"。至"戴先生"与"王段二师","综会雅言,皆众理解",可谓拨乱反正。不过"不及百年,策士群起,以衰宋论锋为师法,而诸师复受破碎之消",这也就是太炎所要对抗的当下文化之"病"。讥诮"破碎",炫耀辞彩,正无异于"中夏言词"的堕落,[12]更严重的是,其所带来的是整个社会的退化。

数年后,收入《国学讲习会略说》中的《论文学》,议论

---

[11] 《论语言文字之学》,《国学讲习会略说》。
[12] 《文学说例》,舒芜等编《中国近代文论选》下。

方向已不相同,其定义曰:"何以谓之文学,以有文字著于竹帛,故谓之文。论其法式,谓之文学。"⑬此所谓"文学",则是"文体之学",举凡一切入于"竹帛"者,鲁迅所谓"自文字至文章",⑭皆在论列范畴,亦远非今之"文学"所可牢笼。不过论说的出发点,仍在"尔雅以观于古":

> 凡文理文字文辞皆谓之文,而言其采色之焕发则谓之彣。《说文》云,文错画也,象交文。彣䩼也,䩼有彣彰也。或谓文章当作彣彰,此说未是。要之,命其形质则谓之文,状其华美则谓之彣。凡彣者必皆成文,而成文者不必皆彣。是故研论文学,当以文字为主,不当以彣彰为主。⑮

论述重点的转移是为了回应当时各式各样的"文学"观,既有西方过来的"literature",也有来自阮元而为刘师培继承的"文言"说。章太炎将"文学"坐实在"文"亦即文字上,认为"文辞"之中,"以典章为最善,而学说科之疏证类亦往往附居其列,文皆质实而远浮华,辞尚直截而无蕴籍"。也就是说,其最远离于"彣彰",也就最显露文字的"形质",因而

---

⑬ 《论文学》,《国学讲习会略说》。
⑭ 此系借鲁迅《汉文学史纲要》"第一篇"篇题为说,参见《鲁迅全集》第九卷,人民文学出版社1981年1月版。又,黄锦树云,"一如他把'语言文字之学'理解为'一切学术之单位之学',他也把'文学'理解为一切文字表达的单位表达〔之学〕",此说甚佳,参见氏著《章太炎语言文字之学的知识(精神)系谱》,第159页。
⑮ 《论文学》,《国学讲习会略说》。

"最善"。[116]

当然,《论文学》立论的重点还在文体,章太炎举用"雅俗""工拙"两组概念进行安排。简言之,"文章"是"雅俗"的问题,"彣彰"是"工拙"的问题,而"工拙者系乎才调,雅俗者存乎轨则"。一方面,"一切文辞,体裁各异,故其工拙亦因之而异",比如"除小说外,凡叙事者,尚其直叙不尚其比况"。而"韵文以声调节奏为本,故形容不患其多"。另一方面,"所谓雅者,谓其文能合格",因而"韵文贵在形容"即是"雅"。太炎另举例云:"公牍既以便俗,则上准格令,下适时语,无屈奇之称号,无表象之言词,斯为雅矣……古之公牍以用古语为雅,今之公牍以用今语为雅。"甚至"近世小说,其为街谈巷语,若《水浒传》《儒林外史》。其为神怪幽秘,若阅微草堂五种,此皆无害为雅者"。[117]

如此回头看《革命军序》,章太炎提及邹容担心他"恶其不文",而太炎则认为"藉非不文,何以致是"。此类文字正不能"务为蕴藉",应"以跳踉搏跃言之"。在他眼里,《革命军》的"叫咷恣言",[118]恰恰无废其"雅",而并非仅仅是他权宜的认可。

至少从理论上说,章太炎这套"文学"论述圆满自洽,

---

[116] 参见王风《刘师培文观的学术资源与论争背景》,《学人》第13辑,1998年3月。本书已收录。
[117] 《论文学》,《国学讲习会略说》。
[118] 《革命军序》,舒芜等编《中国近代文论选》下。

美轮美奂。观其层次，则在文质、雅俗、文野。文质是语体层面上的，质言为上，计其工拙的文言为下。雅俗则是文体层面上的，文体各有"法式"，工拙也各有要求，合其"法式"为雅，反之则俗。和合二者，则所谓"先求训诂，句分字析，而后敢造词也。先辨体裁，引绳切墨，而后敢放言也"。只要能"合格"，[119]则一切文体，藉令如《革命军》，不分文野，一切平等，也就是其"不齐而齐"的文化理想和审美趋向了。总此一切，章太炎之"文学"，一言以蔽之，就是如何使用文字之学。

所谓"不齐而齐"，是章太炎一直以来的文化主张，而专门阐发，则集中于《齐物论释》。其与《文始》等匹，在太炎心目中是首重之作。宣统元年讲学东京，《致国粹学报社书》云："弟近所与学子讨论者，以音韵训诂为基，以周秦诸子为极，外亦兼讲释典。盖学问以语言为本质，故音韵训诂，其管籥也，以真理为归宿，故周秦诸子，其堂奥也。"[120]可见其学术多门，核心还在小学和诸子学。民国二年被袁世凯幽禁北京，对内交代家人，"所著数种，独《齐物论释》《文始》，千六百年未有等匹。《国故论衡》《新方言》《小学答问》三种，先正复生，非不能为也"。[121]对外布告世间，"自知命不长久，深思所窥，大畜犹众。既以中身而陨，不获于礼堂写定，

---

[119] 《论文学》，《国学讲习会略说》。
[120] 《通讯》，《国粹学报》第五十九期。
[121] 《与龚未生书》，汤志钧编《章太炎政论选集》下册。

传之其人。故略述学术次第，以告学者"，这份《自述学术次第》，涉及十个方面，而首先谈到的，就是《齐物论释》：

> ……余既解《齐物》，于老氏亦能推明。佛法虽高，不应用于政治社会，此则惟待老庄也。儒家比之，邈焉不相逮矣。然自此亦兼许宋儒……[122]

章太炎因苏报案"囚系上海，三岁不觌，专修慈氏世亲之书"，自以为是其学术最重要收获。与佛法深有会通，衷心服膺，"私谓释迦玄言，出过晚周诸子不可计数"。东渡后"端居深观，而释齐物，乃与《瑜伽》《华严》相会……千载之秘，睹于一曙"。[123]之所以要"释齐物"，乃在于"佛法虽高，不应用于政治社会，此则惟待老庄也"，或用他的白话文，"论到哲理，自然高出老庄。却是治世的方法，倒要老庄补他的空儿"。[124]以佛解庄，一旦豁然开朗，太炎颇得庖丁解牛之趣：

> 顷来重绎庄书，眇览《齐物》，芒刃不顿，而节族有间。凡古近正俗之消息，社会都野之情状，华梵圣哲之义谛，东西学人之所说，拘者执箸而鲜通，短者执中而居间，卒之鲁莽灭裂，而调和之效，终未可睹……余则操齐物以解纷，明天倪以

---

[122] 《自述学术次第》，《菿汉三言》附录。
[123] 《菿汉微言》末节，《菿汉三言》。
[124] 独角《社说》，《教育今语杂志》第一册，1910年3月10日。

为量，割制大理，莫不孙顺。

虽然佛法高于老庄，但那是出世间的，因而世事还需"操齐物以解纷"，这也可说是太炎行的"世间法"。所谓"自揣平生学术，始则转俗成真，终乃回真向俗"，[125]后人聚讼纷纭，无乃以此求消息焉。

《齐物论释》按《国故论衡》"小学""文学""诸子学"的分类体制，分科在诸子之学。《国故论衡·原学》一首，论及诸子学，曰：

> 诸子之书，不陈器数，非校官之业有司之守，不可按条牒而知，徒思犹无补益。要以身所涉历中失利害之端，回顾则是矣……夫言兵莫如《孙子》，经国莫如《齐物论》，皆五六千言耳。事未至，固无以为候。虽至，非素练其情，涉历要害者，其效犹未易知也。

所谓"身所涉历中失利害之端"、"涉历要害"，在太炎看来是诸子之学的关键。此段其下有双行夹注："《庄子·齐物论》，则未有知为人事之枢者……余向者诵其文辞，理其训诂，求其义旨，亦且二十馀岁矣。卒如浮海不得祈向，涉历世变，乃始

---

[125] 《菿汉微言》末节，《菿汉三言》。

謀然理解，知其剀切物情……"⑯也是"浮海"之后，"涉历世变"，乃"知为人事之枢者"。《齐物论释》开首云：

> 齐物者，一往平等之谈……齐其不齐，下士之鄙执，不齐而齐，上哲之玄谈。⑰

用乌目山僧《后序》的说法，即"名相双遣，则分别自除，净染都忘，故一真不立。任其不齐，齐之至也"。⑱章太炎所谓"齐物"之"齐"，是在于承认并尊重"物"之"不齐"，这才是真正的"齐"，"不齐而齐"说白了就是差异的平等。在他那儿，"平等"不只是现代观念中的人人平等，也包括佛家所谓众生平等，庄子的物我平等。更重要的是泯绝是非，去除"是非之心"，也就是他自言"以分析名相始，以排遣名相终"的"排遣名相"，⑲黄宗仰所云"名相双遣，则分别自除"，除"分别"才能有真正的"平等"。

《齐物论释·释篇题》中有下面一段话：

> ……世法差违，俗有都野。野者自安其陋，都者得意于娴，两不相伤，乃为平等。小智自私横欲，以己之娴，夺人之陋，杀人劫贿，行若封豨，而反崇饰徽音，辞有枝叶。斯所以

---

⑯　《原学》，《国故论衡》下卷。
⑰　《齐物论释·释篇题》，《章太炎全集》（六），上海人民出版社1986年12月版。
⑱　宗仰《齐物论释·后序》，《章太炎全集》（六）。
⑲　《菿汉微言》末节，《菿汉三言》。

设尧伐三子之问。下观晚世,如应斯言,使夫饕餮得以逞志者,非圣智尚文之辩,孰为之哉。[130]

所谓"野者""都者",应该"两不相伤"。现实的情况当然完全相反,"杀人劫贿","而反崇饰徽音"。"圣智尚文之辩",恰恰是那些"饕餮得以逞志者"的口实。这里提到的"尧伐三子之问",本文云:"故昔者尧问于舜曰:'我欲伐宗、脍、胥敖,南面而不释然,其故何也?'舜曰:'夫三子者,犹存乎蓬艾之间,若不释然,何哉?昔者十日并出,万物皆照,而况德之进乎日者乎!'"对此章太炎"释"曰:

> 原夫《齐物》之用,将以内存寂照,外利有情。世情不齐,文野异尚,亦各安其贯利,无所慕往。飨海鸟以大牢,乐斥鷃以钟鼓,适令颠连取毙,斯亦众情之所恒知。然志存兼并者,外辞蚕食之名,而方寄言高义,若云使彼野人,获与文化,斯则文野不齐之见,为桀跖之嚆矢明矣。

"志存兼并者"总是"寄言高义",早在《四惑论》中斥"公理"等,可为此论先声。因为那都是悬设恒定的标准,而不管差异如何,"文野不齐",一律作为统一的目标,让他者去"进化"。更甚者,可以以此为名义,强加于弱者,包装其兼并蚕

---

[130] 《齐物论释·释篇题》,《章太炎全集》(六)。

食之实。对于提供其合法性的社会达尔文主义,也包括斯宾塞的信仰者严复,章太炎可谓痛心疾首,恨不能起秦始皇于当世:"若斯论箸之材,投畀有北,固将弗受,世无秦政,不能燔灭其书,斯仁者所以潸然流涕也。"

从学理上说,《齐物论释》表达的理论思维非常彻底。所谓"一切平等",涉及从至巨到至微的一切关系,诚太炎自诩之"一字千金"。不过,"诸子之学"在他那儿,以为均从"涉历"中来,而他亲身经历的"世变",亦即华夏"历史民族"的危机,才是这一学术工作的根本出发点:

> 或言《齐物》之用,廓然多涂,今独以蓬艾为言,何邪?
> 答曰:文野之见,尤不易除。夫灭国者,假是为名,此是梼杌、穷奇之志尔。

所谓"灭国者,假是为名",是章太炎力破"文野之见"的动力。随后则涉及他的另一个批判对象,亦即以《新世纪》聚集的无政府主义者的"至平等",在太炎看来,这些中国人也是要"齐其不齐",而无异于文化自杀:

> 如观近世有言无政府者,自谓至平等也。国邑州间,泯然无间,贞廉诈佞,一切都捐,而犹横箸文野之见。必令械器日工,餐服愈美;劳形苦身,以就是业,而谓民职宜然,何其妄

欤。故应务之论,以齐文野为究极。[131]

巴黎世界社成立于1907年,主要成员有张静江、李石曾等,但主《新世纪》笔政的是吴稚晖。章太炎一生论敌众多,他放笔痛诋,每每由文及人,不避意气用事之态。但大体还视对方为对手,唯于吴稚晖,自1903年在爱国学社同事,即互为寇仇,至于文笔缠讼终身。吴于《新世纪》时受克鲁鲍特金互助论影响,大肆宣扬"大同世界",其与康有为《大同书》一样,都有儒家大同思想的痕迹。同样与康有为一样,都以为世界语言终将大同。[132]

章太炎在《自述学术次第》里,就学术不同范畴的不同性质,阐明他的一个看法:

> 在心在物之学,体自周圆,无间方国。独于言文历史,其体则方,自以己国为典型,而不能取之域外。斯理易明,今人犹多惑乱,斯可怪矣。[133]

"在物"之学,所指当如械器动植。"在心"之学,他所服膺的"唯识",包括他自己的《齐物论释》,应皆在其列。是所

---

[131] 《齐物论释·释第三章》,《章太炎全集》(六)。
[132] 参见曹世铉《清末民初无政府派的文化思想》,社会科学文献出版社,2003年7月版,第120—171页。
[133] 《自述学术次第》,《菿汉三言》附录。

谓"无间方国",天地间皆通用者。而"言文历史"则异于是,"以己国为典型",乃"国"之所系属。或者借用太炎自己的说法,应该"不齐而齐"。吴稚晖的"大同",却正是"齐其不齐",而且延伸至语言文字领域,这无疑挑动了章太炎最敏感的一根神经:

> 夫科学固不能齐万有而创造,文字复与科学异撰。万物之受人宰制者,纵为科学所能齐。至于文字者,语言之符。语言者,心思之帜。虽天然语言,亦非宇宙间素有此物,其发端尚在人为,故大体以人事为准。人事有不齐,故言语文字亦不可齐。[134]

吴稚晖等人在《新世纪》上的主张,正是以"齐""言语文字"为旗帜,希望用"万国新语"取代汉语言文字。所谓"万国新语",亦即当时出现不久的"世界语"。他们基本的逻辑,认为象形文字是原始野蛮的,字母文字是进化文明的,而欧洲诸种语言还各有问题,"万国新语"消灭了这些缺点,因而最为完美,是语言进化到"大同"的终极,也是汉语言文字改革的最终目标。开始时,他们还设计逐步向目标前进的步骤,后来干脆认为,直接取用"万国新语",消灭汉语言文字,则最为斩截,甚至可以较东西洋诸国更快地一

---

[134] 太炎:《规新世纪》,《民报》第二十四号。

步迈进大同世界。[135]

"万国新语"是晚清拼音化运动中特殊的一支,拼音化运动方案众多,不过归根结底逻辑都是一致的,即文字的进化规律是从象形到字母,汉字是象形,需要演化到字母。而中国教育不能普及,以及种种落后,汉字的象形是其祸根。《新世纪》所言也不过如此,"其所执守,以象形字为未开化人所用,合音字为既开化人所用。且谓汉文纷杂,非有准则,不能视形而知其字,故当以万国新语代之"。[136]所不同者,也只是其主张相较而言最为激进而已。

此前一年的1907年,章太炎为文批判"汉字统一会",言下尚有恕词,尤其对于张之洞,这或与其早年曾与张有所交往不无关系。但更因此会目标在于"反对罗甸字母……遵循旧文,勿令坠地",而"微显阐幽之义"。[137]至于"万国新语",却是以"罗甸字母"来消灭汉字,对此动摇文化根本的主张,太炎自然不可能假以辞色:

> 巴黎留学生相集作《新世纪》,谓中国当废汉文,而用万国新语。盖季世学者,好尚奇觚,震慑于白人侈大之言,外务名誉,不暇问其中失所在,非独万国新语一端而已。

---

[135] 参见罗志田《清季围绕万国新语的思想论争》,《近代史研究》2001年第4期。
[136] 太炎:《驳中国用万国新语说》,《民报》第二十一号。
[137] 太炎:《汉字统一会之荒陋》,《民报》第十七号。

直斥之曰"季世学者",《中庸》所谓"国家将亡,必有妖孽",大约可作太炎此时心情写照,"彼欲以万国新语剿绝国文者犹是"。[138]《新世纪》的目标是准备让中国融入大同的美好未来,正是要"齐其不齐"的。而章太炎所关于心者,"夫国无论文野,要能守其国性,则可以不殆",[139]其全部心血投在语言文字,正是因为"若夫民族区分,舍语言则无以自见,一昔弃捐其固有,而执鹦鹉狌狌之业,无往而可"。执此而观,吴稚晖等所主张,简直丧心病狂,斯"则欲绝其文字,杜其语言,令历史不燔烧而自断灭,斯民无感怀邦族之心"。如是则"国性"尽失,"光复"云云也就永不可期了:

> 且品物者天下所公,社会者自人而作,以自人而作,故其语言各含国性以成名,故约定俗成则不易……语言文字亡,而性情节族灭,九服崩离,长为臧获,何远之有。吾且谓自改旧文者,其祸犹厉于强迫,强迫者有面从而无诚服,家人父子莫夜造膝之间,犹私习故言,以抒愤懑。故露人侦伺虽严,而波兰语犹至今在,其民亦忼慨有独立心,后之光复,尚可□也。至于自改旧文者,不终于涂炭不止。[140]

---

[138] 太炎:《规新世纪》,《民报》第二十四号。
[139] 《救学弊论》,《太炎文录续编·卷一》,《章太炎全集》(五),上海人民出版社1984年2月版。
[140] 太炎:《规新世纪》,《民报》第二十四号。

《驳中国用万国新语说》《规新世纪》引录《新世纪》观点，逐条批驳，不厌其细，以求从学理上全面推倒。对于汉字有碍教育的观点，他认为"国人能徧知文字以否，在强迫教育之有无，不在象形合音之分也"。时至今日，事实证明这个看法是正确的。而汉字之不能拼音化，在他自然更是论述的重中之重，所谓"象形"问题：

> 且汉字所以独用象形，不用合音者，虑亦有故。原其名言符号，皆以一音成立，故音同意殊者众，若用合音之字，将茫昧不足以为别。况以地域广袤，而令方土异音，合音为文，逾千里则弗能相喻，故非独佗方字母不可用于域中，虽自取其纽韵之文，省减点画，以相絣切，其道犹困而难施。自颉籀斯邈以来，文字皆独标部首，据形系联者，其势固不得已也。[⑭]

汉文中有不可计数的同音异义词，是靠字形分别的，改用拼音，将混淆无以辨别。这是技术上的不能成立。中国土地广阔，语音不同，如果改行拼音，则互相间不能交流。这是现实上的不可行。章太炎没有进一步推论的是，设若如此，则不知将有多少种语言存在，而不是只有一种"汉语"了。不久后，在《国故论衡·小学略说》中，他揭櫫了中国之为中国正植根于汉字：

---

⑭ 太炎：《驳中国用万国新语说》，《民报》第二十一号。

> 若其常行之字，中土不可一用并音，亦诚有以。盖自轩辕以来，经略万里，其音不得不有楚夏，并音之用，秖局一方。若令地望相越，音读虽明，语则难晓。今以六书为贯，字各归部，虽北极渔阳，南暨儋耳，吐言难谕，而按字可知，此其所以便也。海西诸国，土本陿小，寻响相投，媮用并音，宜无窒碍。至于印度，地大物博，略与诸夏等夷，言语分为七十馀种，而文字犹守并音之律，出疆数武，则笔札不通。梵文废阁，未踰千祀，随俗学人，多莫能晓，所以古史荒昧，都邑殊风。此则并音宜于小国，非大邦便俗之器明矣。[142]

所比较者"中土""海西""印度"。章太炎曾在《原学》中有这样的判断："世之言学，有仪刑他国者，有因仍旧贯得之者……通达之国，中国、印度、希腊，皆能自恢彉者。其馀因旧（贯）而益短拙，故走他国以求仪刑。""海西诸国"源于希腊，固不待言。至于印度，佛法之所由出，太炎致以文化上的高度尊敬。对其现实处境，他则深感同情，《太炎文录初编》"别录卷二"有多篇文章涉及。在他眼里，"西洋"与"西土"，所谓"二西"，那才有资格与华夏并峙，"能自恢彉者"，远非日本之"转贩"可比。[143]

就这"中土""海西""印度"三者，具体到语言文字，

---

[142] 《小学略说》，《国故论衡》上卷。
[143] 《原学》，《国故论衡》下卷。

114　世运推移与文章兴替：中国近代文学论集（增订本）

又有不同，欧洲和印度的多数语言，同属"印欧语系"，亦即所谓"并音"。按太炎的说法，"海西诸国"因为国土较小，用"并音"并无问题。而印度地域辽阔，也用"并音"，结果书写分裂，"出疆数武，则笔札不通"。独有中国所用"象形"，秦汉以来，几千年高度稳定，历史上无论如何分合，言语如何变化，但书写高度统一。就各地语音差异，中国并不比欧洲、印度小，但"吐言难谕，而按字可知"，文字不随语音变化而变化，如此在广阔地域构筑出与久远历史相联结的共同体。设若没有这样稳定的文字桥梁，则"言语道窒"，因而"并音宜于小国，非大邦便俗之器"。

章太炎所论，实涉及语言文字的性质与民族自我认同的关系问题。所谓"汉族"，严格地说是建立在"汉字"的认同，而不是"汉语"的认同上。如果仅仅只从语音着眼，汉语内部差异之大，即使不能说是一个语系，至少也是一个语族，何尝是一种语言。中国地域约略等于欧洲，汉族聚居之地也与印度等大，但人民之间并不互视为异族，各地语言从古至今均自认为是方言。其根本原因在于有汉字的控制，无论语音如何变化，文字并不跟着变化。一个汉字，上下几千年，纵横数万里，发生在它上面的读音可能以千百计，但无论是何读音，都是这个字形。如果是字母文字，其拼写恐早也已化身千百。而所谓"华夏"，设若如此，以章太炎所论列，或如欧洲，或如印度，即便历史上存在如拉丁文和梵文这样的统一书写，一旦崩溃，则"越乡如异国矣"。⑭这层意思，太炎后来用白话说得更加清晰。此即1910年他主编《教育今语杂志》，创刊号上开篇的《社说》，收入《章太炎的白话文》时，改题《中国文化的根源和近代学术的发达》：

> 中国不用拼音字，所以北到辽东，南到广东，声气虽然各样，写一张字，就彼此都懂得。若换了拼音字，莫说辽东人不懂广东字，广东人不懂辽东字，出了一省，恐怕也就不能通行得去，岂不是令中国分为几十国么。

由汉字这一体系所形成的书写文本，自然不像字母文字的文本一样，需要历代的翻译。因而中国的典籍，也就如汉字一般稳定，由此提供了文本阅读古今一致的经验：

> 且看英国人读他本国三百年前的文章，就说是古文，难得了解。中国就不然，若看文章，八百年前宋朝欧阳修、王安石的文章，仍是和现在一样。懂得现在的文章，也就懂得宋朝的文章。若看白话，四百年前明朝人做的《水浒传》，现在也都懂得。就是八百年前宋朝人的语录，也没有什么难解。若用了拼音字，连《水浒传》也看不成，何况别的文章。所以为久远计，拼音字也是不可用的。⑮

----

⑭ 《小学略说》，《国故论衡》上卷。
⑮ 独角《社说》，《教育今语杂志》第一册。

正是汉字独有的特点,才能在广袤的土地上,用共同的阅读,将人民如此牢固地联结为一体。在他的观念中,由此结晶的中土文明,或者可以说是以文字构筑的历史共同体,此即章太炎所谓"历史民族":

> 国之有史久远,则亡灭之难。自秦氏以讫今兹,四夷交侵,王道中绝者数矣。然揗者不敢毁弃旧章,反正又易,藉不获济,而愤心时时见于行事,足以待后,故令国性不堕……[146]

所谓"国性",正植基于文字书写的历史,以此给予人民以记忆。即便作为国家的实体灭亡,语言文字和历史记载仍然维系着民族的文化存在,总有恢复的一天。"故仆以为民族主义,如稼穑然,要以史籍所载人物、制度、地理、风俗之类,为之灌溉,则蔚然以兴矣。不然,徒知主义之可贵,而不知民族之可爱,吾恐其渐就萎黄也。"[147]"史籍所载",端赖文字的历史统一,对此太炎每每情不能自已,《规新世纪》厉声痛驳之间,突然兀自唱叹起来:

> 章炳麟曰,洋洋美德乎,頡籀斯邈之文,踦形孑义,秒忽判殊,属辞比类,子母钩带,散而为尘不患多,集而成器不患

---

[146] 章炳麟:《原经》,《国故论衡》中卷。
[147] 《答铁铮》(1906年11月15日),《太炎文录初编·别录卷二》,《章太炎全集》(四)。

乏，错综九千字，至于百十万名，魏然弗可尚已。[148]

在《原学》中，章太炎阐明了自己的文化立场："今中国之不可委心远西，犹远西之不可委心中国也……夫赡于己者，无轻效人。若有文木，不以青赤雕镂，惟散木为施镂。以是知仪刑者散，因任者文也。然世人大共僄弃，以不类远西为耻。余以不类方更为荣，非耻之分也。"[149]此所谓"依自不依他"，正如《答铁铮》所云："排除生死，旁若无人，布衣芒屩，径行独往。上无政党猥贱之操，下作愿夫奋矜之气。以此揭櫫，庶于中国前途有益。"[150]其艰苦卓绝者，是他个人的自我写照，或也可看作对于中国的期待。而将生命与学术如此动人地联结在一起，更是可风的永在。所谓"细征乎一人，其巨征乎邦域"，[151]于己是为，于国犹然。

不过总体而言，历史的选择与章太炎所希望的正相反，他那高远幽眇的理想，当然毫无窒碍不通之处，不过确确实实是窒碍难行。尽管有各种各样的立场和声音，中国还是得"委心远西"，此不得不然之局。他所关心的，言文一致问题，选择了白话文。语言统一问题，选择了北京音。都跟他的理想方案有不远的距离，但揆诸实际，也是非如此不可。更为根本的汉

---

[148] 太炎：《规新世纪》，《民报》第二十四号。
[149] 章炳麟：《原学》，《国故论衡》下卷。
[150] 《答铁铮》，《太炎文录初编·别录卷二》，《章太炎全集》（四）。
[151] 《原学》，《国故论衡》下卷。

字，作为文化渊薮，数千年未曾改变，本也无改变的可能。但汉字常用字的设定也与太炎的希望相反，正是"汉字统一会"的主张。至于二十世纪50年代大陆的汉字简化，是为拼音化做准备，其逻辑恰与《新世纪》一致。而直接造成与时间和空间，亦即与历史和国土的书写分裂，垂今已一甲子，正所谓聚九州铁不足以铸此大错。不过，此亦一是非，彼亦一是非，这些选择都木已成舟。但任何选择迟早都会面临问题，此时回头去寻找曾经的异见，思考其逻辑，也许能成为当下的资源。这正如草木可以燃烧，埋藏着的煤和石油同样也可以燃烧。

（初刊《观念史集刊》第3辑，2012年12月。原题《章太炎国故论说中的历史民族》）

刘师培文学观的学术资源与论争背景

一

1905年初，国学保存会在上海成立，随后，《国粹学报》开始发行，"国粹派"由此形成。①

国学保存会和《国粹学报》创立时，章太炎尚在狱中，不可能参与。这一会一刊是邓实、黄节与刘师培两支力量汇合的产物。②潘博在《国粹学报叙》中说："友人邓君秋枚刘君申叔因创为此报，欲以保全吾国一线之学。"③正是当时的实际情况。刘师培虽只二十出头，但已拥有很高的学术声望，再加

---

① 邓实：《国学保存会小集叙》曰："粤以甲辰季冬之月，同人设国学保存会于黄浦江上。"依此推算，当在1905年1、2月间。《国粹学报》创刊于光绪三十一年正月，即1905年2月。上引见《国粹学报》第一年第一号。
② 邓实当时主编《政艺通报》，但极少刊发章刘的作品，说明他们之间没什么交往。《政艺通报》甲辰第一号（1904年3月）上有黄节《国粹学社发起辞》，第十一号（1904年7月）上有黄节《国学报叙》，可见"国学保存会"和《国粹学报》源于邓黄的设想。此后刘师培的文章大量出现在《政艺通报》上，是两股力量汇合的信号。
③ 《国粹学报》第一年第一号。

上邓实良好的经营能力,《国粹学报》迅速获得学术地位和商业成功。④而刘师培质高量多的撰述显然成为该报主体,在头一年半(前十八期)中,刘师培的作品高达半数,并且是几个主要栏目的核心。⑤可以说,在《国粹学报》的初始阶段,刘师培起着主导其学术倾向的作用。

《国粹学报发刊辞》对每个栏目都作了说明,"撰文篇第五"曰:

> 一为文人,固无足观。立言不朽,舍文曷传。古曰文言,出语有章。昭明文选,巨编煌煌。大雅不作,旁杂侏儒。堕地斯文,孰振厥衰。⑥

不管此文的作者是刘师培还是邓实,⑦这些论点都来自刘师培的主张,崇尚文言、标举《文选》、排斥外来语,可以说就是当时刘师培的文学观。

在《国粹学报》创刊后的一年半中,这一栏目也确实成

---

④ 该报第一年第五号(1905年6月)《国粹学报第一二三四号再版出版广告》:"本报初印三千册,一时将近售罄,顷已再版。"第一年第十一号(1905年12月)《本馆广告》:"销数已达五千馀份。"在当时,这是相当可观的数字。
⑤ 《国粹学报》设有社说、政篇、史篇、学篇、文篇、丛谈、撰录七个栏目,初创时各栏目均有中心作者,"社说"为邓实、"政篇"为马叙伦、"史篇"为黄节、"学篇""文篇""丛谈"为刘师培。
⑥ 《国粹学报》第一年第一号。
⑦ 此文未署作者名,郑师渠:《晚清国粹派》指实为邓实(北京师范大学出版社,1993年5月版,第109页)不知何据。实则此文观点全是刘师培的,但邓实当时学术倾向受刘师培左右,比较第一期中二人文章即可明了,故二人均可能是作者。

刘师培文学观的学术资源与论争背景 121

了刘师培文论的天下,其间有《文章源始》(第一期)、《论文杂记》(第一至十期)、《文说》(第十一至十五期),刊载从未间断,另外在"学篇"中还有《文章学史叙》(第五期)、《南北文学不同论》(第九期)。"文篇"中的其他文论,如田北湖《论文章源流》(第二至六期)、钱博《说文》(第十二期)、陆绍明《文谱》(第十五期)、罗惇曧《文学源流》(第十六至二十一期)等,立论都与刘师培相近,⑧大体不脱《发刊辞》的要求,因而此时的《国粹学报》成了骈文派的阵地。

骈散之争是十九世纪文学发展的一个重要线索,其背景主要是汉学家和古文家之争,其核心则是阮元和桐城派之争。

程朱理学是清朝的官方意识形态,但到乾嘉年间,汉学发达,"精研故训"的结果很自然冲击了朱熹对经典的解释。一方面是对僵硬的官方意识形态的讨厌,一方面是对宋儒经典训释的轻蔑,汉学家对程朱理学一般都没什么好感。⑨而同样在乾嘉年间形成壮大的桐城派"学行继程朱之后,文章在韩

---

⑧ 如田文称:"文生于联珠之字,成于骈峙之体,舍兹排偶,是谓不文。"这是典型的骈文派观点;陆文称:"古今文体,骈俪为宗……古今文格……要亦不外乎骈散而更偏重于骈文者矣。"主张调和骈散但以骈为主;罗文称:"文学由简趋繁,由疏趋密,由朴而趋华,自然之理也。"又说:"至于《易》著《文言》,词尚整饰;《书》重典诰,尤多叶韵。"则已是直接引用阮元的说法;至于钱博的"以训词为根柢,以文言为采饰",更可以看作是对刘师培文学观的概括。

⑨ 汉学家对程朱理学的直接冲击开始于戴震:《孟子字义疏证》,此后有阮元:《性命古训》、焦循:《孟子正义》等。参看张舜徽《清代扬州学记》,上海人民出版社,1962年10月版,第7—8页。另外,余嘉锡精彩地指出了纪昀对朱熹的"深恶",见《四库提要辨证序录》并参看该书有关条目,《四库提要辨证》第一册,中华书局,1980年5月版,第54页。

欧之间",⑩以"韩欧"为"文统"的同时以"程朱"为"道统",由此和汉学家形成学术思想上的对立。⑪与此相关,汉学家对桐城文也不会有什么好颜色。

由于对抗的是官方意识形态,关于"道统"方面的斗争其实相当曲折隐晦。⑫至于"文统",汉学家们的表述就相当露骨,钱大昕讥刺桐城之"以古文为时文,却以时文为古文",⑬可谓谑而虐;而戴震强调"考核"的重要性,目标当然也是桐城派疏于考证的空言"理义"和"事于文章"的"等而末之"。⑭另一方面,汉学家们主张"义理文章未有不由考核而得",⑮由此推出"以经为文"的佳善就顺理成章了,⑯以至焦循说:"文莫重于注经"。⑰这种"质言观"在汉学家文论中踞于主要地位,也可说是经师本色,自然如此。

汉学家们的"质言说"大多散见,不成体系,这种局

---

⑩ 王兆符:《望溪文集序》引方苞语,《望溪文集》,咸丰桐城戴钧衡味经山馆刻本。
⑪ 有关汉学家和桐城派间的斗争,可参看朱维铮《汉学与反汉学》,《求索真文明——晚清学术史论》,上海古籍出版社1996年12月版。此文论列精到,唯时有诛心之议。
⑫ 如阮元奉旨修《国史儒林传》,在《拟儒林传序》中区分"师""儒",以宋学为"师",以汉学为"儒",谓二者互补,不可偏废。表面上为执中之论,暗中则是拔高汉学,将之置于与官方学说平等的地位。所以方东树在《汉学商兑》卷上论及该文时,非常恶意地指出:"惜乎阮氏之言若彼而其志业表章仍宗汉学一派。"(光绪十年刻本)后之论者多以为阮元调停汉宋,所见不免皮毛。
⑬ 此为大昕屡引之王澍讥方苞语,参见《跋方望溪文》等,《潜研堂文集》,商务印书馆1922年10月版。
⑭ 《与方希原书》,《戴东原集》,光绪甲申刻本。
⑮ 段玉裁:《戴东原集序》,见《戴东原集》。
⑯ 钱大昕:《味经窝类稿序》,《潜研堂文集》。
⑰ 焦循:《与王钦莱论文书》,《雕菰集》,道光四年仪征阮亭刻本。

面在阮元手里有了改变。所不同的是，阮元论文并不主"质言"，而是依托六朝学术背景，由"文笔论"推出"文言说"，成为汉学家文论中的另一个系统。

阮元这方面的文章有《文言说》《文韵说》《书梁昭明太子文选序后》《与友人论古文书》等。阮氏文论的背景是《文选序》，这除了《文选》与扬州的特殊关系外，[18]昭明太子经、子、史、文的四分法确实也提供了理论上的方便，所谓"事出于沉思，义归乎翰藻"方可称"文"；[19]另外，《文心雕龙》以及当时史书和其他著作中关于"文""笔"的区分提供了另一个理论支持，所谓"无韵者笔也，有韵者文也"。[20]二者的结合就是阮元的定义："凡文者，在声为宫商，在色为翰藻。"[21]其来源分别是《文心雕龙·总术》和《文选序》。

与前辈们一样，阮元论文的目的也在于反桐城，此自是不待明眼人而自明。他区分"文笔"，是要立骈文的"文统"来反从唐宋八大家到桐城派的古文"文统"，《书梁昭明太子文选序后》强调从《易·文言》到唐宋四六之文才是"文之正统"，而"韩苏诸大家"所作"非经即子、非子即史"，

---

[18] 当时扬州学人对两件事特别自豪：一是五代北宋时治《说文解字》的徐铉、徐锴是扬州人；二是隋朝江都人曹宪以《文选》授诸生，同郡治此学者相继有公孙罗、李善、李邕等人。阮元、焦循、刘毓崧、梅蕴生等都曾谈及，今扬州尚有文选巷、文选楼之名。
[19] 据中华书局1977年11月版。
[20] 据上海古典文学出版社1958年1月版。
[21] 《文韵说》，《研经室集》，商务印书馆1919年10月版。

连"文"都称不上，[22]根本没有资格将骈文"横指为八代之衰体"。最后的重点当然是落在"今人所作之古文""乃古之笔，非古之文也"。[23]就这样，桐城文被阮元以"正名"为手段在理论上给取消了："非文者，尚不可名为文，况名之为古文乎？"[24]

从阮元到刘师培，时间过了大半个世纪，刘氏传经也已四代，[25]此时的文坛格局：桐城派凡经数变，仍然主宰文坛；以今文学派为背景的沉博绝丽之文，从龚自珍、魏源到康有为、梁启超，声势越来越浩大，梁启超更借报章之势力，"新民体"倾倒一时；而骈文派并未因阮元的理论而声势大振，仍是不生不死的局面。此时刘师培重张乡先达的旧帜，自然有他的目的。

刘师培在学术的某些具体方面对阮元有过一些批评驳正，[26]但文学上基本没有，只是补充扩展。阮元的主要观点，刘师培在自己的文章里都做过引证发挥，如论述"齐梁以

---

[22] 《书梁昭明太子文选序后》，《研经室集》。
[23] 《文韵说》，《研经室集》。
[24] 《书梁昭明太子文选序后》，《研经室集》。
[25] 仪征刘氏数世治《左传》，其事始于道光八年（1828），由申叔曾祖刘文淇（孟瞻，1789—1854）发端，中经祖父刘毓崧（伯山，1818—1867），至伯父刘寿曾（恭甫，1838—1882），绵延三代仍未完成，堪称悲壮。（1959年5月科学出版社刊印的《春秋左传旧注疏证》即此未完成稿）刘师培虽自号"左庵"以明志，但据郭象升言，似乎并无兴趣究竟先人之业。《左庵集笺》，叶灵原编《辛勤庐丛刊》第一辑，1941年闻喜吊氏刻本。他在经部用力最勤的是《周官》。参看陈钟凡《周礼古注集疏跋》，《刘申叔先生遗书》，1934—1936年宁武南氏铅印本。
[26] 如《儒家出于司徒之官说》："近世阮氏云台谓：通六艺者谓之儒，明道德者谓之师，汉学近于儒，宋学近于师。其说亦非。"《国粹学报》第三年第八号，1907年9月。但此处刘师培似乎未能体察阮氏深意。参看注12。

下""文体亦卑"然仍不废为"文体之正宗",[27]严格区分理论与创作,不回避骈文也能产生实际创作问题,以防止潜在的批评将讨论领域扩大到自己的理论范畴之外,其策略就取自阮元的"文体不可谓之不卑,而文统不可谓之不正"。[28]刘师培也从未掩饰自己的理论构架来源于阮元,《文说》的"和声篇第三"和"耀采篇第四"可以说就是阮元"在声为宫商,在色为翰藻"的具体阐发,当然内容要丰富得多。

阮元的两大理论支柱之间有个明显的缝隙:即《文心雕龙》论及文笔时以有韵无韵为界,而《文选序》的标准则是"沉思""翰藻",未有形式上的要求,更严重的是骈文本身就是不押韵的。最早发现这个问题的是阮元的儿子阮福,《文韵说》就是关于这一问题的父子答问。阮元"笔以训福"曰:"梁时恒言所谓韵者,固指押脚韵,亦兼谓章句中之音韵,即古人所言之宫羽,今人所言之平仄也。"[29]

阮元的说法自然有他的根据,只是六朝时有关这方面的史料本身就无法形成统一的结论,再加上《文心雕龙》所谓"韵"显然是指"押脚韵",因而这仍然是个易遭攻击的理论缺陷,"或谓四声乃古代所传,五音特乐歌所用,文韵之说,近于拘牵"。[30]

---

[27] 《文章源始》,《国粹学报》第一年第一号。
[28] 《书梁昭明太子文选序后》,《揅经室集》。
[29] 《文韵说》,《揅经室集》。
[30] 《文说·和声篇第三》,《国粹学报》第二年第一号,1906年2月。

刘师培花了很大力气加固阮元理论构架中这一危险的结合部,"和声篇"几乎全部围绕于此。他利用自己湛深的小学修养,组织庞大的例证,分析"或抑扬以协律、或经纬以成章、或间句而协音、或隔章而转韵、或用韵不拘句末、或协声即在语端、或益助词以足句、或谱古调以成音"之俱为"句中之韵",而"或掇双声之字、或采叠韵之词、或用重言、或用叠语"乃"字中之音",并在《文心雕龙·声律》中找出另一句话:"声不失序,音以律文。"[31]说明"古人之文,可诵者文也,其不可诵者笔也"。[32]刘师培有意识地将刘勰有韵无韵的区分标准论证成可诵不可诵,以此为骈文和韵文建立了统一性。

相对于"和声篇"之为阮元"在声为宫商"作补充,"耀采篇"对阮元"在色为翰藻"的扩展则显得更为重要:

昔大《易》有言:"道有变动故曰爻,爻有等故曰物,物相杂故曰文。"《考工》亦有言:"青与白谓之文,白与黑谓之章。"盖伏羲画卦,即判阴阳;隶首作数,始分奇偶。一阴一阳谓之道,一奇一偶谓之文。故刚柔相错,文之重于天者也;经纬天地,文之列于谥者也。三代之时,一字数用,凡礼乐法制,咸仪言辞,古籍所载,咸谓之文。是则文也者,乃英

---

[31] 据上海古典文学出版社1958年1月版。
[32] 《文说·和声篇第三》,《国粹学报》第二年第一号,1906年2月。

华发外秩然有章之谓也。㉝

　　阮元文论的核心是"文言",刘师培这里讨论的则是"文"。有关"文"的多种训释,前人都曾论及,《文心雕龙·原道》就有"天文""人文"的说法;㉞阮元在早年的《四六丛话序》中也曾谈及"文"的语源。㉟但富有独创性的是,刘师培在此有意识地建立了一个相生的垂直系统,在这一体系中,"文"包括"礼乐法制、威仪言辞、古籍所载"的天地间一切"英华发外秩然有章"的事物,以语言文字为载体的"文"则是其中的一个子目,因而只有符合"英华发外秩然有章"的"偶语韵词"才可称"文","文笔"之间性质上的差异由此也就显得异常突出。刘师培把阮元的"文言"纳入他所分析的"文"的统一性中,为骈文乃"文章之正宗"提供更有力的支持,㊱这既是理论上的拓展,也是现实学术论争的需要。

　　和阮元一样,刘师培也面对着当时的对立文派。不过对于梁启超的所谓"东瀛文体",刘师培似乎看不上眼,并未有什么学理上的批判,只在《论文杂记》第二则中,论述完"俗语"应与"古文"并存后,捎带说了一句"若夫矜夸奇博,取法扶桑,吾未见其为文也",㊲逐出文坛了事。

㉝　《文说·耀采篇第四》,《国粹学报》第二年第二号,1906年3月。
㉞　据上海古典文学出版社1958年1月版。
㉟　《研经室集》。
㊱　《文说·耀采篇第四》,《国粹学报》第二年第二号。
㊲　《国粹学报》第一年第一号。

至于依然势焰遮天的桐城派，刘师培当然不会放过，不过时时提到的同时似乎也未脱阮元的理路，《文章源始》批评桐城派"以经为文，以子史为文"，认为骈文才是"文章正轨"，㊳都是阮元曾说过的话。有所发挥的是《论文杂记》第二十二则，刘师培讥刺桐城用"辞"字不当，指出"辞"训"狱讼"，"词"才是正确的用法。㊴这是小学家的长技，不过在策略上也是搬用阮元的。阮元称"籀史奇字，始称古文；至于属辞成篇，则曰文章"，㊵以此说明桐城派用"古文"二字不当。刘师培则认为"辞"字也不当，于是姚鼐的名著《古文辞类纂》中所使用的"古文辞"这一名称，竟然没有一个字用对。对于汉学家的这种"咬文嚼字"，桐城派大概也只好大摇其头、三缄其口了。

　　就刘师培的整个文论体系而言，虽然丰富复杂，但在精密严整的同时无法掩盖大的框架上基本没有脱出阮元的范畴这一事实；而且这位"放大了的阮元"似乎并未对桐城派等对立文派投入太大的精力。对于刘师培这样一位博学、骄傲、敏感的年轻大师来说，这种既无创造性又多少有点无的放矢的长篇大论实在显得有点奇怪。事实上，桐城文、新民体之类缺乏

㊳　《文章源始》，《国粹学报》第一年第一号。
㊴　《国粹学报》第一年第十号，1905年11月。此则后以《古文辞辨》为题收入《左盦集》。但郭象升很反对他的说法，《左盦集笺》谓："此篇之说不足凭，只图推翻姚氏之书，而不顾文辞二字上起左传下讫六朝，处处见之，不能一手掩却天下目也。姚氏但于文辞二字上加一古字耳。若恨此派文字，不妨攻其用古字之专擅，何乃强坐辞字为狱讼之言也。"《辛勤庐丛刊》第一辑。
㊵　《与友人论古文书》，《研经室集》。

刘师培文学观的学术资源与论争背景　129

学术深度的敌对力量根本无需刘师培花这么大的力气为阮元的理论弥缝补缺，现实的挤压来自另一个实力相当对手的巨大存在，令人不可思议的是，那竟是同处一个阵营的章太炎。

二

钱基博在总结刘师培的文学观时说："论小学为文章之始基，以骈文实文体之正宗，本于阮元者也。"[41]这两点概括可谓相当准确，但话只说对了一半，"以骈文实文体之正宗"固然本于阮元，"论小学为文章之始基"则是汉学家文论的普遍观点，无论主张"质言"还是"文言"，无不强调小学的重要性，并非阮元所独有。恰恰相反，阮元虽也说过"古人古文小学与词赋同源共流"，[42]但并未纳入他的文论体系。

与阮元不同的是，刘师培论文时动用了几乎全部的小学修养。"小学"与"文章"的关系在他那儿之所以变得如此重要，是由于对刘师培文论体系构成直接威胁的章太炎文论也导源于小学。发生在晚清的这场文学论争其战场实际上是在语言文字领域。

十九世纪末二十世纪初，正是"学说万千"的时代，西方各门学科通过翻译涌入中国。由于这是一个全新的文化体

---

[41] 《现代中国文学史》，世界书局，1933年9月版，第122页。
[42] 《扬州隋文选楼记》，《研经室集》。按此篇并非文论，而前举诸文中阮元未说过类似的话。

系，出现了汉语词汇不敷使用的局面，尤其严复所翻译已不再是坚船利炮和天文历算，开始涉及社会科学领域，对文化界的心理冲击更加严重。章太炎、刘师培、王国维等人都曾就"造新字"和"新学语"作过非常严肃的讨论，可见这是当时文化精英们普遍关注的问题。

在《訄书·订文》中，章太炎对"以二千名与夫六万言者相角"的现实状况表现出非常深刻的文化危机感，认为"此夫中国之所以日削也"。[43]在该文所附《正名略例》中，他花了很大力气讨论翻译和造字原则。

章太炎的基本立场，借用《荀子·正名》的话就是"若有王者起，必将有循于旧名，有作于新名"。他认为语言文字功用不同，语言"吐言为章可也"，[44]而文字则是"名实眩惑，将为之别异"。在承认文字产生于语言的前提下，他分析了二者的关系：

> 人之有语言也，固不能遍包众有，其形色志念之相近者，则引申缘傅以为称。俄而聆其言者，眩惑如占覆矣，乃不得不为之分其涂畛，而文字以之孳乳。

---

[43] 《订文第二十二》，《訄书》初刻本，《章太炎全集》（三），上海人民出版社1984年7月版。
[44] 《文学说例》，《新民丛报》第五、九、十五号，1902年4、6、9月，转引自《中国近代文论选》下，人民文学出版社1959年9月版。

概括而言就是"文因于言，其末则言挚迫而因于文"，文字的目的在于"言各成义，不相陵越"，[45]因而"故有之字"不能"强借以名他物"，[46]对旧名的"循而撼之"和对新名的"自我作之"同样重要，[47]这就是章太炎主张严格遵用"本字""本意"的理论基础。

《訄书》初刻本刊印后，章太炎在《新民丛报》上发表《文学说例》，开篇就为文学下了这么一个定义：

尔雅以观于古，无取小辩，谓之文学。[48]

"文学"在这里被界定为追求文字本义的学问，成了"正名"的延伸，可见章太炎所谓"文学"是直接为他"订文"的文化关怀服务的。果然，在《訄书》重订本中，《文学说例》的许多内容就与《正名略例》相混合，扩充成《正名杂义》，同样附载于《订文》之后。[49]

《文学说例》的开头部分可以看作《订文》的改写版，分析同样基于语言文字异职论：

文学之始，盖权舆于言语，自书契既作，递有接构，则二

---

[45] 《订文第二十二》，《訄书》初刻本。
[46] 《正名略例》，《訄书》初刻本，《章太炎全集》（三）。
[47] 《订文第二十二》，《訄书》初刻本。
[48] 《中国近代文论选》下。按此语出自《大戴礼记·小辩》："尔雅以观于古，足以辨言矣。"据引《大戴礼记解诂》，中华书局1983年3月版。
[49] 《章太炎全集》（三）。

者殊流，尚矣。[50]

这里的"二者殊流"是章太炎文论的出发点，随后他依据《通志》中郑樵将"六书"分为"造字"和"用字"两类的原则，[51]指出"形声事意，皆以组成本意"，[52]而假借引申在"言语笔札"中的滥用使得"语言无可避免'表象主义'这一宿命般的结局"。[53]其最坏的极端就是"赋颂之文，声对之体"，因为它们"反以代表为工，质言为拙，是则以病质为美疢也"；而作为这一现象相反的一面，则是堪称"文辞之极致"的"尚故训求是之文"。[54]

文辞"以存质为本干"的立场在《订文》中就已经推论出来，强调文字各司"本意"，所带来的价值判断就必然是"文之琐细，所以为简也；词之苛碎，所以为朴也"。[55]问题是到了《文学说例》，顺理成章的逻辑推导却将"文言"逼上了被告席：

> 言语不能无病，然则文辞愈工者，病亦愈剧。是其分际，则在文言、质言而已。

---

[50] 《文学说例》，《中国近代文论选》下。
[51] 《六书序》，《通志》卷三十一，中华书局1987年1月版。
[52] 《文学说例》，《中国近代文论选》下。
[53] 木山英雄《"文学复古"与"文学革命"》，《学人》第10辑，江苏文艺出版社，1996年9月版，第251页。
[54] 《文学说例》，《中国近代文论选》下。
[55] 《订文第二十二》，《訄书》初刻本。

尽管章太炎补充说"然业曰文矣,其不能一从质言可知也",㊶但文言质言对举,其价值取向已无法避免。当然章太炎撰写《文学说例》时尚未认识刘师培,可谓事出无意,只是刘师培出于目的一样然而侧重很不相同的文化关怀,认为"俪文律诗为诸夏所独有,今与外域文学竞长,惟资斯体",㊷准备以"文言"构筑体系,章太炎立论的彻底性实在使他无法与之调和。

《文学说例》发表一年后亦即1903年,刘师培撰写了《中国文字流弊论》,这是他甫到上海与章太炎结识后所作。在这篇文章中,刘师培的某些持论与章太炎相合,如也主张"造新字",也批评"一字数义而丐词生"和缘于转注的"数字一义"等等。但论及文字五弊中的第三项"假借多而本意失"时,却节外生枝地指责《说文》"造字之古义已久失传,必欲举而著之"为"泥古之失",㊸这与章氏"尔雅以观于古"的立论针锋相对,似乎意有所指。

更重要的是这篇文章议论到许慎《说文解字》"似专以字形为主",刘师培认为:"推古人造字之由,先有字义,继有字声,乃造字形,故其说字义也,必与形声相比附。诚以字之

㊶ 《文学说例》,《中国近代文论选》下。
㊷ 《中国中古文学史》"概论",人民文学出版社1959年11月版。按章刘同属国粹派阵营,其文化立场大致可以概括为"保种爱国存学",(《国粹学报发刊辞》)亦即章太炎所谓"激动种性,增进爱国的热肠",(《我的生平与办事方法》,《章太炎的白话文》,台湾艺文印书馆1972年6月版)但章太炎关心的焦点在语言文字,刘师培则在文章,争论于是不可避免。
㊸ 《中国文字流弊论》,《左庵外集》卷六,《刘申叔先生遗书》。

有形声义也，犹人之有形影神也，形影相离不能为人形，声义相离不能成字。"而"《说文》之分部"，"盖以义有歧训，声无定音，惟字形则今古不易耳，此许君不得以之计也"。⁵⁹随后，也是利用《通志》中将"六书"分为"造字"和"用字"两类以及"独体为文，合体为字"的论述，⁶⁰比附"东西各国之文字"，提出了"以象形指事为中文之字母，以会意形声为中文之孳乳"的说法。⁶¹可以看出，相对于章太炎之重字形，刘师培更重字声。

郭象升谓："申叔论小学则遵黄承吉。"⁶²南桂馨也指出，刘师培"声音之学，则本之黄春谷"。⁶³南、郭二人均是刘师培的密友，因而此论可看作申叔自述。不过，如果再作推论，则刘师培的文论也本于黄春谷"声音之学"。对于黄承吉这位与自己家族颇有渊缘的乡先贤，⁶⁴刘师培可谓推崇备至，《扬州前哲画像记》云："黄氏注《字话〔诂〕义府》，而义原于声之说明，无识陋儒，或诋为破碎害道。然正名辨物，舍此莫由。小学之书，吾至此叹观止矣。"⁶⁵

---

⁵⁹ 《中国文字流弊论》，《左庵外集》卷六，《刘申叔先生遗书》。
⁶⁰ 《通志》卷三十一《六书序》。
⁶¹ 《中国文字流弊论》，《左庵外集》卷六，《刘申叔先生遗书》。
⁶² 《左庵集笺》，《辛勤庐丛刊》第一辑。
⁶³ 《刘申叔先生遗书》南序。
⁶⁴ 刘师培曾祖刘孟瞻与黄承吉个人关系良好，学术交往密切，曾为黄：《梦陔堂文说》作序，参看《青溪旧屋文集》，光绪九年仪征刘氏刻本。又黄承吉：《字义起于右旁之声说》有"曩与孟瞻书谓凡字义皆起于右旁之声"云云，《梦陔堂文集》，1939年燕京大学图书馆铅印本。
⁶⁵ 《国粹学报》第一年第九号，1905年10月。

黄承吉"声音之学",就是所谓"右文说":

> 谐声之字,其右旁之声,必兼有义,而义皆起于声。凡字之以某为声者,皆原起于右旁之声义以制字,是为诸字所起之纲。其在左之偏旁部分(或偏旁在右在上之类皆同),则即由纲之声义而分为某事某物之目。⑥

"因声求义"是乾嘉学者的长技,黄承吉却推展为"义起于声",可谓别有心得。⑥⑦此与刘师培批评过的《说文解字》据形系联"专以字形为主"适为相反,与《尔雅》以义系字更是不同,大概这就是被"诋为破碎害道"的原因。

但这一学说却成为刘师培文论的出发点,《文章源始》大段引用黄承吉的论述,以此为根据推论文学的起源:

> 积字成句,积句成文,欲溯文章之缘起,先穷造字之源流。上古之时,有语言而无文字。凡字义皆起于右旁之声……由语言而造文字,而同义之字,声必相符。由是言之,文字者,基于声音者也。⑥⑧

这里,他将黄承吉先有声旁后有形旁的观点引申为语言文字的

---

⑥ 《字义起于右旁之声说》,《梦陔堂文集》。
⑥⑦ "右文说"宋代沈括、王观国、张世南等都曾谈到,但黄氏专力于此,规模较广。后刘师培《字义源于字音说》(《左庵集》卷四)其渊源就来自春谷。
⑥⑧ 《文章源始》,《国粹学报》第一年第一号。

关系，但这一说法所推论出的"但举右旁之声，不必举左旁之迹，皆可通用"，⑩正与章太炎"庶事繁兴，文字亦日孳乳"的观点针锋相对；⑰而"并有不举右旁为声之本字，任举同声之字，即可用为同义"，⑪更是章太炎极端反对的"意义绝异而徒以同声通用者"。⑫

《中国文字流弊论》中，刘师培的许多主张还与章太炎相近，此时在《国粹学报》的"文篇"撰文，立论已有很大偏移。还是以"右文说"撑腰，原先的"文字之弊"却成了文字带有必然性的特点：

> ……洪荒字简，一字兼数字之音；后代义明，数字归一字之用。审音惟取相符，用字不妨偶异。盖音同字异，亦可旁通；而音异字同，不容相假。则作文以音为主，彰彰明矣。⑬

从"文字者，基于声音者也"到"作文以音为主"，同样是从文字到文学，刘师培的分析明晰顺畅，丝毫不亚于章太炎推论的谨严精密。小学家文论的特点在这场论争中表现得淋漓尽致，其理论的彻底性同样令人佩服。

"声音之学"的阐发为语言文字建立了一个可以联系的

---

⑩ 《文章源始》，《国粹学报》第一年第一号。
⑰ 《文学说例》，《中国近代文论选》下。
⑪ 《文章源始》，《国粹学报》第一年第一号。
⑫ 《文学说例》，《中国近代文论选》下。
⑬ 《文说·和声篇第三》，《国粹学报》第二年第一号。

基础，接下来的任务就是寻找语言文字所共通的"文"，并为"以音为主"的"偶语韵词"的"文"建立正统性。

章太炎承认"有语言，然后有文字"，[74]但"二者殊流"的立论重点在于语言文字的异职，因而"文辞"的文字属性是其根本；刘师培也承认"上古之初，言与字分"，[75]但他的"文"训为"饰"，是一切"英华发外秩然有章"的总和，文物、华靡、礼乐、法制、典籍、文字、言辞均可称"文"。[76]以这个"文"来"识文章之正宗"，[77]岂能限于区区语言文字的分野：

> 太古之文，有音无字，谣谚二体，起源最先，谣训"徒歌"，谚训"传言"。盖言出于口，声音以成，是为有韵之文，咸和自然之节，则古人之文，以音为主。[78]

"谣谚二体"也可以说是刘师培的"家学"，[79]"徒歌""传言"自然不依赖于文字，但不能不称作"文"。刘师培把"文"扩大到了章太炎所谓的"书契既作"之前。未有文字时如此，而到文字产生以后，情况依然如此：

---

[74] 《订文第二十二》，《訄书》初刻本。
[75] 《文章源始》，《国粹学报》第一年第一号。
[76] 《论文杂记》第十则，《国粹学报》第一年第四号，1905年5月。
[77] 《文说·耀采篇第四》，《国粹学报》第二年第二号。
[78] 《文说·和声篇第三》，《国粹学报》第二年第一号。
[79] 杜文澜：《古谣谚》实即刘师培祖父刘毓崧所编，参看刘毓崧《通义堂文集》卷十四，1920年南林刘氏求恕斋丛书本。

> 然文字虽兴,勒书简毕,有漆书刀削之劳,抄胥匪易,传播维艰。故学术授受,仍凭口耳之传闻。又虑其艰于记忆也,必杂于偶语韵文,以便记诵,而语言之中有文矣;及以语言著书册,而书册之中亦有文。是则上古之前,文训为字;中古以降,文训为章,故出言之有章者为文,著书之有章者亦曰文。[80]

值得注意的是,刘师培指出"语言"和"书册"都有"文","出言之有章"和"著书之有章"都应该称为"文",因此,"文"就不再如章太炎所言是以文字为基础的共同属性,而是超越于语言文字之上的以"章"为性质的统一属性。刘师培在这里对章太炎作出了直接的回答。

在把"文"落实到语言文字所共同具有的"章"这一性质上后,刘师培的分析进入文字层面的"文章"或称"文言",在他的体系中,这是"文"的最低一级分支,所谓"道之发现于外者为文,事之条理秩然者为文,而言词之有缘饰者,亦莫不称之为文。古人言文合一,故借为文章之文",因而文字中只有"与缘饰之训相符"的才能进入"文"的家族,[81]如此,文笔之分已是顺理成章的结论:

> 降及东周,直言者谓之言,论难者谓之语,修词者谓

---

[80] 《文章源始》,《国粹学报》第一年第一号。
[81] 《论文杂记》第十则,《国粹学报》第一年第四号,1905年5月。

之文。[82]

魏晋六朝，崇尚排偶，而文与笔分：偶文韵语者谓之文，无韵单行者谓之笔。[83]

就这样，以文字为载体的"修词"和"偶文韵语"的"文"被统摄到超越于语言文字的训为"章"的"文"上，再统摄到天地间一切"可观可象，秩然有章"的至大无边的"文"上；[84]而同样可以文字为载体的"言""语""笔"则根本不能进入"文"的族群。章太炎以文字为统一性建立的文学观就这样被分解了，同时，阮元的"以骈文实文体之正宗"也由刘师培借用黄承吉的"声音之学"打下了"小学"的"始基"。

在《论文杂记》第十则中，刘师培批评道："后世以文章之文，遂足该文字之界说，失之甚矣。"[85]指的当然是章太炎。"文字"和"文章"也确实正是章刘二人"质言观"和"文言观"的立论基础。不过，在清代汉学家文论中，无论是"质言说"还是"文言说"，本都是与桐城斗争的理论产物，因此，这两个流派之间的直接争论非常罕见。而到了二十世纪初，汉学家们零碎狭窄的批评和理论却意外地由章刘二人各自构筑成庞大的体系，并形成直接的对立，这只能说是传统学术资源在

---

[82] 《文章源始》，《国粹学报》第一年第一号。
[83] 《文章源始》，《国粹学报》第一年第一号。
[84] 《广阮氏文言说》，《左盦集》卷八，《刘申叔先生遗书》。
[85] 《论文杂记》第十则，《国粹学报》第一年第四号。

现实文化背景下的产物。

三

头一年半的《国粹学报》偶然也发表章太炎的文章，但只能看作是刘师培等人对他道义上的声援和支持。[86]在狱三年间，太炎显然无法进行大规模的著述活动，不过，封闭而艰难的环境也促成他深刻的思考，同时阅读书刊和收发信件的自由还是有一点的，[87]对当时学术的发展状况并非一无所知。1906年6月底出狱渡日后，仅仅过了两个月，章太炎就完成了他继《訄书》后构筑的另一个学术体系、作为《国故论衡》雏形的《国学讲习会略说》。[88]很难想象，如果没有在狱期间的深思熟虑，他会在这么短的时间内完成这一工作。

《国学讲习会略说》由三篇文章构成：《论语言文字之学》《论文学》《论诸子学》。在该书出版的同一个月即1906年9月，这三篇文章也开始在《国粹学报》先后刊发，其中的《论文学》改题《文学论略》，在第二十一至二十三期的"文

---

[86] 前十九期（1906年8月前）的《国粹学报》只第一年的第一、二、三、八、九号发有章太炎的文章，而且全在"撰录"栏。该栏目一般是刊登先贤遗文，但《国粹学报发刊辞》（该报第一年第一号）述及体例时又说："亦有时流，才超扬马，白雪阳春，曲高和寡，启发篇章，择言尤雅。"应该就是为章太炎留的口子。

[87] 章太炎狱中读佛经是为人熟知的，而刊在《国粹学报》第一年第八号（1905年9月）上著名的《章太炎癸卯□中漫笔》就发自狱中。

[88] 日本秀光社1906年9月版。该书三篇文章分论语言文字、文学、诸子学，《国故论衡》上中下三卷亦依此归类，且《略说》中的大部分内容在《国故论衡》中都成为总论。民国后章太炎历次国学讲演其结构亦大体如此。

篇"中连载。⁸⁹此前这一栏目基本是骈文派的阵地,章文的发表构成了事实上的回应。

《文学论略》的批评面很宽,但主要有两个,一是阮元的文笔论,一是当时受欧日影响的学说文辞不同论。章太炎将阮元作为首要攻击目标,意在刘师培,这是不言而喻的。实际上,在《文学说例》中,章太炎虽区划质言文言,"存质"的本体论立场不可避免地批评"有韵之文,或以数字成句度,不可增损;或取协音律,不能曲随己意。强相支配,疣赘实多",但在文体论范畴内对骈文还是意存宽假,认为"俪体为用,固由意有殊条,辞须禽辟,孑句无施,势不可已",因而"体若骈枝,语反简核",甚至表彰阮元说:"仪征推崇斯体,上溯文言,信哉其见之卓也。"⁹⁰可是现在阮元的理论被刘师培在《国粹学报》上,在长达一年半的时间里,不断地论说,已构成一个相当严密、自足的体系,并与自己的主张形成尖锐对立,这刺激了章太炎的思考,同时认为有必要正本清源。而如要直接批评,则刘师培从未指名道姓,于理不周;二人此时关系良好,于情不愿,这才把"信哉其见之卓也"的阮元拉出来当靶子。

《文学论略》对阮元的抨击其实相当乏味,中心是《文心雕龙》以有韵无韵区分文笔与阮元将不押韵的骈体归入

---

⑧⑨ 另外,《论诸子学》改题《诸子学略说》,刊载于第二十至二十一期的"学篇";《论语言文字之学》刊于第二十四、二十五期的"文篇"。
⑨⑩ 《文学说例》,《中国近代文论选》下。

"文"这二者之间的矛盾,但这个缺陷早由阮福指出,后更经刘师培弥缝;至于发露阮元立论针对桐城的策略性,所言更是尽人皆知的事实,显然章太炎的重点不在于此。章刘分歧的根本在语言文字关系上,《文学论略》所下的新定义才是其意图所在:

> 何以谓之文学?以有文字著于竹帛,故谓之文。论其法式,谓之文学。[91]

与《文学说例》中依托"正名观",将"文学"定义为"尔雅以观于古,无取小辩"相比,一个引人注目的变化是,章太炎将"文"和"文学"分开定义,这显然是由于刘师培立论的重点在"文"而非"文学"。"文"在刘师培那儿是包容一切"英华发外秩然有章"的事物,而此时章太炎着重指出"著于竹帛"的文字才称作"文",将立论的偏重点从追求文字本义转移到强调文字的载体上,把文字的物质性作为根本范畴推到极端,为的是更直接地面对他与刘师培根本分歧的语言文字是否"二者殊流"的问题。

作为对论点的支持,章太炎通过"经""传""论"等词汇的一系列令人眼花缭乱的训诂证明其得名皆"由其所用之竹木而起",目的是"以别文字与言语也",因而,"语言文学功

---

[91] 《文学论略》,《国粹学报》第二年第九号,1906年10月。

用各殊"。至于二者的区别,他说:

> 文字初兴,本以代言为职,而其功用有胜于言者。盖言语之用,仅可成线……故一事一义,得相联贯者,言语司之;及夫万类坌集,棼不可理,言语之用,有所不周,于是委之文字,文字之用,可以成面,故表谱图画之术兴焉,凡排比铺张不可口说者,文字司之。[92]

在这里,章太炎分析了语言的时间性和文字的空间性之间的区别,而作为例证的"表谱图画"之类"文之不代言者"则是发展他理论的关键之处,由此带出了相当费解的"有句读文"和"无句读文"两个概念。

章太炎认为,除了一般被看作"文"的"可代言"的"有句读文"外,还有"图书、表谱、簿录、算草"之类的"不可代言"的"无句读文"。这些"旁行斜上,件系支分"的"无句读文""有名身无句身",也就是说,只供阅览,不供诵读,因而与语言没有关系:"文字本以代言,而其用则有独至,凡无句读文,皆文字所专属也。"[93]在此基础上,章太炎重申了推崇"质言"的价值判断:

> 既知文有无句读有句读之分,而后文学之归趣可得言矣。

---

[92] 《文学论略》,《国粹学报》第二年第十号,1906年11月。
[93] 《文学论略》,《国粹学报》第二年第十号。

无句读者，纯得文称，文字（语言）之不共性也；有句读者，文而兼得辞称，文字语言之共性也。论文学者，虽多就共性言，而必以不共性为其素质。故凡有句读文，以典章为最善，而学说科之疏证类亦往往附居其列，文皆质实而远浮华，辞尚直截而无蕴藉，此于无句读文最为邻近。[94]

这一结论是对学说文辞不同论的直接反驳，同时也是一个超出刘师培理论极限的问题，即存在这样一种没有语言属性的"无句读文"。[95]不过，话说回来，章太炎也回避了刘师培所提出的他也无法回答的问题，即存在这么一种如谣谚那样不一定依赖于文字的口头文学。

对于章太炎的新体系，刘师培所组织的反击相当零碎。1909年刻印的《左盦集》第八卷有一篇《广阮氏文言说》，因未见此前在报刊上公开发表而无法系年，但明显是回应《文学论略》的。[96]不过这篇简明的文章更像是刘师培对此前立场的自固樊篱，并没有什么新内容，许多针对章太炎的批驳如"文章"和"彣彰"的训诂等等显然只是一些还算重要的纯技术性

---

[94] 《文学论略》，《国粹学报》第二年第十一号，1906年12月。
[95] 关于章太炎的用意，木山英雄先生在其极为出色的论文《"文学复古"与"文学革命"》（《学人》第10辑）中曾有明澈的解释：章氏"指出论文学者多在文字与语言共通的层面上仅对'言语'念念于心，而其实在文字与语言非共通的层面上'文字'具有文学的固有本质。即是说，本来文字是言语的代替之物，但是当它具有了独立的功能之后，文学便植根于文字了。"
[96] 《刘申叔先生遗书》。另郭象升在《左盦集笺》中明确指出："此驳章太炎之说也。"《辛勤庐丛刊》第一辑。

刘师培文学观的学术资源与论争背景

争论。[97]稍带新意的是《论近世文学之变迁》，刘师培同时批评"宋儒立'义理'之名，然后以语录为文，而词多鄙倍"、"近儒立'考据'之名，然后以注疏为文，而文无性灵"，其侧重点自然在章太炎推崇的"注疏之文"，但分析清儒"学日进而文日退"，将文学衰敝的账也在汉学家头上算一份，这倒是个有趣的变化。[98]

按刘师培的学力，他是完全有能力与章太炎进行正面论争的，这场超级学术论战之所以没有爆发，究其原因，也许是刘师培觉得章太炎的理论拓展并无什么新意，不能驳倒自己。但即便要回击，时间上也不允许，《文学论略》成文于1906年9月，在《国粹学报》刊载完已是十二月，一个月后，刘师培就束装东渡，与章太炎相会，不再"子溯江流，我迎日出"了。[99]在这短短的两三个月时间里，面对章太炎积思有年，逻辑严密的文论体系，要组织能够相抗衡的著作显然是不可能

---

[97] 《文学论略》对"文章"和"彣彰"作了区分，并否定段玉裁的说法，《说文解字注》谓："凡言文章皆当作彣彰，文章者省也。"章太炎认为："或谓文章皆当作彣彰，其说未是。"并区分说："凡文理文字文辞谓之文，而言其采色之焕发则谓之彣……命其形质则谓之文，状其华美则谓之彣。"其意在批评阮刘论文偏狭。阮刘前并未论及文与彣的关系，《广阮氏文言说》反击章氏之说，举"丹""彤"、"而""耏"为证，说明"彣彰即文章别体"。

[98] 《国粹学报》第三年第一号，1907年3月。章太炎：《文学说例》亦有类似区分："出诸唇吻，而据实而书，不更润色者，则曰口说；熔裁删刊，缘质构成者，则曰文辞。"但刘师培的"文"是第三者："夫以语录为文，可宣于口，而不可笔之于书，以其多方言俚语也；以注疏为文，可笔于书，而不可宣于口，以其无抗堕抑扬也。"前者"与近世演说之稿同科"，后者"略与案牍之文同科"，因而"咸不可目之为文"。也就是说，他认为"文"应该既可"宣于口"又可"笔于书"，具有语言文字双重属性。

[99] 刘子骏之绍述者（章太炎）《某君与某书》，《国粹学报》第二年第十二号，1907年1月。

的。此后同处一个学术阵营的局面和过于密切的交往很容易把争论限制在书斋之内。[100]不过还有一个更重要的原因，此时刘师培对文学的理解开始出现新的变化，只是他对"新文学观"的表述不引人注目地从《国粹学报》的"文篇"转到新开设的"美术篇"中了。

1907年3月，作为事业蒸蒸日上的标志，《国粹学报》在进入第三年的时候，开设了两个新栏目："美术篇"和"博物篇"。[101]和以往一样，新栏目仍然要依靠刘师培源源不断的稿件，在头一年的"美术篇"中，刘师培的作品高达半数以上。

"美术"是明治维新后的日本从fine art意译过来的"新学语"，属于以具有西方观念背景的"美"为词根的同族词。[102]何时进入中国已不太容易考证，但刊行于1898年的康有为的《日本书目志》介绍了当时日本的知识体系，其中就有"美术门"。[103]随后"美术"就屡见于梁启超的文章。最早在自己的学说中大量使用这一词汇大约可上推到1903、1904年，其人

---

[100] 在当时的《国粹学报》上，章太炎连载《春秋左传读叙录》，刘师培连载《汉代古文学辨诬》，共同打击今文学派，这是二人学术上配合最密切的时期。
[101] 在此前的第二十一期中，有《征美术品种类》的广告，这是"美术"第一次出现在《国粹学报》上。
[102] 奇怪的是，中国各类工具书似乎都不知道这一点，甚至不知道这个词晚清已大为流行，而且并生了诸如"美学""美育""审美""优美""壮美"等同族词。代表性的说法如《中国大百科全书·美术卷》中作为序言的"美术"词条，称"在中国的'五四'新文化运动中被文艺家和教育家普遍使用"。只有刘正埮、高名凯等的《汉语外来语词典》简单标明源于日本，系意译英语art。另业师陈平原先生告曰，1873年《教会新报》上《西国学校·智学》即有"论美形，即释美之所在"一语。
[103] 《康有为全集》（3），上海古籍出版社1992年12月版。

就是主张沿用"日本所造译西语之汉文"的王国维。[104]而给这个概念的流行带来很大影响的似乎是严复，1905年，他翻译的《孟德斯鸠法意》出版了第四册，其中卷十九专门有一则按语对"美术"作了说明，[105]依严复当时的影响，他所使用的新词汇是最有号召力的，此后也确实为很多人所接受。到《国粹学报》创设"美术篇"时，这个极具西方观念的概念已经是读书界所熟知的了。

在晚清，"美术"是一切艺术的统称，包括文学。[106]不过，《国粹学报》本就有"文篇"，因而"美术篇"司职文学以外的艺术门类。但"美术"既然可以包容一切艺术，论及文学并非"犯界"，刘师培利用的正是这一点，在讨论"美术"时经常涉及文学，同时隐蔽地批评章太炎。

"美术篇"的第一篇文章是刘师培的《古今画学变迁论》，论画之间突然谈到诗歌：

---

[104] 《论新学语之输入》，《静庵文集》，《王国维遗书》第五册，上海古籍书店1983年9月版。又王国维的第一篇论文《哲学辨惑》刊登在罗振玉主编的《教育世界》五十五号（1903年7月），已用到"美学"一词；第二篇论文《论教育之宗旨》刊五十六号（1903年8月），用到"美育"一词；第三篇论文《孔子之美育主义》刊在六十九号（1904年2月），"审美""美术"等都已出现，这些词汇均源于日本。
[105] 光绪三十一年八月商务印书馆版。
[106] 康有为：《日本书目志》中除"美术门"外，尚有"文学门""小说门"，此乃当时日本的知识分类；王国维偶尔亦"美术文学"并举，但分析其门类属性时，"美术"包括"诗歌"（《孔子之美育主义》）；严复亦言"其在文也，为词赋"（《孟德斯鸠法意》卷十九"按语"）；即如邓实在《国粹学报增广门类》中也将"诗歌文学"囊括在内（该报第二年第十二号，1907年1月）。"五四"后，"文学"这个词稳定下来，"美术"一般不再包括"文学"。

> 又如古代诗歌,均属咏事,故征实之词异于蹈虚之语。及庄老告退,山水方滋,乃流连景光,以神韵自诩,盖文学之进化随民智而变迁。[107]

虽然谈的是诗歌而不是"文",但抛开"文笔论"而去区分"征实之词""蹈虚之语",这是刘师培文论的一个值得注意的变化,说明他的关注点已从语言形式转移到文学性质上了。

刘师培早期文论与章太炎有一个共同倾向,即他们都主张"辨名正词"。《文学说例》在区分"文言质言"后,首要批评的"病质"就是各类作品中以比喻为代表的修辞手法;[108]同样,在《文说》的"析字""记事"两篇中,刘师培举证的各种例子与章太炎十分相似,"析字篇"谓:"若夫未解析词,徒矜凝锦,是则无根之木无源之水耳,乌足以言文学哉!"[109]"记事篇"以"文以记事,事外无文"立旨,批评文人使用"寓言""虚设"以及出现的各种"讹误",结论是:"若徵材聚事,徒供獭祭之需,恐摘句寻章,不越虫雕之技,以此言文,不亦误乎!"[110]

章刘之间的相合处可以说是汉学家文论普遍遵循"小学为文章之始基"这一原则的必然产物,他们在"小学"与"文

---

[107] 《国粹学报》第三年第一号,1907年3月。
[108] 《文学说例》,《中国近代文论选》下。
[109] 《文说·析字篇第一》,《国粹学报》第一年第十一号,1905年12月。
[110] 《文说·记事篇第二》,《国粹学报》第一年第十二号,1906年1月。

学"关系上的分歧只是局限于语言文字的性质这一层面。强调训诂的无懈可击,立场倒是一致。章太炎说:"世有精练小学拙于文辞者矣,未有不知小学而可言文者也。"⑪⑪刘师培说:"因字成句,积句成章。欲侈工文,必先解字。"⑫内涵不一但持论相近。无论主张"质言"还是"文言",在"自古词章,导源小学"这一点上,⑬二者没有分歧。

小学与文学的关系在章太炎文论中显得顺理成章。他本就将"文学"定义为"尔雅以观于古",立"雅俗"为批评标准;刘师培以"修词者谓之文",反对章太炎"以行文之雅俗定文词之工拙",⑭所立的批评标准是"工拙",这与"小学"的关系并不怎么直接,"工文"和"解字"的统一性在理论上总是有点可疑。⑮刘师培所批评的"徒矜凝锦""徵材聚事""摘句寻章"只不过是"以文胜质",⑯与"工拙"没什么关系,"析字""记事"两篇中的许多例子很难证明他的观点。

阮元本不太谈小学词章的关系,现在当然不好猜测说他意识到其间的理论陷阱。刘师培之所以大加阐发,是由于章太炎已有大量论述在先,对于这个业已存在的时代性学术资源,他无法回避。但到了《论近世文学之变迁》,他站在"文言"

---

⑪ 《文学说例》,《中国近代文论选》下。
⑫ 《文说·析字篇第一》,《国粹学报》第一年第十一号。
⑬ 《文说·析字篇第一》,《国粹学报》第一年第十一号。
⑭ 《中国文字流弊论》,《左庵外集》卷六,《刘申叔先生遗书》。
⑮ 《文说·析字篇第一》,《国粹学报》第一年第十一号。
⑯ 《文说·记事篇第二》,《国粹学报》第一年第十二号。

的立场批评"注疏为文",声称"文学之衰,不仅衰于科举之业也,且由于实学之昌明",[117]有意无意间观点的极端化使得他将"文学"与"实学"对立起来,此距同期中《古今画学变迁论》区分"蹈虚之语"和"征实之词"已是一步之遥。随后的《中国美术学变迁论》除了"蹈虚""征实"对举外,还将"美术之学"与"实用之学"对举,[118]由此,"文学""蹈虚"被统一到"美术"中。在这一思路的推动下,他的文学观在这一时期的总结之作《论美术与征实之学不同》中出现了戏剧性的变化。

《论美术与征实之学不同》以"书法"和"词章"为证据进行立论。"词章"的主体部分几乎就是《文说》"析字篇"和"记事篇"的缩写版,其中谈及的七项"文人之失"、列举的二十二个例证,在"析字""记事"中都能找到,但结论完全相反:

> 或谓后世之文,隶事失真,事因文晦,以斥文章为小道。不知文言质言,自古分轨,文言之用在于表象,表象之词愈众,则文病亦愈多。然尽删表象之词,则去文存质,而其文必不工……则以词章之文,不以凭虚为戒。[119]

---

[117] 《国粹学报》第三年第一号。
[118] 《中国美术学变迁论》,《国粹学报》第三年第五、六号,1907年6、7月。
[119] 《论美术与征实之学不同》,《国粹学报》第三年第八号,1907年9月。

有趣的是，刘师培前所未有地将"文言质言"对举，却进入了章太炎的概念体系。章太炎的"文言"与"质言"，第一层面是指向"言"，属于本体论范畴，由此推导出第二层面文体论上的等级观；而阮元、刘师培的"文言"则是在"文"这个形式层面，与"笔"等相对。因而，严格地说，二者"文言"的内涵并不完全一致。现在，为了证明自己的"新思维"，刘师培不但抛开"文笔"讨论"文质"，还使用了章太炎已经弃而不用的"表象"这一外来理论，并得出完全相反的结论。这使人感到文本背后的挑衅色彩。

这一转化所依靠的理论武器其实非常简单，就是西方"真善美"价值体系中"真""美"的对立，[120]所谓"贵真者近于征实，贵美者近于饰观"，因而"美术之学与征实之学不同"：

> 盖美术以性灵为主，而实学则以考核为凭。若于美术之微，而必欲责其征实，则于美术之学，返去之远矣。[121]

这让人想起《文学论略》中章太炎所批评的"学说在开人之思想，文辞在动人之感情"，章氏是否针对周氏兄弟尚有争

---

[120] 《中国美术学变迁论》开篇谓："昔希腊巨儒，析真美善为三。"说明他接受这一观念。
[121] 《论美术与征实之学不同》，《国粹学报》第三年第八号。

论，[12]但这一分界的背景来源于西方的"纯文学观"大概无可疑议。反观刘师培对于"征实之学"和"美术之学"的论述，可以发现与上述"学说""文辞"的分野基本相似，只是"学说"缩小成了"实学"，而"文辞"则扩大成了"美术"。

"美术"这个概念刘师培也只在1907年使用，其后再也没在他的文章中出现过，这更证明了这一临时抄起的武器是针对章太炎的。章太炎为文学建立的庞大理论构架因为刘师培阵地的迁移而缺少强有力的回应，不免有点可惜。但这个多少带点恶作剧的行为并非毫无意义，《文学论略》痛骂"或其取法泰西，上追希腊，以美之一字，横梗结噎于胸中"，[13]刘师培偏要"以美之一字"大肆论文，不过这样一来却证明了"文章"与"小学"完全无关，于是，在与章太炎划清界限的同时，刘师培也与有清三百年汉学家的文论划清了界限。之所以阮元的"文言说"能如此顺利地实现"创造性转化"，是因为作为六朝文学理论核心的《文心雕龙》和《文选序》都存在纯文学倾向，因而"学说文辞"的分界在章太炎眼里才会成

---

[12] 此公案起于许寿裳的《纪念先师章太炎先生》（《制言》第二十五期，1936年9月），将这句"或曰"指明为鲁迅所言；汤志钧：《章太炎年谱长编》（中华书局1979年10月版）沿用此说；谢樱宁《章太炎年谱摭遗》（中国社会科学出版社1987年12月版）指出时间上的矛盾，《文学论略》发表于1906年，章鲁结识在1908年；近木山英雄先生在《"文学复古"与"文学革命"》（《学人》第10辑）中再度翻案，但所据材料有误，刊登《一文钱》的《民报》出版于1908年6月10日，而非1906年，1906年6月章尚在上海狱中。先生当是误据张菊香：《周作人年谱》（南开大学出版社1985年9月版）。不过，依文中口气判断，太炎似确有具体所指。

[13] 《文学论略》，《国粹学报》第二年第十一号。

为"规模""稍宽博"的"文笔论"。[124]当这一传统在晚清的背景下与西方学说发生某种契合时，在某些具体学术论争的刺激和推动下，转化就出现了可能性。刘师培身上发生的传统资源暂时性的现代转化为我们提供了展现晚清文化某种气质的绝妙例证。

四

似乎是有意显示历史的联结，就在刘师培抛弃"美术"这一概念的1908年，在实际由他主编的《河南》上，周氏兄弟发表了一系列论文。[125]同样用"美术"这个词，他们阐述了一种新的文学精神，具体表现为双重性标准：一方面，"由纯文学上言之，则以一切美术之本质，皆在使观听之人为之兴感怡悦。文章为美术之一，质当亦然，与个人暨邦国之存，无所系属，实利离尽，究理弗存"；另一方面，"丽于文章能事者，犹有特殊之用一，盖世界大文，无不能启人生之阕机"。[126]

---

[124] 《文学论略》，《国粹学报》第二年第九号。
[125] 该刊署"武人"发行，实际由张钟瑞控制，而稿件上择取全依赖刘师培。《知堂回想录（药堂谈往）（手稿本）》（牛津大学出版社2021年版）中多处谈及托人向刘师培投稿，如"八〇 河南——新生甲编"。周氏兄弟发表于该刊的文字主要有鲁迅：《摩罗诗力说》（第二至三期，1908年2、3月）、周作人：《论文章之意义暨其使命因及中国近时论文之失》（第四至五期，1908年5、6月。按：目录中"近时"作"近来"）、鲁迅：《文化偏至论》（第七期，1908年8月）、鲁迅：《破恶声论》（第八期，1908年12月）、周作人：《哀弦篇》（第九期，1908年12月）。
[126] 《摩罗诗力说》，《坟》，《鲁迅全集》第一卷，人民文学出版社1981年1月版。

鲁迅的表述在周作人的文章中被总结成"虽非实用，而有远功"。[127]这表明有别于章刘思路的新的文学主张已经出现，并成为十年后文学革命的源头。

同样是1908年，《国粹学报》进入了邓实时代，日渐成为作者广泛的纯学术刊物，[128]标志着"国粹派"的瓦解。章刘二人的矛盾也开始激化，经过一年不断升级的龃龉，"太少两公"终于决裂，[129]终生不复相见，他们的文学论争自然随之结束了。宣统朝和民国初年，频繁的政治转向使得刘师培声望不断下降，人格受到质疑，在文化界日渐孤立，从此他逐渐脱离学界和文坛的论争，转入了纯学术建设阶段。

蔡元培长校北大后，出于对旧情的顾念和学术上的尊敬，邀请刘师培前来任教。这位天份与勤奋均堪惊人的年轻人在此度过生命的最后几年，其成果依然弘富。在文学方面，则是结撰了《中国中古文学史》。[130]

《中国中古文学史》可以分成两部分。头两课《概论》和《文学辨体》成稿时间相当早，1913年2月题为《论文五

---

[127] 《论文章之意义暨其使命因及中国近时论文之失》，转引自陈子善编《周作人集外文》，海南国际新闻出版中心1995年9月版。
[128] 1908年后，《国粹学报》的作者队伍日渐庞杂，如"美术篇"主要是罗振玉和王国维的文章。
[129] 此苏曼殊用语，戊申（1908）四月《与刘三书》："太少两公又有龃龉之事。"《苏曼殊全集》，中国书店1985年9月版。"太"指太炎无疑；"少"应是由于刘师培曾化名"金少甫"，"少甫"亦当来自其父之字"良甫"。另章刘又有"二叔"之目，以其分别字枚叔、申叔。参看尹炎武《刘师培外传》，《刘申叔先生遗书》。
[130] 《中国中古文学史》，人民文学出版社1959年11月版。

则附文笔诗笔词笔考》在《四川国学杂志》第三期发表；随后《论文五则》改题《文说五则》发表于《中国学报》第一期；[131]此时成为该书的总纲。《概论》部分是刘师培对自己文学主张的全面概括，其根基仍然在文笔之辨，只是第一则提出汉语"字必单音"这一"禹域所独然，殊方所未有"的特点，说明他注意到了中西比较，同时也清楚地表明他的文论是植根于国粹主义立场上的。因而，他首先考虑的不是普遍的"文学是什么"，而是最能体现汉语特殊性的"文"是什么。

此后三课论述魏晋宋齐梁陈的文学变迁，是该书的主体部分，开始于建安文学，结束在"声律说之发明"和"文笔之分辨"，意图十分明显，即希望勾勒出骈文如何从建安开始的重视文辞的风气中萌芽，中间经过不断的"迁蜕"，最后走向形式上骈偶化的成熟，为"文崇六代"的立论提供历史事实。

"中古"思路的出现在刘师培那儿有个变化过程。本来，阮氏《文言说》的学术背景就是中古，除了拉扯《易·文言》的大旗作虎皮外，不大涉及上古。但在章刘论争期间，一方面由于对手立论的挤压，一方面出于学术上的雄心，刘师培极力将他的文学观念贯串整个文学史，对上古用力最大，《文说·宗骚篇》可以说就是这一努力的体现。[132]到了1907年，他

---

[131] 李妙根：《刘师培生平和著作系年》1916年条言《文说五则》"《国粹学报》十一至十五曾刊过"，此说大误，盖与1905年《文说》相混。见《刘师培论学论政》，复旦大学出版社1990年8月版。
[132]《国粹学报》第二年第三号，1906年4月。

区分美术与实学时，溯源性的研究却逼出了上古和中古的分野。其基本判断是上古美术"仅为实用之学"，中古"不复以美术为实用"，[133]虽然具体的分界点并不相同，但思考方式却保留了下来，因而此时的结撰仅仅落实为"中古"而以建安为起点。这可以说是当年短暂的阵地转移和用"美术"论文所遗留下来的唯一成果。

"建安文学，革易前型"在某种意义上成为1927年鲁迅《魏晋风度及文章与药及酒之关系》的源头，[134]鲁迅喜欢魏晋文应该是受章太炎的影响，但在这一讲演中，他提到的却是刘师培，并对这位比他还小三岁的"前辈"表现出很大的好感，将自己放在为《中国中古文学史》作补充的位置上。其实，刘鲁二人所论还是显出学识、气质和趣味的很大差异，鲁迅以西方的"文学"剪裁归并中土之"文"与刘师培通过汉语言史推论"文"之应为何物，其区别更是根本性的。不过，在总的判断上，鲁迅以曹丕时代为"文学的自觉时代"应该就是来自刘师培的"建安文学，革易前型"，这一观念也由于鲁迅的重新表述成为当今中国文学史观的一部分，建安朝也被普遍用作上古文学和中古文学的分界点。似乎这也就是刘师培浩繁文学论述中唯一被继承的遗产，但回顾这一判断的变迁过程和具体内涵，不禁使人感慨历史是多么苛刻。

---

[133] 《中国美术学变迁论》，《国粹学报》第三年第五、六号，1907年6、7月。
[134] 《而已集》，《鲁迅全集》第三卷。

就在《中国中古文学史》被作为讲义刊印的1917年，新文学运动以北大为基地，以《新青年》为阵营迅速楔入文坛。

　　《新青年》集团来源复杂，但大体可以分为两支力量：一支是担任轮值编辑的胡适、陈独秀、钱玄同、刘半农等人，这当然是主体；另一支是作为"客员"的周氏兄弟。二者主旨相同而偏重并不一样，借用胡适的说法："我们的中心理论只有两个：一个是我们要建立一种'活的文学'，一个是我们要建立一种'人的文学'。"[135]

　　"活的文学"的基本思路是语言文字合一观，作为策略则是文言与白话的对立。既以白话为宗，则一切文言自然都在打倒之列，因而桐城派、宋诗派、章太炎以及刘师培、黄侃等选学派都被大而化之地拢到一个平面上，只有梁启超成为"放大脚"。胡钱在《新青年》"通信"栏中关于文学形式和白话文历史的热闹讨论虽然显得单薄，但还是为确立白话文的"新文统"做出了成功的努力，最终发展为胡适《白话文学史》的思路。

　　与此同时，熟知晚清文学发展的钱玄同确定出可供打击的对象，简化成"桐城谬种"和"选学妖孽"，[136]不过痛骂"桐城"意在"谬种"，而正牌的"妖孽"刘师培连陪斗的资格似

---

[135] 《中国新文学大系·建设理论集》"导言"，上海文艺出版社1980年10月影印。另"客员"之说见《知堂回想录（药堂谈往）（手稿本）》"一二一 卯字号的名人二"。
[136] "通信"，《新青年》第二卷第六号，1917年2月。

乎也没挨上。三十年代中，钱玄同在生命的最后几年花了很大精力编辑《刘申叔先生遗书》，特别谈到1903年的《中国文字流弊论》，[137]而恰恰在这篇文章中，刘师培提出"宜用俗语"的主张，称"言语与文字合则识字者多，言语与文字离则识字者少"，这个论点是从黄遵宪的《日本国志》中抄来的。[138]不过，刘师培论小学重"字声"，论"文章"强调语言文字的联系，毋宁说这一学术上的偏重本就给语言文字合一观留下理论基础。同样，在《论文杂记》第二则中提出"一修俗语，以启瀹齐民；一用古文，以保存国学"的二元论主张也并非权宜之计，[139]在刘师培的体系中，"文言"统摄于"可观可象，秩然有章"的"文"的系统，另有属性，既然可以"言与文分""文与笔分"，则包含"文"与"笔"的"古文"与"俗语"也可分，"文笔论"本身就提供了二元论思路，早给"俗语"留了位置。当年他曾很有信心地宣称："中国自近代以来，必经俗语入文之一级。"[140]而今的白话一元论者却是要"俗语代文"，要将他的"文"逐出文坛。面对这一不期而至的新思潮，病入膏肓还在拼命治学的刘师培避之唯恐不及，[141]已经毫无心力和兴趣像当年对章太炎那样作出辩驳和回答。

---

[137] 参看《刘申叔先生遗书》钱序。
[138] 《日本国志·学术志二》言："盖语言与文字离则通文者少，语言与文字合则通文者多。"光绪二十四年浙江书局刻本。
[139] 《国粹学报》第一年第一号。
[140] 《国粹学报》第一年第一号。
[141] 参看王风《刘师培：闭关谢客 抱疾著述》，《触摸历史——五四人物与现代中国》，广州出版社1999年4月版。本书已收录。

对于胡钱诸人文言/白话以及桐城谬种、选学妖孽之类的热门话题，从晚清走过来的周氏兄弟基本上没有介入讨论，他们仍沿续1908年所形成的以文学"立人"的思路，此时落实为"人的文学"的口号。

"人的文学"的主张"五四"后发展为"文学研究会"的宗旨。在论述"为人生"的含义时，周作人依然坚持"文章一科，后当别为孤宗，不为他物所统"的立场，[142]强调"正当的解说，是仍以文艺为究极的目的"，同时警告"人生派的弊病，是容易讲到功利里边去，以文艺为伦理的工具，变成一种坛上的说教"。[143]可以说，周作人既要"为人生"又要"以文艺为究极的目的"，所贯彻的仍是他"虽非实用，而有远功"的早期主张。

至于白话一元论，"五四"甫一落潮，周作人就要与文言"五族共和"，"把古文请进国语文学里来"，以为"现代国语须是合古今中外的分子融和而成的一种中国语"。[144]显然，文学革命时他之所以在这个问题上绝口不言是由于形格势禁，究其心，他和胡适的语言文学观是有分歧的。

对此，胡适并不为所动。在他的观念里，书面语是口语的绝对附庸，从"五四"期间的现实论争到"五四"以后的历史梳理，这都是他一以贯之的标准。1928年《白话文学史》

---

[142] 《论文章之意义暨其使命因及中国近时论文之失》，《周作人集外文》。
[143] 《新文学的要求》，《艺术与生活》，岳麓书社1989年6月版。
[144] 《国语改造的意见》《国语文学谈》，《艺术与生活》。

出版，⑮表明胡适的立场没有任何弹性可言。另一方面，不久以后，左翼文学在上海渐成气候，鲁迅并与之结盟，在周作人看来，他所担心的"讲到功利里边去"也终于成了现实。

1932年，《中国新文学的源流》面世，在这部讲演集中，周作人建立了一套言志/载道循环论，大批桐城派和八股文，其现实对应自然包括左翼及鲁迅，他引鲁迅"由革命文学到遵命文学"这句话并发挥说："我认为凡是载道的文学，都得算作遵命文学，无论其为清代的八股，或桐城派的文章，通是。"⑯言下之意不言而喻。有趣的是，在随后各种各样的文章里，周作人由痛骂已不行时的桐城派更上骂其祖师爷韩愈，态度之激烈丝毫不亚于阮元，更远过刘师培。⑰

言志/载道循环论同时也针对胡适《白话文学史》"以为白话文学是中国文学唯一的目的地"的进化论思路，周作人认为文学革命主张用白话是为了"要言志"，与明末公安派"其根本方向是相同的"。在这一逻辑的推导下，清叶后期"载道"的桐城派的对立面自然更是"言志"的同志，"骈文和新文学，同以感情为出发点，所以二者也很相近"，因而，桐城八股之后，中国文学"不走向骈文的路便走向新文学的路"

---

⑮ 新月书店1928年6月版。又胡适从1921至1927年就有几种石印、油印、铅印的简繁不等的《国语文学史》。
⑯ 《中国新文学的源流》第四讲，岳麓书社1989年6月版。
⑰ 周氏兄弟思想与文学观的发展分野有个性、经历和判断方面诸多原因，均有端绪可寻。但二人从不正面交锋，故皆不吝曲笔，借用多多。唯兹事体大，此处不拟细论。

了。[148]这个结论实在让人瞠目结舌。

周作人标举公安竟陵直接促成当时小品文的繁荣,晚明小品也大为走时。此后,搜寻出同样"言志"的六朝文,他在北京大学开设了"六朝散文"课程,[149]与刘师培当初的"汉魏六朝专家文研究"可谓后先辉映。[150]批判桐城加上标举六朝,不知当时的周作人是否想到刘师培这位他颇为尊敬的同庚,似乎是为了应验他自己所阐述的历史循环论,周作人走到了当年"选学妖孽"的位置。如果说两人之间区别的话,刘师培的"文以足言"和周作人的"言以足志"其偏重点还是颇有差异,但促使他们主张形成的现实环境的差异更远为重要。从阮元到刘师培到周作人,同一传统资源在一百馀年间被三度使用,历史在这里显示出惊人的相似性,不过相似性背后的不相似性同样惊人。

(初刊《学人》第13辑,1998年3月)

[148] 《中国新文学的源流》第二、三讲。
[149] 1936年《六朝散文课程纲要说明》,《周作人集外文》。
[150] 此课曾由罗常培笔记成书。独立出版社1945年11月版。

王国维学术变迁的知识谱系、文体和语体问题

一

  1911年辛亥正月,距清帝逊位,民国建立不到一年,也正是王国维学术大转向的前夕,罗振玉创办《国学丛刊》。前此1908年初,《教育世界》停刊,罗王著述遂转在由邓实、黄节主持的《国粹学报》刊发,王国维词曲方面的研究成果也都揭载于此。但《国粹学报》终究是以章太炎、刘师培为核心的学术刊物,《国学丛刊》的兴设,未始没有分庭抗礼之意,毕竟以罗振玉广泛的人脉和杰出的学术组织能力,如果没有因数月后辛亥革命的突发而仓皇中断,成功确是期在必许。

  与《教育世界》一样,《国学丛刊》实际也由王国维主编,在其所作《国学丛刊序》中,伊始即"正告天下曰:学无新旧也,无中西也,无有用无用也。凡立此名者,均不学之徒,即学焉而未尝知学者也"。不过"国学"一语,本就区

分了"新旧"与"中西",故而此序结尾处又说,"适同人将刊行国学杂志,敢以此言序其端,此志之刊,虽以中学为主,然不敢蹈世人之争论",隐约之间似乎对此刊刊名所标举别有意见。

所谓"无有用无用",立意于学术之独立,王国维这一立场自是无待多言。至于"无新旧"和"无中西",其立论之根基,在他看来,是所谓"学有三大类":

> 曰科学也,史学也,文学也。凡记述事物而求其原因,定其理法者,谓之科学。求事物变迁之迹,而明其因果者,谓之史学。至出入二者间,而兼有玩物适情之效者,谓之文学。

在这样的知识分类体系中,自然"古今东西之为学,均不能出此三者",以此破古今东西之习见,逻辑上确实毫无问题。此时王国维正游心于文学史学之间,其对于宋元戏曲的研究,诚其所谓二者"非斠然有疆界"的"文学之史"。[①]数年后其最终成果汇聚于《宋元戏曲史》,"自序"的开头是有名的一段话:

> 凡一代有一代之文学:楚之骚,汉之赋,六代之骈语,唐之诗,宋之词,元之曲,皆所谓一代之文学,而后

---

① 《国学丛刊序》,《国学丛刊》第一册,1911年2月。

世莫能继焉者也。②

这段话脱胎于焦循的《易馀籥录》,王国维自己在"元剧之文章"一节里也作了摄引,焦循的原文是这样的:

> 余尝自楚骚以下至明八股,撰为一集。汉则专取赋,魏晋六朝至隋则专录其五言诗,唐则专录其律诗,宋专录其词,元专录其曲,明专录其八股,一代还其一代之所胜。③

抛开二者间关于代有偏胜具体看法的差异,所谓"一代有一代之文学",和"一代还其一代之所胜",一言"文学",一言"所胜",正可代表古今东西之异。"文学"云者,对应即所谓 literature,其汉字构成也是从日语词移用而来。至于焦循的意见,当然万不可能有"文学"这样的观念,"所胜"一语,意思恐还真是"文章",所以有所谓明之八股,而为王国维引文中有意略去,④因为八股一物,虽不能废其为"文章",但万无可能是"文学"。

这一小小的细节亦可看出当时王国维学术思想的根本路向,即是以西方的知识谱系重理中国以往的一切文献。与章太炎等国粹派试图发动传统学术机制以抗衡铺天盖地的西学涌

---

② 《宋元戏曲史》"序",《东方杂志》第九卷第十号,1913年4月。
③ 《易馀籥录》卷十五,《丛书集成续编》,上海书店1994年6月版。
④ 见《宋元戏曲史·元剧之文章》,《东方杂志》第十卷第八号,1914年2月。

入相反，王国维从来没有类似的文化危机感，在他那儿，这一切都顺理成章。写《国学丛刊序》时，他已经放弃了哲学，在科学、史学、文学三分法中，哲学大概属于科学一部。而前此七八年，他的第一篇论文却是要在中国新教育中为哲学争地位。

《哲学辨惑》写于1903年年中，其时王国维正沉迷于叔本华、康德不能自拔，而"去岁南皮张尚书之陈学务折，及管学大臣张尚书之复奏折：一虞哲学之有流弊，一以名学易哲学"，在此背景下，王国维为之辩护，而其首要，在于"正名"：

> 夫哲学者，犹中国所谓理学云尔。艾儒略《西学凡》有"费禄琐非亚"之语，而未译其意。"哲学"之语实自日本始。日本称自然科学曰"理学"，故不译"费禄琐非亚"曰"理学"，而译曰"哲学"。我国人士骇于其名，而不察其实，遂以哲学为诟病，则名之不正之过也。

以"名学"指称philosophy，自然不甚合体，而"哲学"又是日语词，且容易让当道联想到"自由平等民权之说"这类"于哲学中不占重要之位置"的问题，所以王国维以为，"苟易其名曰理学，则庶可以息此争论哉，庶可以息此争论哉"。

不必沿用日语词的"哲学"，也不必理会日本"理学"一词的含义,这都没什么问题。但是,姑不论是否如他所言"哲学为中国固有之学",所谓"夫哲学者,犹中国所谓理学",未免有点把中西不同的知识谱系混为一谈。他所提到的"周子'太极'之说,张子'正蒙'之论,邵子之《皇极经世》",这确实是"理学";但涉于"虚""寂"的"《易》之'太极',《书》之'降衷',《礼》之'中庸'",却是上古六经的范畴,没人会认可这也是"理学";况且还有他"姑舍诸子不论"的子部百家,⑤更在经部之外,与中国所使用的"理学"一语完全是水米无干。

两年多后《奏定学堂章程》发布,当然不可能如王国维所愿,"独于文科大学中削除哲学一科,而以理学代之"。问题在于,这里"代"哲学的"理学"与王国维将哲学予以"正名"的"理学"根本不是一回事。王国维的本意是保持名称上的中国特色,可以避免非议,实际内容要的还是"哲学"。只是他所主张的名称本就有确实对应的内容,因而争辩起来吃力之至:"夫理学之于哲学,如二五之于一十,且理学之名为我中国所固有,其改之也固宜。独自其科目之内容观之,则所谓理学者,仅指宋以后之学说,而其教授之范围亦限于此……"⑥可是"所谓理学者"从来就是"指宋以后之学说",怎么可能与他一个人的"理学"义界"二五之于

---

⑤ 《哲学辨惑》,《教育世界》第五十五号,1903年7月。
⑥ 《教育偶感》,《教育世界》第八十一号,1904年8月。

一十"。

半年后在《奏定经学科大学文学科大学章程书后》中王国维正式提出自己的方案,显然意识到"正名"之无济于事,是以绝口不提,而直指其"根本之误""在缺哲学一科而已"。新制学校所采者皆为东西洋之学制,"经学科大学"是尊经的产物,也可以说是"经史子集"的传统中国知识分类的唯一遗留。而王国维的解决方案是将经学科大学并入文学科大学中,彻底取消其特殊地位,其下分经学科、理学科、史学科、中国文学科、外国文学科,虽然有经学科、理学科,但显然只是从研究对象的角度着眼,所谓"理学科"之"理学"也已回归中国自身概念内涵。在他设计的课程中无一以"经学"、"理学"名者,[7]原来《奏定学堂章程》中西合璧的中学课程如"尔雅学""说文学""音韵学""四库总目提要""历代文章流别"等等一概删落无遗,[8]加以替换的是从哲学、心理学、伦理学到美学、社会学、教育学全套日本当时课程名称。[9]

实际上王国维学术的入手处与东洋之教育密切相关,虽然他幼时所走的路子与同时人大致相仿,但甲午"始知世尚有所谓新学者",[10]戊戌抵沪入《时务报》馆,随后结识罗振

---

[7] 《奏定经学科大学文学科大学章程书后》,《教育世界》第一一八、一一九号,1906年2月。
[8] 《奏定大学堂章程》,《中国近代教育史资料汇编·学制演变》,上海教育出版社1991年3月版。
[9] 《奏定经学科大学文学科大学章程书后》,《教育世界》第一一九号。
[10] 《自序》,《教育世界》第一四八号,1907年5月。

玉，并在其所办东文学社就读，由日本教员藤田丰八、田冈岭云处知道有所谓哲学，并康德、叔本华。1901年罗振玉创办《教育世界》，王国维协助编务，同时翻译主要是日本的教科书，业馀自修哲学。

如此经历使得他基础的知识构架基本来自东西洋，尤其日夕接触教育资料，更使得他完全接受了西洋分科的逻辑。因而诸如"哲学"这样中国自古未闻的新鲜学问在他那儿全无窒碍，论述中国固有学术所考虑的是何者合于哲学的义界，所顾如"《易》之太极，《洪范》之五行，周子之无极，伊川、晦庵之理气"，[11]以及周秦诸子之说，只取其合于形而上者，并不顾及在中国文化框架中的相互关系。相较而言，如当时章太炎发动诸子学，其汉学家的理路而于理学了不一顾；后来马一浮、熊十力等会通儒佛，可以看作理学馀绪的接续，而无所取与于子学，其间确实存在着新世纪之初如何重新发动中国学术的绝大的路线差异。

王国维的入手处并非理学和子学，而是康、叔等的德国古典哲学。在此基础上解读理学的重要概念，《朱子语类》所谓"天则就其自然者言之，命则就其流行而赋于物者言之，性则就其全体而万物所得以为生者言之，理则就其事事物物各有其则者言之，到得合而言之，则天即理也，命即性也，性即

---

[11] 《奏定经学科大学文学科大学章程书后》，《教育世界》第一一八号。

理也"。⑫于是有《论性》《释理》《原命》诸作,从题目看,与前儒论述相类话题取名相似,不过《论性》一文最早在报刊上发表时题为"就伦理学上之二元论",收入文集方改为今题。⑬对于中国思想中的这些Idea,王国维从西方哲学立场重予考察,结果则其成绩都不免让人失望。

《论性》一文首先言明"古今东西之论性,未有不自相矛盾者",虽是遍打中外,讨论的核心却是自孟子之"性善"与荀子之"性恶"以来绵延千年的论述,但仅局限"儒教之哲学中",因为其他诸子学派"无争论及之者"。关于这一"人性之论",在王国维看来,无论是主"性善"还是"性恶"的一元论,最终都破灭为二元论。而且先秦两汉之人性论,除"以苟且灭裂终者"的董仲舒外,"皆就性论性,而不涉于形而上学之问题。至宋代哲学兴,而各由其形而上学以建设人性论",周敦颐基于其"乐天的性质与尊崇道德之念","持超绝的一元论",然"非有名学上必然之根据也",张载不能说明"天地之性"与"气质之性"为何相反。其他如二程、朱子、陆九渊乃至明代之阳明,皆持性善之一元论,而无不"蹈于孟子之矛盾",落入二元论。

问题出在哪儿呢?在王国维看来,"性之为物,超乎吾人之知识外也"。而从经验言之,则一定有善恶,"至执性善性

---

⑫ 《朱子语类》卷五,中华书局1986年3月版。
⑬ 《就伦理学上之二元论》,《教育世界》第七十至七十二号,1904年3—4月。

恶之一元论者，当其就性言性时，以性为吾人不可经验之一物故，故皆得而持其说。然欲以之说明经验，或应用于修身之事业，则矛盾即随之而起"。因而这篇论文的结论是千年的大题目实则根本立脚处皆有问题，"后之学者勿徒为此无益之议论也"。[14]

至于宋儒言说纷纷之"理"，《释理》一文比较东西之异同，实际上是解读叔本华的有关学说。首先从语源上，王国维认为东西方并无区别，"理"无非"理由""理性"二义。但无论理由这一"广义的解释"，还是理性这一"狭义的解释"，都是主观的而非客观的。而中国至朱子则赋予其客观之想象，由本只有心理学上的意义发展出伦理学上的意义，即从"但关于真伪"引发出"关于善恶"。而其中有致命的矛盾，因为为善为恶皆有理由，而善恶也都根于理性。作为结论，所谓"理"，"毫无关于伦理上之价值"，所以天理人欲云云亦是千年之误。[15]

《原命》的写作距前两篇有二年之久，篇幅也短许多，不无勉强为之的痕迹。其所以如此，是因为从西洋哲学上看，有所谓"定命论"和"定业论"，"我国之哲学家"绝大部分"不外定命论与非定命论"。在王国维看来"二者于哲学上非有重大之兴味"，所以对"命"这一"我国哲学上之议论"仅

---

[14] 《就伦理学上之二元论》，《教育世界》第七十至七十二号。
[15] 《释理》，《教育世界》第八十二、八十三、八十六号，1904年9、11月。

次于"性""理"的重大命题,则"亦可不论",转而介绍西洋哲学中定业论和意志自由论之争。[16]

如此更换学术谱系,站在西学的立场重新考察中国以往的思想资源,评价体制自然完全不同,而结论也是相当令人沮丧。宋明大儒之"性""理""命"等重大概念并没有太大的哲学意义,而到汉学大盛的清代,更是"不及宋人远甚",唯一有"兴味"的仅是戴震、阮元寥寥数语。是以考察中国之"哲学"史,王国维得出的结论是"理论哲学之不适合于吾国人的性质",[17] 究其原因,王国维后来有专门的解释:

> 抑我国人之特质,实际的也,通俗的也;西洋人之特质,思辨的也,科学的也,长于抽象而精于分类,对世界一切有形无形之事物,无往而不用综括(Generalization)及分析(Specification)之二法……吾国人之所长,宁在于实践之方面,而于理论之方面则以具体的知识为满足,至分类之事,则除迫于实际之需要外,殆不欲穷究之也。[18]

如此特质之别,当然尤其在哲学上就会体现出巨大的差距。《哲学辨惑》中解释"研究西洋哲学之必要",云"非谓西洋哲学之必胜中国",显然是因为这篇文章寄望于影响当道,不

---

[16] 《原命》,《教育世界》第一二七号,1906年6月。
[17] 《国朝汉学派戴阮二家之哲学说》,《教育世界》第七十六号,1904年6月。
[18] 《论新学语之输入》,《教育世界》第九十六号,1905年4月。

得不为此从权之论，真正要说的是"欲通中国哲学，又非通西洋之哲学不易明也"。在二十世纪初中西文化大交汇的时期，如何调适自我已有的知识背景以应对外来的冲击，几乎是当时所有学者面临的绝大的挑战。而这在王国维那儿几乎不成问题，他完全站在西方学术的立场反观中国的思想，而且做得相当成功，简直可以说是个奇迹。这背后的原因与他的入手处有密切关系，当时他主要的工作对象是教育，个人兴趣则在哲学。晚清教育改革，完全不具备改造中国已有教育体制以适应需要的可能性，总不能以经史子集分科，只能移入西方教育体系，其实这样等于是移入西方知识谱系，对中国已有的知识系统进行改造以适应这些新的分科系统可谓势在必行。而哲学一物，其实以往中国之子学、理学等等，与之也只是部分交集，所以，不从事哲学则罢，若真要研究"哲学"，则只能一气化三清，"通西洋之哲学以治吾中国之哲学"。[19]与国粹派试图发动中国固有学术以对抗西学相比，王国维文化立场上这种改宗新教般的洗心革面，同样也需要非凡的自信和力量。

二

王国维以西学重新看待过往中国文化的一切，是建立在一个大的判断基础上，那就是中国自有学术以来，从来只"求

---

[19] 《哲学辨惑》，《教育世界》第五十五号。

以合当世之用",没有一种独立的价值和精神,也就是没有本体性。当然他从西方看到了这种学之纯粹,其中又以哲学和美术为极至。反观中国,"凡哲学家无不欲兼为政治家"或"抱政治上之大志",先秦诸子如此,宋明诸儒亦如此,所以,我国发达的是道德哲学和政治哲学,至若形而上学则罕有兴味。而在他看来,"天下有最神圣、最尊贵而无与于当世之用者,哲学与美术是已",一方面,哲学美术正因为"无用",所以"神圣",另一方面,哲学美术的"神圣"性要求其"无与于当世之用"。持此标准,则自然有"我国哲学美术不发达"的结论,[20]以西方哲学的眼光重理中国思想也就理固宜然势所必至了。

王国维在哲学之外逐渐着力于文学也是基于这样的基础认识,所谓"生百政治家,不如生一大文学家",但是"足以代表全国民之精神"的大文学家,"希腊之有鄂谟尔也,意大利之有唐旦也,英吉利之有狭斯丕尔也,德意志之有格代也",至于中国有谁,"则吾人所不能答也"。[21]

有趣的是,王国维在做这个发言的同时,正在发表那篇著名的《红楼梦评论》,对于这一"绝大著作",不知为什么他没有放进那些"大文学"里。或者这部"宇宙之大著述"已不是"代表全国民之精神"可以笼括,而具有揭示"人类全体

---

[20] 《论哲学家与美术家之天职》,《教育世界》第九十九号,1905年5月。
[21] 《教育偶感》,《教育世界》第八十一号。

之性质"的意义？

或者大体就是如此，《红楼梦评论》并不是一篇文学评论，只是以文学为材料的哲学论文，对于《红楼梦》的评价也是哲学意义上的。该文首述叔本华有关伦理学、美学的观点，是"持此标准，以观我国之美术"而寻找到这部作品的，也正是在这样的标准上，《红楼梦》成为"我国美术史上之唯一大著述"。[22]

晚清时期，王国维的学术生涯大体经历了从哲学到文学的转移过程，三十之后所作《自序二》，言及"近日之嗜好""渐由哲学而移于文学"，逐渐放弃哲学的原因，首先是觉得哲学"大都可爱者不可信，可信者不可爱"，其次是判断自己"为哲学家，则不能，为哲学史家，则不喜"，已经感觉到"于哲学上不有所得"。事实上，对叔本华"大好之"，服膺于"其观察之精锐，与议论之犀利"之后，王国维就渐生疑窦，《红楼梦评论》立论"全在叔氏之立脚地"，但第四章"已提出绝大之疑问"，[23]认为关于解脱之事，"叔氏之说，徒引据经典，非有理论的根据也"。[24]《书叔本华遗传说后》批评其学说完全违背事实，到得《叔本华与尼采》，更是评价二

---

[22] 《红楼梦评论·馀论》，《教育世界》第八十一号。
[23] 《静安文集自序》，《王国维遗书》第五册，上海古籍书店1983年9月版。
[24] 《红楼梦评论·红楼梦之伦理学上之价值》，《教育世界》第八十号，1904年8月。

人之学说不过"聊以自慰"。㉕

或者可以说,王国维走出叔本华的过程正像其走进叔本华一样,皆有其个人气质的原因。叔氏"意志"之说固然在王国维那儿引起共鸣,但其"知行合一"的传统底色使得他很难接受那种"小宇宙之解脱",㉖同时他也很难不注意到叔氏"学说与行为"的"往往自相矛盾",㉗故而赞及叔本华"搜源去欲,倾海量仁"时,特别注明"但指其学说言"。㉘到了《原命》,介绍西方哲学中"定业论"和"意志自由论"之争,直指叔本华之说"不过一空虚之概念,终不能有实在之内容",接着转而谈起"责任之观念",以为他的有关解释"自有实在之价值,不必藉意志自由论为羽翼也"。㉙这确实是王国维的本色,也正是他不能成为中国的康德、叔本华的原因。后人讨论王国维自沉每追索其叔本华"悲观主义"的哲学背景,这种思路合适与否姑且不论,如果一定要这么讨论,我以为那原因倒恰恰是在他走出叔本华的地方。

而每每把哲学玄思引到"实在",也决定王国维最终不可能在哲学上走下去。《古雅之在美学上之位置》是他自有心得的美学论文,其基础也来自西方美学之分别优美、壮美(宏

㉕ 《书叔本华遗传说后》,《教育世界》第七十九号,1904年7月;《叔本华与尼采》《叔本华与尼采学说之关系》,《教育世界》第八十四、八十五号,1904年10月。
㉖ 《红楼梦评论·红楼梦之伦理学上之价值》,《教育世界》第八十号。
㉗ 《论叔本华之哲学及其教育学说》,《教育世界》第七十五号,1904年5月。
㉘ 《叔本华像赞》,《教育世界》第七十七号,1904年6月。
㉙ 《原命》,《教育世界》第一二七号。

壮），而别又提出"古雅"这一"第二形式"。对于"古雅"，王国维的心情似乎有点矛盾，一方面，"优美"与"宏壮"必俟乎天才，而"古雅"以中人之资亦可为之，实际有上下之别；另一方面，"古雅之位置，可谓在优美与宏壮之间，而兼有此二者之性质也"，因而有独立的价值，不能认为"远出优美及宏壮下也"。这其中原因何在，在于他的中国经验起了作用，观文中引用例证，可知他所谓"美学上尚未有专论古雅者"而拈出之，其实正在西方美术缺乏或者少有这样的经验。"三代之钟鼎，秦汉之摹印，汉魏六朝唐宋之碑帖，宋元之书籍者"，并非西方无此类古物，但中国历史文字数千年传承不断，宜于其有强大的审美积累。王国维于书画则家学，于古物则罗振玉宏富收藏供其朝夕摩挲，至于诗文，兴趣所及，自是博览，论述中亦尽显其文学趣味：

> 西汉之匡、刘，东京之崔、蔡，其文之优美宏壮，远在贾、马、班、张之下，而吾人之嗜之也亦无逊于彼者，以雅故也。南丰之于文，不必工于苏、王，姜夔之于词，且远逊于欧、秦，而后人亦嗜之者，以雅故也……若宋之山谷，金之遗山，明之青邱、历下，国朝之新城等，其去文学上之天才盖远，徒以有文学上之修养，故其所作遂带一种典雅之性质。而后之无艺术上之天才者亦以其典雅故，遂与第一流之文学家等类而观之。

全文举证与此相类,没有一条涉及西方的例子。分析固然从他下过苦功的西方美学入手,解读的却是"于是有所谓雅俗之区别起",所谓"雅俗"这一纯粹的中国艺术论话题。

《古雅之在美学上之位置》并言:"凡吾人所加于雕刻书画之品评,曰'神'曰'韵'曰'气'曰'味',皆就第二形式言之者多,而就第一形式言之者少。"[30]事实上,神韵气味等等,并不只是"雕刻书画之品评",举凡一切中国文学艺术,这类印象批评式的概念俯拾即是。写此文时,王国维已因"填词之成功"而"嗜好之移于文学",[31]一年多后在《国粹学报》连载《人间词话》,[32]标举境界,其第九条于自己所提出的概念自信满满:

> 严沧浪《诗话》谓:"盛唐诸公,唯在兴趣,羚羊挂角,无迹可求。故其妙处,透澈玲珑,不可凑泊,如空中之音,相中之色,水中之影,镜中之象,言有尽而意无穷。"余谓北宋以前之词亦复如是。沧浪所谓兴趣,阮亭所谓神韵,犹不过道其面目,不若鄙人拈出境界二字为探其本也。

---

[30] 《古雅之在美学上之位置》,《教育世界》第一四四号,1907年3月。
[31] 《自序二》,《教育世界》第一五二号,1907年7月。
[32] 本文《人间词话》与《人间词话未刊稿》均引自《王国维〈人间词〉〈人间词话〉手稿》,浙江古籍出版社2005年8月版。此书影印国家图书馆藏王国维手稿,只有部分条目标有序号。本文引用时所依次据《人间词话》与《人间词话未刊稿及其他》初刊本,《国粹学报》第四十七、四十九、五十期(1908年10月—1909年1月)及《小说月报》第十九卷第三号(1928年3月)。

此条前之研究者引用不计其数,然未见解释何以"兴趣""神韵"等等"不过道其面目",而"境界"却能"探其本"。反观《古雅之在美学上之位置》前之所引,则在王国维看来,沧浪、阮亭诸说仅"就第二形式言之者",而"境界"却能"就第一形式言之",所谓"有境界,本也;气质、神韵,末也"(未刊一四),王之立论原是在"力争第一义"(未刊七),《人间词话》四:

> 无我之境,人唯于静中得之;有我之境,于由动之静之时得之。故一优美,一宏壮也。

所谓"优美""宏壮",就是从第一形式着眼,此非天才不办,故而"有境界,则自成高格,自有名句"(一)。至若评论姜白石,谓其"写景之作……虽格韵高绝,然如雾里看花,终隔一层"(三九),"古今词人格调之高无如白石,惜不于意境上用力,故觉无言外之味,弦外之响,终不能与于第一流之作者也"(四二)。所谓"高格""格韵高绝""格调之高"云云,亦如"兴趣""神韵",仅落于"古雅"这第二形式,而"境界"则是着眼于第一形式,所以有境界可以"自成高格",而"格韵高绝"未必有意境。

以"境界"一语论词并其他各体文学,是王国维首先言之。不过无论是"境界"还是"意境",前人并非没有用过,只是王国维特拈出之并为其注入西洋美学的背景。但有意思的是他此时的选择，无论是"词话"这一批评文体，还是"境界"和"意境"这样的核心概念都显得非常传统。

其实，不只是"境界"和"意境"，《人间词话》中固然有"理想""写实"（二、五）、"优美""宏壮"（四）、"客观之诗人""主观之诗人"（一七）这样的"新学语"，但占压倒地位的还是中国传统的批评术语，诸如"气象"（一〇、一五、三〇、三一）、"品格"（三二）、"神理"（三六）、"格调"（三八、四二）、"隔""不隔"（四〇、四一）、"洒落""悲壮"（二四）、"豪放""沉着"（二七）、"凄婉""凄厉"（二九）、"句秀""骨秀""神秀"（一四）、"旷""豪"（四四）、"工"（三九）等等等等，不一而足。这种风格与此前《教育世界》时期刊载的论文相较，真所谓不可以道里计。

近代以来，西学大规模成体系地进入中国，新词汇成为当时文化界面临的巨大问题。严复翻译西书，所谓"一名之立，旬月踟蹰"，只是其中一个有名的例子。二十世纪初，留学日本的中国人大量增加，由于日本维新比中国要早上二十年，创设新词自然在先。关键的是，这些新词是以汉字构成，当然主要是双音词。由于中国人大体从字面就可揣度其义，结果这些日语词铺天盖地涌入中国，在文化界引起了普遍的危机感。章太炎所谓"订文""正名"，就是感觉到了整个汉语书写系统面临的威胁。

王国维对此的看法在当时可能是少有的，1905年发表《论新学语之输入》，一方面批评严复"造语之工者固多，而其不当者亦复不少"，另一方面"日人所定之语，虽未有精确者，而创造之新语，卒无与加于彼"，两相比较，则"日本已定之语""其精密则固创造者所不能逮"，"而创造之语之难解，其与日本已定之语相去又几何哉"，所以主张"我沿用之"。

关于日语词之"精密"，王国维提出一个很重要的理由："日本人多用双字，其不能通者，则更用四字以表之。中国人则习用单字，精密不精密之分，全在于此。"[33]汉语中文言和白话两大书写系统，确实有单音词和双音词孰占主要地位的区别，但白话主要是日常词汇，而学术系统基本用的是文言，严复等人厘定新词的方针并无问题。只是当时需要的新语词实在太多了，西学又主要从日本转口，故而无论主张如何，实际上最后都不可能不沿用日语词。

王国维早在东文学社时受到的就是日本方面的教育，在《教育世界》伊始又是主要从事翻译日本教科书的工作，[34]对于日语词，他比其他中国人接受得更早、更多，也更广泛，大部分中国人还莫名其妙的日语词在他那儿早就顺理成章。因而，他的学术论文的语体，出现了文言中双音词，尤其是日语

---

[33] 《论新学语之输入》，《教育世界》第九十六号。
[34] 王国维1902年译桑木严翼《哲学概论》、元良勇次郎《伦理学》，阅读自是不止于此。

词的双音词占优势这一特殊的现象：

> 先天的知识，如空间时间之形式，及悟性之范畴，此不待经验而生，而经验之所由以成立者……后天的知识乃经验上所教我者，凡一切可以经验之物皆是也。(《论性》)
>
> ……"理"之意义，以理由而言，为吾人知识之普遍之形式；以理性而言，则为吾人构造概念及定概念间之关系之作用，而知力之一种也。故"理"之为物，但有主观的意义，而无客观的意义。(《释理》)
>
> 一切行为，必有外界及内界之原因。此原因不存于现在，必存于过去；不存于意识，必存于无意识。而此种原因，又必有其原因，而吾人对此等原因，但为其所决定，而不能加以选择。(《原命》)

这里的词汇，有些是近代日本的新创，有些则在中国古代的思想文本中存在过，为日本所借用以对译西方新的概念，与古代中国书写中的原义已大有出入，所以也是日语词。王国维先是翻译，待得自己写作，这些词汇自然而然大量进入文本。这就使得他在《教育世界》上的论文形成这样一种语体，即由单音节的"之乎者也"的虚词系统，和双音节的新语词结构而成。这种语体，虽然还是文言，但与传统的文言已经大不一样。至于句式，则受翻译的影响，以及新的表达的需要，有大量在传统文言中不可能见到的长句：

> ……前者由一对象之形式不关于吾人之利害，遂使吾人忘利害之念，而以精神之全力沉浸于此对象之形式中……后者则由一对象之形式，越乎吾人知力所能驭之范围，或者形式大不利于吾人，而又觉其非人力所能抗，于是吾人保存自己之本能，遂超越乎利害之观念外，而达其对象之形式……（《古雅之在美学上之位置》）

这样复杂的长句是前所未有的，就语法而言，也是远离传统文言的习惯。又如：

> 至尼采之说超人与众生之别，君主道德与奴隶道德之别，读者未有不惊其与叔氏伦理学上之平等博爱主义相反对者。然叔氏于其伦理学及形而上学所视为同一意志之发现者，于知识论及美学上，则分之为种种之阶级，故古今之崇拜天才者，殆未有如叔氏之甚者也。（《叔本华与尼采》）

前句之如此大规模的短语前置，后句"于知识论及美学上"的插入语结构，亦属前不见古人。凡此皆由于原来的文言已不能容纳新的表达，不得不在书写语言系统可以容忍的限度内廓大之。但也有文言实在无法满足的情况，则白话的因素就不可避免地随之而入。

在王国维早期论文中，引人注目的一个语法现象是，尽管数量不是特别多，但白话虚词"的"与文言虚词"之"在不少处混用：

> 故模仿之文学，是文绣的文学与餔餟的文学之记号也。（《文学小言》）

> 以文学为职业，餔餟的文学也。职业的文学家，以文学为生活；专门之文学家，为生活而文学。（《文学小言》）

前例"模仿之文学""文绣的文学""餔餟的文学"，语法结构完全一致，而一用"之"，两用"的"。后例"职业的文学家""专门之文学家"，也是一"的"一"之"。则王国维甚是随便，大约也有调节语气的语感在起作用。但情况并不只如此：

> 故《桃花扇》之解脱，他律的也；而《红楼梦》之解脱，自律的也……故《桃花扇》，政治的也，国民的也，历史的也；《红楼梦》，哲学的也，宇宙的也，文学的也。（《红楼梦评论》）

> 前者之解脱，超自然的也，神明的也；后者之解脱，自然

的也，人类的也。前者之解脱，宗教的也；后者美术的也。前者平和的也；后者悲感的也，壮美的也，故文学的也，诗歌的也，小说的也。(《红楼梦评论》)

这里大量非常特别的"……的也"的判断句。当然也有并列时只在最后出现"也"的情况：

故前者客观的，后者主观的也；前者知识的，后者感情的也。(《文学小言》)

不过其解释之方法，一直观的，一思考的，一顿悟的，一合理的耳。(《奏定经学科大学文学科大学章程书后》)

文言"之"和白话"的"，当作为助词使用时，语法功能是一样的。不过，"之"并不存在类似"'的'字结构"这样的用法，而文言的判断句需以"也（耳）"等结句，王国维又需要"'的'字结构"来表达，其结果就是出现横跨两大书写系统的"……的也"这样的语法奇观。

三

1908年初《教育世界》停刊后，王国维完全放弃了教育和哲学方面的著述,转而全力于词曲的研究。伴随着这一学术的转向,是他写作语体和文体的转变,早期论文中触目皆是的来自日本的"新学语"大量减少,由他自创的新的语法结构也基本不见。《人间词话》用的是"境界""意境",而不是"优美""宏壮""古雅"或"第一形式""第二形式"立论,几乎就是一个回归的过程:

> 南宋词人,白石有格而无情,剑南有气而乏韵,其堪与北宋人颉颃者,唯一幼安耳。近人祖南宋而祧北宋,以南宋之词可学,北宋不可学也。学南宋者,不祖白石,则祖梦窗,以白石、梦窗可学,幼安不可学也。学幼安者,率祖其粗犷、滑稽,以其粗犷、滑稽可学,佳处不可学也。幼安之佳处,在有性情、有境界,即以气象论,亦有"横素波,干青云"之概,宁后世龌龊小生所可拟耶。(四三)

全首一个新语词也没有,更无以前屡见之"奇句",混入古人集中几不可辨。数月之隔,竟如恍然隔世,而王国维本人并无知觉,或者说他似乎一辈子对自己学术转变内在逻辑并无反思和总结,自觉自然如此,则其中消息颇足玩味。

《人间词话》五四:

> 四言敝而有楚辞,楚辞敝而有五言,五言敝而有七言,古

诗敝而有律绝,律绝敝而有词。盖文体通行既久,染指遂多,自成习套,豪杰之士,亦难于其中自出新意,故遁而作他体,以自解脱。一切文体所以始盛终衰者,皆由于此。故谓文学后不如前,余未敢信;但就一文体论,则此说固无以易也。

略加调整扩充,就是后来"一代有一代之文学"的论述。其实"唐之诗,宋之词,元之曲"云云,就诗言,他的倾向还在渊明、杜甫,晚不下盛唐;词则五代北宋"独绝";曲则明清以下是"死文学",[35]蒙元一朝,他真正青眼有加的是第一代关汉卿等元四家。这些都是"天才",所谓可"优美""宏壮"者,其后顶多"古雅",何况自郐以下。不过如此则不免退化论之讥了,王国维在此的说法是,天才代有,只不过"遁而作他体"。反观他一生学术四度变迁,处处求最高层,对前度所为掉头不顾惜,似乎也有相似的体会在其中。

如此闲话暂且按下。这首词话有两个概念很值玩味,一是"文体",一是"文学"。所谓四言、楚辞、五言、七言、律、绝、词,以及后来《宋元戏曲史》"自序"中的骚、赋、骈语、诗、词、曲,均是所谓"文体",从概念到范畴皆古已有之。而"文学",尽管古代也有这个词,但王国维的概念却是移用的日语词,对译西方的literature,在中国没有对应的概

---

[35] 青木正儿《王先生的辫髪》,《追忆王国维》,中国广播电视出版社1997年1月版。

念,古人并没有所谓文学"创作"这样的写作姿态。所谓经史子集四部,集部并不等于文学,固然王国维所论及的诗词曲等等均属集部,但经部之诗、书,史部之史、汉,子部之百家,俱可以文学论,而集部若就文学之标准,则当删殳者不可计其数。

"文学"如此,"哲学"亦如此。三代之易、礼,先秦之诸子,两汉之经学,魏晋之玄学,隋唐之佛学,宋明之理学,在中国以往知识谱系中位置亦各不相同,并无所谓"哲学"一物。但王国维从不言"一代有一代之哲学",而于形而上学、伦理学、美学上统一切观之。由此可见,王国维治哲学与治文学路数绝异,于哲学是以西解中,用西洋的观念和概念体系重理中国已有的资源;而于文学,则是以中化西,尽管有"文学"笼罩,但他是在中国已有的"文体"这样的系统内进行论述。

由此带来的述学语体和文体方面的区别就不难理解了:哲学方面,知识谱系是西方的,整套概念系统和论述方法因而也都是西方的,就语体而言,新学语的大量取用、句式的复杂,甚至出现前所未有的表达方式和语法现象,在在皆所难免,因为这是一个重新整理的工作;就文体而言,西方哲学表达主体是论文和专著的形式,不管是介绍还是阐述,采用相对应的方式是自然的。而文学方面,他谈的是"词"这个本就在中国已有知识谱系内的文体,针对的是当下南宋词风统治词坛的局面，而且同时人有多本词话之作，则作为一个对话体，文体上的沿用和语体上的可交流是必然的选择。

有关元曲似乎是他接续词学的文学方面工作，其实二者并不完全合扣。词在晚清中兴，王国维重点在创作，那是准备当文学家，有关立场，发而为词话。至于戏曲，一向被目为小道，而王国维似乎并不看戏，[36]对表演也兴趣寥寥，实则从未决心创作，[37]所以涉足元曲首先是学术上的选择。至其独具眼光于"托体稍卑"之文体，[38]远因还是在于西洋的影响，《文学小言》十四云：

> 上之所论，皆就抒情的文学言之离骚、诗词皆是。至叙事的文学谓叙事诗、诗史、戏曲等，非谓散文也，则我国尚处幼稚之时代。元人杂剧，辞则美矣，然不知描写人格为何事。至国朝之《桃花扇》，则有人格矣，然他戏曲则殊不称是。要之，不过稍有系统之词，而并失词之性质者也。以东方古文学之国，而最高之文学无一足以与西欧匹者，此则后此文学家之责矣。[39]

这里文体高下之分的价值观念完全来自西洋，古希腊以来的传统，史诗、戏剧地位最高，此与中国以诗文为尚并不相同。

---

[36] 青木正儿《追忆与王静庵先生的初次会面》，《追忆王国维》。
[37] 1907年7月《自序》言及填词之成功，而对戏曲创作则表达了明显的不自信。
[38] 《宋元戏曲史·自序》，《东方杂志》第九卷第十号。
[39] 《文学小言》，《教育世界》第一三九号，1906年12月。

一方面为此"最高之文学",另一方面作为诗词兴趣的延伸,职是之故,《教育世界》停刊后,王国维几乎全副精力投身于此。

曲学的研究规模极大,名曰"宋元戏曲",实则遍及整个戏曲史,宣统一朝计三年,成书有《曲录》《戏曲考原》《唐宋大曲考》《录曲馀谈》《曲调源流表》《古剧角色考》,并校注《录鬼簿》,遍及方方面面,虽是文学研究,其方法则是史学的路数甚乃朴学的家法,随后于民元结撰《宋元戏曲史》。

此书系由商务印书馆约稿,似乎全书格式为出版社所主导,并非全惬王国维之本意。[40]王国维去世后,罗振玉主持的《海宁王忠悫公遗书》收入时改名"宋元戏曲考",可能王国维生前确有此意见。不过,无论如何,这部著作确实集中了王国维史学、文学、哲学方面的修养,言"考"言"史",都只能道其一个方面。此书几乎叙述中国戏曲全史,而以宋元为中心,处处以史料考订立论,而别立章节论元剧与元南戏的"文章",以为"元剧最佳之处不在其思想结构而在其文章",说明《文学小言》"元人杂剧,辞则美矣,然不知描写人格为何事"的观点并无变化。而文章之妙"一言以蔽之曰有意境而已矣",[41]则论词论曲论一切文学皆是一副眼镜。令人印象深刻

---

[40] 其1913年1月5日致缪荃孙函言乃"为商务印书馆作《宋元戏曲史》",而且将来拟"改易""编定"。《王国维全集·书信》,中华书局1984年3月版。

[41] 《宋元戏曲史·元剧之文章》,《东方杂志》第十卷第八号;《宋元戏曲史·元南戏之文章》,《东方杂志》第十卷第九号,1914年3月。

的是在本书中王国维对概念义界的严格界定，所谓戏剧，必须是"代言体"，宋金以前各色演出在他考证下系"叙事体"，于是统统被归为"古剧"。[42]所谓"代言体"等等，此类概念甚或说考察问题的"科学"方法完全是西学的特点和长处，这里可见出自我哲学训练对王国维的长远影响。《馀论》中对杂剧、院本、传奇、戏文诸多概念详论其义之变迁，[43]用的是考证的方法，但其实也是西学的路子，并非中国学术的习惯。[44]

《宋元戏曲史》作于民元，其时王国维已在日本，此书实际上也是文学方面的绝笔之作。有关辛亥东渡王国维学术再次大转向的原因，有关的说法其实都本于罗振玉：

> 及辛亥冬国变作，予挂冠神武，避地东渡。公携家相从，寓日本京都。是时予交公十四年矣……至是予乃劝公专研国学，而先于小学训诂植其基。并与论学术得失……方今世论益歧，三千年之教泽，不绝如线，非矫枉不能反经。士生今日，万事无可为，欲拯此横流，舍反经信古末由也。公年方壮，予亦未至衰暮，守先待后，期与子共勉之。公闻而悚然，自恨以前所学未醇，乃取行箧《静安文集》百馀册悉摧烧之，欲北面称弟子，予以东原之于茂堂者谢之……

---

[42] 《宋元戏曲史·元杂剧之渊源》，《东方杂志》第十卷第五号，1913年11月。
[43] 《宋元戏曲史·馀论》，《东方杂志》第十卷第九号，1914年3月。
[44] 顺便说一句，其实被后人合称双璧的鲁迅《中国小说史略》在这一点上没有王国维做得好，何谓小说，如"九流十家"之小说家，魏晋六朝之志怪志人等等，如何是小说史的内容，其实是有点可疑的。

这种暗地里自抬身份的口气确实不大讨人喜欢，但其叙述大致还可以相信，罗之屡劝王从事"国学"，从他个人的学术取向来说，应该是很自然的事情，而且辛亥"国变"东渡，王国维由此下定决心也属合理。然而，王之"尽弃所学"，[45]如果是指《静安文集》时期所为学的话，则早在四年前《教育世界》停刊后就已"尽弃"，此后终身不复道一言。至于眼下正在从事的戏曲研究，则还是过了一年时间完成《宋元戏曲史》后才停手，还希望以后能"改易书名，编定卷数，另行自刻"。[46]而且词曲等文学方面此后还零星有作，当然主要与敦煌遗书有关，但总之也算不得"尽弃"。王国维文学方面的兴趣在韵文方面，戏曲研究有凿破之功，符合他不做则已，若着手则一定要第一流的个性。[47]因而即便没有辛亥的突发事件，戏曲研究工作完成后，他还是会转向的。其后在甲骨上有并世莫能及的贡献，但在声望最隆的时候，他就有"殷墟文字人力殆已罄尽，以后只可于无意中拾得数字"的意识，[48]不几年即毅然转为西北史地的研究。诚如之前的弃哲学，之后有"国初之学大，乾嘉之学精，道咸以降之学新"的历史总结，[49]学术转向

---

[45] 罗振玉：《海宁王忠慤公传》，《碑传集三编》七卷册三一，台湾文海出版社1980年9月版。
[46] 1913年1月5日致缪荃孙函，《王国维全集·书信》。
[47] 1907年《自序二》透露打算放弃哲学的原因就在于自己只可能成为"第二流之作者"，《教育世界》第一五二号。
[48] 1917年10月10日致罗振玉函，《王国维全集·书信》。
[49] 《沈乙庵先生七十寿辰序》，《观堂集林》卷十九"缀林一"，1923年8月乌程蒋氏密韵楼石印本。

在王国维那儿是很自觉也是很自然的事情。

虽然，同是转向，其间却有区别。晚清时期的王国维先为哲学继而治文学，在中国均堪谓空谷足音，是前无古人的工作。而入民国后，则无论古文字还是西北史地，皆非由他发凡起例。清中期以后，金石学就逐渐发达，十九世纪末甲骨发现，研究者如罗振玉《殷墟书契考释》也在他之前；至于西北史地，十九世纪中叶起伴随着边疆危机渐成显学，到他着手时，前辈大家则有沈曾植、柯绍忞，同辈还有小于他的陈寅恪。而民国后他的史学，入门处却全然是清儒的朴学传统。据罗振玉的回忆："初公治古文辞，自以所学根柢未深，读江子屏《国朝汉学师承记》，欲于此求修学塗径。予谓江氏说多偏驳，国朝学术实导源顾亭林处士，厥后作者辈出，而造诣最精者为戴氏震、程氏易畴、钱氏大昕、汪氏中、段氏玉裁及高邮二王。因以诸家书赠之。"东渡之后，又尽观罗氏大云书库所藏，[50]是为治古文字的基础。后来治西北史地，而不懂辽金元文字，一以清儒之法治之，与其曾游学欧洲多识奇文的好友陈寅恪异路，陈曾略有微言，以为此有先天之弊。所以通观其一生治学，哲学则以西学重理中国思想，文学则在西学的观念下以中国本有的范畴进行研究，史学则全由中国自身学术传统而发扬光大之。

《观堂集林》皇皇巨著，类分艺林八、史林十四，其中

---

[50] 罗振玉：《海宁王忠悫公传》，《碑传集三编》七卷册三一。

曰"考"、曰"释"、曰"说"、曰"跋"、曰"序"、曰"书后"、曰"叙录",尽是中国传统学术文体。至于语体,则出言清雅,而"新学语"数数罕觏。偶见一例,《殷卜辞中所见先公先王考》于考释王亥王恒后忘情之馀云:"以《世本》《史记》所未载,《山海经》《竹书》所不详,而今于卜辞得之。《天问》之辞,千古不能通其说者,而今由卜辞通之。此治史学与文学者所当同声称快者也。"[51]

不过,王国维数度学术转向也正说明他与中国传统学者的追求有所不同,传统上中国学者于所谓无学不窥外,自我期许的是诸学会通,循环相证。远之不论,即以同时之大学者章太炎而言,《国故论衡》论语言文字之学、论文学、论诸子学,意在结构完整的自我学术构架。反观王国维,数度转向,而每每掉头不顾,可见早期由教育入手所形成的"学科"或"科学"的观念还是终身留下了烙印。

《观堂集林》中有一篇有名的《殷周制度论》,略有西洋论文体式,是其研究甲骨卜辞后以之为材料所做的史论。大要则殷人王位继承混用子继弟承,至周公才建立嫡长继位的制度,明尊尊亲亲贤贤之意,化争斗为礼制,其意在表彰"周公之圣"。[52]此文作于1917年年中,一年半前他由日本返国,罗振玉"送之神户,执公手曰,以君进德之勇,异日以亭林相

---

[51] 《殷卜辞中所见先公先王考》,《观堂集林》卷九"史林一"。
[52] 《殷周制度论》,《观堂集林》卷十"史林二"。

期矣"。[53]文成后王国维致信罗,自以为"于考据之中,寓经世之意,可几亭林先生"。[54]而当年他有志于成为"哲学家"或"美术家",却在于此二者所为能"无与于当世之用",[55]从"无与于当世之用"到"寓经世之意",王国维由康德走到了顾炎武,证明了自己终究还是"知行合一"的中国底色。

同样是在揭橥"无与于当世之用"的1905年,在《论近年之学术界》中,王国维将东周界定为"中国思想之能动时代",将六朝隋唐佛教的传入称为"吾国思想受动之时代",并宣告当今面对乃"第二之佛教"的西洋思想。而在他看来,"近数年之思想界,岂特无能动之力而已乎,即谓之未尝受动,亦无不可也"。对于王国维个人而言,那大概正是他"受动之时代",或如宋儒"调和吾国固有之思想与印度之思想"而"稍带能动之性质"者,[56]那么,到了《殷周制度论》,是否可是"能动时代",不过也许他自己已经忘了这样的说法,但他治学之轨辙对后学者总是言之难以尽意吧。

(《现代中国》第8辑,2007年1月。原题《"受动"与"能动"——王国维学术变迁的知识谱系、文体和语体问题》)

---

[53] 罗振玉:《海宁王忠悫公传》,《碑传集三编》七卷册三一。
[54] 1917年9月13日王国维致罗振玉函,《罗振玉王国维往来书信》,东方出版社2000年7月版。
[55] 《论哲学家与美术家之天职》,《教育世界》第九十九号。
[56] 《论近年之学术界》,《教育世界》第九十三号,1905年2月。

林纾非桐城派说

　　长期以来，林纾被大部分研究者认为是桐城派的最后一位代表人物，这大约是受"五四"的影响。"五四"新文学运动发难于1917年初，钱玄同甫入盟就把"桐城谬种"和"选学妖孽"作为斗争目标。①随后，《新青年》集团为了扩大影响，在1918年6月的《新青年》四卷六号中由钱玄同化名王敬轩与刘复唱了一出著名的双簧戏。钱刘二人在文章中将严复和林纾，尤其是林纾作为打击重点，这显然是受了章太炎的影响。②《新青年》派不断的骂阵终于引得林纾正面应战，而林纾身为著名古文家，他对桐城派的不断回护多少给人以代表桐城派与《新青年》对抗的印象，虽然钱玄同对林纾与桐城派

---

① 钱玄同提出反桐城与选学的口号最早见于《新青年》第二卷第六号"通信栏"，其后在第三卷第六号和第四卷第一号"通信栏"中再度提及。
② 章太炎对桐城派和选学派都持批评态度，对严、林特别是林纾的指责尤为激烈。详见《与人论文书》，《太炎文录初编》卷二，《章太炎全集》（四），上海人民出版社1985年6月版。

的区别很清楚,③但随后不久新文学确立了正统地位,以林纾为桐城派的观点便影响了由这一传统培养起来的文学界和学术界。④

林纾与桐城派的文学主张基本相近,属于唐宋派系统,但他们之间从文论到创作都有明显区别。虽然桐城派是唐宋派的最大阵营,但二者显然不可等同。实际上林纾从未认为自己属于桐城派,当时桐城派的几位主要人物也从未将他列入门墙。

一

林纾幼年贫寒,僻居福州,他之所以成为古文名家,可以说基本上是自学成才的。林纾少年受学薛则柯,读欧文与读诗,但薛的用意则在于"增广胸次",而且两年后他即转从朱韦如习制举文。⑤根据林纾的自述,他"幼时特喜《史记》",

---

③ 如钱玄同在《新青年》第三卷第一号"通信"中说:"又如某氏与人对译欧西小说,专用《聊斋志异》文笔,一面又欲引韩柳以自重,此其价值,又在桐城派之下。"文中"某氏"指林纾,这一论点也承自章太炎。
④ 林纾逝世后,郑振铎是新文学一方第一位对林纾作出正面评价的有影响的人物,他也认为林纾属桐城派(见《林琴南先生》,《小说月报》第十五卷第十一号)。值得说明的是,郑是高梦旦女婿,而高氏三兄弟凤岐(啸桐)、而谦(子益)、凤谦(梦旦)是林的骨肉之交。三十年代初,周作人在他影响极大的《中国新文学的源流》中,将吴汝纶、严复、林纾作为桐城派的最后代表人物(见该书第四讲)。甚至林纾在世时,像康有为这样的旧派人物都认为林学桐城,使林纾大为吃惊(见林纾《震川选集序》,朱羲胄《林畏庐先生学行谱记四种·春觉斋著述记》,世界书局1949年4月版。又见《方望溪集选序》)。
⑤ 《薛则柯先生传》,《林琴南文集·畏庐文集》,中国书店1985年3月版。

少年时代曾从叔父处找到"毛诗、尚书、左氏传、史记",⑥十一岁起就"月积数百钱入城购得零本汉书及诸子史,凡三年,积破书三橱,读之都尽"。⑦三十一岁林纾中举,结识同年李宗言(畬曾)及其弟李宗祎(佛客),李为巨室,"积书连楹",林纾得以"一一假读且尽",⑧从此文笔恣肆。辛丑入都,结交吴汝纶,得推赏,⑨其古文遂渐为天下知。

由于这一缺乏师承的特殊经历,林纾立论为文大都能根据体会断以己意,尽管在接受传统上他并未脱离唐宋派的范畴,"左、庄、班、马、韩、柳、欧、曾外,不敢问津,于归震川则数周其集",但具体的评价去取则颇有特色,如说"方姚二氏,略为寓目而已",⑩即非桐城派所敢言。考虑林纾一生的创作实践,这也并非一时的"发言姿态",确实是他的真实观点。

桐城派就没有这样的自由。桐城派甫一创立,就带有强烈的文派意识和文统情结,至姚鼐编《古文辞类纂》,以方苞、刘大櫆上接唐宋八大家、归有光,文统大致形成。姚氏弟子则公然排斥异己,声称"侯(方域)、魏(禧)与汪(琬)皆不得接乎文章之统","居今之世,欲志乎古,非由三先生之

---

⑥ 《叔父静庵公坟前石表辞》,《畏庐文集》。
⑦ 《先大母陈太孺人事略》,《林琴南文集·畏庐续集》。
⑧ 《畬曾李先生诔》,《林琴南文集·畏庐三集》。
⑨ 《赠马通伯先生序》,《畏庐续集》。论者多以为吴是林的老师,实际上吴只是林的前辈,他们之间未有师弟关系,如《答甘大文书》中,林纾就称吴为"亡友",见《畏庐三集》。
⑩ 《震川集选序》,《春觉斋著述记》。

说，不能得其门"⑪。咸丰年间，曾国藩偷梁换柱，易桐城为湘乡，但他更公开地宣扬"道统""文统"，以致招来吴敏树的抗议。⑫

这一状况维持到后期桐城派。吴汝纶甚至批评同为"曾门四大弟子"的郭嵩焘、薛福成"无笃雅可诵之作"，并说"若谓足与文章之事，则姚郎中之后，止梅伯言、曾太傅及今日武昌张廉卿数人而已"。⑬吴氏弟子马其昶承继师说，称"由（张吴）二先生之言以上溯文正及姚、方、归氏，又上而至宋唐大家而至两汉，犹循庭阶入宗庙而谛昭穆也"⑭，则已是在公然延续文统了。

吴汝纶是后期桐城派的关键人物，他既是曾国藩的弟子，又是桐城人。在他的推动下，被曾国藩"放大"的桐城派又回到了姚鼐的路子，事实上，让以"纯儒"自处的后期桐城派代表人物谈"经济"也着实勉为其难。吴汝纶所促成的回归是非常彻底的：在人事上，这一代代表人物姚永朴、姚永概兄弟是姚鼐、姚莹的后代，马其昶、范当世则是姚门快婿，此时的桐城派几乎可以冠以"姚记"招牌；在文论上，则贬闳肆而

---

⑪ 见管同《因寄轩文二集·国朝古文所见集序》，道光十三年安徽邓氏刻本。方东树《仪卫轩文集·刘悌堂诗集序》，同治七年桐城方宗诚刻本。
⑫ 曾国藩：《圣哲画像记》《欧阳生文集序》、吴敏树：《与筱岑论文书》、曾国藩：《致南屏书》。并参看舒芜《曾国藩与湘乡派》，《舒芜文学评论选》，安徽教育出版社1994年8月版。
⑬ 《与黎莼斋》，《吴汝纶尺牍》卷一，黄山书社1990年2月版；《答严几道》，《中国近代文论选》（上），人民文学出版社1959年9月版。
⑭ 《抱润轩文集·濂亭集序》，民国十二年桐城马氏刻本。

尚醇厚，甚至连桐城三祖之一的刘大櫆也在批评之列。[15]在这种情况下，桐城派作为门派越来越门禁森严，终于发展到称《古文辞类纂》为"六经后之第一书"的地步。[16]

值得说明的是，桐城派从姚鼐《古文辞类纂》开始，其派性意识就不断受到文界和学界的嘲讽和批评，因此后期桐城派一般不公然高张旗帜，姚永朴称"大抵方姚诸家论文诸语，无非本之前贤，固未尝标帜以自异也"[17]。钱基博也看出这一点："永朴、永概生长桐城，而为文不矜奇奥，为诗自然清遒，恪守姚氏家法，顾不以桐城张门户。"[18]一方面"不张门户"，一方面"恪守家法"，这很能说明当时桐城派的状况。实际上，当时桐城派的派性意识甚至已经夹杂着乡党情结，有个小例子很能说明问题，吴汝纶在给张廉卿的一封信中说："马通白近寄其母行状，乃不惬人意。吾县文脉，于今殆息矣。"[19]这是光绪十年的事情，而到吴的晚年，在与林纾交往中也谈到这一忧虑，"自憾其老，恐桐城光焰，自是而熸。"[20]这种"吾县文脉"的心态在桐城文人中是普遍的。后期桐城派越收越紧的圈子显然不可能容下像林纾那样既非本籍又对桐城

---

[15] 吴汝纶：《与杨伯衡论方刘二集书》，《中国近代文论选》（上）。
[16] 《答严几道》，己亥正月卅日（公历1899年3月11日），《吴汝纶尺牍》卷二。
[17] 《文学研究法·派别第八》，商务印书馆1926年11月版。
[18] 钱基博：《现代中国文学史》上编"文·散文"，岳麓书社，1986年5月版，第185页。
[19] 《答张廉卿》，光绪十年十二月十三日（公历1885年1月28日），《吴汝纶尺牍》补遗卷。
[20] 《送姚叔节归桐城序》，《畏庐续集》。

派不甚推崇的古文家。

但林纾也并不希望自己被纳入桐城派庞大的世系谱中,这可能有性格方面的原因。林纾早年便负狂名,二十岁前与林崧祁、林某有"三狂生"之名,[21]他自称"畏庐者,狂人也,平生倔强不屈人下"[22]。钱锺书曾在李宣龚处看到林纾的一封书札,林自称"六百年中,震川外无一人敢当我者",[23]简直视桐城派为无物。[24]这种自负和自信使他不可能愿意被认为是桐城派弟子。难怪康有为问他"奈何学桐城"时,林纾"既不能笑,亦不复叹,但心骇其说之奚所自来也"。[25]

更重要的是林纾对文坛的派性意识保持极大的反感:"凡侈言宗派,收合党徒,流极未有不衰者也"。[26]他较早批评的是"近世拘于格调与务为涩体"[27]的宋诗派同光体诗人,说他们"务以西江立派,欲一时之后生小子,咸为蹇涩之音……然

---

[21] 陈衍:《林纾传》,《福建通志·文苑传》卷九。另林纾《七十自寿诗》中亦有"少年里社目狂生"之句,朱羲胄:《林畏庐先生学行谱记四种·贞文先生年谱》卷二。
[22] 《爱国二童子传·达旨》,阿英:《晚清文学丛钞·小说戏曲研究卷》,中华书局1960年3月版。
[23] 《林纾的翻译》,《七缀集》,上海古籍出版社,1985年12月版,第90页。
[24] 林纾对桐城派诸大家评价不高,如认为方苞"质而不灵,故木然有死气",可以说是公然蔑视。对姚鼐相对好得多,"惜抱能脱身自拔"(《论古文白话之相消长》),但他自称"服膺惜抱者,正以取径端而立言正"(《与姚叔节书》),说的不是文章。对于姚文,也仅称其"严净",但同一文中,他认为归有光"离合变化,较姚为优"(《桐城派古文说》),并不认为姚鼐有多了不起。
[25] 《震川集选序》《方望溪集选序》,后文引自《贞文先生年谱》卷二,第46页。
[26] 《郭兰石先生增默庵遗集序》,《畏庐文集》。
[27] 《金粟诗龛集序》,《畏庐文集》。按林纾早期诗主唐音,因此推崇嘉道间的同乡诗人。

宗派既立，亦强名之为涩体，吾未见其能欺天下也"。[28]语气极为严厉，甚至以后被反复用在章太炎身上的"妄庸"也已出现在这篇文章中。对诗如此，对文的主张也大体相仿，《国朝文序》说："古文惟其理之获与道无悖者则味之弥臻于无穷，若分划秦汉唐宋，加以统系派别，为此为彼……则已格其途而左其趣矣。"[29]1908年他选《中学古文读本》，清文中除方姚梅曾等桐城诸家外，也包括桐城派极力抨击的侯方域、魏禧、汪琬、恽敬等人，并称"国朝之具大力者，仅此十馀家"。[30]显然他采取的是不同于桐城派的更为宽容的态度。

二

辛丑入都是林纾一生的转折点，从此他由一个地方文人逐渐成为有全国性影响的名家。入都不久，他会见吴汝纶，得到称赞，几年后又得到马其昶的推赏，[31]以后较长时间与姚永概共事，关系良好。桐城派两代代表性人物都与他交好，使他们没有留下正面争论的材料，当然这并不意味他们

---

[28]《郭兰石先生增默庵遗集序》，林纾辛丑入都后，与同光体几位主要诗人关系密切。发言有所顾忌，但这篇序是代作，所以说得比较直截了当。
[29]《畏庐文集》。《贞文先生年谱》卷一引时作《清朝文读本序》。
[30]依张俊才考证，《国朝文序》即《中学国文读本》清文卷序，《林纾研究材料》，福建人民出版社，1983年6月版，第441页。
[31]《赠马通伯先生序》，《畏庐文集》。

之间没有分歧。㉜

入民国后,林纾先后受到以章氏弟子为核心的魏晋派和《新青年》集团的严厉抨击,同时他和桐城派同为魏晋派所打击的唐宋派,客观上又成为《新青年》所目为"桐城谬种"的代言人,这种局面将他与桐城派紧紧地捆在一起,也影响了他对桐城派看法的阐发。这一时期,林纾的状况是一方面要维护古文不应立派的观点,另一方面由于同处一个阵营,对桐城派作为非常顽固的文派这一事实不能放手批评。

钱基博在谈到林纾时说,"林纾论文不薄六朝,论诗不主西江,不持宗派之见,初意未尝不是。顾晚年昵于马其昶、姚永概,遂为桐城护法;昵于陈宝琛、郑孝胥,遂助西江张目。……纾固明知而躬蹈之者,毋亦盛名之下,民具尔瞻;人之借重于我,与我之所以见重于人者,固自有在。"㉝其实,钱氏所谈到的人事方面的原因只是问题的一个方面,另一方面林纾也有不得已的苦衷。章太炎作于1909年的《与人论文书》虽然也批评了桐城诸人,但贬中有褒,称他们"能尽俗",而"文能循俗,后生以是为法,犹有坛宇,不下堕于猥

㉜ 正如敌对可以使双方观点极端化一样,交好往往将分歧转为内部争论。虽然找不到林纾与桐城派正面争论的材料,但可以用另外一个小例子说明这个问题:林纾诗论与同光体并不一致,但他与同光体中主要人物如郑孝胥、陈衍、陈宝琛不但是同乡,而且关系友好。陈衍、郑孝胥与他还是"同年"。因此,他与同光体并没有公开论争,但黄濬在《花随人圣盦摭忆》中记述他的亲身经历,"忆石遗先生来,与畏庐先生每谈必力争,辄至面红耳赤,断断然。"(上海古籍书店1983年10月版)想必林纾与桐城派间也有"力争"的时候,但考虑到林与马、姚诸人关系不比郑、陈,想还不至于"面红耳赤,断断然"。
㉝ 《现代中国文学史》上编"文·散文",第197页。

言酿辞，兹所以无废也"。对林纾则视为等而下之，言语间大有一棍子打死之意。[34]入民国后，章太炎以革命元勋为一代学宗，章氏弟子分踞学界要津，此文自然影响巨大。到《新青年》时期，新文学阵营中多有章氏弟子，对他的批评大体沿袭师说，[35]再加上在北京大学的职位受到排挤，林纾被逼入死角，除了正面反击外别无选择。而自视"纯儒"的桐城诸人格于身份不愿如此，也大可不必如此，完全有条件在很大程度上保持沉默。因此，林纾之目桐城派为盟友从某种意义上说是一厢情愿的。但即便在很需要盟友的这一阶段，林纾也不愿意放弃他反对文坛宗派的基本观点，一有机会就申明"仆平生未尝言派"，"余则但知有佳文，并不分别其为派"，认为"古文之道，不能以一人之见，定为法律。一家之言，立为宗派。一先生之言，视为嫡传"。[36]当时，桐城派仍然势焰遮天，这样说可能有保持自己地位、个性的考虑，但这种观点与林纾前期持论一致，应该说并非全是策略性的，关键是林纾认为学习古文"法当溯源而上"，[37]而桐城派则已到了"姚氏而外，取法梅曾足矣"[38]的境地。

一方面要保持"文无所谓派"的立场，一方面要与派性

---

[34] 《与人论文书》，《章太炎全集》（四）。
[35] 《新青年》第三卷第一号"通信"中钱玄同对文坛的评价与章太炎基本一致。
[36] 《与姚叔节书》，《畏庐续集》；《论古文白话之相消长》《论古文虽为艺学然纯正者仍可载道》，《林纾诗文选》，商务印书馆1993年10月版。另类似说法亦见于《答甘大文书》《国文读本元明文序》《国文读本宋文序》等文。
[37] 《桐城派古文说》，《林纾诗文选》。
[38] 王先谦：《续古文辞类纂·序》，《中国近代文论选》（上）。

根深蒂固的桐城派结盟，林纾必须调整自己的发言姿态，他所采用的办法是力图辩解桐城立派"万非惜抱先生之意"，"桐城之派，非惜抱先生所自立"，㊴言下之意颇不以当下桐城派为然，希望自己的盟友不要画地为牢。这里有必要分析一下他为姚永概写的《慎宜轩文集序》，姚为桐城重镇，民国后与林纾同进退，㊵可谓私交甚笃，但在这篇序文中林纾并未避开他们之间的分歧。他先是批了一通魏晋派，然后颇有意味地谈到姚永概"恒以余为任气而好辩。余则曰，吾非桐城弟子为师门捍卫者"，与桐城派划清界限，之后突然横生枝节，扯起一件旧事："叔节之言曰：'刘孟塗桐城人，乃其文固未肖桐城也。'"刘开是姚鼐四大弟子之一，作文主张"骈散兼用"，写"瑰奇壮伟之文"，㊶在当时姚门中是很特异的一位，可以说是曾国藩湘乡文的先声，姚永概的疑惑很能说明当时桐城派的门禁森严。林纾在引了这句话后避而不谈自己的观点，不痛不痒地说"孟塗之文，吾乡张松寥已力诤之矣"。随后大谈当时桐城人认为是最得姚鼐真传的梅曾亮的山水游记"微肖

㊴ 《桐城派古文说》《与姚叔节书》。同样说法还见于《春觉斋论文》，都门书局，1916年铅印本，第5页。
㊵ 林纾与姚永概在1913年同时辞去北京大学教职，从《畏庐老人训子书》看，当时职位受到威胁的是林纾，姚永概与林纾情况似乎不同。《训子书》第十五通说："大学堂校长何燏时，大不满意于余，对姚叔节老伯议余长短。余闻之失笑，以何某到校时，余无谄媚之容，亦无趋承之态，故憾我次骨，实则思用其乡人，亦非于我有仇也。"何既在姚前议林纾"长短"，可见姚当时处境要好得多。又第二十四通说何燏时"对缪荔生说我品行不端，学问卑下"。按何系浙人，这里涉及当时北大人事之争。上引见《林纾诗文选》。
㊶ 参见《孟塗文集·与阮芸台宫保论文书》等文，道光六年桐城姚氏檗山草堂刻本。

柳州",而"学桐城者必不近柳州",[42]得出的结论是"既深于文,固无所不可,叔节知孟塗,则自知尤深,行文能用其所长"[43]。显然是称赞刘开为文"能用其所长",而希望姚永概也能不为规矩所束缚。

需要说明的是,这类避开正面批评的写法正是当时唐宋派古文家的长技。吴孟复曾分析马其昶为林纾《韩柳文研究法》所作的序,马非常隐蔽地批评林"讲"等于"不讲,"[44]对林纾古文大众化的努力有所不满。

三

林纾称姚鼐善为"阴柔之文",[45]而陈衍则评价"畏庐于阴柔一道,下过苦功"[46]。林纾与桐城派都善为"阴柔之文",与曾国藩湘乡派的"雄奇之文"[47]异调,这也是长期以来林纾被目为桐城派的一大原因。

桐城派继承唐宋古文传统是有偏重的,那就是走欧阳

---

[42] 《论古文白话之相消长》中对梅的游记也有类似分析。
[43] 《慎宜轩文集序》,《畏庐三集》。
[44] 《桐城文派述论》,安徽教育出版社,1992年5月版,第175页。
[45] 见《徐氏评点古文辞类纂序》,按此文中林纾称姚综归欧之长,评价较高,在林氏文论中颇为罕见。笔者认为这是由于为徐又铮的《古文辞类纂》选本作序这一特殊写作背景所致。《方望溪集选序》也是这种情况。
[46] 《石遗室诗话》卷三,商务印书馆1929年5月版。
[47] 曾国藩以韩愈为转手,运汉赋之气变法桐城,有关论述散见《致南屏书》等文中。

修、归有光一路,"气专而寂,澹宕而有致",[48]所以林纾说"桐城诸家奉震川为圭臬",[49]但他同时指出"桐城之短,在专学归欧",因为"欧阳文学韩,而能淡永,故外枯中膏;桐城诸文学欧阳而仅得其淡,故气息柔弱"[50]。林纾认为解决这种弊病的方法在于学韩文,他不止一次举后期桐城派领袖吴汝纶为例,说"数造其庐,则案上陈韩文一卷",认为桐城应该"舍惜抱而趣韩",因为韩文是"惜抱文字之所从出"。[51]

林纾尤为崇拜韩文,且用力很深,他自称"治韩文四十年。其始得一名篇,书而粘诸案,幂之,日必启读,读后复幂。积数月,始易一篇。四十年中,韩之全集凡十数周矣"[52]。按理说,这样有意识的学习很容易把文章写成曾国藩的雄奇一路,而实际上林纾"能解韩文而不能为韩文",[53]对此,他有很坦率的解释,"以才力茌稚,知韩而不能韩",自觉"滋可恨也"。[54]

既然不能为雄奇之文,则必然转入阴柔一路,但林纾既于韩文浸淫甚深,自然创作上与桐城专学归欧,甚至专学姚文不一样。因此,虽然同是阴柔之文,林纾还是体现出不同于桐城派的鲜明的个性特征。

---

[48] 《慎宜轩文集序》,《畏庐三集》。
[49] 《论古文白话之相消长》,《林纾诗文选》。
[50] 《文微》,《林纾诗文选》。
[51] 《答甘大文书》,同样说法亦见《春觉斋论文》,第5页。
[52] 《答甘大文书》,《畏庐三集》。
[53] 《百大家评选韩文菁华录序》,《畏庐三集》。
[54] 《答甘大文书》,《畏庐三集》。

在《春觉斋论文·述旨篇》第三节中，林纾引用王充的"饰貌以强类者失形，调辞以务似者生情"，对"调辞务似"尤为看重，并举出他所认为历史上在这方面做得最好的司马迁《史记·外戚列传》中记窦皇后弟窦广国事、欧阳修《泷冈阡表》、归有光《项脊轩志》为例，说明只有"琐琐屑屑，均家常之语"，并能"各肖其情事"才是"务似者生情"。这几篇文章是有继承关系的，至少在林纾看来如此，他认为"震川穷老尽气，但抱一《史记》，而于《史记》中尤精于《外戚传》，所以叙家庭琐事，入细入微"。⑤同时这些文章都是"叙悲之作"，所谓窦广国事的"惨状悲怀"，《泷冈阡表》《项脊轩志》的"步步叙悲"，⑥深得林纾嗜好。实际上，林纾最有名的古文甚至译作如《苍霞精舍后轩记》《秋繁夜课图记》《先妣事略》《先大母陈太孺人事略》和《巴黎茶花女遗事》《黑奴吁天录》《迦因小传》等等也恰是这一路的"叙悲之作"。张僖《畏庐文集序》评价林纾"以血性为文章"，高梦旦《畏庐三集序》称林"叙悲之作，音吐悽梗，令人不忍卒读"。考虑到两位作序者与林纾关系密切且未介入古文界争端，这些评价应该是颇搔着林纾痒处的。

林纾认为叙事文"必使身口妙肖，乃见本领"，并说"古文中叙事，惟叙家常平淡之事为最难著笔"。⑰林纾在这类文

---

⑤ 《论古文白话之相消长》，《林纾诗文选》。
⑥ 《震川集选序》亦称归有光"巧于叙悲"。
⑰ 《文微·明体第二》《译孝女耐儿传序》。

字上确也有他一日之长，但他有与前人不同处，就在于感情浓烈，"多含悲凉凄激之音"，[58]"悲凉"所在多是，而"凄激"则只有林纾才能做到，钱基博称"纾之文工为叙事抒情，杂以恢诡，婉媚动人，实前古所未有"。[59]可谓说到痛处。林纾"学韩不至"，[60]既不能为雄奇，则阴柔处必然造语丽重，已不能以一般的"阴柔"目之了。林纾自己自然清楚，所以晚年在《七十自寿诗》之十五中自我总结道："四十年来炉火候，不偏刚处岂偏柔。"[61]

"调辞务似"分出了林纾与桐城派的区别，但也正是这个"调辞务似"给林纾招来了严厉的批评。长期以来，"小说气"被古文家尤其是桐城派悬为厉禁，连归有光都遭到非议。林纾的这种风格与桐城派"气清、体洁、语雅"大异其趣，招来追求"造语尽雅"的章太炎的讥刺更是必然。实际上，章的批评也正在"调辞务似"上，他形容林纾"曳行作姿"，"欲物其体势，视若蔽尘，笑若龋齿，行若屈肩，自以为妍，而只益其丑也。"可谓既穷形尽相又刻薄之至。章太炎指责林文"浸润唐人小说之风"、"与蒲松龄相次"，[62]评价标准可以讨论，

---

[58] 钱基博：《现代中国文学史》上编"文·散文"，第188页。
[59] 《现代中国文学史》上编"文·散文"，第192页。
[60] 《现代中国文学史》上编"文·散文"，第188页。
[61] 《贞文先生年谱》卷二。
[62] 《与人论文书》。蒲松龄受到同时代的纪昀等的批评就是因为《聊斋志异》混入传奇笔法。林纾殁后，章应林弟子请题辞，曰："鸣呼畏庐，今之蒲留仙也。"（朱羲胄《林畏庐先生学行谱记四种·题辞》）可谓虽盖棺而不易其论了。

但不能不叹服他目光如炬。[63]

也正是在这一点上，林纾给古文"放了脚"，影响了本世纪的文学进程。钱基博说："盖中国有文章以来，未有用以作长篇言情小说者，有之，自林纾《茶花女》始也。"[64]只有"调辞务似"的文笔才能译好小说，这可以解释林纾在翻译上的不凡成绩与巨大的社会和历史影响，同时林纾所做的也正是桐城派古文家既不屑为更不能为的，林纾与桐城派的不可等量齐观正在于此，"或者以桐城家目纾，斯亦皮相之谈矣。"[65]

1995年10月

补记：本文第二节第一段言："桐城派两代代表人物都与他交好，使他们没有留下正面争论的资料……"又注32曰："正如敌对可以使双方观点极端化一样，交好往往将分歧转为内部争论。"并举黄濬回忆林纾与陈衍"每谈必力争"为例。近适于坊间得钱锺书《石语》（中国社会科学出版社1996年1

---

[63] 章太炎在《与人论文书》中对吴汝纶给林纾以褒评大惑不解："纾弟子记师言，援吴汝纶语以为重。汝纶既殁，其言有无不可知。观汝纶所为文辞，不应与纾同其谬妄，或由性不绝人，好为奖饰之言乎？"按：章太炎猜测吴汝纶未称赞过林纾没有根据，因为林纾是在《赠马通伯先生序》中谈到吴和马对自己的奖饰之语。但章认为桐城派没有理由推赏林纾是极有道理的。章论文颇偏狭，但分析极精辟，不愧一代学宗。
[64] 钱基博：《现代中国文学史》上编"文·散文"，第189页。
[65] 《现代中国文学史》上编"文·散文"，第197页。

月版),系记述陈衍与钱在1932年的私人谈话,陈点评人物极多,宋诗派中对陈三立、郑孝胥皆有批评,古文家中对林纾尤不客气,揭其"任京师大学堂教习时,谬误百出",所举事例与章氏弟子言相类,又曰:"予先后为遮丑掩羞,不知多少。"另钱锺书按语中谈及林"且极诋桐城派"。

1996年5月

(初刊《学人》第9辑,1996年4月)

周氏兄弟早期著译与汉语现代书写语言

一

不管是被认为，还是实际作为新文学创作的起源，鲁迅的《狂人日记》都是突然的。这并不止于其将整个历史作为寓言所激发的巨大的现实批判力量，单就书写语言而言，也是空前的。那个时期新文学的著译，比如胡适、比如刘半农，在文学革命之前都有白话实践，他们个人的书写史均有脉络可寻。但如果回溯周氏兄弟二人的文学历程，可以发现，此前十五年，文言在他们的写作中占有绝对统治的地位。似乎鲁迅决定改用白话是瞬间的转变，即便周作人，直到1914年，其主张仍然是小说要用文言：

> 第通俗小说缺限至多，未能尽其能事。往昔之作存之，足备研究。若在方来，当别辟道涂，以雅正为归，易俗语而为

文言,勿复执着社会,使艺术之境萧然独立。斯则其文虽离社会,而其有益于人间甚多。①

所谓"易俗语而为文言",可以看作周氏兄弟文学革命之前书写语言选择的缩影。在他们刚进入文学领域的时候,其所抱持原非什么"萧然独立",而恰恰相反。1903年,初涉翻译的鲁迅在书写语言上所努力的却是白话。该年,在《浙江潮》上的《斯巴达之魂》《哀尘》用的固然是文言,但同时开始的文字量更大、持续更久的,却是用白话——或者从结果上看,试图用白话翻译"科学小说"《月界旅行》《地底旅行》。

选择这样的文本作为翻译对象,源于梁启超的影响。据周作人回忆:"鲁迅更广泛的与新书报相接触,乃是壬寅(1902)年二月到了日本以后的事情……《新小说》上登过嚣俄(今称雨果)的照片,就引起鲁迅的注意,蒐集日译的中篇小说《怀旧》(讲非洲人起义的故事)来看,又给我买来美国出版的八大本英译雨果选集。其次有影响的作家是焦尔士威奴(今译儒勒·凡尔纳),他的《十五小豪杰》和《海底旅行》,是杂志中最叫座的作品,当时鲁迅决心来翻译《月界旅行》,也正是为此。"②从当年资料看,周氏兄弟对梁启超文学

---

① 《小说与社会》,《绍兴县教育会月刊》第五号,1914年2月20日,转引自陈子善、张铁荣编《周作人集外文》上集,海南国际新闻出版中心1995年9月版。
② 《鲁迅与清末文坛》,《鲁迅的青年时代》,中国青年出版社1957年3月版。嚣俄照片刊于《新小说》第二号,光绪二十八年(1902)十一月十五日。

活动的关注亦可得到证明。鲁迅那时日记不存，但如周作人日记癸卯（1903）三月初六日云，"接日本二十函，由韵君处转交，内云谢君西园下月中旬回国，当寄回《清议报》《新小说》，闻之喜跃欲狂"。十二日记鲁迅"初五日函"所列托寄书籍的"书目"，就有《清议报》八册、《新民丛报》二册，以及《新小说》第三号。③自然这些鲁迅此前都已经读过，而这仅仅是他们对梁的阅读史的一个事例。④

1902年梁启超在《新小说》创刊号发表《论小说与群治之关系》，将"新一国之小说"作为"新一国之民"的前提，小说因此承担了"新道德""新宗教""新政治""新风俗""新学艺""新人心""新人格"诸多任务。⑤鲁迅早期文学主张一个主要构成部分即来源于此，《月界旅行·辨言》云：

盖胪陈科学。常人厌之。阅不终篇。辄欲睡去。强人所难。势必然矣。惟假小说之能力。被优孟之衣冠。则虽析理谭玄。亦能浸淫脑筋。不生厌倦。……故掇取学理。去庄而谐。使读者触目会心。不劳思索。则必能于不知不觉间。获一斑之智识。破遗传之迷信。改良思想。补助文明。势力之伟。有如此者。我国说部。若言情谈故刺时志怪者。架栋汗牛。而独于

---

③ 《周作人日记》上，大象出版社1996年12月版。
④ 他们对梁启超的接受可参看周作人《我的负债》，《晨报副刊》1924年1月26日；《鲁迅与清末文坛》，《鲁迅的青年时代》。
⑤ 光绪二十八年（1902）十月十五日。

科学小说。乃如麟角。智识患隘。此实一端。故苟欲弥今日译界之缺点。导中国人群以进行。必自科学小说始。⑥

"故苟欲……必自科学小说始"云云，从句式到语气都类于梁启超的"故今日欲改良群治，必自小说界革命始，欲新民，必自新小说始"。⑦当然就其个人因素而言，"我因为向学科学，所以喜欢科学小说"。⑧至1906年回乡结婚前，就现在所知，鲁迅编撰了《说鈤》《中国地质略论》《物理新诠》《中国矿产志》等，都属于所谓"科学"。而翻译《月界旅行》《地底旅行》《北极探险记》这些"科学小说"，本就是"科学"的延伸。

两部"旅行"都试图采用白话，但又都混杂着文言，这种情况的产生自有其原由。那些科学论文具有学术性质，自然采用正式的书写语言文言。而科学小说，其目的在于开启民智，并不在文学本身，因而就翻译策略而言，必然是希望迁就尽量多读者的阅读能力，以使"不生厌倦""不劳思索"。所以"原书……凡二十八章。例若杂记……今截长补短。得十四回"，"其措词无味。不适于我国人者。删易少许"。⑨这与林纾《黑奴吁天录·例言》"是书言教门事孔多，悉经魏君节去

---

⑥ 《月界旅行》，光绪二十九年（1903）十月十五日，中国教育普及社版。
⑦ 《论小说与群治之关系》，《新小说》创刊号。
⑧ 《鲁迅全集》第十二卷"书信"340515①致杨霁云，人民文学出版社1981年12月版。
⑨ 《月界旅行·辨言》。

其原文稍烦琐者"目的相同,都在于"取便观者"。

但林纾预设的是能读出"该书开场、伏脉、接笋、结穴,处处均得古文家义法"的"观者","所冀有志西学者,勿遽贬西书,谓其文境不如中国也"。或者可以说,他预想的就是鲁迅这样的阅读对象,所以"就其原文,易以华语",[10]这个"华语"是古文一派的文言,为鲁迅们所熟知。而梁启超、鲁迅的翻译是以小说吸引尽可能多有识字基础的读者,使其不期然而受到文学以外其他方面的影响,就语体的选择策略而言,当然只能是所谓"俗语"。

"俗语"在这个语境中可以理解为白话,实则中国历史提供了一千多年这种语体的产品。梁启超《十五小豪杰·译后语》"本书原拟依水浒红楼等书体裁。纯用俗话",[11]明白指出这种翻译要进入哪个文体和语体传统。语体上采用白话,文体上章回小说的各种特征一应俱全。鲁迅《北极探险记》已佚,然就《月界旅行》《地底旅行》而言,每回皆用对仗作为回目。《月界旅行》各回,诸如"却说"这样的开头,回末"正是"后接韵语数句,再加以"且听下回分解"之类。到《地底旅行》,回末的套话消失,但其他都还保留。[12]

文体上选择章回,则语体上自应使用白话。梁启超本来

---

[10] 《〈黑奴吁天录〉例言》,转引自陈平原、夏晓虹编《二十世纪中国小说理论资料》第一卷,北京大学出版社,1989年8月版,第43页。
[11] 《十五小豪杰》第四回"译后语",《新民丛报》第六号,1902年。
[12] 《地底旅行》,光绪三十二年(1906)三月二十九日,南京启新书局版。

就是如此设计,"但翻译之时。甚为困难。参用文言。劳半功倍。计前数回。每点钟仅能译千字。此次则译二千五百字。译者贪省时日。只得文俗并用"。[13]就梁这样从小受到文言训练的文人而言,白话反而困难,那是另一种带有历史限制性的写作,需要专门的才能,远不是胡适所谓"有什么话,说什么话;话怎么说,就怎么写"那样简单。[14]鲁迅也是"初拟译以俗语。稍逸读者之思索。然纯用俗语。复嫌冗繁。因参用文言。以省篇页",[15]其理由虽与梁启超有所不同,好像是主动而非被迫的选择。不过对他而言,虽然此前一定有过丰富的阅读经验,但从未有过此类写作,白话较之文言可能还是吃力得多,陡然实践,自然别扭。

鲁迅后来回忆,"那时又译过一部《北极探险记》,叙事用文言,对话用白话",[16]是双语体的结构。实际上此前的两部"旅行"已经是在白话的基础上混用文言,只是这文言更多在对话中出现。[17]《北极探险记》如许翻转过来,倒是很不一样的实践,可惜现在看不到了。

两部"旅行",从总体上看,是文言成分失控地不断

---

[13] 《十五小豪杰》第四回"译后语",《新民丛报》第六号,1902年。
[14] 《建设的文学革命论》,《新青年》第四卷第四号,1918年4月。
[15] 《月界旅行·辨言》。
[16] 《鲁迅全集》第十二卷"书信"340515①致杨霁云。
[17] 卜立德就这两部书的观察得出判断,"译文中叙事用白话,对白则用文言",虽说不尽如此,但大致对白中的文言成分要远多于叙事。氏《凡尔纳、科幻小说及其他》,王宏志编《翻译与创作——中国近代翻译小说论》,北京大学出版社,2000年3月版,第130页。

增加的过程。《月界旅行》前半部分,基本还守着章回的味道,如:

> 却说社员接了书信以后。光阴迅速。不觉初五。好容易挨到八点钟。天色也黑了。连忙整理衣冠。跑到纽翁思开尔街第廿一号枪炮会社。一进大门。便见满地是人。黑潮似的四处汹涌。

其后如"众人看得分明。是戴着黑缘羖冠。穿着黑呢礼服。身材魁伟。相貌庄严"云云,[18]都是话本语言的风格。但到后半部,叙事上不时不自觉地使用文言:

> 众视其人。则躯干短小。甓如羚羊。即美国所谓"歌佉聱"也。目灼灼直视坛上。众人挨挤。都置之不问。……社长及同盟社员。都注目亚电。见其挺孤身以敌万众。协助鸿业。略无畏葸之概。[19]叹赏不迭。[20]

则几乎有林译的味道。不过总体上叙事大部分还是文白兼用,至于对话部分,则前后截然是两个样子:

---

[18] 《月界旅行》第二回。
[19] "畏葱"当作"畏葸"。
[20] 《月界旅行》第九回。

大佐白伦彼理道。这些事。总是为欧罗巴洲近时国体上的争论罢了。麦思敦道。不错不错。我所希望。大约终有用处。而且又有益于欧罗巴洲。毕尔斯排大声道。你们做甚乱梦。研究炮术。却想欧洲人用么。大佐白伦彼理道。我想给欧洲人用，比不用却好些。……㉑

　　社长问道。君想月界中必有此种野蛮居住的么。亚电道。余亦推测而已。至其实情。古无知者。然昔贤有言曰。"专心于足者不蹶"。余亦用此者为金杖。以豫防不测耳。社长道。然据余所见。则月界中当无此种恶物。读古书可知。亚电大惊道。所谓古书者。何书耶。社长笑道。无非小说之类耳。……㉒

再如第二回社长的长篇报告纯用口语，第八回亚电的长篇演说则古韵铿锵，是更鲜明的对比。而到了《地底旅行》，似乎已经完全不管文言白话，只照方便。

　　鲁迅后来谈到他的早期作品，曾明言"虽说译，其实乃是改作"，㉓又说："但年青时自作聪明，不肯直译，回想起来真是悔之已晚。"㉔关于是否"直译"，倒不能光以"自作聪明"视之。《地底旅行》署"之江索士译演"，演者衍也，增删变易，文体上不顾原来格式，语体上随意变换，本就是题

㉑ 《月界旅行》第一回。
㉒ 《月界旅行》第十三回。
㉓ 《鲁迅全集》第十二卷"书信"340506致杨霁云，又340717②致杨霁云。
㉔ 《鲁迅全集》第十二卷"书信"340515①致杨霁云。

周氏兄弟早期著译与汉语现代书写语言　219

中应有之义。如周作人所言，此时鲁迅"不过只是赏玩而非攻究，且对于文学也还未脱去旧的观念"。[25]而于雨果特别重视，致有"好容易设法凑了十六块钱买到一部八册的美国版的嚣俄选集"，并寄给周作人这样当年绝无仅有的豪举，[26]缘于"大概因为《新小说》里登过照片，那时对于嚣俄十分崇拜"。[27]虽说雨果的重要性无可置疑，但这并不来自自身的选择，而是接受他者的判断。揆诸鲁迅以后的文学经验，实在并不是他真正的趣味。所译《哀尘》，[28]从译文和"译者曰"看，其绍介是隆重而谨慎的，与对"科学小说"的态度绝异。陈梦熊曾"根据法文原著略加核对"，"发现鲁迅虽据日译本转译，但除一处可能出于日译本误译外，几乎是逐字逐句的直译"，[29]而这个文本所使用的却是文言。周作人后来说："当时看小说的影响，虽然梁任公的《新小说》是新出，也喜欢它的科学小说，但是却更佩服林琴南的古文所翻译的作品。"[30]指的不是这件事，但也能说明他们对文言白话两种语体的态度。

至翻译《月界旅行》《地底旅行》之举，自然有"向学科学"的背景，但就题材选择也可判断受梁启超译《十五小豪杰》和卢藉东译《海底旅行》的影响。"辨言"中谓："然人类

---

[25] 《关于鲁迅之二》，《瓜豆集》，岳麓书社1989年10月版。
[26] 《学校生活的一叶》，《雨天的书》，岳麓书社1987年7月版。
[27] 《鲁迅的故家》"补遗三"，人民文学出版社1957年9月版。
[28] 《浙江潮》第五期，1903年。
[29] 熊融：《关于〈哀尘〉、〈造人术〉的说明》，《文学评论》1963年3期。
[30] 《知堂回想录（药堂谈往）（手稿本）》"七六 翻译小说（上）"，牛津大学出版社2021年版。

者。有希望进步之生物也。故其一部分。略得光明。犹不知餍。发大希望。思斥吸力。胜空气。泠然神行。无有障碍。若培伦氏。实以其尚武之精神。写此希望之进化者也。"纯是严复观念,梁启超文风。其后如"殖民星球。旅行月界","虽地球之大同可期。而星球之战祸又起",借此"冥冥黄族。可以兴矣",[31]此类军国民主义的思路和幻想,无非将《斯巴达之魂》的寄托衍为说部,"掇其逸事。贻我青年",[32]与文学没什么关联。而即便这难说是著是译的《斯巴达之魂》,大概题材选择上也渊源于梁启超此前的《斯巴达小志》。[33]

鲁迅给周作人寄了一大套雨果选集,再加上"那时苏子谷在上海报上译登《惨世界》,梁任公又在《新小说》上常讲起'嚣俄'",[34]其直接的后果是周作人创作了一部《孤儿记》,"是记为感于嚣俄哀史而作。借设孤儿以甚言之"。[35]周作人当时与丁初我发生关系,[36]投稿《女子世界》,所以著译大多与女性有关,如《侠女奴》《好花枝》《女猎人》《女祸传》等等。当然女性问题周作人终生关注,不过此前他的角度还多与

---

[31] 《月界旅行·辨言》。
[32] 《斯巴达之魂》附语,《浙江潮》第五期,1903年。
[33] 《斯巴达小志》,《新民丛报》第十三号。可参看牛仰山《近代文学与鲁迅》五(一)的分析,漓江出版社1991年5月版。
[34] 《学校生活的一叶》,《雨天的书》。
[35] 《孤儿记》"绪言",小说林社丙午年(1906)六月版。
[36] 《知堂回想录(药堂谈往)(手稿本)》"四一 老师(一)"言在南京水师学堂时,"我的一个同班朋友陈作恭君定阅苏州出版的《女子世界》,我就将译文寄到那里去……"又《丁初我》,《知堂集外文·〈亦报〉随笔》,岳麓社1988年1月版。

周氏兄弟早期著译与汉语现代书写语言 221

所谓"英雌"有关,不乏应景的因素。《侠女奴》篇首附语曰:"其英勇之气。颇与中国红线女侠类。沈沈奴隶海。乃有此奇物。亟从从欧文迻译之。以告世之奴骨天成者。"㊲《题侠女奴原本》:"多少神州冠带客。负恩愧此女英雄。"㊳而《女猎人·约言》自述撰作动因,"因吾国女子日趋文弱。故组以理想而造此篇",并进一步发挥说:"或谓传女猎人。不如传女军人。然女军人有名之英雄。而女猎人无名之英雄也。必先无名之英雄多,而后有名之英雄出。故吾不暇传铁血之事业。而传骑射之生涯。"

在这样的目的驱动下,《女猎人》"是篇参绎英星德夫人南非搏狮记。而大半组以己意",并明言"所引景物。随手取扱"、"猎兽之景。未曾亲历"、"人名地名。亦半架空"。㊴类似的例子是"抄撮《旧约》里的夏娃故事"而成的《女祸传》。㊵这些大概已完全不能算是翻译,"南非搏狮记"、《旧约》顶多是题材,或者干脆就是材料。至于确实发意撰述的《孤儿记》,据说写到后半段"便支持不住,于是把嚣俄的文章尽量的放进去,孤儿的下半生遂成为Claude了"。㊶这部小说的"凡例"确曾说明:"是记中第十及十一两章。多采取嚣

㊲ 《女子世界》第八期,1904年。"亟从从"当作"亟亟从"。
㊳ 《女子世界》第十二期,1904年。
㊴ 《女子世界》第一期,1905年。
㊵ 《知堂回想录(药堂谈往)(手稿本)》"五三 我的笔名"。《女祸传》,《女子世界》第四、五期合刊,1905年。
㊶ 《学校生活的一叶》,《雨天的书》。

俄氏Claude Gueux之意。此文系嚣俄小品之一。"㊷

《周作人日记》1903年四月初二日:"看小说《经国美谈》少许,书虽佳,然系讲政治,究与我国说部有别,不能引人入胜,不若《新小说》中《东欧女豪杰》及《海底旅行》之佳也。"㊸此时周作人尚未起意于文学,阅读兴趣似乎与乃兄相近,也有"旅行"这一类。但所言"说部",其实已经有自己的看法,即评判标准在于能否"引人入胜",而不在"讲政治"。因而随后入手著译,虽然也有其他目的,但对于文本选择则有自己的判断。初着手的《侠女奴》,来源于著名的阿里巴巴故事,后来他将《天方夜谭》称为"我的第一本新书","引起了对于外国文的兴趣",而之所以起意翻译是因为"我看了觉得很有趣味","一心只想把那夜谭里有趣的几篇故事翻译了出来"。㊹首先是有趣,至于将女奴曼绮那弄成主人公,比之于红线女,命之以女英雄,那是另外的问题,毋宁说是附加的意义。至《孤儿记》,则干脆声称:"小说之关系于社会者最大。是记之作。有益于人心与否。所不敢知。而无有损害。则断可以自信。"㊺只是从消极的一面说,相较鲁迅翻译"科学小说"的目的,至少是不太在意诸如"获一斑之智识。

㊷ 《孤儿记》"凡例"。
㊸ 《周作人日记》上。
㊹ 《知堂回想录(药堂谈往)(手稿本)》"四一 老师(一)"、"五一 我的新书(一)"。
㊺ 《孤儿记》"凡例"。

破遗传之迷信。改良思想。补助文明"。㊻在语体的选择上，他从不曾试过使用白话，原因也在于此。

与鲁迅一开始关注"科学小说"相仿，周作人虽对"政治小说"印象不佳，但于"侦探小说"却有兴趣。辛丑（1901年）12月13日日记，"上午……大哥来，带书四部。……下午，大哥回去，看《包探案》《长生术》二书，……夜看《巴黎茶花女遗事》一本竟"。㊼这一天的阅读，除接触了林译的哈葛德、小仲马，还有科南道尔所谓《包探案》，其经验几乎代表那时候的流行和兄弟俩所受的影响。诚如鲁迅后来所言："我们曾在梁启超所办的《时务报》上，看见了《福尔摩斯包探案》的变幻，又在《新小说》上，看见了焦士威奴（Jules Verne）所做的号称科学小说的《海底旅行》之类的新奇。后来林琴南大译英国哈葛德（H. Rider Haggard）的小说了，我们又看见了伦敦小姐之缠绵和菲洲野蛮之古怪。"㊽不过，周作人翻译的科南道尔《荒矶》，却并不从"福尔摩斯全案"选择，而是"小品中之一。叙惨淡悲之凉景。而有缠绵斐恻之感"。㊾

爱伦坡 *The Gold-Bug* 乙巳（1905）正月译竟，五月初版，取名"山羊图"，旋被丁初我易曰"玉虫缘"。这部小说是"还没有侦探小说时代的侦探小说"，周作人"受着这个影

㊻ 《月界旅行·辨言》。
㊼ 《周作人日记》上。
㊽ 《祝中俄文字之交》，《鲁迅全集》第四卷《南腔北调集》。
㊾ 《荒矶》，《女子世界》第二、三期，1905年，被标为"恋爱奇谈"。引见二期该译"咐言"，"惨淡悲之凉景"当作"惨淡悲凉之景"。

响”，但注意的却是“它的中心在于暗码的解释，而其趣味乃全在英文的组织上”，“写得颇为巧妙”。(50)所谓“惨怪哀感”、“推测事理，颇极神妙”，这已经没有什么济世的想法，而仅仅出于对文学和语言的喜好。甚至因为“日本山县氏译本名曰掘宝”，(51)故而特意提醒“我译此书。人勿疑为提倡发财主义也”。(52)

出于这样的翻译目的，尽量传达原本的面貌成为必然的选择，周作人因而态度迥别。对读原本，可以发现译者至少主观上希望完全忠实原著。如“例言”中特别指出：“书中形容黑人愚蠢。竭尽其致。其用语多误……及加以迻译。则不复能分矣。”当时翻译风气，遇到这种情况，或略过，或改写。但周作人特意间注说明，如 I 问“And what cause have you”，Jupiter答“Claws enuff”，译本加括号说明，“英语故Cause与爪Claws音相近、故迦误会”。甚至有些显得过于细致，“As the evening wore away”译作“夜渐阑”，本已经很妥当了，但还是特意注曰，“此夜字英文用Evening、与Night有别、Evening指日落至寝前、Night指寝后至破晓、其别颇微、惟在中文则无可分”。而小说后部高潮是对暗码的破译，符号、格式非常特殊，阿拉伯数字和英文字母等更无法改易，周作人一一译出。当然此一文本被选择时这就是躲不开的问题，或

(50) 《知堂回想录（药堂谈往）（手稿本）》“五二 我的新书（二）”。
(51) 《玉虫缘·例言》，文盛堂书局丙午（1906）四月再版。
(52) 《玉虫缘·附识》。

者就恰恰因为其"却不能说很通俗",[53]才使得他另眼相看了起来。

周作人晚年回忆中,对于自己的早年译作多有说明,而创作则从未提起,《孤儿记》如此,还有一篇非常短小的《好花枝》也未见道及。这篇小说见于《女子世界》,而且也正因为这篇小说,该杂志有了"短篇小说"栏目之设。[54]基本可以判定,这是周作人有意的试验,而并非对杂志采择稿件倾向的迎合。

这个短小的作品在当时虽未见得有多么奇特,却也相当集中地体现了周氏兄弟文言著译的面貌,以及那个时代新型文本的形式特征。这种形式特征首先是在翻译过程中搬用的,对于自己所重视的文本,"直译"成为选择,诸如分段、标点等也尽量遵照原式,并由此影响到他们的写作。《好花枝》中,就可以看到密集的分段,以及频繁使用的问号和叹号。比如:

少顷少项。[55]月黑。风忽大。渐渐雨下。斜雨急打窗纸。如爬沙蟹。

阿珠。大气闷。思庭前花开正烂熳。妒花风雨恶。!无情。!无情。!恐被收拾去愁。!野外。?花落。!明日不能踏青去。?!

雨益大。

---

[53] 《知堂回想录(药堂谈往)(手稿本)》"五二 我的新书(二)"。
[54] 《女子世界》第二卷第一期,1905年。
[55] "少项"当作"少顷"。

短篇小說 好花枝............萍雲

阿珠夜坐綺春閣

時三月上旬天氣晴和頗暖月如鈎色蒼白淡如銀光線柔弱照碧紗窗上如霧雲時時來掩之風蘇蘇動檻外芭蕉鳥雀無聲鐘聲遠遠自數里外山寺渡其處在山陰道上屋數楹東面鏡湖高閣直上十尺北窗梧葉正肥大庭前繞砌芳草如茵竹數十竿森森立隙地海棠桃杏棕櫚樹榮一畛馬鈴薯落花生亦有花畦十數薔牡丹荼蘼佛桑薔薇紫荊佳卉種種正開甚艷媚好花枝！

室中孤燈炯炯照壁熖青白如螢。

少頃少項月黑風忽大淅淅雨下斜雨急打窗紙如爬沙蟹

阿珠大氣悶思庭前花開正爛熳妬花風雨惡！無情！無情！恐被收拾去愁！野外？花落。明日不能踏青去！？

周作人《好花枝》原刊首頁

〔按〕本文所引语例，原刊标点排入行中，句读标于字旁。因改横排，需反映格式者，句读置于句末右上。

段落和标点符号属于书写形式的范畴，汉语古典文本中本不存在，无论诗文小说，在"篇"这个层面上并不分段，而在"句"这个层面上亦无标点。一篇文章，就是方块字从头到尾的排列，无形式可言。这当然限制了某种表达的可能产生，或者更准确地说，其所造就的表达方式成为一种风格。比如话本中常见的"却说""一路无话/一夜无话""花开两头/话分两头，各表一枝"就起着事实上的分段功能，由于通篇不提行，只能用此类词汇手段来区分段落。现代人可能已经很难意识到这些形式因素存在与否如何影响汉语文本的表达。

句读通常被认为是古代的标点符号，实际上其性质并不相同。句读出现于南宋，一直以来，在童蒙读物或者科考选本中被广泛使用。（某些印刷文本以空格断句，为用同于句读。）但这种使用是针对已经存在的文章施加的，也就是说，这些文章写作时并无句读存在，只是为了特定的目的在印刷中加以使用，或者个人阅读时自行断句。在写作中其实并不随时句读，句读不参与写作，因而性质上与标点符号绝异。

近代报刊的兴起，区分出不同以往文集之文的报章之文。由于媒介的不同，从一开始，报刊上的文章就有一部分实行分段，而句读则普遍施加。但分段只是简单区分文章层次，并非追求表达效果。句读无论是作者还是编辑所为,都是为了方便普通读者的阅读。至十九、二十世纪之交,某些标点符号才开始进入汉语文本,比如括号,是代替旧式双行夹注的。引号也在部分文本中被使用,但不为标识对话,而是施于专有名词。再有就是问号和叹号,对表达情绪有比较明显的作用。

不过这不包括起断句作用的逗号和句号,当时的诸多文本,实际上是句读和新式标点的混合体。值得注意的是,在书写格式上,这些新式标点是排入行中,占用与文字相等的地位。而句读则置于文字一侧,并不占用行内空间,仅仅起到点断的作用。即使该处已有新式标点,其旁依然施以句读。这种二元体制体现了那时候普遍的认识,即句读的功能是划分阅读单位,而新式标点是参与表达的。所以新式标点具有准文字功能,与句读是两套系统。

《好花枝》的这个语例也是这种体制,问号和叹号排入句中,与文字占同样的地位。而即便是施加了这样的标点符号,还是照样在旁边"点句"。具体而言,叙述部分只施以句读,心理描写则加上叹号和问号。

这个文本内部,如果没有标点,很多句子是无法断开的。"野外花落"没人会想到该断开。而即便用上句读,"野外?花落!"这样的内心问答也无法表现。还有这样的段落:

奇°!下雨°?梦°!阿珠°今者真梦°?!何处有风雨°

取消标点仅存句读，则不知何意：

奇。下雨。梦。阿珠。今者真梦。何处有风雨。

如果像古代文本没有句读：

奇下雨梦阿珠今者真梦何处有风雨

就可以有不止一种断句方式，意思大不相同。正如一个有名的例子"下雨天留客天天留客不留"，加上不同标点，可以有上十种句式，各说各的话。

  密集分段和问号叹号大量使用在晚清最有名的例子是陈冷血，或者可看作"冷血体"的重要特征。不过，周作人初接触时似乎并无好感，癸卯（1903）年三月十一日日记："上午无事，看《浙江潮》之小说，不佳。"[56]这是该刊第一期，其小说栏下所刊即喋血生的《少年军》和《专制虎》。当然，所谓"冷血体"的成型和出名，是在1904年《时报》和《新新小说》的大量撰述之后，其体式确让人耳目一新。周作人谈及"在上海《时报》上见到冷血的文章，觉得有趣，记得所译有《仙女缘》，曾经买到过"，[57]则受影响大体是有的。不过，比较二者的句式，还是有很大的区别，例如冷血的句子：

---

[56]　《周作人日记》上。
[57]　《鲁迅与清末文坛》，《鲁迅的青年时代》。

恶`!汝亦人耶°!汝以人当牛羊耶`!即牛羊`且不忍出此°

噫`!彼何人°其恶人欤°?何以其设施°为益世计°?其善人欤°?何以全无心肝°残忍若是°?[58]

在加叹号的句子中，有"耶"；在加问号的句子中，有"欤""何以"。也就是说，如果不加标点，凭阅读也是能够分辨出这个句式的性质。至于给"恶""噫"这样的叹词加上叹号，就更不用说了。问号或叹号只是在过往已有的句式上加强了语气，不是非此则无以成立。而周作人的"奇！下雨？梦！阿珠。"并无词汇手段，标点完全取代了词汇，成为文本中不可移除的新的形式因素。

而即便是句读，某些句子也有特殊之处：

室中°孤灯炯炯°照壁°焰青白°如萤°

这个段落仅施句读，不过值得注意的是，句读可能在写作时就已经参与，未必是后加的。如取消，他人无法像这样断开，比如可以断成"室中孤灯。炯炯照壁"等等，这说明这个文本中的句读已部分具有标点的功能。

类如《好花枝》这样的频密分段，同样是"冷血体"的

---

[58] 《侠客谈·刀馀生传》（第二），《新新小说》第一年第一号，光绪三十年（1904）八月初一日。

特点。胡适后来谈及《时报》以陈冷血为代表的"短评","在当时却是一种文体的革新。用简短的词句。用冷隽明利的口吻。几乎逐句分段。使读者一目了然。不消费工夫去点句分段。不消费工夫去寻思考索"。[59]这确实迎合了报章的阅读特性,亦即可以快速浏览。冷血的"论"多以排比式和递进式为主。如:

> 侠客谈无小说价值!
> 侠客谈之命意。无小说价值。何则`甚浅近。
> 侠客谈之立局。无小说价值。何则`甚率直。无趣味。
> 侠客谈之转折。无小说价值。侠客谈之文字。无小说价值。何则`甚生硬。无韵。不文不俗。故侠客谈全无小说价值。[60]

至于小说,尤其是短篇或者系列短篇,比如他经常著译的侠客、侦探或虚无党等类型,也是能提行就提行:

> 路毙渐转侧。
> 少年闻诸人语。不耐。睨视曰`君等独非人类欤。其声凄远。
> 路毙开眼回首视少年。曰、子独非我中国人欤。其声悲。
> 少年见路毙能言。乃起。脱外衣披路毙身上。呼乘舆来。载路

---

[59] 胡适:《十七年的回顾》,1921年10月10日《时报》"时报新屋落成纪念增刊"第九张。
[60] 《侠客谈·叙言》,《新新小说》第一年第一号。

毙°告所在°

少年乃解马系°乘怒马°、去°、⁶¹

后来周作人提到自己的《侠女奴》和《玉虫缘》，说"那时还够不上学林琴南……社会上顶流行的是《新民丛报》那一路笔调，所以多少受了这影响，上边还加上一点冷血气"。⁶²而同时期的《好花枝》，从面貌上看其"冷血气"可不只一点：

咦°！阿珠忽瞥见篱角虞美人花两朵°凉飕扇°微动好花枝°！不落°？否°！阿珠前见枝已空°——落花返枝°！

落花返枝°？

蝴蝶°！

蝴蝶飞去°！

标点和分段的使用与陈冷血风格相近。因而在当时，除了"严几道的《天演论》，林琴南的《茶花女》，梁任公的《十五小豪杰》"这"三派"之外，⁶³冷血一路也是他的文学语言来源之一。而且严林梁等大体影响的还是语言风格，冷血一路则直接与书写形式相关，引发一系列的表达变化。不过周作人后

---

⁶¹ 《侠客谈·路毙》，《新新小说》第一年第二号，光绪三十年（1904）十月二十日。
⁶² 《丁初我》，《知堂集外文·〈亦报〉随笔》。
⁶³ 《我学国文的经验》，《谈虎集》，岳麓书社1989年1月版。

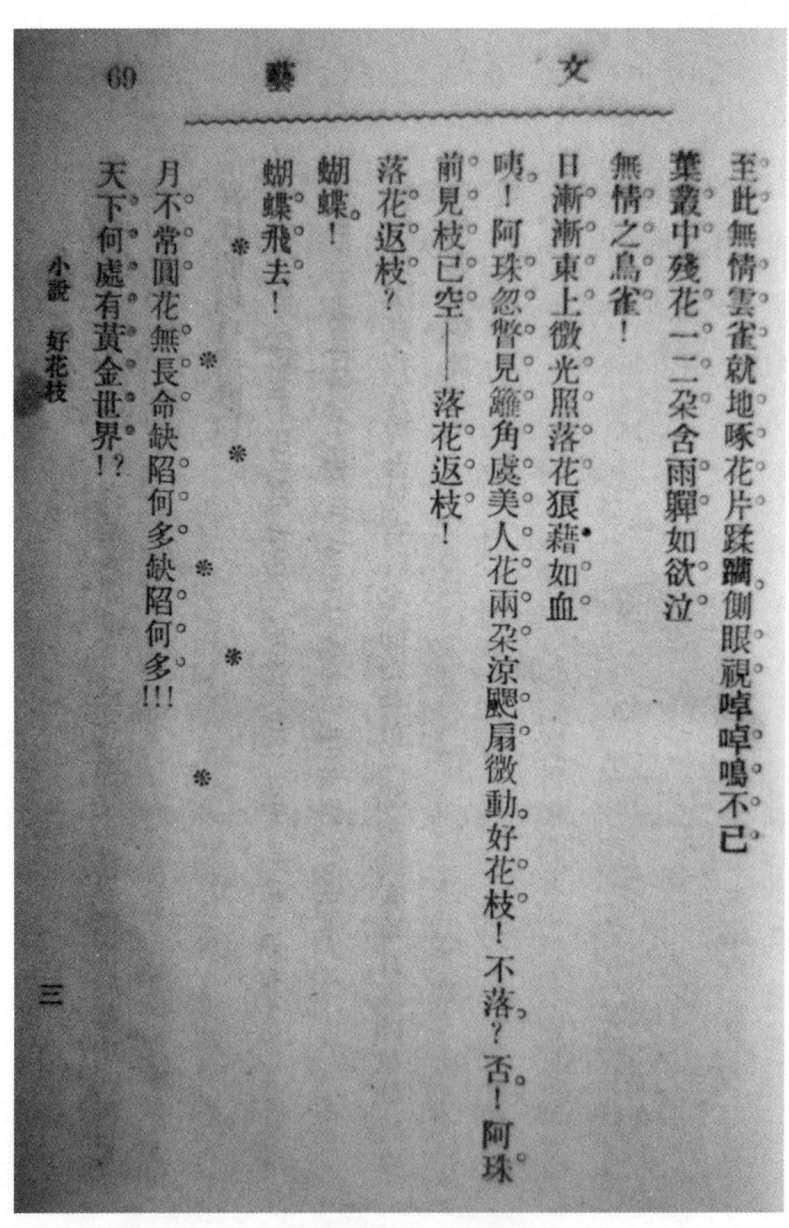

至此無情雲雀就地啄花片踐躪側眼視啴啴鳴不已
叢中殘花一二朶含雨顫如欲泣
無情之鳥雀！
日漸漸東上微光照落花狼藉如血
咦！阿珠忽瞥見籬角虞美人花兩朶涼颾扇微動好花枝！不落？否！阿珠
前見枝已空——落花返枝！
落花返枝？
蝴蝶！
蝴蝶飛去！

　　　　＊
　　＊
＊
　　＊
　　　　＊

月不常圓花無長命缺陷何多缺陷何多！！！
天下何處有黃金世界！？

小說　好花枝

三

周作人《好花枝》原刊末頁

来的回忆虽然也经常提到陈冷血,但并不与严林梁并列。所谓"还够不上学林琴南"云云,实际隐含着当年的高下判断。回顾自己的阅读史,先是庚子以后读梁启超,"愉快真是极大",这从他的日记中可以得到印证。后来是"严几道林琴南两位先生的译书",使他降心相从,"我虽佩服严先生的译法,但是那些都是学术书,不免有志未逮,见了林先生的史汉笔法的小说,更配胃口,所以他的影响特别的大",[64] 则大体还是以为严林高于梁陈。梁影响最早,至于陈,则只是"一点冷血气"。或许周作人此时能读西文,此后能读东文,新的书写形式在东西文中本就自然如此,冷血体只是在汉语文本环境中"有趣",并没有什么需要敬服的。

当然,仅就这个《好花枝》而言,是与陈冷血文本有不同之处的。陈冷血的书写形式如果取消的话,固然会使其强烈的叙述效果消失,但并不妨碍文本的成立。而周作人的则有完全无意义的危险,比如上例中"不落?否!",问号叹号是不可或缺的。而结尾,如果没有标点分段,则成为"落花返枝落花返枝蝴蝶蝴蝶飞去",变得莫名其妙,其书写形式与文本紧紧粘连,已经无法脱开。

至于鲁迅,周作人晚年谈及《哀尘》,言曰"文体正是

---

[64] 《我的负债》。周作人日记记载阅读梁著的感受如壬寅年(1902)七月所记,三日"看至半夜不忍就枕",初六日"阅之美不胜收"。按,本年周作人日记西历7月25日起借用梁启超斋名,署题"飲冰室日记",至8月5日"纪日改良",改用中历从"七月三日"起记。《周作人日记》(上)。

那时的鲁迅的，其时盛行新民体（梁启超）和冰血体（陈冷血），所以是那么样”。(65)这里提到冷血的影响，主要也是由于文本频密的分段和短峭的句式。“陈冷血在时报上登小说，惯用冷隽，短小突然的笔调”，而《哀尘》中“如……‘要之嚣俄毋入署’。‘嚣俄应入署’。又……‘兹……（另行）而嚣俄遂署名。（另行）女子惟再三曰：云云’均是。”(66)当然，鲁迅翻译《哀尘》的1903年中，“冷血体”尚未流行，不过周作人后来回忆，冷血“又有一篇嚣俄（今改译雨果）的侦探谈似的短篇小说，叫作什么尤皮的，写得很有意思”。(67)这篇作品实际上题“游皮”，署法兰西余谷著，收在冷血译的《侦探谭》第一册，(68)离《哀尘》发表不远，况且在《浙江潮》上冷血也早于鲁迅发表作品。

1906年《女子世界》发表的鲁迅译《造人术》，同样被标明为“短篇小说”，(69)也是满身“冷血气”。随着人造生命逐渐诞生，主人公“视之！”、“视之！视之！”、“否否——重视

---

(65) 熊融《关于〈哀尘〉、〈造人术〉的说明》引周作人给作者的复信。原函影印件见陈梦熊《知堂老人谈〈哀尘〉〈造人术〉的三封信》，《鲁迅研究月刊》1986年第12期。该函写于1961年4月22日，其中“冰血”当作“冷血”，系周作人手误。

(66) 陈梦熊：《知堂老人谈〈哀尘〉〈造人术〉的三封信》引周1961年5月16日回信。所谓“另行”亦即别起一段。信中另例举《哀尘》受梁启超、严复影响的段落。另外还可参看熊融《关于〈哀尘〉、〈造人术〉的说明》中所引《造人术》与《天演论》语例的比较，牛仰山《近代文学与鲁迅》五（二）中对《哀尘》受冷血影响的引例。

(67) 《关于鲁迅之二》，《瓜豆集》。

(68) 时中书局1903年12月版。

(69) 《女子世界》第四、五期合刊，1906年。《鲁迅全集》中《鲁迅著译年表》误系1905年。

之！重视之！"、"视之！视之！视之！"。最后：

> 于是伊尼他氏大欢喜˚雀跃˚绕室疾走˚噫吁唏˚世界之秘˚非爱发耶˚人间之怪˚非爱释耶˚假世果有第一造物主˚则吾非其亚耶˚生命˚！吾能创作˚世界˚！吾能创作˚天上天下˚造化之主˚舍我其谁˚吾人之人之人也˚吾王之王之王也˚人生而为造物主˚快哉˚

同《好花枝》一样，这也是一篇几乎没有"故事"，而以心理描写为重的作品。《新新小说》创刊号曾预告其翻译，但在第二期却有冷血"译者坿言"云，"前定造人术篇幅短趣味少恐不能餍读者望故易此"。[70]"篇幅短"固是一个原因，而"趣味少"云者，则恰显现其与周氏兄弟的区别。

有关分段和标点这些书写形式的问题对现在的阅读者来说，早已习焉不察。但在晚清的汉语书写语言变革过程中所起的作用无论如何估价都不过分。此类变化在文言和白话系统内部都在发生，总体而言尤以文言为甚，或者可将之称为近代文言。这当然与口语没有关系，完全是书写的问题，所以不妨将其看成"文法"的变化。可以这样认为，就"词法"和"句法"的层面，出现了一些新的"文法"。而真正全体的变化

---

[70] 见《新新小说》第一年第二号《巴黎之秘密》文末。可参考张丽华对这一问题的考证，《读者群体与〈时报〉中"新体短篇小说"的兴起》，《南京师范大学文学院学报》2008年第2期。

在于整个篇章层面——姑且称为"章法",出现了新的文章样式,这是由段落标点这些书写形式的引入所造成的。周氏兄弟的文本也是这一历史环境中书写大革命的产物。

二

1906年夏秋之际,完婚后的鲁迅与周作人都来到东京,开始了他们三年的共同工作。此前半年,鲁迅从仙台退学,弃医从文。其心路历程,俱载《呐喊》自序。虽说其中并未提及周作人,但对于文学,显然他们是有默契的。固然,兄弟的气质、偏向不会完全一致,但互相影响之下,已经很难对那个时期的两人作出清晰的划分。

此前,鲁迅在日本,其主要发表刊物是《浙江潮》。而在江南的周作人则主要向《女子世界》和小说林社供稿。相对而言弟弟对文学的兴趣更纯粹一些,而鲁迅一直在建构他对于民族未来的方案,文学是在这一基础上的最终选择。他们发表作品的地点也各自不同,哥哥在关东,弟弟在江南。

《造人术》是个例外,而曾经周作人之手推荐,应无疑义。[71]从题材上看,这篇也是所谓"科学小说"。当时化学界已从无机物中合成有机物尿素,因而创造生命在理论上成为可

---

[71] 陈梦熊:《知堂老人谈〈哀尘〉〈造人术〉的三封信》中周作人1961年8月23日函影印件,其中言及"由我转给《女子世界》"。

能，大可幻想造出人来。但在这非常短小的篇幅中，并无所谓"科学"，[72]其重点在描写"伊尼他氏"造人过程的心理变化，很容易让人联想到后来《不周山》中的女娲造人。当然此处鲁迅想要表达什么，并不容易确定。当时周作人跋语倒是有个解释：

> 萍云曰。造人术。幻想之寓言也。索子译造人术。无聊之极思也。彼以世事之皆恶。而民德之日堕。必得有大造鼓洪炉而铸冶之。而后乃可行其择种留良之术。以求人治之进化。是盖悲世之极言。而无可如何之事也。[73]

这篇文章应该是鲁迅在仙台时所译，[74]跋语简直可以作《呐喊》自序中弃医从文的注解。周作人将之归为"幻想之寓言""悲世之极言"，正不在于其是否"科学"。虽然他晚年说"《造人术》跋语只是臆测译者的意思，或者可以说就是后来想办《新生》之意，不过那时还无此计划"。[75]但就鲁迅选择的文本性质而言，显然与译介两个"旅行"的目的并不一样，

---

[72] 有趣的是，当时鲁迅所据翻译的日文本标为"怪奇小说"，而他所未见到的英文原作恰标为"非科学小说"。参看神田一三《鲁迅〈造人术〉的原作》，《鲁迅研究月刊》2001年第9期。
[73] 《女子世界》第四、五期合刊，1905年。
[74] 陈梦熊：《知堂老人谈〈哀尘〉〈造人术〉的三封信》中周作人1961年8月23日函影印件，其中言及当时鲁迅"计当已进仙台医学校矣"。
[75] 熊融《关于〈哀尘〉、〈造人术〉的说明》引周作人另一封答复笔者的信。原函影印件见陈梦熊《知堂老人谈〈哀尘〉〈造人术〉的三封信》，该函写于1961年9月6日。

也许当时兄弟二人已有思想上的交流或者默契。

1907年筹办《新生》没有成功，不过按周作人说法，"但在后来这几年里，得到《河南》发表理论，印行《域外小说集》，登载翻译作品，也就无形中得了替代，即是前者可以算作《新生》的甲编，专载评论，后者乃是刊载译文的乙编吧"。[76]

这"乙编"的工作，其实还应包括中长篇的《红星佚史》《劲草》《匈奴骑士录》《炭画》《神盖记》《黄蔷薇》等，其中最后一种翻译时鲁迅已经回国。东京共同工作期间，《河南》上的论文鲁迅写得多，而翻译则主要靠周作人，这缘于弟弟的西文水平要远好于哥哥。最早选择《红星佚史》，显然是周作人的趣味，因为这是古希腊的故事，而两位原作者哈葛德和安特路朗，一位是他所喜欢的林译《鬼山狼侠传》的原作者，一位以古希腊研究著名。[77]这部稿子卖给商务印书馆，封面书名之上赫然印着"神怪小说"，估计他们见了哭笑不得。其"序"云：

中国近方以说部教道德为桀。举世靡然。斯书之繙。似无益于今日之群道。顾说部曼衍自诗。泰西诗多私制。主美。故能出自繇之意。舒其文心。而中国则以典章视诗。演至说部。

---

[76] 《知堂回想录（药堂谈往）（手稿本）》"八〇 河南——新生甲编"。
[77] 《知堂回想录（药堂谈往）（手稿本）》"七六 翻译小说（上）"。

亦立劝惩为枭极。文章与教训。漫无畛畦。画最隘之界。使勿驰其神智。否者或群逼榇之。所意不同。成果斯异。然世之现为文辞者。实不外学与文二事。学以益智。文以移情。能移人情。文责以尽。他有所益。客而已。而说部者。文之属也。读泰西之书。当并函泰西之意。以古目观新制。适自蔽耳。[78]

这已是《河南》诸文对于文学一系列论述的先声。《摩罗诗力说》云:"由纯文学上言之,则以一切美术之本质,皆在使观听之人,为之兴感怡悦。文章为美术之一,质当亦然,与个人暨邦国之存,无所系属,实利离尽,究理弗存。"[79]《论文章之意义暨其使命因及中国近时论文之失》亦言:"文章一科,后当别为孤宗,不为他物所统。"[80]也就是说,文学自身就有意义自足性。而不像此前鲁迅的翻译,小说的价值存在于"科学"。周作人"组以理想而造此篇",希望他日有人"继起实践之"、"发挥而光大之"。[81]

有了这样的意义自足性,才会"宁拂戾时人。移徙具足",为的是"迻译亦期弗失文情"。《域外小说集》"集中所录。以近世小品为多",他们当然知道"不足方近世名人译本",期待的读者是"有士卓特。不为常俗所囿",正与最初

---

[78] 商务印书馆丁未年(1907)十一月初版,为"说部丛书"四集本初集第七十八编。
[79] 《坟》,《鲁迅全集》第一卷。
[80] 《周作人集外文》上集。
[81] 《女猎人·约言》,《女子世界》第一期,1905年。

翻译科学小说的预设成两极。这是一种不计商业后果的试验，为的是"异域文术新宗。自此始入华土"。[82]有这样的自我标的，"略例"中对诸多细节都作出规定，其中一条也涉及书写形式：

> ！表大声。？表问难。近已习见。不俟诠释。此他有虚线以表语不尽。或语中辍。有直线以表略停顿。或在句之上下。则为用同于括弧。如"名门之儿僮——年十四五耳——亦至"者。犹云名门之儿僮亦至。而儿僮之年。乃十四五也。

因为要"移徙具足"，所以类此标点符号这样的书写形式也就必须"对译"。[83]比如所举例子，见于周作人译迦尔洵《邂逅》，破折号的使用使得这种插入语结构的新的文法得以实现，否则只能改变语序，如"犹云"之下的句式，因而这实际上是强调了标点符号对句式的创造。

叹号和问号确实是"近以习见"，这两种符号使得情绪表达未必需要表决断和疑问的语气词来实现。而所谓虚线即省略号亦使得"语不尽"和"语中辍"无需改用文字说明，可以直译。在没有标点的时代，这都需要词汇手段。随手举个著名的

---

[82] 《域外小说集》第一册"略例""序言"，东京神田印刷所己酉年（1909）二月版。

[83] "对译"一语见商务印书馆给周作人的《炭画》退稿函，《关于〈炭画〉》，《语丝》第八十三期，1926年。

例子，比如《红楼梦》九十八回黛玉之死：

> 刚擦着猛听黛玉直声叫道宝玉宝玉你好说到好字便浑身冷汗不作声了

必须要有"说到好字"，表明"语不尽"，否则很难让人明白，"你好"甚至可以理解为问候语或判断句，因而确实是需要词汇手段以避免歧义。白话如此，文言亦如此，如章太炎谈到的例子：

> 《顾命》"陈教则肆肆不违"，江氏集注音疏谓："重言肆者，病甚气喘而语吃。"其说是也。[84]

还有"期期艾艾"这个成语的出处：

> 昌为人口吃，又盛怒，曰："臣口不能言，然臣期期知其不可。陛下虽欲废太子，臣期期不奉诏。"（《史记·张丞相列传》）
>
> 邓艾口吃，语称艾艾。（《世说新语·言语》）

所谓"肆肆""期期"，在有标点符号的文本环境中，都可以

---

[84] 《文学说例》，《中国近代文论选》下，人民文学出版社1959年9月版。

免去这些词汇手段，即使拟音，也可以加添省略号，模拟声口的时值。此前，用省略号表明"语不尽"已经很常见，但周作人所译《塞外》中不擅俄语的鞑靼人的"语中辍"，则还是相当特别的：

操俄语杂以鞑靼方言曰°彼善人°善人°然汝则恶°汝恶也°彼魂善°然汝则一兽°……彼生°然汝则死°……神令众生皆知哀乐°而汝无所求°……汝乃一石°……土耳°！石无所需°而汝无所需°……汝乃一石°……神不汝爱°然神彼爱也°[85]

这样过于复杂的断断续续在以往的文本环境中很难出现，因为不可能在每处都用词汇手段说明"语中辍"。正是由于《域外小说集》坚持"移徙具足"，才使得这种句式的"直译"得以实现。

像省略号一样，周氏兄弟此前的文本，破折号也是使用的。所不同的是，以往文本中多是"表略停顿"，并不由此改变语序。此时另有"句之上下"的功能，则出现了新的句式，鲁迅译《四日》：

时困顿达于极地°乃颓然卧°识几亡°忽焉°——此岂神守已乱°耳有妄闻耶°似闻°……不然否°诚也°——人语声也°[86]

[85] 《域外小说集》第一册。
[86] 《域外小说集》第二册。

如此直接描写心理活动的表达方式可以说是全新的，如果没有这三个标点符号的综合运用，依古典文本的写法，估计只能"暗自寻思"如何如何。

这个时期他们的翻译思想也显现出变化，《域外小说集》广告言："因慎为译述，抽意以期于信，译辞以求其达。"[87]几乎同时的《〈劲草〉译本序》也说："爰加厘定，使益近于信达。托氏撰述之真，得以表著；而译者求诚之志，或亦稍遂矣。"[88]严复所谓"信达雅"，存其信达而刊落其雅，这是因为听到章太炎"载飞载鸣"的评价而不佩服其"骎骎与晚周诸子相上下"的雅。[89]由于自身文学主张的确立，兄弟二人与梁启超，甚而陈冷血背道而驰；而师事章太炎又使得他们与严几道、林琴南分道扬镳。太炎有关文章的主张，当时随学的周氏兄弟当然是知道的，也会受影响。不过这也要看如何看，无论如何，他们是写不出章太炎的文字。正像此前受严复、林纾影响，"觉得这种以诸子之文写夷人的话的办法非常正当，便竭力的学他。虽然因为不懂'义法'的奥妙，固然学得不

---

[87] 原载《时报》宣统元年（1909）闰二月二十七日，转引自郭长海《新发现的鲁迅佚文〈域外小说集〉（第一册）广告》，《鲁迅研究月刊》1992年第1期。

[88] 《鲁迅全集》第八卷《集外集拾遗补编》。又此残稿当为"又识"，原稿署"乙酉三月"，"乙酉"当为"己酉"之误，《鲁迅著作手稿全集》（一），福建教育出版社1999年12月版。

[89] "载飞载鸣"语见《社会通诠商兑》："严氏固略知小学。而于周秦两汉唐宋儒先之文史。能得其句读矣。然相其文质。于声音节奏之间。犹未离乎帖括。申夭之态。回复之词。载飞载鸣。情状可见。盖俯仰于桐城之道左。而未趋其庭庑者也。"《民报》第十二号，1907年3月6日。"骎骎与晚周诸子相上下"语见吴汝纶《天演论序》，《中国近代文论选》上。

象"。确实，如林纾这样的古文家，是数十年如一日的自我训练，至少周氏兄弟年轻时的经历中并没有这样的苦功。至于"听了章太炎先生的教诲……改去'载飞载鸣'的调子，换上许多古字"，[90]恐怕确实也就仅限于"文字上的复古"。[91]求学章门本为"只想懂点文字的训诂，在写文章时可以少为达雅"。[92]"改去'载飞载鸣'的调子"未必就成为章太炎的文章路子，那也是有某种"义法"的，即便"竭力的学他"，最终恐怕还是"学得不象"。

况且《域外小说集》中兄弟两人的风格自身就不尽一致，这其中部分可能是由于西文水平的差异。鲁迅德文终生使用不畅，译文可以看出句句字字用力，对原文亦步亦趋。而周作人此时的英文水平已经完全胜任，显得游刃有馀。这种状况从鲁迅仅译三个短篇而周作人包办其他之馀，还译了多部中长篇可以看出来。但更大的影响在于两人性格的差异，鲁迅的彻底性和周作人的中庸也使得二人在译作中显露出不同的个性。

周作人后来谈到他当时选择了"骈散夹杂的文体，伸缩比较自由，不至于为格调所牵，非增减字句不能成章"，[93]大概也并没有什么刻意的效法对象，或者是小时读《六朝文絜》

---

[90] 《我的复古的经验》，《雨天的书》。
[91] 《我的负债》，其中甚至说受影响"大部分却是在喜欢讲放肆的话，——便是一点所谓章疯子的疯气"。
[92] 《记太炎先生学梵文事》，《秉烛谈》，岳麓书社1989年10月版。
[93] 《谈翻译》，《苦口甘口》，太平书局1944年11月版。

之类的影响。[94]而尤其在景物描写的翻译上，多骈举排比，这样的文字风格，弱化句子之间的逻辑关系，甚至词组之间也能保持原文的语序：

（1）明月正圆。（2）清光斜照。（3）穿户而入。（4）映壁作方形。（5）渐以上移。（6）朗照胡琴。（7）纤屑皆见。（8）时琴在室中。（9）如发银光。（10）腹尤朗彻。（11）扬珂注视良久。

（1）The moon in the sky was full, （2）and shone in with sloping rays （3）through the pantry window, （4）which it reflected in the form of a great quadrangle on the opposite wall. （5、6）The quadrangle approached the fiddle gradually （7）and at last illuminated every bit of the instrument. （8）At that time it seemed in the dark depth （9）as if a silver light shone from the fiddle, （10）--especially the plump bends in it were lighted so strongly （11）that Yanko could barely look at them.[95]

几乎可以完全对应，似乎是更高程度的"直译"，但词组次序

---

[94] 周氏兄弟小时家里就有《六朝文絜》，为他们所喜读。《鲁迅的国学与西学》，《鲁迅的青年时代》。
[95] 《乐人扬珂》（*Yanko the Musician*），《域外小说集》第一册。英文原文据Henryk Sienkiewicz: *Sielanka: A Forest Picture, and Other Stories*, trans. Jeremiah Curtin, Boston: Little, Brown, and Company, 1899. 周作人《关于〈炭画〉》："1908年在东京找到了寇丁的两本显克微支短篇集，选译了几篇。"《语丝》第八十三期，1926年。其中除《炭画》译自*Hania*外，《域外小说集》所收几篇皆据此本。

的完全一致却解散了原文的句式关系，也就是重新结句，因而从句子的层面上看倒是不折不扣的"意译"，可以随便成文，难怪他觉得"这类译法似乎颇难而实在并不甚难"。[96]而此前对严林"学得不象"时的译法并不如此，比如晚年回忆时觉得"也还不错"[97]的《玉虫缘》的开头：

> 岛与大陆毗连之处。有一狭江隔之。江中茅苇之属甚丛茂。水流迂缓。白鹭水凫。多栖息其处。时时出没于荻花芦叶间。岛中树木稀少。一望旷漠无际。
>
> It is separated from the mainland by a scarcely perceptible creek, oozing its way through a wilderness of reeds and slime, a favorite resort of the marsh-hen. The vegetation, as might be supposed, is scant, or at least dwarfish. No trees of any magnitude are to be seen.[98]

虽无法像前例那样词组顺序完全一致，但至少句间的逻辑关系比较清晰。反而到了《域外小说集》时期，某些句式的规整却造成了意义上的削足适履，比如俯拾即是的"明月正圆。清光

---

[96] 《谈翻译》，《苦口甘口》。
[97] 《知堂回想录（药堂谈往）（手稿本）》"五二 我的新书（二）"。
[98] 《玉虫缘》（The Gold-Bug），汉文据文盛堂书局丙午版，英文原文据Edgar Allan Poe: The Best Tales of Edgar Allan Poe, New York: Modern Library, 1924.

斜照"之类,简直将异域改造成古昔,[99]想必是译笔的不假思索。至于这两个语例中一个将"fiddle"译成"胡琴",一个用"白鹭水凫"译"the marsh-hen",[100]则是更加极端的例子。

相对而言,尽管鲁迅只译了三篇,而且其中大概也有误译,但几乎没有此类情况。确如其后来所言"许多句子,即也须新造,——说得坏点,就是硬造。据我的经验,这样译来,较之化为几句,更能保存原来的精悍的语气。"[101]而"化为几句"正是周作人当年的译法:

> 先将原文看过一遍,记清内中的意思,随将原本搁起来,拆碎其意思,另找相当的汉文一一配合,原文一字可以写作六七字,原文半句也无妨变成一二字,上下前后随意安置,总之要凑得像妥贴的汉文,便都无妨碍,唯一的条件是一整句还他一整句,意思完全,不减少也不加多,那就行了。[102]

鲁迅则"按板规逐句,甚而至于逐字译的"。[103]毫不忌讳于"新造"和"硬造",《默》:

---

[99] 袁一丹曾论及《域外小说集》周作人为了句子的整齐,多少会损伤原文意义的完足。《试论〈域外小说集〉的文章性——由周作人的"文体翻译观"谈起》,《南京师范大学文学院学报》2007年第1期。
[100] 张丽华曾就本条语例谈及周作人译文中此类附载传统意象色泽的词汇改变了原文的风味。《现代中国"短篇小说"的兴起——以文类形构为视角》第三章第二节,北京大学出版社,2011年4月版,第113、114页。
[101] 《"硬译"与"文学的阶级性"》,《二心集》,《鲁迅全集》第四卷。
[102] 《谈翻译》,《苦口甘口》。
[103] 《"硬译"与"文学的阶级性"》。

吾自愧。——行途中自愧。——立祭坛前自愧。——面明神自愧。——有女贱且忍。！虽入泉下。犹将追而诅之。

　　„Ich schäme mich auf der Straße, —— am Altar schäme ich mich —— vor Gott schäme ich mich. Grausame, unwürdige Tochter! Zum Grabe sollte ich sie verfluchen ……"

　　及门。尚微语曰。言之。而为之对者。又独——幽默也。

　　erreichte die Tür und flüsterte keuchend: „Sprich!" und die Antwort: —— Schweigen.

可以看出，与周作人相异，他是坚决不去"解散原来的句法"，[104]反倒像是因此而解散了译文的句法。或者可以说，正是这样一种状态，使得鲁迅形成其终生的语言习惯。即便是没有原本牵制，由己之意的写作，照样追求语句的极限，这种不惜硬语盘空的姿态正根植于他此时强迫性的语言改造。

　　尽管周氏兄弟译法并不相同，但对原本的尊重态度则是一致的。如此带来书写形式的全面移用，尤其鲁迅的译作，实际上是将西文的"章法"引入——亦即"对译"到汉语文本之中。句法的变化，甚至所谓"欧化"的全面实现端赖于此。从这个意义上说，《域外小说集》确实可以被认为是汉语书写语言革命的标志性产物，尽管那是文言。

------

[104]　《艺术论》小序，《译文序跋集》，《鲁迅全集》第十卷。

不过，奇怪的是，标点符号系统中的引号始终未被周氏兄弟所采用，少量引号只用来标识专有名词，而不标识引语。对于小说这样的叙事文体，通常情况下总有大量的对话，缺失这个"小东西"对表达效果而言可谓影响至巨。同样在鲁迅译的《谩》中，其开头与原文出入如此：

吾曰〇汝谩耳〇吾知汝谩〇

曰〇汝何事狂呼〇必使人闻之耶〇

此亦谩也〇吾固未狂呼〇特作低语〇低极耳耳然〇执其手〇而此含毒之字曰谩者〇乃尚鸣如短蛇〇

女复次曰〇吾爱君〇汝宜信我〇此言未足信汝耶〇

„Du lügst! Ich weiß es, daß du lügst!"

„Weshalb schreist du so? Muß man uns denn hören?"

Auch hier log sie, denn ich schrie nicht, sondern flüsterte, flüsterte ganz leise, sie bei der Hand haltend und die giftigen Worte „Du lügst" zischte ich nur wie eine kleine Schlange.

„Ich liebe dich!" suhr sie sort, „du mußt mir glauben! Überzeugen dich meine Worte nicht?"[⑩]

[⑩] 三语例采自《默》（Schweigen）、《谩》（Die lüge），中文本据《域外小说集》第一册。德文原文据Leonid Andrejew: Der Abgrund und andere Novellen, ed. & trans. Theo Kroczek, Halle a.S.: Verlag von Otto Hendel, 1905. 相关考证据Mark Gamsa. The Chinese Translation of Russian Literature: Three Studies. Leiden, Boston: Brill, 2008, P233, note12. 这个考证主要依据鲁迅1906年《拟购德文书目》。

謾

俄國 安特來夫 著

吾曰。汝謾耳吾知汝謾。曰汝何事狂呼必使人聞之耶。此亦謾也吾固未狂呼特作低語低極耳然執其手而此含毒之字曰。謾者乃尚鳴如短蛇。女復次曰吾愛君汝宜信我。此言未足信汝耶。遂吻我顧吾欲牽之就抱。則又逝矣其逝出薄暗廻廊間有盛宴將已吾亦從之行是地何地吾又

鲁迅译《谩》原版首页

原文开头由引号直接引语构成一组对话，而译文没有这个形式因素，因而必须添加"吾曰"和"曰"的提示，不如此则变成或独白或自语或心理活动，对话中的"汝"必被认为同是一人所言。后面"女复次曰"与原文语序有别，否则"吾爱君"则不能确定是"女"说的话。正是这一标点符号的缺失，在翻译原则上强项如鲁迅者，也不得不妥协，对语序作出调整。

二十五年后鲁迅《玩笑只当它玩笑（上）》引了刘半农一段"极不费力，但极有力的妙文"：

> 我现在只举一个简单的例：
> 子曰："学而时习之，不亦悦乎？"
> 这太老式了，不好！
> "学而时习之，"子曰，"不亦悦乎？"
> 这好！
> "学而时习之，不亦悦乎？"子曰。
> 这更好！为什么好？欧化了。……⑩

三种句式，一个"不好"，是因为"老式"；两个"好"，则是因为"欧化"。事实上，还可以再有个"好"，即如有上下文，可能根本不用指明"子曰"。不过这些个"欧化"在书写

---

⑩ 刘复：《中国文法通论》"四版附言"，求益书社1924年版。鲁迅文见《花边文学》，《鲁迅全集》第五卷。

周氏兄弟早期著译与汉语现代书写语言 253

中能够成立正是由于引号的存在,中国古典文本,无论文言还是白话,大体只好是"老式"的句式。而且"曰""道"每处皆不可省,否则究竟谁说的话就无以推究了。[107]至于"曰"等之后是直接引语还是间接引语,至少在形式上无法分别。

文言时代的周氏兄弟,既然不采用引号,则无论原文如何,都只能一律改为"老式"的句式。随便举《玉虫缘》中几句对话为例:

> Presently his voice was heard in a sort of halloo.
>
> "How much fudder is got for go?"
>
> "How high up are you?" Asked Legrand.
>
> "Ebber so fur." replied the negro; "can see de sky fru de top ob de tree."
>
> "Never mind the sky, but attend to what I say. Look down the trunk and count the limbs below you on this side. How many limbs have you passed?"
>
> 但闻其语声甚响曰。
>
> 麦撒。如此更将如何。
>
> 菜在下问曰。
>
> 汝上此树。已高几许。?

---

[107] 这类"欧化"被王力界定为"五四以后新兴的句法";又,在先秦,"曰"有时可被省略,此后则罕觏。分见《汉语史稿》第四十二节"词序的发展"、第五十一节"省略法的演变",中华书局1980年6月新1版。

迦别曰。

甚远。予可于树顶上望见天色。

莱曰。

汝惟留意于予所言。天与非天。不必注意。——试数汝之此边。已有若干枝越过。汝刻已上树之第几枝。？[108]

原文四句对话均为直接引语，有四种不同的叙述格式：第一句，先提示说话者，然后引出话语；第二句，先引出话语，再提示说话者；第三句，将话语分成两部分，中间提示说话者；第四句，因为可以类推，只引话语，不提示说话者。但到周作人的翻译文本中，都统一成一种类似话剧剧本的格式。

到《域外小说集》时代，由于译法的改变，句式安排比较灵活。在某些情况下，没有引号周作人也可以做到保持原语序，如安介·爱棱·坡《默》的开头：

汝听我。为此言者药叉。则举手加吾顶也。曰。吾所言境地。在利比耶。傍硕耳之水裔。景色幽怪。既无无动。亦无无声。[109]

"Listen to me," said the Demon, as he placed his hand upon my head. "The region of which I speak is a dreary region in Libya, by the borders of the river Zaïre, and there is not quiet

---

[108] 《玉虫缘》(The Gold-Bug)，汉文据文盛堂书局丙午版，英文原文据Edgar Allan Poe: The Best Tales of Edgar Allan Poe.

[109] 《域外小说集》第二册。

there, nor silence."[110]

原文将引语打成两截，中间点出说话者及其动作，译文照此次序。不过后半部用"曰"提示，是原文没有的。"said the Demon"译作"为此言者药叉"，属于补叙性质。如照普通译作"药叉曰"，则整段句意不明。

况且，这种情况也是不常有的，对话往返次数一加多，在有引号的情况下，通常可以不再提示对话者。但他们没有用到这个标点，就不得不反复添加原文未有的句子。兹举《灯台守》一截：

"Do you know sea service？"

"I served three years on a whaler."

"You have tried various occupations."

"The only one I have not known is quiet."

"What is that？"

The old man shrugged his shoulders. "Such is my fate."

"Still you seem to me too old for a light-house keeper."

"Sir," exclaimed the candidate suddenly, in a voice of emotion, "I am greatly wearied, knocked about. I have passed

---

[110] 《默》(Silence)，汉文据《域外小说集》第一册，英文原文据Edgar Allan Poe: The Best Tales of Edgar Allan Poe.

through much, as you see. This place is one of those which I have wished for most ardently. ……"

> 曰°汝习海事乎°老人曰°余曾居捕鲸船者三年°曰°君乃遍尝职事°老人曰°所未知者°独宁静耳°曰°何也°老人协肩曰°命也°曰°然君为灯台守者°惧泰老矣°老人神情激越°大声言曰°明公°余久于漂泊°已不胜勩°遍尝世事°如公所知也°今日之事°实亦毕生志愿之一°……[⑪]

无论如何，这是极为忠实的翻译，"意思完全，不减少也不加多"，但需处处点名某"曰"，无一处可以遗漏。无论如何，周氏兄弟此时已尽其所能"迻译亦期弗失文情"，但一遇到对话，必然出现这种无法"对译"的情况。

可以比较吴梼《灯台卒》相同的段落：

> "海里的事呢°……"
> "坐在捕鲸船里三年°"
> "如此说来°老翁简直色色精明°没一件事不干到麽°……"
> "俺所不知道的°……惟有平安无事四个字°……"
> "怎么那样°……"
> 老人耸起肩甲°答说°

---

⑪ 《灯台守》(*The Light-house Keeper of Aspinwall*)，《域外小说集》第二册。英文原文据Sielanka: *A Forest Picture, and Other Stories*。

"那也是俺的命运°"

"但则老翁°我想看守灯°像似老翁那样°年纪不过大了麽°……"

老人徒然叫一声"不°……"那声气觉得非常感激°随后接下去°

"呀°恁地说时°实在不好°你老也看见知道°俺已疲倦非常°俺是从那世上淘波骇浪之中°隐闪而来°俺素来愿得这样的生活°这样的位置°……"⑫

吴梼也以直译得到后世的佳评，他是从日语译入，用的是白话。从这个段落来看，就"文情"的传达，确实不如周作人。比如"色色精明"是多出来的；"quiet"译成"平安无事四个字"，不管数词还是量词都不对；而"恁地说时"云云则流露出古典白话小说的口吻。吴译在书写形式上也是句读加标点的双重体制，问号在他的译文中用为省略号。不过由于引号的使用，而且每个对话都提行，至少文本在直观上比周译接近原文面貌。

汉语文本对话中使用引号，其实在周氏兄弟开始从事翻译之时就被隆重引入。1903年《新小说》第八号上开始连载的周桂笙译《毒蛇圈》，其译者识语云：

---

⑫ 《绣像小说》第六十八、第六十九期，1906年2月。所据日文本田山花袋译，见《太阳》第八卷第二号，明治三十五年（1902）二月。

……其起笔处即就父母问答之词。凭空落墨。恍如奇峰突兀。从天外飞来。又如燃放花炮。火星乱起。然细察之。皆有条理。自非能手。不敢处此。虽然。此亦欧西小说家之常态耳。爱照译之。以介绍于吾国小说界中。幸弗以不健讥之。⑬

吴趼人在第三回批语中也着重点评,"以下无叙事处所有问答仅别以界线不赘明某某道虽是西文如此亦省笔之一法也"。⑭所谓"别以界线"就是标上引号,所以可以"不赘明某某道"。着重介绍之馀,此译尚在连载,吴趼人已出手撰《九命奇冤》,开头也模仿了一道:

"唅°!伙计°!到了地头了°你看大门紧闭°用甚么法子攻打°""哑°!蠢材°这区区两扇木门°还攻打不开么°来`!来`!!来`!!!拿我的铁锤来°""砰訇`砰訇`好响呀°"……"好了°有点儿红了°兄弟们快攻打呀°"豁`刺`刺°豁`刺`刺°"门楼倒下来了°抢进去呀°"……哄`哄`哄`一阵散了°这一散不打紧°只是闹出一段九命奇冤的大案子来了°

嗳`看官们°看我这没头没脑的忽然叙了这么一段强盗打劫的故事°那个主使的甚么凌大爷°又是家有铜山金穴的°志不在钱

---

⑬ 《新小说》第八号,1903年10月5日。
⑭ 《新小说》第九号,1904年8月6日。

财。只想弄杀石室中人。这又是甚么缘故。想看官们看了。必定纳闷。我要是照这样没头没脑的叙下去。只怕看完了这部书。还不得明白呢。待我且把这部书的来历。与及这件事的时代出处。表叙出来。庶免看官们纳闷。

话说这件故事出在广东……[115]

只是这先锋的试验一下子就露出"这一散不打紧"的老腔调，随后一口一个"看官"，终而至于与《毒蛇圈》一样，必须"话说"，而转入话本的叙述语调。

吴趼人后来还有《查功课》这样大量使用引号，全文基本由对话结构的短篇小说。[116]《月月小说》中，白话文本里此类书写形式和表达方式不算少见。至于文言文本，当属陈冷血最为喜用，《新新小说》中以他为首的著译，除叹号问号满天飞外，引号也神出鬼没。如他自著自批解的《侠客谈》，一开始对话的格式是"曰"后提行缩格，与周作人《玉虫缘》等同是当时文言译作通行的格式。不久毫无规律地偶尔加了些引号，似乎慢慢熟悉了句法，就开始不断表演倒装：

"汝恐被执欤。"？旅客又笑问。

"否`！否`！是乃余所日夜求而不得者。"盗首正色答。

---

[115] 《新小说》第十二号，1904年12月1日。
[116] 《月月小说》第一年第八号，1907年5月26日。

"然则汝何恐怖欤⸰？汝被执时亦如余昨夜欤"？旅客又问⸰

盗首云`

是不然`！是不然`！是盖所以与大恐怖于我者⸰⁽¹¹⁷⁾

最后的"盗首云"露出了马脚。如此这般的时用引号时不用引号，肯定不是直接引语和间接引语的区别。其"重译"《巴黎之秘密》以及其他文本大体亦如此，越往后引号越频密，一样很难找出何时用何时不用的规律，短篇小说也是有的文本用有的文本不用。不过无论如何，这种不顾前后挥洒自如的作风即使不能算作"冷血体"的一个特点，却也确实是陈冷血的最大特点。

《域外小说集》为了"移徙具足"，而至于在体例上列专条说明标点符号的使用。独独避用引号，造成无法"对译"，实在让人有点难以理解。他们可是直读英德原本，所绍介的"异域文术新宗"恰是小说，不会感觉不到引号对于文本面貌的巨大影响。也不可能是印刷所缺乏排印标点的条件，那时日本的出版物绝大部分已都有新式标点。当然，兄弟前后曾所服膺的，不管是梁启超、林琴南，也不管是严几道、章太炎，其无论是小说还是文章，无论是著是译，都不曾使用这种书写形式，但似乎也不成其为完全的理由。那么虽然这方面周氏兄弟并没有留下解释，或者可以悬揣，引号所起作用在于标示直接引语，

---

⑪⁷ 《侠客谈·刀馀生传》（第七），《新新小说》第一年第一号。

也就是声口的直接引述,则文言如何是口语?!他们大概未必有这方面的自觉判断,也许是出于某种直觉而不自觉地避用。如果这样,那也就不是文言这一语体所能解决的问题了。

三

鲁迅1909年8月先行回国,1911年5月再赴日本,不久后与周作人一家同回绍兴,至1912年2月赴南京任职教育部,其间约半年多兄弟共处。在此期间,鲁迅创作了后来被周作人起名为"怀旧"的小说。[118]

这篇文言小说大致作于辛亥革命至民国建元之初的绍兴,周作人言是"辛亥年冬天在家里的时候","写革命前夜的情形",既是写"革命前夜",那当然是写于革命之后。[119]有关它的研究,已经有各种各样的论述。普实克读出文本前后不同的面貌,亦即他所谓"情节结构",开头部分"一大段这样的描写",其后"才接触到可称为情节的东西"。[120]姑不论用"描写"与"情节"来说明是否合适,能体味其间分别,自是出色的感觉。实际上,原始文本前后的差异远要大得多,现在的整理本统一了全文的书写形式,这样的更动遮盖了鲁迅写作过程

---

[118] 《小说月报》第四卷第一号,署名周逴,1913年4月25日。
[119] 《关于鲁迅》,《瓜豆集》。鲁迅《集外集拾遗》将《怀旧》编年于1912年,略有问题,最大可能当在1911年11月至1912年1月间。
[120] 《鲁迅的〈怀旧〉——中国现代文学的先声》,乐黛云编《国外鲁迅研究论集(1960—1981)》,北京大学出版社,1981年10月版,第466、467页。

中手法的突然变易。

小说开头部分描述秃先生的教学法，原刊的书写形式是分段和句读的结合：

>……久之久之。始作摇曳声。曰。来。余健进。便书绿草二字。曰。红平声。花平声。绿入声。草上声。去矣。余弗遑听。跃而出。秃先生复作摇曳声。曰。勿跳。余则弗跳而出。

这样的叙述策略并不大需要标点符号的参与，其间"曰"所引领的对话自然无需引号。不过，似乎作者写作感觉发生变化，突然之间转为一种戏剧化场景：

>"仰圣先生。!仰圣先生。!"幸门外突作怪声。如见青而呼救者。
>
>"耀宗兄耶。……进可耳。"先生止论语不讲。举其头。出而启门。且作礼。

这里一组对话，先直接引语，由于其语是互相称呼，自然点明对话者，无需言某"曰"，其后以倒装的方式补叙情节，如此则对话必须加上引号。

其后则是有关长毛的故事，主体情节的推进依赖于不断的对话来组织。可以说是"章法"全变，再也离不开引号的使

懷舊

周逴

吾家門外有青桐一株高可三十尺每歲實如繁星兒童擲石落桐子往往飛入書窗中時或正擊吾案一石入吾師禿先生輒走出斥之桐葉徑大盈尺受夏日微瘁得夜氣而蘇如人舒其掌家之閽人王叟時汲水沃地去暑熱或撥破几椅持菸筒與李媼談故事每月落參橫僅見菸斗中一星火而談猶弗止

彼蕪納晚涼時禿先生正敎予屬對題曰紅花予對青桐則揮曰平仄弗調令退時予已九齡不識平仄爲何物而禿先生亦不言則姑退思久弗豁漸展掌拍吾股使發大聲如撲蚊翼禿先生知吾苦而先生仍弗理久之久之始作搖曳聲曰來余健進便書綠草二字曰紅平聲平聲綠入聲去矣余弗遑聽躍而出禿先生復不敢戲桐下亦嘗扳王翁膝令道山家故事而禿先生必繼至作屬色曰孺子勿惡劇食事詎耶予出復不見菁營拔王翁膝令道山家故事

懷舊

一

盡歸就爾夜課矣稍迕次日便以界尺擊吾首曰汝作劇何惡讀書何笨哉我禿先生蓋以書齋爲報怨地者遼漸弗去況明日復非淸明端午中秋予又何樂設澼晨能得小憩映午而愈者可藉此作半日休息亦佳否則禿先生病耳死尤善（一句一轉）弗病弗死吾明日又上學讀論語矣

明日禿先生果又按吾論語頭搖搖然釋字義矣先生又近視故脣幾觸書人常訝吾頭謂讀不牢卷篇頁便大零落不知此咻咻之鼻息自吹拂是紙能弗破爛字能弗漫漶耶予縱極頭亦何至此極耶禿先生曰孔夫子說我到六十便耳順耳余到七十便從心所欲不踰這箇矩了⋯⋯余都不之解字爲鼻影所遮余亦不之見但見論語之上載先生禿爛然有光可照我面目特顏模糊臃腫遠不如後圖古池之明晰耳

先生講書久戰其膝又大點其頭似自有深趣予則大

小說月報第四卷第一號

懷舊

二

不耐蓋頭光雖奇久親亦自厭倦勢胡能久
「仰聖先生！仰聖先生！」幸門外突作怪
聲如見告而呼救者
予初殊弗解先生何心敬耀宗竟至是耀宗
「耀宗兄耶……進可耳」先生止論語不講
舉其頭出而啟門且作禮
金氏居左鄰擁巨資而歎衣破履日日食稻
面黃腫如秋茄郎王翁亦弗恤耀宗自彼予
蓄多金耳不以一文見贈何禮爲故翁愛予
而對耀宗特傲耀宗亦聰慧不如王翁之予
翁每聽談故事多不解唯唯而已李媼亦謂
彼人自幼至長但居父母膝下如囚人不出
而交際故諳語殊聊聊如語及米則竟曰魚
不可別粳糯語及魚則竟曰魚不可分魴鯉
否則不解須加註幾百句而註中又多不解
語須更用疏疏又有難詞則終不解而此因

魯迅《懷舊》原刊次頁

用。这一书写形式的引入使得行文多变，场景组织空前灵活，远非《域外小说集》所能相比，反而与以后他所创作白话小说体式相近：

"将得真消息来耶。……"则秃先生归矣。予大窘。然察其颜色。颇不似前时严厉。因亦弗逃。思倘长毛来。能以秃先生头掷李媪怀中者。余可日日灌蚁穴。弗读论语矣。

"未也。……长毛遂毁门。赵五叔亦走出。见状大惊。而长毛……"

"仰圣先生。！我底下人返矣。"耀宗竭全力作大声。进且语。

"如何！"秃先生亦问且出。睁其近眼。逾于余常见之大。馀人亦竟向耀宗。

"三大人云长毛者谎。实不过难民数十人。过何墟耳。所谓难民。盖犹常来我家乞食者。"耀宗虑人不解难民二字。因尽其所知。为作界说。而界说只一句。

"哈哈难民耶。……呵……"秃先生大笑。似自嘲前此仓皇之愚。且嗤难民之不足惧。众亦笑。则见秃先生笑。故助笑耳。

"包好，包好！"康大叔瞥了小栓一眼，仍然回过脸，对众人说，"夏三爷真是乖角儿，要是他不先告官，连他满门抄斩。现在怎样？银子！——这小东西也真不成东西！关在牢里，还要劝牢头造反。"

"阿呀,那还了得。"坐在后排的一个二十多岁的人,很现出气愤模样。

"你要晓得红眼睛阿义是去盘盘底细的,他却和他攀谈了。他说:这大清的天下是我们大家的。你想:这是人话么?红眼睛原知道他家里只有一个老娘,可是没有料到他竟会那么穷,榨不出一点油水,已经气破肚皮了。他还要老虎头上搔痒,便给他两个嘴巴!"

"义哥是一手好拳棒,这两下,一定够他受用了。"壁角的驼背忽然高兴起来。

"他这贱骨冷打不怕,[21]还要可怜可怜哩。"

花白胡子的人说,"打了这种东西,有什么可怜呢?"——康大叔显出看他不上的样子,冷笑着说,"你没有听清我的话;看他神气,是说阿义可怜哩!"[22]

由此我们可以看到"仰圣先生"和"耀宗兄"互相称呼那一组对话的意义。鲁迅晚清民初的著译事业,实际上为他的新文学创作准备了新的"章法"。这是一个不断添加的过程,到了《怀旧》,已大体完备。与文学革命时期鲁迅的小说相较,其区别可能只在文言和白话这个语体层面。似乎只要待得时机到来,进行文言与白话的语体转换即可化为新文学。

---

[21] "贱骨冷"当作"贱骨头"。
[22] 《药》,《新青年》第六卷第五号,1919年5月。

那么，是否可以认为新文学的大部分目标无需乎胡适的白话主张，因为不管是思想还是文学，至少从《怀旧》看，文言也能完成文学革命的诸多任务。

事情当然并不如此简单，《怀旧》可以说是文言文本最极端的试验，而恰恰因为走到了这个限度，语体与新的书写形式之间出现了难以克服的矛盾。《怀旧》有这样一句引语：

秃先生曰°孔夫子说°我到六十便耳顺°耳是耳朵°到七十便从心所欲°不逾这个矩了°……余都不之解°

这是开头部分的叙述，秃先生所"曰"，并未加上引号，而全文只有此处引语是直接传达声口。这就形成有意思的现象，后面带引号的热闹对话并非日常口语，实际上是将口语转写成文言，却以直接引语的方式出现，而这句真正描摹语气的，却以间接引语的方式出现。

汉语古典文本，无论文言还是白话，实际上是无法从形式上区分直接引语和间接引语，因为没有引号这个形式因素来固定口说部分，从文法上也无法分别。无论是"曰"是"道"，其所引导，只能从语言史的角度判断口语成分，一般的阅读更多是从经验或者同一文本内部的区别加以区分。唐宋以来文白分野之后，文言已经完全不反映口语，文言文本中直书口语是有的，但那只是偶尔的状况。如今对文言句子直接加引号，从形式上看是直接引语，但所引却是现实中甚至历史上从未可能由口头表达的语言。由《怀旧》的文本揣测，鲁迅在这篇小说开笔时似乎并未预料到后面会写法大变，只是进入有关"长毛"的情节时发现不得不如此。结果新的表达需求必须新的书写形式的支持，而新的书写形式的实现又带来了语体上的巨大矛盾，所显示的恰是文言在新形式中无法生存的结果，简直预告了文言的必须死灭。

民元之后，鲁迅入教育部，至民国六年秋周作人到北京，兄弟二人重聚之前，他的工作基本转入学术领域，大致在金石学和小说史。留在家乡的周作人，则主要兴趣除民俗学外，还在文学。无独有偶，1914年周作人也发表了一篇小说《江村夜话》，[23]其结构与《怀旧》颇为相似，开头部分也是"描写"，然后转入一个片断式"情节"，以数人的对话来结构故事。其间连缀曰，"秋晚村居景物。皆历历可记。吾今所述。则惟记此一事。"因而更像一则长笔记或传奇。周作人并没有像鲁迅那样引入新的对话格式以制造戏剧感，当然也就没有像《怀旧》那样显露出语体与书写形式的紧张关系。不过，话说回来，这也许是兄弟二人天分差异所致。鲁迅后来谈到自

---

[23] 《中华小说界》第七期，1914年。按：张菊香、张铁荣编《周作人年谱》并陈子善、张铁荣编《周作人集外文》均误系于1916年。另，二书均有署名"顽石"的白话小说《侦窃》，原刊《绍兴公报》，实则此篇并该报上十多篇署此笔名者均非周作人作品。参看汪成法《周作人"顽石"笔名考辨》，《湖南人文科技学院学报》2007年第1期。

己的小说,说是"写些小说模样的文章",[124]而周作人在白话时代也令人惊讶地试手写过小说,如《夏夜梦》《真的疯人日记》《村里的戏班子》等。[125]只是鲁迅即使真是写文章,无论《朝华夕拾》《野草》还是杂文,也都有些"小说模样"。周作人写起小说来,说到底干脆还是文章,并无"假语村言"的才华,《江村夜话》自不例外。

按周作人自己的说法,日本回国以后到赴北大任教这一时期,正在他"复古的第三条支路"上,"主张取消圈点的办法,一篇文章必须整块的连写到底"。不过正因为种种复古的实践,"也因此知道古文之决不可用了"。[126]如此有了文学革命的周作人,1918年伊始在《新青年》上发表作品,早于鲁迅。第四卷第一号刊载译作《陀思妥夫斯奇之小说》,但据周作人自己说,"我所写的第一篇白话文,乃是"第二号上的《古诗今译》Theokritos牧歌第十,"在九月十八日译成,十一月十四日又加添了一篇题记,送给《新青年》去"。[127]不过无论原刊还是周作人日记,均未记录这两个时间,则晚年回忆

---

[124] 《呐喊》"自序",《鲁迅全集》第一卷。
[125] 前二篇分别写于1921年9月、1922年5月,收《谈虎集》。后一篇写于1930年6月,收《看云集》。又《知堂回想录(药堂谈往)(手稿本)》"九八 自己的工作(一)"言及,约当《怀旧》的"同时候也学写了一篇小说,题目却还记得是《黄昏》"。
[126] 《我的复古的经验》,《雨天的书》。又《知堂回想录(药堂谈往)(手稿本)》"九七 在教育界里"。
[127] 《知堂回想录(药堂谈往)(手稿本)》"一一五 蔡孑民(二)"。

如此确切，或者另有所据。[128]而在回忆录中将"题记"全文照录，可见其重视。其第二条云："口语作诗不能用五七言，也不必定要押韵，只要照呼吸的长短作句便好。现在所译的歌就用此法，且试试看，这就是我所谓新体诗。"

《古诗今译》中有两处"歌"，确实是"照呼吸的长短作句"，而且不押韵，如：

> 他每都叫你黑女儿，你美的Bombyka，又说你瘦，又说你黄；我可是只说你是蜜一般白。
>
> 咦，紫花地丁是黑的，风信子也是黑的；这宗花，却都首先被采用在花环上。
>
> 羊子寻首蓿，狼随著羊走，鹤随著犁飞，我也是昏昏的单想著你。[129]

周作人晚年回忆并说"这篇译诗与题记都经过鲁迅的修改"，[130]大概也是事实。从题记时间看，应该是给一月出版的四卷一号，不过却延了一个月发表。而就在这第一号上，明显是由胡适邀约沈尹默、刘半农发表《鸽子》《人力车夫》等新诗。这无论对新诗史还是胡适个人都是极为重要的一批作品，简单

---

[128] 周作人1920年4月17日所作《点滴·序言》称，"当时第一篇的翻译，是古希腊的牧歌"，引"小序"末注"十一月十八日"，与回忆录所记微有出入。《点滴》，"新潮丛书第三种"，1920年8月版。
[129] 《新青年》第四卷第二号，1918年2月15日。
[130] 《知堂回想录（药堂谈往）（手稿本）》"一一五 蔡子民（二）"。

周氏兄弟早期著译与汉语现代书写语言　271

说，就是"自由体"出现了。此前胡适所作，按他自己的说法，"实在不过是一些刷洗过的旧诗！这些诗的大缺点就是仍旧用五言七言的句法"，其实还有骚体和词牌，结集时收在《尝试集》第一编。而第二编收录自称"后来平心一想"而成就"诗体的大解放"的作品，[131]正是以此号所刊《一念》等开头的。

1918年5月15日出版的《新青年》第四卷第五号，有鲁迅首篇白话作品《狂人日记》，另外"诗"栏中刘半农《卖萝卜人》其自注云："这是半农做'无韵诗'的初次试验。"[132]胡适等的自由诗一开始确实还是押韵的，不过周作人《古诗今译》早已主张"也不必定要押韵"，而且实践了。自然那是翻译，至他发表第一首新诗《小河》，其题记则更明确提出主张："有人问我这诗是什么体，连自己也回答不出。法国波特来尔（Baudelaire）提倡起来的散文诗，略略相像，不过他是用散文格式，现在却一行一行的分写了。内容大致仿那欧洲的俗歌；俗歌本来最要叶韵，现在却无韵。或者算不得诗，也未可知；但这是没有什么关系。"[133]

"一行一行的分写"当然并不是他的首创，此前胡适等的白话新诗早已如此。甚至早在晚清，诗词曲等也有分行排列的，周氏兄弟文本中如骚体等也大多"分写"。不过那只是排

---

[131] 《尝试集》"自序"，上海亚东图书馆1920年3月版。
[132] 又，《扬鞭集》"自序"言："我在诗的体裁上是最会翻新鲜花样的。当初的无韵诗，散文诗，后来的用方言拟民歌，拟'拟曲'，都是我首先尝试。"《扬鞭集》上卷，北新书局1926年6月版。
[133] 《新青年》第六卷第二号，1919年2月15日。

版而已，分不分行并无区别。就如中国古典韵文，实际上无论写作还是印刷，并不分行，亦无标点，因为押韵，而且每句字数各有定例，分不分行并不影响阅读。如今周作人主张不规则作句、不押韵，如果再用"散文格式"，那确实"算不得诗"了。在不押韵、不规则作句的情况下，"一行一行的分写"是新诗必须有的书写形式，新诗之所以成其为诗体端赖于此。

不规则作句、不押韵、分行，是周作人"我所谓新体诗"的观念，大概也是汉语新诗主流的特点。不过要说到实践，其实早在他的文言时代就已进行。1907年的《红星佚史》，据周作人所言，其中十几首骚体"由我口译，却是鲁迅笔述下来；只有第三编第七章中勒尸多列庚的战歌，因为原意粗俗，所以是我用了近似白话的古文译成，不去改写成古雅的诗体了"。[134]则"古雅的诗体"非周作人所擅，故由其兄代劳。后来《域外小说集》里《灯台守》也有一首骚体译诗，被收入《鲁迅译文集》，[135]应该没有问题。至于周作人"用了近似白话的古文译成"的那一首，其文如下：

其人挥巨斧如中律令。随口而谣。辞意至粗鄙。略曰。
勒尸多列庚。是我种族名。
吾侪生乡无庐舍。冬来无昼夏无夜。

---

[134] 《知堂回想录（药堂谈往）（手稿本）》"七六 翻译小说（上）"。
[135] 第十册"附录"，人民文学出版社1959年1月版。

海边森森有松树◦松枝下◦好居住◦

有时趁风波◦还去逐天鹅◦

我父唏涅号狼民◦狼即是我名◦

我挐船◦向南泊◦满船载琥珀◦

行船到处见生客◦赢得浪花当财帛◦

黄金多◦战声好◦更有女郎就吾抱◦

吾告汝◦汝莫嗔◦会当杀汝堕城人◦ (136)

这首译诗，应该算作“杂言诗”。“杂言诗”用韵、句式在古典韵文中最为宽松，大概可以视为古代的“自由诗”。这一首三五七言夹杂，是杂言诗中最常见的句式组合。

译于1909年的《炭画》也有诗歌，周作人并不借重乃兄，自己动手，如：

淑什克……作艳歌曰˙

我黎明洒泪˙直到黄昏˙

又中宵叹息˙绝望销魂˙

又如：

身卧白云间˙悄然都化˙眼泪下溶溶˙

---

(136) 《红星佚史》第三编第七章。

天地无声˙ 止有莘华海水˙ 环绕西东˙

　　且握手˙ 载飞载渡˙ ——[137]

虽是押韵，但也仅此而已，而且凭己意"长短作句"，已不是杂言诗的体制。而到1912年译《酋长》，其中的"歌"则连韵也免了，又不分行，简直就是文言版的《古诗今译》：

　　却跋多之地`安乐无忧。妇勤于家`儿女长成`女为美人`男为勇士。战士野死`就其先灵`共猎于银山。却跋多战士`高尚武勇`刀斧虽利`不染妇孺之血。[138]

如果不是预先标示"歌有曰"，根本无法判断这是诗歌。《新青年》时期，周作人白话重译此作，这几句被译成：

　　Chiavatta狠是幸福。妇人在舍中工作；儿童长大，成为美丽的处女，或为勇敢无惧的战士。战士死在光荣战场上，到银山去，同先祖的鬼打猎。他们斧头，不蘸妇人小儿的血，因为Chiavatta战士，是高尚的人。[139]

整体观之，可以看出二者处理语言的理路是一致的，即"不能

---

[137] 分见《炭画》第六章、第七章，文明书局1914年4月版。
[138] 《域外小说集》，上海群益书社1920年版。此版较1909年东京版新增入周作人此后的文言翻译，同时所有文本均添加新式标点。有关《酋长》的翻译时间见《知堂回想录（药堂谈往）（手稿本）》"九九 自己的工作（三）"。
[139] 《新青年》第五卷第四号，1918年10月15日。

用五七言，也不必定要押韵，只要照呼吸的长短作句便好"，白话文本如此，早到民国元年的文言文本就已经如此了。1919年开始的《小河》等，其先声是在这里，只是再度增加了分行这一书写形式要素，以使诗重新有别于文。

不过两个语例最后一句的语序有差别，文言本作"却跋多战士、高尚武勇、刀斧虽利、不染妇孺之血"；白话本作"他们斧头，不蘸妇人小儿的血，因为Chiavatta战士，是高尚的人"。白话本主句在前从句在后，亦即王力所谓"先词后置"。[140]鲁迅也有类似的例子，1920年9月10日日记："夜写《苏鲁支序言》讫，计二十枚。"[141]发表于《新潮》时题"察拉图斯忒拉的序言"，[142]共十节。而保存于北京图书馆的，则有前三节文言译本，题"察罗堵斯特罗绪言"。[143]两个文本开头部分有如下句式：

你的光和你的路，早会倦了，倘没有我，我的鹰和我的蛇。

载使无我与吾鹰与吾蛇。则汝之光耀道涂。其亦勦矣。

---

[140] 《汉语史稿》第四十二节"词序的发展"。
[141] 《鲁迅全集》第十四卷。
[142] 第二卷第五号，1920年9月。
[143] 《鲁迅译文集》第十册"附录"。研究界引用普遍标为1918年译，不知来源。实际上这种说法颇为可疑，而且仅这三节就不可能译于同时，因为第三节已不译为"察罗堵斯特罗"，而译为"札罗式多"了。

白话本同样是从句后置。这种新的"文法"的产生，是周氏兄弟进入白话时代以后一个新的书写形式因素引入的结果，这一新书写形式就是逗号和句号的配合使用。晚清以来诸多文本句读和标点并存，他们亦不例外，而句读很容易让人误以为就是句号和逗号。事实上周氏兄弟著译，写作过程中并不加句读，只是在最后誊写时才进行断句，[14]甚至有些还可能是杂志编辑所为。句号和逗号是最常用的两种标点符号，但其实最晚被引入汉语书写中，就因为汉语文本原就有施以句读的历史。句读和句号逗号都有断句的功能，虽然断句方式并不相同，但表面上看似乎差别不大，不过句号逗号的配合使用有时可以反映某种文法关系，为句读所不备，更何况当时"读"用得极少。就这两对语例，白话文本如果一"句"到底，那就无从知道从句归属的是前一个句子还是后一个句子，也就是其主句到底在前在后无法判别。

这两个标点符号是周氏兄弟文本引入的最后一种书写形式，就翻译来说，可以最大程度将原文的语序移植过来。周作人发表的第一篇白话作品《陀思妥夫斯奇之小说》，其中有这样的语例：

---

[14] 他们文言时期的手稿大都不存，不过遗留下来的《神盖记》可作推断。《知堂回想录（药堂谈往）（手稿本）》"八七 炭画与黄蔷薇"云，该稿"已经经过鲁迅的修改，只是还未誊录"。百家出版社1991年6月版的《上海鲁迅研究》4，影印了首页，文句连写并无句读。

他们陷在泥塘里、悲叹他们的不意的堕落、正同尔我一样的悲叹、倘尔我因不意的灾难、同他们到一样堕落的时候。

And they mourn, down there in the morass, they mourn their incredible fall as you and I would mourn if, by some incredible mischance, we ourselves fell.

但他自己觉得他的堕落、正同尔我一样、倘是我辈晚年遇着不幸、堕落到他的地步。

……he fells his degradation as I would feel if, in my later years, by some unhappy chance, such degradation fell on me.[15]

移用的是句读的符号，功能却完全是句号和逗号。两处英文原文都是"if"所带领的从句后置，原文照译有赖于逗号和句号的配合，句读不可能完成这样的任务。

如此终于全面实现了书写形式的移入，亦即《域外小说集》所言的"移徙具足"，或者也可以说是"欧化"的全面实现。这使得文本面貌远离汉语书写的习惯，即便在《新青年》同人中也是极端的例子。钱玄同和刘半农导演的那场著名的"双簧戏"，钱玄同化名王敬轩以敌手口吻批判周作人的译文：

若贵报四卷一号中周君所译陀思之小说。则真可当不通

---

[15] 汉语文本见《新青年》第四卷第一号，1918年1月15日。英文原本见 W. B. Trites, "Dostoievsky", *The North American Review* 202, No. 717 (Aug., 1915): 264–270.

二字之批评。某不能西文。未知陀思原文如何。若原文亦是如
此不通。则其书本不足译。必欲译之。亦当达以通顺之国文。
乌可一遵原文迻译。致令断断续续。文气不贯。无从讽诵乎。
噫。贵报休矣。林先生渊懿之古文。则目为不通。周君謇涩之
译笔。则为之登载。真所谓弃周鼎而宝康瓠矣。⁽¹⁴⁶⁾

所谓"一遵原文迻译",正是周作人的原则;"断断续续。文
气不贯",也是周作人在所不辞的。次年,《新青年》"通信"
中有封张寿彭来函,指责周作人在"中国文字里面夹七夹八夹
些外国字","恨不得便将他全副精神内脏都搬运到中国文字里
头来,就不免有些弄巧反拙,弄得来中不像中,西不像西",
并特别点到所译《牧歌》"却要认作'阳春白雪,曲高和寡'
了"。其实,此前的文言译本,周作人早就得到相类的异议,
"确系对译能不失真相,因西人面目俱在也。行文生涩,读之
如对古书"。⁽¹⁴⁷⁾那是一封《炭画》的退稿函,周作人置于无可
如何。如今面对有关《牧歌》的批评,他有强硬得几乎是鲁迅
语调的回答:

> 我以为此后译本,仍当杂入原文,要使中国文中有容得
> 别国文的度量,不必多造怪字。又当竭力保存原作的"风气习

⁽¹⁴⁶⁾ 《文学革命之反响》,《新青年》第四卷第三号,1918年3月15日。
⁽¹⁴⁷⁾ 《关于〈炭画〉》,《语丝》第八十三期,1926年。

惯，语言条理"；最好是逐字译，不得已也应逐句译，宁可"中不像中，西不像西"，不必改头换面……但我毫无才力，所以成绩不良，至于方法，却是最为正当。[148]

周作人此时译本里对人地名等专有名词采取直用原文的策略，并不转写为汉字，此即"杂入原文"。"最好是逐字译，不得已也应逐句译"，则是放弃《域外小说集》时期的译法，而与鲁迅的翻译原则相一致。这一翻译原则按鲁迅的说法就是"循字迻译"，[149]为周作人在白话时代所遵用，而鲁迅，则是从《域外小说集》开始，不折不扣地执行终生。晚年在上海有关他的翻译的一系列争论，其译本效果如何姑且不论，但就翻译原则而言，确实在他是一以贯之的。

鲁迅去世后，周作人在回忆文章里提到当年受章太炎的影响，"写文多喜用本字古义"，认为"此所谓文字上的一种洁癖，与复古全无关系"。[150]不过对于他们而言，绍介域外文学所坚持的"对译"原则，毋宁说也是另外一种文字上的洁癖，即是"弗失文情"，而且将其执行到彻底的程度——所谓"移徙具足"，所谓"循字迻译"。正是在这一过程中，汉语书写语言在他们手里得到最大程度的改变。

这个过程横跨了两种语体，从文言到白话。在周氏兄弟手

---

[148] 周作人答张寿朋，"通信"，《新青年》第五卷第六号，1918年12月15日。
[149] 鲁迅1913年《艺术玩赏之教育·附记》："用亟循字迻译。庶不甚损原意。"《鲁迅全集》第十卷。
[150] 《关于鲁迅之二》，《瓜豆集》。

里，对汉语书写语言的改造在文言时期就已经进行，因而进入白话时期，这种改造被照搬过来，或者可以说，改造过了的文言被"转写"成白话。与其他同时代人不同，比如胡适，很大程度上延续晚清白话报的实践，那来自于"俗话"；比如刘半农，此前的小说创作其资源也可上溯古典白话。而周氏兄弟，则是来自于自身的文言实践，也就是说，他们并不从口语，也不从古典小说获取白话资源。他们的白话与文言一样，并无言语和传统的凭依，挑战的是书写的可能性，因而完全是"陌生"的。一个有趣的例子，当时张寿朋在批评周作人《牧歌》不可卒读的同时，表扬"贵杂志上的《老洛伯》那几章诗，狠可以读"，而《老洛伯》就是胡适的译作，胡适在按语中提到原作者Lady Anne Lindsay"志在实地试验国人日用之俗语是否可以入诗"，[151]译作所用语言确实就是"日用之俗语"。

刘半农后来曾提到一个观点："语体的'保守'与'欧化'，也该给他一个相当的限度。我以为保守最高限度，可以把胡适之做标准；欧化的最高限度可以把周启明做标准。"[152]周氏兄弟的白话确实已经到了"最高限度"，这是通过一条特殊路径而达成的。在其书写系统内部，晚清民初的文言实践在文学革命时期被"直译"为白话，并成为现代汉语书写语言的重要——或者说主要源头。因为，并不借重现成的口语和白话，而是在书写语言内部进行毫不妥协的改造，由此最大限度地抻

---

[151] 《新青年》第四卷第四号，1918年4月15日。
[152] 刘复：《中国文法通论》"四版附言"。

开了汉语书写的可能性。"当时很有些'文法句法词法'是生造的，一经习用"，"现在已经同化，成为己有了"。[153]之所以有汉语现代书写语言，正是因为他们首先提供了此类表达方式。

这源于《狂人日记》，作为白话史上全新"章法"的划时代文本，鲁迅第一篇白话小说几乎可以看作对周作人第一篇文言小说《好花枝》的遥远呼应。与《好花枝》一样，提行分段是《狂人日记》文本内部最大的修辞手段。开头"今天晚上，狠好的月光。"结尾"救救孩子……"都是独立的段落，全文的表达效果皆有赖于类此的书写手段。如果没有这些书写形式的支持，几乎可以说，这个文本是不成立的。

《狂人日记》正文之前有一段文言识语，有关其文本意义，学界多有阐释。不过识语称"语颇错杂无伦次"，或许这种全新的书写语言在时人眼中确是这样一副形象。这些新式白话被"撮录一篇"，[154]则白话正文或者可以看作全是文言识语的"引文"。如果换个戏剧性的说法，则新文学的白话书写正是由经过锻造的文言介绍而出场的。

（初刊连载《鲁迅研究月刊》2009年第12期、2010年第2期）

---

[153] 《"硬译"与"文学的阶级性"》，《二心集》，《鲁迅全集》第四卷。
[154] 《新青年》第四卷第五号，1918年5月15日。

近代报刊评论与五四文学性论说文

中国报刊言论，就论说这一文体而言，可以说一开始就存在。早期教会背景的刊物，如《东西洋考每月统记传》，现可见三十九册，有"论"或"论·叙语"十二篇；[1]同光年间卷帙浩繁的《万国公报》，各种论说俯拾即是。虽然，传教士的汉文修养并不高明，聚集在他们周围的中国人受其影响，文体上已与传统古文有了不少变化，但这类论说仍可属所谓"正论"，泛谈一些道理，并不具有强烈的针对当下具体事件的时间性。

至于报纸，以《申报》为例，最早的论说，都是诸如《缠足说》《轮船论》《时命论》《论西人电信、保险、拍卖诸事》《论孽缘》《论东洋男女同浴》之类的文章，[2]情况大体一样。也就是说，中国早期报刊评论，并不具备与时事相伴生的特性，与新闻是分离的，新闻所特有的时效性在论说中并不存

---

[1] 中华书局1997年6月影印本，参看黄时鉴"导言"。
[2] 见1872年4月《申报》。

在，此时的论说只能说是载于报刊的文章，而并不就是报章之文。

同时代可以提到两个重要的人物——王韬和郑观应。作为比梁启超早一代的报章论说家，略晚于《申报》的创刊，1874年起王韬在香港主笔《循环日报》，并逐日在报上发表政论，这些论说文后来成为由他自编的《弢园文录外编》的主体，"曰外编者，因其中多言洋务，不欲入于集中也"。③

尽管不入于集而曰"外编"，但"取历年来存稿稍加釐次"的结果却使得"文录外编"显现出强烈的著述色彩，而且让人疑心散载于报纸时即有事先计划，观其编次，第一卷依次为"原道""原学""原人""原才""原士""变法上""变法中""变法下""重民上""重民中""重民下"……如果不读文章具体内容，几疑为桐城派文集。卷二从"洋务上""洋务下"到"设官泰西上""设官泰西下""遣使""使才"，卷三如"设领事""传教上""传教下""练水师""设电线""制战舰""建铁路""除额外权利"等等，可以从题目上看出题材的时代色彩，但如此的整齐而系统，怎能没有成竹于胸在前。卷六以下，大体依"论""说""议""序""跋""书""传"编次，与当时古文家文集体例亦相类，而王韬犹以"前后编次都未允当"为恨，真不知如躬自为之，该当如何的周到。④

---

③ 《弢园文录外编》"自序"，中华书局1959年10月版。
④ 《弢园著述总目》，《弢园文录外编》"附录""弢园文录外编十二卷"条。其中言及该集当时王韬"属洪茂才校对"，他很不满意，"尚待重订"。

郑观应的情况也大体如此，况且他并没有类似王韬报馆主笔的任务，"目击时艰……因是宏纲巨目，次第敷陈。自知但举其略，语焉不详。积若干篇存之箧衍，徒自考镜，未尝敢以论撰自居。而朋好见辄持去，杂付报馆"，[5]非但如此，"友人持付报馆"还使得"山人心弗善也"，[6]可见他并非为报纸写作。这些"论撰"在《循环日报》等报刊上刊载，不过提前公开而已，以之结集而成的《易言》和《盛世危言》，体现出事先的严密规划，《盛世危言》以"道器"为首，各标题除因篇幅原因区以"上""下"或"一""二""三""四"等字眼外，均是整齐的双字题目，内容虽然涉及"西学""议院""日报""禁烟""传教""贩奴""国债""商战""保险""银行""间谍"等时新话题，但与同时相类的文集，如冯桂芬《校邠庐抗议》并无区别。可以这么说，王郑的文章有着新鲜的气息，但依然是"著作之文"，只不过当时有了报刊这一新兴媒介，因而入集之前多了一层在报刊上刊载的过程。

文章的具体作法，固然有并不刻意经心的特点，王韬自谓"若于古文辞之门径则茫然未有所知，敢谢不敏"，[7]郑观应称"文词浅陋，不足为引经据典之言"，[8]此类经世之文以新观念为纲，夹杂诸多新名词，固不为当时古文家所喜，但就

---

⑤ 《易言三十六篇本》"自序"，《郑观应集》上册，上海人民出版社1982年9月版。
⑥ 《易言二十篇本》"甄山菜园下佣识"，《郑观应集》上册。
⑦ 《弢园文录外编》"自序"。
⑧ 《〈盛世危言〉增订新编凡例》，《郑观应集》上册。

文章体式而言，其实未脱旧范，仍是条贯古今然后出以己意。如《弢园文录外编》中的《原人》立意于"欲齐家治国平天下，则先自一夫一妇始"，应该是当时很新锐的意见，但这篇文章是这样开始论述的：

> 尝读羲经之言曰：有天地然后有万物，有万物然后有男女，有男女然后有夫妇，有夫妇然后有父子，有父子然后有君臣上下，而知礼义之所措。大学一篇，首言治国平天下而必本之于修身齐家，此盖以身作则，实有见夫平治之端必自齐家始。欲家之齐，则妇唯一夫，夫唯一妇，所谓夫夫妇妇而家道正矣。天之道一阴而一阳，人之道一男而一女，故诗始关雎，易首乾坤，皆先于男女夫妇之间再三致意焉。

这是典型的策对的作法。接下去叙述后世世风不古，酿成祸乱；然后以"说者以为""说者又谓"设难者并加以辩驳，接着"窃以为"进行正面立论；最后解决"或谓纳妾以冀生育，继宗祧"的难题。⑨整篇文章条理不可谓不畅达，论述不可谓不缜密，但手法也不可谓不老套。随手检得桐城祖师方苞同名文，这样入手：

> 孔子曰：天地之性人为贵。董子曰：人受命于天。固超

---

⑨ 《弢园文录外编》卷一。

然异于群生，非于圣人贤人征之，于涂之人征之也；非于涂之人征之，于至愚极恶之人征之也。何以谓圣人贤人，为人子而能尽其道于亲也，为人臣而能尽其道于君也。而比俗之人，徇妻子则能竭其力，纵嗜欲则能致其身，此涂之人能为尧舜之验也。……

中心意思是论证若"反于人道"则失其本性至于禽兽不如，⑩这确实是"代圣贤立言"的古文版的时文。此类不解决任何问题的腐见固乃王韬、郑观应辈所不屑言之，但时文范式牢笼，古文"文统"鞭及，不由你不入彀中。《盛世危言》"道器"一文，郑观应主张当下要"由博返约"，所谓"博"，就是"西人之所骛格致诸门"，"今西人由外而归中，正所谓由博返约，五方俱入中土，斯即同轨、同文、同伦之见端也"，所以他"恭维我皇上""总揽政教之权衡，博采泰西之技艺"，"由强企霸，由霸图王，四海归仁，万物得所，于以拓车书大一统之宏归而无难矣"。就这样一个意思，起笔简直是伊于胡底：

《易·系辞》曰："形而上者谓之道，形而下者谓之器。"盖道自虚无，始生一气，凝成太极。太极判而阴阳分，天包地外，地处天中。阴中有阳，阳中有阴，所谓一阴一阳之谓道者是也。由是二生三，三生万物，宇宙间名物理气，无不

---

⑩ 《方望溪全集》卷三，中国书店1991年6月版。

罗括而包举。是故一者奇数也，二者偶数也，奇偶相乘，参伍错综，阴阳全而万物备矣。[11]

就这么从开天辟地开始，不一会儿就能论述到当今该采纳西学，此种长技倒也值得佩服，虽然太常见了点。话说回来，古文"论说"一门的技术并不仅此单调的一类，不过万变不离其宗。作为中国第一代报章言论家，王韬、郑观应固然发表了有历史地位的言论，但对报章之文的贡献也仅是将其"撰述"主动或被动地提前在报刊上登载出来而已。

真正报章论说的兴起是在甲午战后，当时，国势已非，以康有为、梁启超、严复为代表的新知识阶层崛起，为了实现自己的政见，尤其是康梁等，他们以举人的身份运作政治，影响权力中枢，从组织士人"公车上书"，到获取实际权力实行"百日维新"，再到经历政变流亡海外，并以保皇的立场与革命党人争，十年之间，一直是国人关注的焦点人物。在这一过程中，梁启超充分认识到"报馆有益于国事"，[12]有意识地利用报刊服务于自己的政治目的，几乎以一己之力操纵天下读书人耳目。相对于王韬、郑观应这样的前辈，梁启超作为第二代报章论说家，已经摆脱王郑的清议献策色彩，在报刊上的持论也不再是为了"撰述"或献言于"我皇上"，而具有鲜明的

---

[11] 《郑观应集》上册。
[12] 梁启超：《论报馆有益于国事》，《时务报》第一册，1896年。

以言论动员社会支持的变革谋划，并由此营建出自己的舆论空间。

梁启超自谓："著书者规久远，明全义者；报馆者救一时，明一义者。"⑬有此认识，梁启超之为文自不会如郑观应那样"犹虑择焉不精，语焉未详，待质高明以定去取"，对于"朋好见辄持去，猥付报馆"大感烦恼。⑭尽管他的同志谭嗣同在《报章文体说》中，以为报章可以总由古以来天下文章之三类十体，"信乎经国之大业，不朽之盛事，人文之渊薮，词林之苑囿，典章之穹海，著作之广庭，名实之舟楫，象数之修途"，"自生民以来……未有如报章之备哉灿烂者也"，⑮极赞美之能事，但梁启超大概不会如此欣欣然，《饮冰室文集》"汇而布之"他的报章之文，"余曰：'恶，恶可。吾辈之为文，岂其欲藏之名山，俟诸百世之后也。应于时势，发其胸中所欲言，然时势逝而不留者也，转瞬之间，悉为刍狗……故今之为文，只能以被之报章，供一岁数月之遒铎而已，过其时，则以覆瓿焉可也'。"这里既有自谦，也有自嘲，还有自辩，但无论如何，相对于王韬、郑观应，梁启超是非常自觉地意识到"报章之文"与"著作之文"卓然有别，"行吾心之所安"也好，"靡所云悔"也好，⑯所谓"一时""一义"，在于应时而

---

⑬ 《敬告我同业诸君》，《饮冰室合集·文集》第四册，中华书局1941年6月版。
⑭ 《〈盛世危言〉自序》，《郑观应集》上册。
⑮ 《谭嗣同全集》卷一，生活·读书·新知三联书店1954年3月版。
⑯ 《〈饮冰室文集〉自序》，《饮冰室合集·文集》第一册。

生，与时俱逝，举其一点，不及其馀，无与也藏山传世。

　　正是在这样自觉意识的基础上，梁启超为文"不复自束，徒纵其笔端之所至"也就可以理解了，[17]不同于王韬"下笔不能自休"的自为谦退，[18]梁文的"纵笔所至不检束"确是实至名归，[19]从《时务报》开始，一篇《变法通议》连载一年有馀，还不包括后来在《清议报》的续作部分，确乎是"束"不住了，相比较以《弢园文录外编》或《盛世危言》，可以看出梁文是很不一样了，尽管一开始自称有"为六十篇，分类十二"的规划，但各节篇幅忽长忽短，文章体式亦不尽相同，显然是随作随刊，最后根本没有完成，这种情况在他的其他长文中也出现过。对照尤其是郑观应的著述态度，梁启超确是应得上"一时""一义"。

　　梁启超论说文的因素相当复杂，不止是"时杂以俚语、韵语及外国语法"，[20]以《万国公报》为代表的传教士论说文体，传统科考文如八股、策论、骈赋，从八家到桐城，以及今文经典，前辈经世文等等，还有旅东后接触的日本文章，都被他一气化三清。这种缠夹的文体在他那儿虽然有前后期的不同，但一以贯之的是以气势驭文的特点，耸动天下由于此，广受诟病也由于此，二三语可化身千万言，浮词累语，循

---

[17]《与严又陵先生书》，《饮冰室合集·文集》第一册。
[18]《弢园文录外编》"自序"。
[19]《清代学术概论》，《饮冰室合集·专集》第九册。
[20]《清代学术概论》，《饮冰室合集·专集》第九册。

环往复，时或故作惊人，实则破绽频出，不过，这正是他的文章"有大吸力"、"有魔力"处。[21]《少年中国说》影响上百年，于今血气方刚者读之犹神旺，揆诸全文，并无论"说"，唯以气势取胜，可谓"压服"者，排比层叠不穷，实则一语可尽。这可以说是梁启超文章的一种显著作风，尤其是他自称的"开文章之新体，激民气之暗潮"的《少年中国说》《呵旁观者文》《过渡时代论》等可为典型。[22]《少年中国说》广为人知，今举《过渡时代论》第二节《过渡时代之希望》为例：

> 过渡时代者，希望之涌泉也，人间世所最难遇而可贵者也。有进步则有过渡；无过渡亦无进步。其在过渡以前，止于此岸，动机未发，其永静性何时始改，所难料也；其在过渡以后，达于彼岸，踌躇满志，其有馀勇可贾与否，亦难料也。惟当过渡时代，则如鲲鹏图南，九万里而一息；江汉赴海，百十折以朝宗。大风泱泱，前途堂堂；生气郁苍，雄心翯皇。其现在之势力圈，矢贯七札，气吞万牛，谁能御之；其将来之目的地，黄金世界，荼锦生涯，谁能限之。故过渡时代者，实千古英雄豪杰之大舞台也，多少民族由死而生、由剥而复、由奴而

---

[21] 分见黄公度《与饮冰主人书》，《梁启超年谱长编》第三册"一九〇五（光绪三十一年乙巳）三十三岁"条，上海人民出版社1983年8月版；"与熊纯如书"三十，《严复集》第三册"书信"，中华书局1986年1月版。
[22]《本馆一百册祝辞并论报馆之责任及本馆之经历》，《清议报》第一百册，1901年12月31日。

主、由瘠而肥，所必由之路也。美哉过渡时代乎。[23]

整节就讲了第一句话，此后全是造势，但效果相信很不坏。事实上，梁启超能成为一代报章论宗，也得益于这一特点，报章论说，本就需要"气盛言宜"，情感的力量和逻辑的力量同样重要，梁启超论说文短于"论理"，与同时之严复、章太炎相距不可以道理计，本不宜于"著作之文"，但其文情感之丰沛，气势之充裕无与伦比，因缘际会，报刊成为影响社会生活的新权力，梁之所作作为舆论借助这一新载体，反让章严一时无以抗手。

流亡日本期间，梁启超发现了一种新的报章文体，这尤其得益于德富苏峰的作品，[24]后来在《清议报》《新民丛报》等报刊上有了"饮冰室自由书"的栏目，其"叙言"曰：

> 每有所触，应时援笔，无体例，无次序，或发论，或讲学，或记事，或钞书，或用文言，或用俚语，唯意所之。[25]

从文体上看，相对于《清议报》的"本馆论说"或《新民丛报》的"论说"，"饮冰室自由书"确实显得"自由"，[26]有一

---

[23] 《清议报》第八十三册，1901年6月26日。
[24] 参看夏晓虹《觉世与传世》第五章，上海人民出版社1991年8月版。
[25] 《饮冰室合集·专集》第二册。
[26] 《清议报》最后几册，由于"本馆论说"无文，"饮冰室自由书"移入本栏下。

些文章,如《论强权》,可以说是"论说"的缩写版,但也相对平和些,没有梁启超其他论说文的豪华甚或浮华之气。还有一部分是读书有感,随手抄录连缀成文并加议论。如果把"自由书"看成一个集子,从性质上说类似于古代的"笔记",并没有统一的文体格式。不过值得注意的是,"自由书"引入的是一种写作方式,相对于报刊上正规的"论说"而言,这可以统称为"短论"。更重要的是,"自由书"式的发言状态并不指向面对大众的"宣讲",而更多的是抒发个人感触的自我言语,这就为报章论说的写作带来另一种可能性,比如《理想与气力》一文:

> 普相士达因曰:无哲学的理想者,不足以为英雄;无必行敢为之气力者,亦不足以为英雄。日本渡边国武述此语而引申其义曰:今人之弊,有理想者无气力,立于人后以冷笑一世;有气力者无理想,排他人以盲进于政界。饮冰主人曰:理想与气力兼备者,英雄也;有理想而无气力,犹不失为一学者;有气力而无理想,犹不失为一冒险家。我中国四万万人,有理想者几何人;有气力者几何人;理想气力兼备者几何人。嗟乎,国于天地,必有与立,念及此,可为寒心。㉗

文章写得非常干净,丝毫没有我们所熟悉的梁启超夷犹往环的

㉗ 《清议报》第二十八册。

特点，而且"寒心"的梁启超恐怕也是在他的其他文章中难以看到的，这是为自己而不是为大众所进行的写作。再如《祈战死》，从偶尔见到日军出征，亲人打出"祈战死"条幅，由此感慨中日"何相反之甚耶"，并不提论点下结论。可以说，尽管这一类文章并不引人注目，但它所发展出来的写作方式是近代以来报刊文中所没有的，不但古文家时文家没有这种文章感觉，王韬郑观应也没有，甚至梁启超同时代人也一时难以找到别的例证，"自由书"中的一部分文章，为报刊论说的写作，或者更准确说，为新的叙述模式提供了初始的经验。可惜的是，这种个人化的写作梁启超本人并没有继续发展下去，相对于他的其他论说文，也没有产生足够的影响。

"饮冰室自由书"从《清议报》第二十五册开始刊登，时梁启超因戊戌之变流亡日本近一年，《三十自述》云："戊戌九月至日本。十月与横滨商界诸同志谋设《清议报》，自此居日本东京者一年，稍能读东文，思想为之一变。"[28]"自由书"受益于他"稍能读东文"，因而在《清议报》上能有此专栏。在初刊"饮冰室自由书"的次期亦即二十六册，又出现了一个新栏目"国闻短评"，虽然没有证据表明梁启超参与了写作，但作为刊物的主持者，这可能也是他"能读东文"后的借鉴创设。

十九世纪的中国报刊，论说与新闻一直没有直接的联

---

[28] 《饮冰室合集·文集》第十一册。

系，报刊上的议论文，虽然大部分讨论的是中国面临的现实问题，但并不针对具体的新闻事件发表评论，"观其论说，非'西学原出中国考'，则'中国宜亟图富强论'，展转抄袭，读之惟恐卧"，[29]梁启超的抱怨是世纪之交时的现实局面，但始作俑者恐怕就是他自己，由于他的影响力，这种沾染策论之风又似与现实关怀相联系的题目很容易走俏。从王韬、郑观应到梁启超本人，无非都在上"中国宜亟图富强"的救国策，虽然与俗手相比有上下床之别，但不大对时下事件直接进行舆论干预是共同的。同时期不论《万国公报》还是《申报》，消息与论说相分离的情况也大体相类。梁启超主笔《时务报》时，每期都有大量的转载新闻，如"京外近事""域外报译""西文报译""东文报译"以及英文、法文、俄文等的"报译"，甚至有"西电照译"、"路透电音"等等，这些新闻与梁启超等人的"论说"并无直接关系。虽然，从更早的《中外纪闻》开始，某些新闻已有按语方式的简单评论，但按语并非成体之文，只是新闻的附件。至《清议报》初创，前二十五册，还是《时务报》的格局，"本馆论说"中《变法通议》接着做，另外还有"西报译编"和"东报译编"以供应新闻，后又整合成"外论汇译"和"万国近事"。至二十六册，出现"国闻短评"，这标志中国报刊真正的新闻评论开始出现。不同于无论

---

[29] 梁启超《本馆一百册祝辞并论报馆之责任及本馆之经历》，《清议报》第一百册。

是"论说"还是"短论"的"论"体,所谓"短评",属于有直接新闻事件针对性的"评"体。同期"本馆论说"以任公《论中国与欧洲国体异同》打头,"饮冰室自由书"是《地球第一守旧党》的短论,而"国闻短评"第一条是《论西报记荣庆相阅事》,从题目就可以见出内容乃至体式的不同。较之"论说"或"短论","短评"是有赖于新闻事件的。如二十七册上的《截辫奇辱》:

> 自俄之经营满州也。日昃不遑。大有据全土而尽吞之势。流寓华人。多以私恩为要结。然遇有强固者。即截其髪辫。目下被截者。已四十馀人。日本报从而论之曰。华人朝野上下。皆以辫为尊荣。今蓦地为俄人所截。窃恐以后必致纷纭扰乱矣。
>
> 记者曰、华人之辫髪。于古无所稽。于今无所取。宜截之久矣。犹日本明治以前皆全髪。明治变政。力效西法。并此而去之。所以便治事也。然不自截之。而为人所截。其荣辱有间哉。虽然。维新之士。多注意于此矣。[30]

此则较短,是以取之,其实文字本身并无足观。可注意的是议论完全是从俄人剪华人髪辫的新闻事件出发的,这是以往"论说"或"短论"所没有的特点,是一种新的报章文体。

---

[30] 《清议报》第二十七册。

"国闻短评"这一栏目延续到了《新民丛报》，虽然多数文章仍不可考其作者，但技术上已有明显的发展，第八号上的《吾国公使独非人乎》，也是对来自"日本报"消息的评论：

> 驻俄公使杨儒暴卒。世人固稍已疑之。未几而其子复自缢。濒死时有极痛心之言。世人益疑之。近者日本报乃详述杨儒之死。实被俄人从楼上踢下致命。盖因满州条约为各国所制。不能得其志。固以此洩忿云。其言确否未可知。然谅非无因矣。呜呼、德公使之死。遂至八国联兵。神京陆沉。意国公使夫人途中遇群儿譁笑。遂劳明诏惶恐谢罪。钜鹿之乱。法教士受伤。政府吊慰之电稍缓至。天津法领事即相责言。吾国公使独非人乎。语曰、宁为太平犬。莫作乱离人。吾欲易之曰。宁为外国皂。莫作中朝官。[31]

可以注意的是，此则是在"其言确否未可知"的情况下发的议论，这说明"短评"已经把新闻本身放在次要地位，虽然写作倚赖于具体的事件报道，但"评"本身是独立的，新闻按语不可能做到这一点，"短评"至此已具有文体上的自成一格和内容上的社会批评的特征。

随后"时闻短评"这种模式被发展成"时评"，为很多报刊所采用，先是1903年《浙江潮》"杂取近事之有关系者"增

---

[31] 《新民丛报》第八号。

设此栏；[32]接着可见到的是1904年《中国日报》在"论说"之后间出"时评",[33]从3月5日《绅士与流血党》，接着7日《俄人调兵舰回国》、15日《犹太之遗民》、17日《清太后及商人之比例》、24日《俄失旅顺与清国之关系》，大部分署名"警钟"，这些新闻评论皆依托近事，阐述观点。与"论说"之代表报社立场不同，"时评"并不总是措意于最重大事件，而是择有感者，从个人立场和特定角度为之评说。《绅士与流血党》来自"近闻盛京海城牛庄各处华民。有结秘密社会者。谓之流血党。其目的专在抵御俄兵……而彼土之文弱绅士。不堪俄兵之掠夺。乃求增祺保护"的新闻，应该说，这是一条小新闻，因为仅是发生于牛庄这样的小地方，而且并未酿成广受注意的爆发性局面，以之为材料只能说是作者的主观起了作用，并发为个体性很强的写作。这篇时评的选材甚至有鲁迅式的眼光，虽然后面的议论并不精彩，仅"吾恐流血党之名目。不独为俄人所忌。即官府亦恶闻之"一语算得上触到痛处。

时年6月12日，《时报》创刊，这是一份将"时评"作为特色并以之著名的报纸，他们有相当不错的写手。"时评"栏最早称为"时事批评"，不定期发表，置于"本馆论说"之后，不署名，有时连小标题也没有，如第十四号刊出的第一篇"时事批评"：

---

[32] 《浙江潮》第二期"时评"栏附言，1903年3月18日。
[33] 《中国日报》创刊于1900年，现存原件始于1904年，"时评"栏设置当更早，但无论如何总是晚于《清议报》的"国闻短评"。

吁！可畏。咄咄逼人。我虽欲稍俟。而人不许我稍俟。奈何。

日俄之事。为我而战。战于我地。我人民受其疮痍屠毒。然其事已显。人多知者。我且勿论。

四月二十九日。本报记者有某国下议院。现已议定。预备法金二千万法郎。为安南临时兵费一事。夫安南何地也。临时兵费何事也。而预备之。我国上下其闻之否。

五月初八日。本报又记有某国商借洞庭湖鄱阳湖。为该国水师操练之处一事。夫洞庭鄱阳。何国之土地也。操练水师。若何举动也。而曰请借之。我国上下其闻之否。

本报开始以来。至于今日。每日记有英人远征西藏各节。夫西藏之与我国关系若何……英国印度政府且以仅添二千兵为未足。此何事也。我国上下其闻之否。

昨日本馆又探得南京督辕日前接到沪道密电。谓现有某国拟借吴淞为该国舰兵游息之所……夫吴淞非我国土地乎……而必于我国何也。我国上下其闻之否。

夫日俄之战。为我而战。战于我土地。我国人民受其疮痍屠毒。于我国关系固至巨极大。留心时事者。固当瞩目警心。然幸勿为日俄战事所限。而置其馀一切紧要事件于勿顾。

吁！可谓咄咄逼人来。[34]

---

[34] 《时报》1904年6月25日。

全文写得相当精警有力，将数条新闻排列，"每事问""我国上下其闻之否"，这样的结构自然给人惕然心惊的感觉，首尾两段略略抒情，并不置评，而效果已到，也非俗手所能为。尤其值得注意的是这篇文章中分段成为必需的修辞手段，此前的中国近代文章，尤其报章所载，已有简单的分段，但那只是为清眉目，就像古代的句读，并不服务于实现某种特定的表达效果。但此文分不分段，效果非常不同，虽然还不像《狂人日记》那样的高度自觉，但已略现现代文章体式的端倪。标点的情况也相类，原刊全文标以句读，置于行侧，不占文字位置，但首尾两段的感叹号，则排入行中，这一标点符号的使用效果也是很明了的。无独有偶，隔日"时事批评"看来是同一个人写的，这是有标题的，曰《奏请立宪批评》，第一段是："立宪！立宪！此乃万民所祈祷、万国所瞩目者。"现代文体的表达因素已是初露苗头。

狄楚青主持的《时报》多有创例，一时影响同时的上海各报随之而动，"时评"作为《时报》的商标式特征自然更为人仿效，虽说如《清议报》《新民丛报》《浙江潮》《中国日报》，以及《国民日日报》的"短批评"等早于它出现"短评"体，但《时报》的影响更大，"时评"这一体式甚至名称流行起来，改变了中国报刊论说的面貌。一直到1914年的《甲寅》，依然专设了"时评"栏。

在二十世纪头十来年，还流行一种比"时评"更短、更自由的"短评",借用《时报》的名称,姑且称为"闲评"。这一文体发源于"报屁股"或由"报屁股"发展而成的报纸副刊,在报纸的这些地方,一般刊发些较为轻松的作品,像《字林沪报》的副刊《游戏报》、《申报》的《自由谈》、《新闻报》先后设置的《庄谐丛录》《快活林》,从名称就可想见其内容,常见如诗词、小说、笑话以及较后出现的漫画,其中也有近于笑话的讽刺性小品,这些小品在某些作者手中就被发展为尖锐的议论文。比较特出的还是《时报》,在《时报》"报馀"有一栏"闲评",1907年前后固定的作者是"冷"和"笑","冷"在本年5月20日之前一连发表了一百则"不可解",皆指向时事,冷峻之至一如其署名。6月1日是《科学之恐慌》:

  自科学发明之后。而一切神怪狐鬼之说。得以辟除。而世间端无之恐慌。亦将稍戢。然如五月三日地慧同轨之说。不过天文学推测之一预料。著之书籍。载之报章。以为究心此学者研究之问题而已。非谓必有此事也。然无知之徒互相传述。一变而为混沌之说。再变而为地震之说。街谈巷语纷传不已。呜呼。当此无学无识之俗。虽有学问上之疑义。而一经彼辈之口道。即仍变为神怪狐鬼之说。民智闭塞之害也。如是夫。[35]

---

[35]　《时报》1907年6月1日。

这让人联想到《新青年》之"辟灵学"。相对于"时评","闲评"显得更加自由,更加精悍,三言两语,直指要害,是地道的"随感",取材也更加灵活。这则《科学之恐慌》,与时事新闻相联系的同时,面对的是一种社会现象,已可称之为文明批评。

"闲评"体在报纸上的地位,按理比"时评"更不重要,要么近于补白,要么混迹于笑话,也许在副刊中这类文字过于严肃,因而不如正刊上的"时评"类常见,但即便保守如《申报》,也能看到这样的文字:

> 国民军寓兵于民。乃是最好的举动。为何朝廷日思有以压制之。要请教。
>
> 大臣不谋公益。专务私利。难道国家亡后。私利仍可保守么。要请教。
>
> 为官者刳剥百姓。未必世世子孙皆做官。何不计及后来。亦受人刳剥。要请教。
>
> 大臣泄泄沓沓。祇图终老无事。难道大臣个个皆孤老。不计及子孙受苦。要请教。
>
> 贪鄙两字为不美之名。而今做官者皆贪鄙之夫。难道不贪不成官么。要请教。
>
> 乡绅劝人去迷信。而自己家里做道场。修寺院。难道一经做乡绅。迷信就难省么。要请教。

> 志士劝人戒鸦片。放小足。而家里却有烟榻。却有小足的姬妾。要请教。

这则搁在"自由谈"的"冷嘲热骂"栏下,[36]虽是显得过于空泛,但从文体上看也是"闲评"一类。此类议论文写法较之"论说""时评"更为多样,内容也更为杂驳。可以说,二十世纪头二十年,中国报刊言论是由"论说"、"时评"和"闲评"构成一个完整的系列。

正是在这样的报刊言论背景下,有了《新青年》的"随感录",这个栏目的创设并没有编辑的说明,但从陈独秀领笔一至三则这一情况看,似乎是他的设想。1918年的《新青年》,已从早期陈独秀独自主编时关注社会和政治问题,转而为北大诸教授轮流主编关注思想和文化问题。但就编辑经验而言,陈独秀应该是最丰富的,《新青年》的结构也来自他曾协助过的章士钊主编的《甲寅杂志》,重心在每期数篇的大篇幅论说文。《甲寅杂志》以"通讯"为特色,意在沟通编者与读者,《青年杂志》一开始也就有"通信";《甲寅杂志》有"文苑"和小说,陈独秀也刊载这些,因为谢无量的一首旧体长诗还惹来胡适的抗议,[37]但陈独秀实际上是用这些东西调剂刊物的,一如《甲寅杂志》之"文苑"。当然他没想到后来竟有

---

[36] 该文见1911年8月26日《申报》,署名慕娘。
[37] 谢无量:《寄会稽山人八十韵》,《新青年》第一卷第三号,1915年11月15日出版。胡适对此诗的议论见《新青年》第二卷第二号"通信",1916年10月1日。

《狂人日记》《孔乙己》《药》,正好与《甲寅杂志》上的《双枰记》《绛纱记》《焚剑记》,一个做了新小说的开端,一个做了旧小说的谢幕。

设"随感录",正对应于《甲寅杂志》的"时评",也就是与当下正在发生的事件联系起来,并予以评论。这配合了每期的高头讲章,因为那基本是观念层面的论述,没有落实为具体,这当然也是编杂志的技巧。独秀的"随感录"(一)讨论"学术何以为贵",其实是篇幅较小的高头讲章,较为例外,但把相对次要的"论说"放在这里也是该栏应有之义,本就是随感"录"嘛,后来周作人就把书评也放了进来。(二)是对"世人攻击国会议员最大之罪状"的议论,这就是"时评"了;(三)涉及北大"元曲"课程,也是"时评"。[38]这个调子定下后,其他人纷纷仿效加入,第四卷第五号开篇是陈大齐的《辟〈灵学〉》,"随感录"钱玄同、刘半农各有一篇《斥灵学杂志》,钱玄同"开一篇帐",从a到j,凡十条;刘半农举"妖人作伪之铁证",从一到九,略输一筹。[39]虽说相对于陈大齐的正面立论,钱刘是旁敲侧击,但如此精心筹划,似乎不大"随"感。此后几期格式稳定了下来,三人所写篇幅都较短,一事一议,言尽即止,可归入典型的报刊"时评"。

1918年9月15日《新青年》第五卷第三号,鲁迅以唐俟这

---

[38] 《新青年》第四卷第四号,1918年4月15日。
[39] 1918年5月15日。

个笔名加入"随感录",这个栏目的气氛很快就转变了,出手之作的(二五),起笔的调子就与众不同:

> 我一直从前,曾见严又陵在一本什么书上,发过议论,书名和原文,都忘记了。大意是:"在北京道上,看见许多孩子,展转于车轮马足之间,狠怕把他们碰死了,又想起他们将来,怎样得了,狠是害怕。"其实别的地方,也都如此,不过车马多少不同罢了。现在到了北京,这情形还未改变,我也时时发起这样忧虑……
>
> 穷人的孩子,蓬头垢面的在街上转;阔人的孩子,妖形妖势娇声娇气的在家里转。转得大了,都昏天黑地的在社会上转。同他们的父亲一样,或者还不如。⑩

"一直从前"、"在一本什么书上"、"书名和原文都忘记了"、"大意是",所有"时评"所需要的某个事实来"入话",在这里都含糊起来,而且是有意的、反复的含糊,让人也跟着"转"进去。其实此类文章引述事实来源不清的情况是常有的,因为无论"时评""闲评",重点都在于"评",但普通的情况如钱玄同的这篇(十六):

> 有人转述一位研究古学的某先生的话道;"外国的新

---

⑩ 1918年9月15日。

学,是不用研究的;我们中国人,只要研究本国的古学便得了……"我听了这话,觉得太奇了;便再转述给一个朋友听听。那朋友说:"这又何足奇?你看满清入关的时候,一班读书人依旧高声朗诵他的《四书五经》,八股,试帖。那班人的意见,大概以为国可亡,种可奴,这祖宗传下来的国粹是不可抛弃的……"我乃恍然大悟。——但是我要问问一班青年:你们对于某先生的话,究竟以为怎样呢?[41]

应该说这确实是简而明。但鲁迅的创体在于引入新的论述方式,这种方式可见于其对材料的使用,他并不直接针对严又陵的话进行评论,而是抓住其中一个"转"字,形象化地描述各种各样的"转",并由此引出自己的议论,而钱玄同是直接针对引述材料发议论,这也是其他所有人的共同特点。再比较鲁迅本人同题材正规的"论说"《我们现在怎样做父亲》,[42]就更能明白他的"随感录"发展出了一种文学化的现代论体——当然是从"时评""闲评"这样的报刊论体,也就是《新青年》"随感录"的大环境中发展出来的。

可资比较的例子很多,(三十三)也是涉及"灵学"问题的,但鲁迅并不像钱刘的正面驳论,只是淡淡点明"讲鬼话的人""最巧妙的是捣乱。先把科学东扯西拉,羼进鬼话,弄得

---

[41] 《新青年》第五卷第一号,1918年7月15日。
[42] 《新青年》第六卷第六号,1919年11月1日。

是非不明，连科学也带了妖气"，[43]随后的引用使得读者带着这种气氛去看，效果自然不同。（三十五）谈论的也是钱玄同涉及到的"国粹"问题，不但立论站得高，设喻巧妙，还不断地提到涉及"粹"，这个也叹气，那个也叹气，营造了一个拟人化的场景。[44]

鲁迅"随感录"的技巧当然不止这些，但相比较此前以及同时的报刊"短评"，可以清楚地看到，他将时事或新闻等作为表达自己思想的材料，而不做简单的对应性评论，这种主仆地位的转化以及由此带来的一系列技巧上的创新构筑了他独特的论述风格，也使得倚赖报刊这一载体的"短评"，演化为一种新的"杂感"体。

四至六卷的"随感录"显然经过两个时期，先是鲁迅介入以前的前二十三则，陈独秀写了十三则；二十四则以后，鲁迅进入，陈独秀则一篇没有，倒在《每周评论》上刊发了多达一百二十六则；此间至六卷末四十四则中，鲁迅发表二十七则。前后主导的痕迹至为明显，[45]也影响到其他人尤其钱玄同论说风格的变化。当然，六卷以后，陈独秀又在《新青年》"随感录"大唱独角戏，不改旧范，但文学性论说文业经鲁迅草创，一个新的言说时代开始了。

---

[43] 《新青年》第五卷第四号，1918年10月15日。
[44] 《新青年》第五卷第五号，1918年11月15日。
[45] 有关《随感录》前后主导的变化，李宪瑜在其未出版的博士论文《〈新青年〉杂志研究》第五章第二节中有所论述，北京大学图书馆学位论文室020/D2000（04）。

近代报刊文体兴起以来，论说文经历了相当复杂的过程，先是，传统的著作之文被移到报章上，亦即王韬、郑观应时期；至甲午战后，梁启超崛起，他的论说文汲取资源至广，将著作之文演化为报章之文，馀力所及，为"自由书"，这种"短论"将"论说"个人化了，但终于并未产生影响，更没有成为现代散文的资源——此为"论"之演变。与此同时，由于意识形态和政治立场日益多元化和分野，"短评"开始作为依附于新闻的评论兴起，逐渐发展出独立的"时评"和"闲评"两种体式——亦即"评"之系列。到"随感录"时期，鲁迅扭转了此类文体中新闻与评论的关系，确立了议论的主体性，由此在报章论说文的广泛背景下开始催生先被称为"杂感"，后被称为"杂文"的现代论说文体。

（初刊《现代中国》第4辑，2004年12月。原题《从"自由书"到"随感录"——晚清报刊评论与五四议论性文学散文》）

晚清拼音化运动与白话文运动催发的国语思潮

推源起来，拼音与白话都有很长的历史。关于白话文，如果没有胡适《白话文学史》那样上推两千年的胆量，最保守的也可从宋元算起；至于拼音问题，如果不硬去牵扯中古时期梵音随佛教入中土，以及后来出现守温和尚的"三十六字母"这些对音韵学发展有益的事实，提及明末利玛窦等耶稣会传教士总是可以的——尽管金尼阁撰著《西儒耳目资》的目的本在为西方人学习汉语提供方便。

但到了近代，"拼音"和"白话"都成为严重的话题，"拼音"不再只是跟音韵学家有关系，而"白话"也不再被看作仅仅是流通于"文言"系统之外的非正式的书写语言。"拼音化"和"白话文"在晚清都酿成规模浩大的文化运动。

自海禁大开，所谓中外交通，不外外务通商及传教两端。外务通商格于上流或局部，其往返翻译，各成定式。至于传教，与明末清初耶稣会士已不可同日而语——当时他们只能活动于皇帝大臣周围，即便如此，仍免不了最后通通被赶到澳门岛上的待遇。①而鸦片战争后,帝国政体松动,传教士可以毫无困难地遍布沿海地区,并进而渗透到内陆的穷乡僻壤。与其前辈不同的是,他们所面对的不再是具有高度文化修养的士大夫,而是文化程度低下的普通民众,其中大部分是半文盲甚至文盲。于是,为了追求最大程度和最高效率地传播福音,从十九世纪下半叶开始,《圣经》和其他基督教读物在各个教区被译成当地的方言,有的用汉字书写,有的干脆用罗马字拼音。许多教徒通过这一途径获得粗浅的读写能力,而基督教士们震惊于自己亲手创造的奇迹,同时对于他们毫无尊敬感的国度的文明产物——难学而奇怪的方块字,表现出日益高涨的鄙视和改革冲动。②

不过,传教士及其子民毕竟是一个相对隔绝的社会群体。中国士大夫对自己语言的变革萌芽发端于在殊方异域的体察和研究,1887年,有过出使日本经历的黄遵宪写就《日本国志》。在其"文学志"中,借助泰西日本及中国自身的语言史事实,他认定"语言与文字离,则通文者少,语言与文字合,则通文者多,其势然也",并由此提出三项预言:"余乌知夫他日者,不又变一字体,为愈趋于简,愈趋于便者

---

① 参看罗常培《汉语拼音字母演进史》"汉语拼音字母之发端",文字改革出版社,1959年版,第3页;倪海曙《中国拼音文字运动史简编》一,时代出版社,1950年6月版,第9页,1950年6月版。耶稣会士乃在雍正元年,除钦天监外,皆驱往澳门看管,不许阑入内地。
② 参看罗常培《耶稣会士在音韵学上之贡献》,《中央研究院历史语言研究所集刊》第一本第三分,1930年;倪海曙《中国拼音文字运动史简编》二。

乎。""余又乌知夫他日者,不有孳生之字,为古所未见,今所未闻者乎。""余又乌知夫他日者,不又变一文体,为适用于今,通行于俗者乎。"

其所噩噩,在于"天下农工商贸妇女幼稚,皆能通文字之用"。③五年之后,主张"变一字体"的拼音化运动登台,又五年,主张"变一文体"的白话文运动也正式亮相,其共同的立论基础都是黄遵宪首张其帜的言文一致。

1892年,卢戆章在厦门编出中国设计的第一份拼音方案——《一目了然初阶》。有趣的是,最早的教会罗马字拼音方案也是在厦门出现的,其时为1850年。而卢戆章本人早年曾赴新加坡学英文,返厦后又帮英人马约翰翻译《华英字典》,因有所触动,"考究作字之法"。在他看来,"外国男女皆读书,此切音字之效也",反观"中国字或者是当今普天之下之字之至难者",国势陵替端在于此,只要文字一变,"何患国不富强也哉"。④

这种看法,在晚清文字改革论者中可以说是毫无例外。近代以来,"铁路、机器、技艺、矿务、商务、银行、邮政、军械、战舰",以及"设学堂以求西法"、"立报馆以启民心",⑤都曾有论者以为是救国灵药。所谓医国之方,各在一

---

③ 黄遵宪:《日本国志·学术志二》,广州富文斋刊版,光绪十六年(1890)。
④ 《〈中国第一快切音新字〉原序》,《清末文字改革文集》,文字改革出版社1958年9月版。
⑤ 王炳耀:《〈拼音字谱〉自序》,《清末文字改革文集》。

端，文字改革论者自也不能例外。卢戆章保证他的切音字能够"不数月通国家家户户，男女老少，无不识字，成为自古以来一大文明王国矣"，⑥其天真浪漫，正是那个时代志士仁人的共同特点。

从时间上看，卢戆章的切音字方案可以说是特例。在晚清，语言成为知识阶层的公共话题应该是甲午战后。那可真是到了"世变之亟"，严复标举"民智""民力""民德"三端为救国之道，⑦开始将提高民众素质作为解决民族危机的根本性策略，由此顺理成章地联系到普及教育的必要性。这一思路增强了人们对文字便利性问题的重视程度，1896至1897两年间，一下子出现了蔡锡勇、沈学、力捷三、王炳耀四套拼音方案，其字母形体竟不约而同地采取了速记符号，⑧从这个侧面很可以看出当时知识界的急躁心态。沈学分析"欧洲列国之强""美洲之强""俄国、日本之强"，"三者莫不以切音为富强之源"，而他的方案的学习效率比卢戆章还提高了一大步，"八下钟可以尽学"。⑨

沈学的方案经梁启超之手刊入《时务报》中，梁并为之作序，劈头就说："国恶乎强，民智，斯国强矣；民恶乎智，

---

⑥ 《〈中国第一快切音新字〉原序》，《清末文字改革文集》。
⑦ 《论世变之亟》《原强》，《严复集》第一册"诗文"（上），中华书局1986年1月版。
⑧ 参看倪海曙《清末汉语拼音运动编年史》1896年、1897年条，上海人民出版社1959年3月版。
⑨ 《〈盛世元音〉自序》，《清末文字改革文集》。

尽天下人而读书，而识字，斯民智矣。"所以他欢迎在汉字之外另造拼音文字，"宜于妇人孺子，日用饮食"，而把汉字留给了"通人博士，笺注词章"。[10]

但维新派中也有不同意见，文廷式就认为"不必再造简便文字"，其根据竟然是"中国文字，自是天地间最简之学"，真堪谓非常奇怪之论。成稿于1896年的《罗霄山人醉语》中，有一条记录他和以为"中国文繁"的李提摩太的往返辩论，其所举证的四条汉字优越性的理由，如今看来都有点似是而非。但当李提摩太问他："然则中国学童，每至七八年十年，犹有文理不通者，其故何欤？"文廷式的回答颇值一观，他认为那是"求工、求雅之过，非文学之咎也"，并举例说："且闾里之女子，乡井之细民，但能阅戏文，看小说，不一二年，便可亲笔写家信。"[11]这一段话实际上提示了汉语变革的另一条思路，那就是不触动汉字本身，让书写语言通俗化，简单地说，就是使用白话。

宋元以来的白话大致可分两类，一是禅宗和宋明理学家的语录，这和普通民众关系不大；另一类是发端于戏台和说书场的俗白语言，尤其是落实于话本小说和拟话本小说的书写语言，成为一千多年来初识汉字民众的广泛读物。其实，不管戏曲还是说书，本来都有方言问题，异乡人是不大容易欣赏的，

---

[10] 《沈氏音书序》，《清末文字改革文集》。
[11] 《文廷式集》，中华书局1993年1月版。

但落实到书面，尤其形成某种文体之后，方言形态都得到很大削弱。局于一域的纯方言小说在比例上是很小的，[12]绝大部分白话小说，即便如《金瓶梅》那样保留大量特殊词汇，在"行远"上也不存在问题。代代从说书场上记录整理的故事和文人模仿的创作，尽管语言深浅程度颇有差异，但大体是相类的。这种流布广及的读物，确实具有成为粗识一二千汉字民众的书写工具的可能。

"戏文""小说"在历史上属于创作量有升降，但阅读面始终稳固的俗白文体，并不存在普及推广的问题。文廷式之后，维新派人士普遍注意到这类文体的功用和可利用的价值，康有为所谓"仅识字之人，有不读经，无有不读小说者"，[13]严复等人也很快意识到"说部之兴，其入人之深，行世之远，几几出于经史上，而天下之人心风俗，遂不免为说部之所持"，[14]至于梁启超，尽管赞成沈学的试验，其倾向还是在于"专用今之俗语，有音有字者以著一书"。[15]

晚清知识阶层借助白话的力量，其目的当然不仅仅是提高民众的阅读写作能力，他们的希望更在于"今日人心之营

---

[12] 这里所谓"方言小说"是文学研究中的术语，指的是类似于"吴语小说"这样的作品。如果照严格的语言学表述，应该说，绝大部分传统白话小说都是以北方方言为基础创作的。

[13] 《日本书目志·小说门第十四》，《康有为全集》第三集，上海古籍出版社1992年12月版。

[14] 《本馆附印说部缘起》，《国闻报》，光绪二十三年（1897）十月十六日至十一月十八日。

[15] 《论学校五：幼学（变法通议三之五）》，《时务报》第十八册，光绪二十三年（1897）正月二十一日。

构"，并为"他日人身之所作"打下基础。⑯故而此时的白话作品不再只是普通人消闲娱乐的读物，其所为用，"上之可以借阐圣教，下之可以杂述史事，近之可以激发国耻，远之可以旁及彝情，乃至宦途丑态，试场恶趣，鸦片顽癖，缠足虐形，皆可穷极异形，振厉末俗。"⑰

既有此动机，白话之为用显然要比以往广泛，自不能再局限于"戏文""小说"，其载体也从书籍更多地移到了报刊。

中国之报刊史可远溯至道光时期，但甲午之前，不但种类少，且大部分具有教会和西人背景。国人大量办报起始于维新变法时期，议论国是之馀，面向下层民众进行宣传，也是当时报刊的重要目的之一。1897年底《国闻报》刊出《本馆附印说部缘起》，尽管此后没有实行，但紧接着一批白话报就出现了。

白话报其实并不起源于这个时期，1876年3月30日起，申报馆曾发行过《民报》，每周三份，据云"此报专为民间所设，故字句俱如寻常说话"。这份短命的报纸售价很低，但显然是出于商业目的才发行的，即使不赢利，也是为了扩大《申报》集团的影响，"只消读过两年书的华人，便能阅读此报。而其定价仅取铜五文，当能深入《申报》所不能达到的阶层和

---

⑯ 《本馆附印说部缘起》。
⑰ 《论学校五：幼学（变法通议三之五）》，《时务报》第十八册。

店员劳工之类"。[18]

《民报》属于孤例,其影响和作用俱可置之不论。而到十九世纪末,短短两三年时间,就出现了好几种白话报。

举办白话报诸君的思路与设计拼音方案者颇为相似,以为救国并不在"机器改造土货种植畜牧开矿铁路诸事",民智大启之由"必自白话报始"。其所不同,如裘廷梁,认为中国读书者并不少,问题在于"学究教法不善"和"中国文义太深",因而他办《无锡白话报》,"一演古""二演今""三演报",[19]只要将知识通俗化,凭着民众已有的阅读能力,就能够达到传播新思想新知识的目的。

这种思路在白话论者中是具有代表性的,比如1904年出版的两种很有名的白话报——《京话日报》和《安徽俗话报》,其宗旨也大类相同。《作京话日报的意思》谈到为什么要采取白话,"第一是各报的文理太深,字眼儿浅的人看不了;第二是价钱太大,度日艰难的人买不起"。《开办安徽俗话报的缘故》也说,"只有用最浅近最好懂的俗话,写在纸上,做成一种俗话报,才算是顶好的法子",目的都在于让"能识几个字的人"、"没有多读书的人"能够知道"外边情

---

[18] 《民报》未见。参看王洪祥《中国近代白话报刊简史》,《郑州大学学报》1990年第6期。
[19] 裘廷梁:《无锡白话报序》,翦伯赞等编《戊戌变法》四,神州国光社,1953年9月版,第542—545页。

形"和"外边事体"。[20]

晚清主张用拼音和主张用白话者,其思想基础都是言文合一,让普通公众拥有获取知识的能力。拼音用来拼切口语,而像各种白话报,以及类似于《大公报》的"敝帚千金"这样的白话附张,所用也多是口语体的白话,区别在于是采用字母文字还是方块字作载体。这一区别也造成二者策略的差异,主张拼音者,其目的虽也在开启民智,但重点却是方案的制订,对应该向民众灌输什么样的知识并不具论;主张白话者,因为并不触动汉字本身,拿来即用,因而各白话报的办刊宗旨和栏目设计以及内容选择都具有很强的针对性。或者可以这么说,主张用拼音者侧重于让民众获得工具,主张用白话者侧重于让民众获得具体的新知。所以,主张用拼音者都有很强的"毕其功于一役"的冲动:一旦迅速地掌握他们的工具,所有人,即使一字不识的文盲,只要会说话,就能马上获得写作能力,因为各个拼音方案都是为了拼切口头语言,而又无须"识字"。

相对而言,白话论者在理论上就显得有点半截子。白话报的读者至少应该粗通汉字,文章再浅俗起码也应该是半文盲才能读得了。那么文盲怎么办?说开了可谓卑之无甚高论:"叫人念一念,也听得明白。"[21] 气魄再大一些,"则多开演说

---

[20] 见《京话日报》第一号,光绪三十年(1904)七月;《安徽俗话报》第一期,光绪三十年(1904)七月初十日。
[21] 《作京话日报的意思》,《京话日报》第一号。

社可矣"。[22]

尽管如此,在实践上,白话无论如何还是显得比拼音方便。晚清曾出现过近两百种白话报,没有一份是大报,而且绝大部分都以所在地区标名,具有浓厚的地方色彩。如今虽然能看到的只是其中很少的几种,但可以发现,尽管其语言风格千差万别,大体上还是相近的,除谣讴以外,真正使用当地地道方言的为数不多。《安徽俗话报》曾特意标明"做报的都是安徽人,所说的话大家可以懂得",[23]但翻阅这份报纸,外地人也是看得了的。最说明问题的是《无锡白话报》,办了四期之后,裘廷梁"又以报首冠'无锡'二字,恐阅者或疑本为无锡而设,尚虑不足以号召宇内……拟自第五期起改名为《中国官音白话报》",[24]其照办不误,正说明没有什么方言障碍,刘师培所谓"各省官话虽亦不无小异而大致相同,合各省通用之官话,以与各省歧出之方言相较,亦可谓占大多数矣",[25]确实是实际情况。

其实,这其中的道理非常简单,主张使用拼音的人一再以方言中常见"有音无字"的情况,汉字不足以反映口头语言,作为应该采用字母文字的理由。白话报真要完全照书口头

---

[22] 陈荣衮:《论报章宜改用浅说》,裒成文《清末白话文运动资料》,《近代史资料》1963年第2期。
[23] 《开办安徽俗话报的缘故》,《安徽俗话报》第一期。
[24] 《本馆告白》,《无锡白话报》第四期,光绪二十四年(1898)四月初六日。
[25] 《论白话报与中国前途之关系》,《警钟日报》1904年4月25—26日,转引自李妙根编《刘师培论学论政》,复旦大学出版社1990年8月版。

语言，也实在是有诸多窒碍，碰到"有音无字"，那就只能不写。这正如话本小说流行千年，读者遍布穷乡僻壤，而真正的纯方言小说反而罕见一样。像吴语区和粤语区那样拥有自己的某些方言用字，这种情况毕竟少见，大量的白话文本事实上控制着下层民众的读写，使其不致分歧太大。

文廷式很早就洞察到这其中的关键，他认为："若中国则各行省虽有言语不同之病，而一字为一言，则举国同之，不必再学各国拼音之法，转令民间多一事也。"[26]这一段话触及了汉文和表音文字在性质上的根本性差异，由于有了汉字这种高度稳定的书写形态，汉语读音的不断变化和分化实际上不足以造成书写语言的断裂；而表音文字不一样，语音一变，书写形态跟着改变，这就是欧洲语言中，英语的拼写在历史上不断变化；拉丁语作为正式书写语言的地位一下降，法、意、西诸种民族书写语言就迅速崛起的原因。

拼音化运动"言文一致"所出的问题也就在这里。其实，教会罗马字的状况已是触目惊心，据说到十九世纪末二十世纪初，"至少有十七种方言用罗马字拼音，各有一本罗马字圣经"。[27]显然，教徒是拥有了简单的读写能力，但不同教区之间根本无法交流，读音之差异被带到书面上，其结果是连异地通信都不可能实现。

---

[26] 《罗霄山人醉语》，《文廷式集》，第804页。
[27] 据倪海曙《中国拼音文字运动史简编》二，第11页。

拼音化运动的情况也大体相类，仅十九世纪九十年代的几套方案，其拼音标准除官话音外，就涉及厦门音、漳州音、泉州音、吴音、福州音、粤音等等。而且教会罗马字好歹用的都是拉丁字母，晚清人士所创制的拼音方案，据罗常培分类，除拉丁字母外，尚有假名系、速记系、篆文系、草书系、象数系、音义系及其他不可名状者。㉘如果用谭嗣同的主张，"尽改象形字为谐声，各用土语，互译其意"，㉙放任推行，不计后果地实现地区性的言文合一，其必然的结果就是全国性的"言"和"文"都不能统一。传教士的目的只在传播福音，大可不必计及，但国人显然无法回避这些问题。

1900年，流亡日本的戊戌党人王照秘密回国，潜伏天津，并写出《官话合声字母》，这是晚清拼音化运动中影响最大，质量最高的方案。不过王照的想法较之他的先行者，并没有什么过人之处，仍是"为多数愚稚便利之计"。但这套方案所面向的是"北方不识字之人"，㉚也就是以北方方言为设计对象，而且标举"官话"，其适用面无疑是比较广的。

思维的变化来自吴汝纶。1902年，他接受京师大学堂总教习一职，并前往日本考察，接触了不少当地的教育家。有一位叫土屋弘的给他去信，建议他在中国的初等教育中直接

㉘　罗常培：《汉语拼音字母演进史》。
㉙　《仁学》，《谭嗣同全集》，生活·读书·新知三联书店，1954年3月版，第69页。
㉚　王照：《〈官话合声字母〉原序》，《清末文字改革文集》。

"采用敝邦五十音图",这当然让人难以接受,结果吴汝纶想起了"敝国人王照曾为省笔字"。[31]接着又有了与据称是日本"教育家名称最显白者"的伊泽修二的谈话,[32]谈话中伊泽强调:"欲养成国民爱国心……统一语言尤其亟亟者。"甚至建议中国学堂"宁弃他科而增国语",这个观点在当时的中国并没有什么人提到,让吴汝纶颇为震动。伊泽氏还举例日本"所谓普通语者,即东京语也",[33]说明建立共同语对于一个国家的统一是至关重要的。

有了这两件事,回国后吴汝纶在《上张管学书》中建议使用所谓天津"省笔字书",在谈到其功用时,讲了"言文一致",接着又说:"此音尽是京城声口,尤可使天下语音一律。"[34]这实际上是提出了"统一语言"的问题。

"统一语言"的口号马上被拼音化运动者接了过去,与"言文一致"配合使用。1903年吴汝纶去世,王照在悼念文章中用到"国语"这个词。[35]接着,他周围的一批人上书袁世凯,想依赖这个强势人物推广官话字母,在讲到这个方案的好处时,第一条就是"统一语言以结团体也"。[36]

"统一语言"的问题在此之前不是没人提起过,1892

---

[31] 吴汝纶:《东游丛录》,《清末文字改革文集》。
[32] 吴汝纶:《日本学制大纲序》,《吴挚甫全集》一"文集"第三卷,台湾商务印书馆1973年2月版。
[33] 吴汝纶《东游丛录》,《清末文字改革文集》。
[34] 《上张管学书》,《清末文字改革文集》。
[35] 《挽吴汝纶文》,《清末文字改革文集》。
[36] 何凤华等《上直隶总督袁世凯书》,《清末文字改革文集》。

年，卢戆章在《〈中国第一快切音新字〉原序》的结尾部分，语气一转，突然谈到"又当以一腔为主脑，19省之中，除广福台而外，其馀属官话，而官话之最通行者莫如南腔，若以南京话为通行之正字，则19省语言文字既从一律，文话皆相通"。[37]但他当时的方案却是拼切福建音的，如何实行"正音"，语焉不详。而且这个观点似乎来源于龚自珍的《拟上今方言表》："旁采字母翻切之旨。欲撮举一言，可以一行省音贯十八省音，可以纳十八省音于一省也。"[38]《今方言》未成，固亦莫明其具体措施。

"言文一致"和"语言统一"作为晚清拼音化运动的两大旗帜，其间一直存在着难以克服的矛盾。十九世纪九十年代，拼音化论者反复强调的是"言文一致"，像卢戆章涉及"语言统一"问题几乎就是孤例。拼音的最大优势在于随地拼切土语，一个文盲，花很少的时间认识几十个符号和几条规则，马上就具有书写能力，效果确是能说服人的。但进入二十世纪，拼音化运动开始摆脱教会罗马字思路的影响，"语言统一"渐渐成为更主要的宗旨，也就是要建立全民共同语，而共同语与方言在观念上是绝对对立的，那么，原先他们所提倡的"言文合一"也就无从谈起了。即便如王照方案，拼合官音，能大致与使用面最广的北方方言相切合，但南方数省如何处

---

[37] 《〈中国第一快切音新字〉原序》，《清末文字改革文集》。
[38] 《拟上今方言表》，《龚自珍全集》，上海古籍出版社1999年9月版。

置，总不能重新成为化外之民，何况北方方言也不是铁板一块，方音随处可见，大量词汇会出现不同的拼写，更何况还有不计其数的地方表达习惯。

1905年，在征得王照的同意后，劳乃宣在南京依据《官话合声字母》，"与二三同志考订商榷，增六母三韵一入声之号"，成《增订合声简字谱》和《重订合声简字谱》。之所以有此一举，是由于王照方案"专用京音，南方有不尽相同之处"，[39]也就是说，"简字谱"是为了拼切南省方言。这样问题就来了，"语言划一"怎么办，1900年以前的拼音方案绝大多数就是拼合方言，但当时只有"言文一致"的取向，而此时"统一语言"已渐为众所瞩目，拼音化运动开始转入围绕建立共同语来发展思路的时期。劳氏却以官话字母在北方发展迅速而在南方难以推行之故，开此方便之门，其马上遭到反对是必然的，如《中外日报》称："中国方言不能画一，识者久以为忧，今改用拼音简字，乃随地增撰字母，是深虑语文之不分裂而极力制造之，俾愈远同文之治也。"建议"惟有强南以就北"。[40]

对此，劳乃宣有他自己的主张，以为"文字简易与语音画一本应作两级阶级，本应为两次办法"，在二者"皆为中国当务之急"的情况下，"欲文字简易，不能遽求语言之统一，

---

[39] 《〈增订合声简字谱〉序》《〈重订合声简字谱〉序》，《清末文字改革文集》。
[40] 《中外日报》1906年2月28日，收录《清末文字改革文集》，题《〈中外日报〉评劳乃宣〈合声简字〉》。

欲语言统一,则必先求文字之简易"。这种看法也有他顺理成章的地方,"盖设主音之字,欲人易识,必须令其读以口中本然之音,若与其口中之音不同,则既须学字,又须学音,更觉难也"。[41]这其实跟文廷式当年说的"转令民间多一事也",[42]结论不同而道理一样,文廷式以此证明采用白话就挺好的了,劳乃宣的理想是拿拼音让人先拼切方言,待到字母使用得熟了,再来教共同语,"以土音为简易之阶,以官音为统一之的",亦即"引南以就北"的策略。[43]这个策略在理论上当然是讲得通的,但实践起来是否可行就成问题了。语言文字的统一是统治意志的外化形式之一,上至秦始皇的"书同文",往近里说有明朝的《洪武正韵》和清朝的《音韵阐微》,都是这种意志的产物。此时的共同语意识,其背景更为严重,这是在外来压力下中国开始形成国家观念的产物。在这种情况下,就政权的角度而言,统一语言与言文合一显然不是一个层面上的问题。

晚清的拼音化运动,以王照和劳乃宣影响最大,有"北王南劳"之称。其影响大的原因是他们都走上层路线,而且走得成功。王照依靠的是袁世凯,劳乃宣则依赖端方。其实其他人也多多少少都在试图借助权力机构的力量,只是不一定有这个能力而已。就以卢戆章为例,戊戌变法时期他就托同乡林

---

[41] 《〈增订合声简字谱〉序》《〈重订合声简字谱〉序》,《清末文字改革文集》。
[42] 《罗霄山人醉语》,《文廷式集》。
[43] 《〈增订合声简字谱〉序》《〈重订合声简字谱〉序》,《清末文字改革文集》。

辂存呈请都察院代奏切音字，1905年又去北京呈缴切音字著作。[44]可能是当时王照那类方案占优势，卢戆章也把原先拉丁字母及其变体改为汉字笔画式；又因"统一语言"呼声渐高，他的方案变成了以拼切京音为主。

卢戆章所呈交的著作，由外交部转到学部，由该部译学馆文典处审查，迁延一年，终被驳回。这份《学部咨外交部文》写得相当有分量，指出所呈方案三大弊病并详加分析，见识比卢戆章、甚至可能比当时几乎所有拼音化运动的参与者高明得多。可见机构虽是官僚，其人员未必皆昏愦。这份文件引人注目之处，在于其立场完全站在"语言统一"上。虽然它也讲到汉字的象形较"国书之字头，泰西各国之字母"的切音来得"繁重"，但并不由此就推出以拼切口头语言来达到"言文合一"的结论，只是认为拼音对初等教育有帮助，可以"仿照泰西诸国文字成例，别制切音字一种，以与固有之象形字相辅而行"。另一方面，"新字成立……不得迁就方音，稍有出入，要使写认两易，雅俗兼宜，然后足以统一各省之方言"，这也可以看作直接拒绝劳乃宣路线。事实上，这份反映官方立场的文件，根本上就否定拼音字母可以代替汉字。所谓"汉字为我国国粹之源泉，一切文物之根本"，[45]拼音的功用只是厘定汉字读音，只是在汉字统一的形体之外再给予统一的读音的一种

---

[44] 见林辂存《上都察院书》、卢戆章《催呈外务部核办原禀》，《清末文字改革文集》。
[45] 《学部咨外务部文》，《清末文字改革文集》。

工具。简单说,它根本不能具有字母或假名的地位,只相当于西文的"音标"。

晚清拼音化运动走到这性质渐变的一步,是有其必然性的。说起来,拼音化论者的根本立场就是以字母代文字,卢戆章所谓"切音字乌可不举行以自异于万国也哉"。[46]十九世纪末拼音化运动以"言文合一"为主要旗帜,虽然论者说法不一,但主要意见都是用表音文字代替汉字。但到二十世纪初,从王照开始,拼音化运动的宣传口径就开始有了变化:"今余私制此字母,纯为多数愚稚便利之计,非敢用之于读书临文。"[47]接着,在日本考察的吴汝纶从该国教育先假名后汉字得到启发,以为中国初等教育应先教"省笔字",然后"以省笔字移换认汉字",[48]可见他根本就不认为"省笔字"可以代替汉字。这已是将拼音文字的性质认作音标了。结果,王照照着这个思路,也转为在"汉字旁边音着字母,借着字母,就认得汉字,日子多了,就可以多认汉字,以至连那无有字母的书,也都可以会看了"。[49]到劳乃宣,则发展为"简字""非惟不足湮古学,而且可以羽翼古学、光辉古学、昌明古学"。[50]连卢戆章也改了主张:"倘以切音字翻译京话,上截汉字、下截切音,由切音以识汉文,则各色人等,不但能读切音,兼能

---

[46] 《〈中国第一快切音新字〉原序》,《清末文字改革文集》。
[47] 王照:《〈官话合声字母〉原序》,《清末文字改革文集》。
[48] 吴汝纶:《东游丛录》,《清末文字改革文集》。
[49] 《出字母书的缘故》,《清末文字改革文集》。
[50] 《江宁简字半日学堂师范班开学演说文》,《清末文字改革文集》。

无师自识汉文。"[51]由十九世纪末直斥"最拙者文字一学",[52]到二十世纪初称颂"汉文高深美妙",[53]拼音化运动的目标渐渐暧昧起来。

出现这种局面,其原因就在于拼音化运动必须走上层路线。那些形形色色的方案本就是生造出来的,与汉字是完全不同的两套系统,要被使用,尤其是要推广到全民,不依靠政权力量是根本行不通的。而要借助官方,说动官方,就必须与官方的政策取得某种沟通。早在戊戌变法时期,林辂存《上都察院书》已有将卢戆章方案"正以京师官音"的建议,[54]因为不如此就没有让政府推行的可行性。至二十世纪初,教育体制出现大变动。1904年,参照东西各国制度,张百熙、荣庆、张之洞奏定《学堂章程》,其中《学务纲要》第二十四条云:"中国民间各操土音,致一省之人,彼此不能通语,办事动多扞格。兹拟以官音统一天下之语言。故自师范以及高等小学堂,均于中国文一科内附入官话一门。"[55]不过这门课怎么教,用什么方案,都没有明言,而且是否用拼音方案也不清楚。但尽管如此,毕竟是让拼音方案制定者们看到希望。所以,此后各种论调都强调拼音对于初级教育的重要性。再加上

---

[51] 《颁行切音字书之益》,《清末文字改革文集》。
[52] 沈学:《〈盛世元音〉自序》,《清末文字改革文集》。
[53] 《颁行切音字书之益》,《清末文字改革文集》。
[54] 见《清末文字改革文集》。
[55] 《奏定学务纲要》,《中国近代教育史资料汇编·学制演变》,上海教育出版社,1991年3月版,第499页。

不同方案之间的竞争，于是在阐明宗旨时尽量与现行政策相衔接。为了最大限度地减少舆论的质疑，一退再退，不管他们本心如何，总之是从最初的取代汉字退到了给汉字标注读音的地步。

令人惊奇的是，关于拼音化运动的这种结局，主张用白话的人早就看清楚了。1898年，裘廷梁在《无锡白话报序》中说："比岁中国士人，颇多创造新字，意非不善，然非假以国力，未易通行。"可称是一针见血，所以他认为不如用"浅报"。[56]而白话论者主张白话的理由与拼音论者主张拼音的理由完全一致，也无非是"智民""教育""言文"等等，只是白话所用即为汉字，没有方案推行之类的麻烦事，而且晚清报禁已开，不必非得跟官府打交道不可。他们的言论可比那些"造字"的来得无顾忌，裘廷梁直斥文言分离乃"一人之身而手口异国，实为二千年来文字一大厄"；论说白话"八益"，得出结论是："愚天下之具，莫如文言；智天下之具，莫如白话。"[57]至陈荣衮则干脆说"今夫文言之祸亡中国"。[58]他们大可不必像那些急于推行方案的人那样小心翼翼地歌颂汉文"渊懿浩博"，[59]寻求文、言两不相妨的理由以求自存。

---

[56] 裘廷梁：《无锡白话报序》，《戊戌变法》四，第542—545页。
[57] 《论白话为维新之本》，鬻成文《清末白话文运动资料》，《近代史资料》1963年第2期。
[58] 陈荣衮：《论报章宜改用浅说》，鬻成文《清末白话文运动资料》，《近代史资料》1963年第2期。
[59] 《〈增订合声简字谱〉序》《〈重订合声简字谱〉序》，《清末文字改革文集》。

在晚清，拼音出版物的数量并不大，这是因为有个方案必须先行的问题。相对来说，白话报几乎在每个重要城市都出现过，类似《大公报》这样的大报，也长期出白话附张。[60]与此同时，小说这种文体极度膨胀，简直到了铺天盖地的地步。有趣的是，文言、白话在小说杂志中和平共处。梁启超办《新小说》，尽管也说俗语的好处，但刊载起来，却是"文言、俗语参用"。[61]到后来办小说刊物的人都懒得分辨了，反正有读者就行，越往后越趋近于商业需要。

相比之下，拼音化运动要纯粹得多，在有清最后几年，争论也越来越热闹。1908年，吴稚晖一批人在创办于巴黎的《新世纪》上，发表了一批文章，认为也别造什么拼音文字了，干脆废弃汉文汉语，直接使用"万国新语"，亦即现在所说的"世界语"。一开始，吴稚晖还提出造一种"中国新语"以为过渡，到后来觉得这也是"徒生枝节，其结果不外多造一难题"，因此对于那时国内的拼音化运动深不以为然。依据他们的逻辑，"中国文字为野蛮，欧洲文字为较良；万国新语淘汰欧洲文字之未尽善者而去之，则尤为较良"，所以不但中国文字，连欧洲文字未来也一并归于"迟早必废"之列。本来，"中国略有野蛮之符号，中国尚未有文字"，如果我们先行一步，则"外国人到中国者亦必习万国新语"，那中国可就挟

---

[60] 参看李孝悌《清末的下层社会启蒙运动》第二章，"中央研究院"近代史研究所1998年3月版。
[61] 《新小说第一号》，《新民丛报》第二十号，光绪二十八年（1902）十月十五日。

"左右世界之力"了。[62]看来，十多年前《大同书》中世界语文大同的理想，[63]并不是康有为一个人在做这个白日梦。

这一极端主义主张对国内的拼音化运动并没有什么影响，但却引起当时流亡日本的国粹主义者的高度关注。很快，章太炎在《国粹学报》上发表《驳中国改用万国新语说》，以为无政府主义者所论，乃"季世学者好尚奇觚"。在他看来，文字能否普及，乃在于"强迫教育之有无"，根本不是什么易识难识的问题；而语言之优劣，恰在于能否"明学术""道情志"，不是越简单越好。他并分析说，且"汉字所以独用象形，不用合音者，虑之有故，原其名言符号，皆以一音成立，故音义殊者众，若用合音之字，将芒昧不足以别"。也就是说，汉语词汇多是单音节，同音字极多，汉字象形恰取其能够分别，如果全用"合音之字"，"斯则同音而殊训者又无以为别也"。[64]

章太炎当然不可能考虑到采用复音词占优势的白话可以部分地解决这个问题。在晚清，思路还没发展到这一步，谁也不会想象用白话来述学，白话这东西主要是面向"开启民智"的。甚至在章太炎看来，汉字还得大量新造。刘师培认为解决"中国文字流弊"的策略包括"用俗语"和"造新字"两

---

[62] 倪海曙：《清末汉语拼音运动编年史》1908年条。
[63] 《大同书》，《康有为大同论二种》，生活·读书·新知三联书店，1998年6月版，第133—134页。
[64] 《驳中国改用万国新语说》，《国粹学报》第四十一、四十二期，光绪三十四年（1908）四月二十日至五月二十日。

条，⑥⑤分别受的是黄遵宪和章太炎的影响，他也是根本反对拼音化的。此时针对《新世纪》诸人，写了一篇《论中土文字有益于世界》，以策应章太炎。他举了大量例子证明汉字对社会学研究具有非常方便的条件，而"今人不察，于中土文字，欲妄造音母，以冀行远，不知中土文字之贵，惟在字形"。他甚至建议，"取《说文》一书译以Esperanto（即中国人所谓世界语）之文"，认为这样可以促进"世界学术进步"。⑥⑥

其实，即便章太炎，也并不绝对排斥白话。在他看来，只要符合文体规范，就是"雅"，如《水浒传》《儒林外史》，"皆无害为雅者"，因为符合"小说"的标准。⑥⑦当年邹容写《革命军》，因担心"不文"受章太炎批评，但章氏为其作序曰："若夫屠沽负贩之徒，利其径直易知，而能恢发智识，则其所化远矣。藉非不文，何以致是也。"⑥⑧在他看来，文体各有所用，各种文体所负载的语言不一样，不存在一概而论的标准。

对于拼音，他也不反对，他所反对的是"本字可废，惟以切音成文"的主张，以为"切音之用，衹在笺识字端，令本音画然可晓"，也就是说，只供汉字标音之用。受巴黎无政

---

⑥⑤ 《中国文字流弊论》，《刘申叔先生遗书·左庵外集》，1934—1936年宁武南氏刻本。
⑥⑥ 《论中土文字有益于世界》，《国粹学报》第四十六期，光绪三十四年（1908）九月二十日。
⑥⑦ 《文学论略》，《国粹学报》第二十三期，光绪三十二年（1906）十月二十日。
⑥⑧ 《革命军序》，《中国近代文论选》下，人民文学出版社1959年9月版。

府主义者的刺激，在《驳中国用万国新语说》中，他创纽文三十六，韵文二十二，也提供了一套拼音方案。[69]

其时，章太炎还是个流亡者，他公布的这套方案没得到什么反响。不久，国内开始筹备立宪。1909年，学部奏报教育方面的立宪事宜清单，在师范和初级教育中增添"官话"一科也成了其中的一项内容。[70]此后，已到北京的劳乃宣锲而不舍地要求学部议奏合声简字，他坚信"中国宜别设主音简易之字，与汉字相辅而行"。[71]学部是不会承认汉字之外还能有文字的，因此始终不议不奏，不予理睬。到了1910年，资政院成立，议员们虽然没有什么权力，但发挥些"清议"的舆论作用还是可以的。而王照、劳乃宣的宣传和组织也终于见了效果，先是议员江谦发布《质问学部分年筹办国语教育说帖》，联署者达三十二人，这份"说帖"要求学部回答奏报分年筹备事宜清单各项内容如何实施，就编订官话课本一项，说帖质问说："不知学部编订此项课本时，是否主用合声字拼合国语，以收统一之效，或用形字，而旁注合声字，以为范音之助，抑全不用音字，但抄袭近时白话报体例，效力有无，置之不顾。"[72]虽然都是问句，但语气间倾向性还是很明显的。有意思之处在于，所谓"但抄袭近时白话报体例"，透露出拼音论

---

[69] 《驳中国改用万国新语说》，《国粹学报》第四十一、四十二期。
[70] 倪海曙《清末汉语拼音运动编年史》1909年条。
[71] 《致唐尚书函》，《清末文字改革文集》。
[72] 《清末文字改革文集》。

者从心底里是根本看不起白话文运动的。

以此为开端，从京畿到四川，各地都有说帖送到资政院，现在所能见到的就多达五份，(73)内容一致，都是要求颁行官话简字，证明这是一项有组织的活动。只是这时所提的两大宗旨已是“教育普及”和“语言统一”。“言文合一”这一拼音化运动的早期宗旨，已经渐渐淡出了他们的宣传。

随后，资政院成立一个以严复为股员长的特任股员会，负责审查这些提案，最后通过了一项《审查采用音标试办国语教育案书》。

这份文件最引人注目之处，就是所谓“正名”：“简字当改名音标，盖称简字，则似对繁体之形字而言。称推行简字，则令人疑形字六书之废而不用，且性质既属拼音，而名义不足以表见，今改名音标，一以示为形字补助正音之用，一以示拼音性质，与六书形字之殊。”这大概就是“一名之立，旬月踟蹰”，时正任职于学部名学馆的严复的杰作。“简字”之改为“音标”，就是易“拼音文字”为“拼音”，否认其具有文字功能。由此讲到“用法”：“一范正汉文读音，二拼合国语”，其后者则在于“中流以下之人民”和“蒙藏准回等之教育”，(74)仍然只是记录读音。

严复学通中西，而且深明政治操作规则，这份由他负责

(73) 《清末文字改革文集》。
(74) 《清末文字改革文集》。

拟出的文件与江谦等人的期待表面似乎相合而实质相距甚远。拼音文字论者本意是至少在汉字之外通行一种表音文字，而严复则干脆"正名"为"音标"，实贻偷天换日之讥。其实，虽然没见明确表述，但他是不可能赞成将"拼音"进而为"文字"的。早年在《新民丛报》上梁启超认为他文字"太务渊雅"，建议他浅俗一点，他回答说："理之精者不能载以粗犷之词，而情之正者不可达以鄙倍之气。"[75]何况自郐以下！说白了，在这个问题上他跟章太炎的看法是相距不远的。

"音标"之外，严复不曾对另一个关键的词汇"国语"提出疑问，而是从江谦的说帖中直接采用其"正名"："官话之称，名义无当，话属之官，则农工商兵，非所宜习，非所以示普及之意，正统一之名，将来奏请颁布此项课本时，是否须改为国语课本以定名称。"[76]这是个性质严重的细节，因为正如北魏称鲜卑语为"国语"，辽、西夏、金、元也各称其本族语为"国语"一样，在清朝这个同样由少数民族统治的政权下，"国语"只能指满语，至于满文，那是被称为"国书"的。但在明治维新后的日本，也出现了"国语"一词，作为标准语的名称，这是现代民族国家观念的产物，与当时中国所谓"国语"在意义上自是风马牛不相及，因为在清王朝的疆域内，"国语"之外另有从明朝沿用下来的"官话"一词，作为通用

---

[75] 《与新民丛报论所译原富书》，《新民丛报》第七号，光绪二十八年（1902）四月初一日。
[76] 《质问学部分年筹办国语教育说帖》，《清末文字改革文集》。

语的名称。但到二十世纪，随着国家民族观念在中国成为强烈的意识形态，以及日语词铺天盖地的涌入，日本的"国语"开始冲击中国的"国语"。

早在黄遵宪的《日本国志》中，就有不指满语的"国语"一词，⑦不过这本书有特殊的语境，不足为例。直到戊戌变法前，梁启超在《变法通议》里介绍日本师范教育，"十七事"中也有"国语"一节，他特意注明"谓倭文倭语"；⑱同书另一处还提到，"其所译定西人名称，即可为他日国语解之用"，这里的"国语"则是满语，夹注有云，"翻译西书名号参差，宜仿辽金元三史国语解之例"，⑲一书两种"国语"，不说明还真不行。可以断定，直到十九世纪末，汉语汉文还是绝对不能缀以"国"字的。二十世纪初吴汝纶访问日本的游记也是只在他方人士之口出现"国语"，王照吊吴汝纶文倒是模模糊糊说"各国莫不以字母传国语为普通教育至要之源"，⑳但这不足以犯忌。至少在光绪年间，绝大部分拼音化论者的文件还是由"汉语"、"汉文"和"官话"一统天下。

二十世纪头十年是中国教育大变革的时期，按说此类词汇是极易涉及的，不过官方文件绝不会出这方面的纰漏，壬寅学制时用了"词章"，癸卯学制时用到"中国文字""中国

---

⑦ 黄遵宪：《日本国志·学术志二》。
⑱ 《论学校四：师范学校（变法通议三之四）》，《时务报》第十五册，光绪二十二年（1896）十一月廿一日。
⑲ 《论学校五：幼学（变法通议三之五）》，《时务报》第十八册。
⑳ 吴汝纶：《东游丛录》、王照：《挽吴汝纶文》，《清末文字改革文集》。

文学""中国文",以与"外国文"相对,[81]全是渊源有自、沿袭已久的词汇。只是出了个小意外,与"外国文"相对的"中国文"很快被缩略为"国文",尤其在教材的名称上,使用极为普遍,这让"国书"的处境有点微妙。当然此时还不会有两种"国语"并行天下的尴尬,因为正式课程里并没有白话的位置,偶尔涉及,"官话"一词就足以对付了。

但在民间,此时拼音化运动的两大口号之一就是"普及教育",其首要目标是在初级教育中以白话替换文言,这样他们的拼音方案就能顺理成章地被带进课堂。不过在众多的论述中,一般也不会使用"国语"这样容易犯忌的名称。唯一的例外出在劳乃宣身上,1905年,在《江宁简字半日学堂师范班开学演说文》里,他以"日本亦先有平假名片假名而后有国语科"为例,宣传其"引南以就北"的思路:"故莫若即其本音而迁就之,俾人人知简字之易学,知简字之诚可代语言,然后人人皆有变迁语言之思想,有变迁语言之思想,然后率而导之于国语之途,北音全解而国语全通矣。"[82]这里将汉语称作"国语",不知是有意还是无意,大概还是无意的成分居多,因为同时有观察沈凤楼在座,并先于他发表同名演讲。[83]在拼音化运动全力争取官方支持的当口,劳乃宣不大可能出此下策。或者是由于当时日语借词正横行中国,他又如此借重日本

---

[81] 《中国近代教育史资料汇编·学制演变》第二章(二)。
[82] 《清末文字改革文集》。
[83] 《清末文字改革文集》。

的经验，以至有此一用。

显然随后劳乃宣就得到善意的提醒或警告，此后两三年，在他这一类文章中，再也看不到"国语"。但到宣统年间，先有江谦"说帖"，将"官话"正名为"国语"，其后来自各地的五份"说帖"，集体署名的四份都用到"国语"，[84]仅此细节，也可以看出这是有人组织的"造势"，在背后策划的很可能就是这几年一直在京城活动的劳乃宣。拼音化运动的组织者已经意识到，争取"国"字号的名头已是当务之急，因为仅从构词的角度看，较之"官话"，"国语"也更容易与"国文"获得对等的地位。

在清廷覆亡的那一年，学部中央教育会议议决了《统一国语办法案》，这份"办法案"采用了严复建议的"音标"这个称呼。其"审定音声话之标准"项下提出"宜以京音为主"、"宜以不废入声为主"、"宜以官话为主"三项要求，[85]建立标准读音的方案终于初步成型，拼音化运动"统一语言"的目标开始有了着落。至于"国语"，也就这么用了，如此涉及国家权威的敏感用语，从上到下一片麻木，国之不亡，那真可谓是无天理了。

民国与清朝的交替并没有中断拼音化运动，与其说是这项运动势力强大，还不如说是新朝建立都有个"书同文"的冲

---

[84] 《清末文字改革文集》。
[85] 《清末文字改革文集》。

动。民国元年，在北京召开"中央临时教育会议"，其中一项提案就是"采用拼音字母案"，与宣统三年的"统一国语办法案"正相衔接。

民国二年，读音统一会召开，各路代表到会，还有汇寄提案的，可算是晚清拼音化运动的大检阅。不过会开得也太热闹了一些，几乎打了起来。王照首先就对会名不满："蔡孑民原意，专为白话教育计，绝非为读古书注音……读音云者，读旧书之音注也。"但情况似乎并不像他所说的"不得违韵学家所命之字音"，[86]因为会上审定国音是以代表投票表决的方式进行，以至与会的杜亚泉后来评论说，"当时会议情形，多以议政立法之普通集会方法为标准，稍不适于研究学术之性质"。[87]

尽管如此，进行得还算顺利。接着要采定字母，这下麻烦了，"征集及调查来的音符，有西洋字母的、偏旁的、缩写的、图画的，各种花样都有。而且都具匠心。或依据经典，依据韵学，依据万国发音学，依据科学，无非人人想做仓颉，人人自算佉卢"，[88]结果是争个没完没了。当时大概只有会议主席吴稚晖能置身事外，因为他打定主意中国文字必亡，只要静待采用"万国新语"就行了。

---

[86] 倪海曙：《中国拼音文字运动史简编》四，第67页；参看黎锦熙《国语运动史纲》卷一，商务印书馆，1934年12月版，第50页。
[87] 伧父《论国音字母》，《东方杂志》第十三卷第五号，1916年5月。
[88] 吴稚晖：《三十五年来之音符运动》，《国音国语国字》第二集，传记文学出版社，1970年12月版，第275页。

最后的结局是通过了跟他们谁也没有关系的方案。本来，在会议开始前，教育部有关人员将章太炎的"纽文""韵文"略加改动，作为审定字音时的"记音字母"。到了欲罢不能时，与章太炎深有关系的浙江会员马裕藻、朱希祖、许寿裳、钱稻孙和部员周树人乘机建议干脆采用这套唯一没有参加竞争的"记音字母"，当然也只有这套字母跟谁都没伤和气，于是正式通过。改了一个字，称"注音字母"，成为我国第一套官方公布的拼音方案。[89]

持续整整二十年的晚清拼音化运动就这样戏剧性地结束了。最终的胜利者是一位根本没有参与其中的学者，而主持最后检阅的竟是一位对这场运动根本不屑一顾的人，卢戆章以来数十套拼音方案无一遗漏地被丢弃在那段历史里。对此，也带着方案参加这场会议的邢岛曾有伤感的一笔："……然当会中拣定音韵及字母时，诸家各表所长，皆欲自用，争执不已。卒至用我国数千年来固有之音字，即简单之汉字是也。而诸家所耗废数载或数十载之光阴精力，皆随流光而俱逝，其所创造之成绩，亦等于覆瓿物，应天然之淘汰而取销……运笔墨灾梨枣欲以私家著述推行于世者，可云难矣。"[90]

但是，所有"个别"的失败，也正是"总体"的成功。"注音字母"只为范正汉字读音，大违拼音化运动者的本意，

---

[89] 倪海曙：《中国拼音文字运动史简编》四。
[90] 邢岛：《读音统一会公定国音字母之概说》，《东方杂志》第十卷第八号，1914年2月1日。

但就汉语书写语言而言,"国音"的确定是由文言时代进入白话时代的门槛。民国二年五月十三日,"读音统一会"议决"国音推行办法",其中有一条曰:"中学师范国文教员及小学教员必以国音教授。"这也正是"统一语言"必备的条件之一。更重要的是另外一条:"请教育部将初等小学'国文'一科改作'国语',或另添'国语'一门。"⑨ "国语"终于被作为"国文"的对立面提了出来,并开始威胁"国文"的地位了,拼音化运动的另一个目标"普及教育"也迈出了第一步。

当然,在当时,究竟什么是"国语",恐怕谁也说不清楚。拼音化运动的成果基本上是各式各样的方案,没有提供什么标本。而晚清蓬勃芜杂的白话文运动,其"白话""浅说""俗话""宣讲"……语言体式五花八门,也并没有什么标准的"国语"。至于极度繁荣的白话小说,基本可以看作外来刺激下传统白话小说的各种变体,很难承担"国语"所应该担负的广泛使命。不过,"国语"进入中小学课本的努力使得"文言"一统正式书写语言的体制开始受到动摇,可以说,"国音"的确立为"国语"奠定了根本的基础,而基于某种"白话"的新的书写语言的出现已经可以期待了。

(初刊《现代中国》第1辑,2001年10月)

---

⑨ 倪海曙:《中国拼音文字运动史简编》四。

文学革命与国语运动之关系

1912年，民国建元，作为新政权建设的一部分，第二年召开了"读音统一会"，开始构拟民族共同语的框架。这一会议也可看作持续整整二十年的晚清拼音化运动的大检阅，最后选定了章太炎所拟的"纽文""韵文"，略作改动后成了"注音字母"。同时，会议以投票表决的方式决定了几千个汉字的标准读音。

"国音"算是有了，不过随后几年的袁世凯时期，教育部一直没有正式公布，对外宣称"业已派员清理"，事实上仍是搁在柜子里，"由老鼠和书虫在'清理'"。[1] 久等无着落的"统一会"在京会员王璞只得自己设法，于1915年成立了一个"注音字母传习所"，宣传并讲授"国音"。

按胡适的说法，也就在这一年夏天，他在万里之外的美国绮色佳（Ithaca）产生了"文学革命"的想法。一开始他和

---

[1] 倪海曙：《中国拼音文字运动史简编》四，时代出版社，1950年6月版，第71页。

赵元任分头讨论的也是"中国文字的问题",赵的论题是"吾国文字能否采用字母制,及其进行方法",这是二十年代"国语罗马字"的先声;而他则探讨"如何可使吾国文言易于教授",在这篇论文中,他开始触及所谓"文字"死活的问题:

> 汉文乃半死之文字,不当以教活文字之法教之。(活文字者,日用语言之文字,如英法文是也,如吾国之白话是也。死文字者,如希腊拉丁,非日用之语言,已陈死矣。半死文字者,以其中尚有日用之分子在也。如犬字是已死之字,狗字是活字,乘马是死语,骑马是活语。故曰半死之文字也。)②

这段文字已明确把白话作为文言的对立面提了出来,只是还没有完全判决文言已死,但已认定白话是"活"的了。

也许正是文白死活对立这一思路,使得胡适的注意力很快就脱离了"文字"问题,转而关注文学问题。绮色佳时期与任叔永(鸿隽)、梅觐庄(光迪)、杨杏佛(铨)、唐擘黄(钺)等人的讨论,由于他在《逼上梁山》中以自己为主角的叙述而被完整保留下来。很快,在提出"文学革命"后,他又提出了"诗国革命",并创作了一批旧体的白话诗。

所谓"文学革命""诗国革命",很容易让人想到晚清梁

---

② 胡适:《逼上梁山》,《中国新文学大系·建设理论集》,上海良友图书印刷公司1935年10月版。

启超发动的文学变革，从胡适当时的创作看，形式方面当然还是旧体诗词的路数，只是不避俗语，并混入大量外语词的音译，与梁启超主张的"以旧风格含新意境"相比照，看不出有什么本质的区别。

胡适真正形成自己完整的思路，是在1916年。这得益于他用进化论解释中国文学史：

> ……三百篇变而为骚，一大革命也。又变为五言七言之诗，二大革命也。赋之变为无韵之骈文，三大革命也。古诗之变为律诗，四大革命也。诗之变为词，五大革命也。词之变为曲，为剧本，六大革命也。
>
> ……韩退之"文起八代之衰"，其功在于恢复散文，讲求文法，此亦一革命也……"古文"一派，至今为散文正宗，然宋人谈哲理者，似悟古文之不适于用，于是语录体兴焉。语录体者，以俚语说理记事……亦一革命也……至元人之小说，此体始臻极盛……总之，文学革命至元代而登峰造极。其对词也，曲也，剧本也，小说也，皆第一流之文学，而皆以俚语为之。③

此类基于进化论的历史观让他得出这样的结论："一部中国文学史只是一部文字形式（工具）新陈代谢的历史，只是'活文

---

③ 胡适：《逼上梁山》，《中国新文学大系·建设理论集》。

学'随时起来替代了'死文学'的历史。"④ 从论文字的死活到论文学的死活，这一思考过程必然使他的注意力集中到"文字形式（工具）"的变革。也就是说，他的"文学革命"重点在文学语言方面。

这边胡适在美国试验白话诗，而万里之外的北京，教育部里的几个人正在酝酿着一场国语运动：⑤

> ……那时正当洪宪皇帝袁世凯驾崩于新华宫，帝制推翻，共和回复之后，教育部里有几个人们，深有感于这样的民智实在太赶不上这样的国体，于是想凭藉最高教育行政机关底权力，在教育上谋几项重要的改革，想来想去，大家觉得最紧迫而又最普遍的根本问题还是文字问题，便相约各人做文章，来极力鼓吹文字底改革，主张"言文一致"和"国语统一"；在行政方面，便是请教育长官毅然下令改国文科为国语科。⑥

改"国文"为"国语"，这是清末拼音化运动，尤其民初"国音"制定之后的合理思路。民国二年五月十三日，"读音统一

---

④ 胡适：《逼上梁山》，《中国新文学大系·建设理论集》。
⑤ "国语运动"有广狭两种界定。广义的国语运动可以从晚清拼音化运动算起，一直延续到二十年代国语罗马字、三十年代大众语和拉丁化甚至更晚，最著名的用例是黎锦熙的《国语运动史纲》，不过一个"运动"似乎不该如此之长。这里取的是狭义，从国语研究会开始，下限到国语罗马字运动之前，由当时教育部中人士发动，并组织广泛的同盟，有一系列明确的目标，到二十年代初获得全面成功。
⑥ 黎锦熙：《国语运动史纲》卷二，商务印书馆，1934年12月版，第66页。

会"议决"国音推行办法",其中有一条就是:"请教育部将初等小学'国文'一科改作'国语',或另添'国语'一门。"⑦此时部中同人不过旧案重提。

只是国语运动发端于教育部这一最高教育机构,让人觉得颇为有趣。文字改革必须依赖行政力量的支持才会有成效,这已为拼音化运动所证明,当年王照、劳乃宣依赖袁世凯、端方,声势浩大,屡屡向学部逼宫,几乎成功;民初之所以能采定"国音",也是教育部召开了"读音统一会"。光靠民间推行不可能有成果,从卢戆章到此时王璞的"注音字母传习所",其收效甚微是必然的。

按黎锦熙的说法,"当时作文章鼓吹的人,有陈懋治、陆基、董瑞椿、吴兴让、朱文熊、彭清鹏、汪懋祖、黎锦熙等。而反对最烈的却还不是闽侯林纾先生,乃是吴县胡玉缙先生",⑧1916年9月至1917年4月间,往返辩驳的文章有十来篇之多。

胡玉缙并不反对在初级教育中增授国语,他反对的是以国语代国文,认为教授国文与教育不能普及没有关系,"各国教育之盛于百年间者,由于强迫",所以当前亟务在于"多设学校,改良校风,慎选教师,一切设备务求完具"。⑨就教育而言,普及基于强迫,这个观点确实是正确的,虽然并不新

---

⑦ 倪海曙:《中国拼音文字运动史简编》四,第69页。
⑧ 黎锦熙:《国语运动史纲》卷二,第67页。
⑨ 胡玉缙:《正告今之教育家》,《北京日报》1917年1月31日、2月1日。

鲜，章太炎早就说过。问题在于胡玉缙过分强调汉语的特殊性，以为西方字母文字，言文可以合一，而"我国文字主乎形义，故言文万不能合一"，⑩至谓国语为"杜撰官话""集成官话"。⑪

胡玉缙认为国语不能代国文，除了"拼音字可一致形义字万不能一致"之外，⑫还有一个更深的认识背景，他举"吴楚闽粤人"言语虽不一致，而无所谓"吴楚闽粤文字"为例，说明汉语书写语言跨时空的稳定也正是中国"秦汉以来统一已久"的原因，"故中庸曰书同文不曰言同文"。⑬显然他认为"国文"是与国家能否长久统一息息相关的问题。⑭

这种心情当然是可以理解的，不过议论稍稍有点不对题。因为"国语"云者，其目的在于造就一种全民族使用的共同语。方言固然不可能消灭，但共同语一旦建立合法性，它是具有强制作用的，能把地方习惯限制在合理的范围内。

当然，在这方面，国语信奉者并不是没有难题。尽管语音已经规定，可以推行，但究竟何为国语，谁也说不清楚。1917年1月国语研究会成立，国语运动正式发动，同时布告《中华民国国语研究会暂定章程》，并附"征求会员书"，其中说道：

---

⑩ 胡玉缙：《今之所谓教育家之供词》，《北京日报》1917年3月26日。
⑪ 胡玉缙：《正告今之教育家》，《北京日报》1917年2月5日。
⑫ 胡玉缙：《今之所谓教育家之供词》，《北京日报》1917年3月28日。
⑬ 胡玉缙：《正告今之教育家》，《北京日报》1917年1月31日。
⑭ 胡玉缙：《今之所谓教育家之供词》，《北京日报》1917年3月28日。

> 同一领土之语言皆国语也。然有无量数之国语较之统一之国语孰便，则必曰统一为便；鄙俗不堪书写之语言，较之明白近文，字字可写之语言孰便，则必曰近文可写者为便。然则语言之必须统一，统一之必须近文，断然无疑矣。[15]

这份文件应该代表着研究会的一般认识。值得注意的是，这里面提到"国语"需要"近文"。也就是说，必须以某种书写语言作为基础，否则根本无从"统一"。这与晚清白话文运动的思路已经有了根本不同，晚清白话文作为知识阶层开启民智的工具，一般来说多是采用尽可能接近口语的白话语体。此时提出国语"近文"的要求，是要用书写语言规范口头语言。不过问题在于，"国语"的范本从何而来？白话尽管有一千多年的历史，但历代变迁、方言渗透，文体的惯性影响了语言表达的扩展；再加上近代以来社会转型、新事物、新的表达需求不断出现，根本就不敷使用。除此之外，当时正式的书写语言都是文言，尽管已经有非常松动的文言，但其性质显然是不基于口语的。

也正在国语研究会成立之时，1917年元旦，《新青年》二卷五号出版，其中发表了胡适的《文学改良刍议》，紧接着一期有陈独秀的《文学革命论》，文学革命正式发难。而到三月份，胡玉缙就敏感地意识到，"公等日日在中国，日日以国文

---

[15] 《中华民国国语研究会暂定章程》，见《新青年》第三卷第一号，1917年3月。

为仇乎,岂惑于某氏文学革命之说乎"。⑯第一次将国语运动和文学革命联系起来。

事实上,在当时,这两个运动是没有关系的,至少胡、陈二人并没有关注到国语运动。也就在国语运动诸君与胡玉缙开始争论的1916年9月,有人写信给《新青年》讨论"国语统一"问题,陈独秀回答说,"兹事体大……此业当期诸政象大宁以后,今非其时",⑰显然兴趣不大。这种情况有点类似于晚清拼音化运动和白话文运动的两不搭界。因为无论是拼音化运动还是国语运动,都有个方案、标准先行的问题,或者可以说,这也是这些运动的最终目的。而白话文运动和文学革命,重心皆在于围绕着某种主张进行实践,并不存在需要谁来批准、哪个机构来承认并推行下去的问题。所以国语运动的发起者,首先想到的是"凭藉最高教育行政机关底权力"等等;而胡适和陈独秀之发动文学革命,根本不会考虑要依赖什么样的力量。

《文学改良刍议》和《文学革命论》思考的大方向是一致的,但偏重点很不相同。《文学改良刍议》所提八事,虽然有"须言之有物""不作无病之呻吟"等内容上的要求,但重点还在形式方面,也就是所谓"工具"上的改革。这"八事",其实在1916年10月寄给陈独秀的信中已有完整陈述。这

---

⑯ 胡玉缙:《今之所谓教育家之供词》,《北京日报》1917年3月28日。
⑰ 记者答沈慎乃,《新青年》第二卷第一号,1916年10月。

封函件同时引了陈独秀的话:"吾国文艺犹在古典主义理想主义时代,今后当趋向写实主义。"[18]

陈独秀对西方文学史是有所了解的。早在1915年底的《青年杂志》中,他就写过两篇《现代欧洲文艺史谭》,[19]介绍了欧洲文学从古典主义、理想主义到写实主义、自然主义的历史。到《文学革命论》,论述背景显然深受这一思路的影响:其推倒者,是古典文学;其建设者,则为写实文学。至若国民文学,则标以平易抒情;而"明了的通俗的社会文学",与胡适倾向接近。但他并没有用"死""活"来评述中国文学史,只批评"阿谀""雕琢""铺张""空泛"等事。[20]相对而言,陈独秀更倾向于从文学精神、文学思潮方面立论,而胡适显然集中精力于"文字形式"。

尽管陈独秀自称"甘冒全国学究之敌",但他的文学主张并没有引起太多的议论。而胡适,由于"文字形式"方面的主张相当绝对,尤其其中"不用典""不讲对仗"两条,以及废骈废律的思路,马上招来热闹的讨论。《文学改良刍议》尚未发表,胡适那封给陈独秀的"通信"就出现反对的声音。江亢虎给胡适去函,论证绝对禁止用典之不可能,这造成《文学改良刍议》在讨论用典时立场有所后退;[21]常乃惪也给《新青

---

[18] 胡适致独秀并独秀答复,《新青年》第二卷第二号,1916年10月。
[19] 陈独秀:《现代欧洲文艺史谭》,《青年杂志》第一卷第三、四号,1915年11、12月。
[20] 陈独秀:《文学革命论》,《新青年》第二卷第六号,1917年2月。
[21] 胡适:《文学改良刍议》,《新青年》第二卷第五号,1917年1月。

年》写信，反对废骈文、废用典，声言"吾国骈文，实世界唯一最优美之文"，他认为这是由汉字的特点所带来的汉文学的优势。陈独秀当然不同意这种看法："结构之佳，择词之丽，文气之清新，表情之真切而动人，此四者其为文学美文之要素乎。"但他对于"文字形式"的看法比较持中，"行文偶尔用典，本不必遮禁"。[22]

其后不久加入阵营的钱玄同，在这一点上就直截了当得多。对于这样一位"声韵训诂学大家"的降心相从，陈胡自然既意外又高兴。钱玄同首要赞成的，就是"胡先生'不用典'之论最精"。就文献修养而论，钱玄同当然要比胡适强得多，但他的观点也更极端，此时之赞成文学革命，立场与其师章太炎相离已不可以道里计了。有趣的是，他取以论证的资源，却大多来自太炎的文论。他认为不应用典，尤其应用文中要彻底禁绝用典，就提到所谓"表象语"的问题，这是世纪初章氏《文学说例》中所使用的理论；而赞成为文不避骈散，悉由自然，同时反对桐城派和选学派之古文和骈文，也是其师的主张；至于胡适的废律，在他也容易接受，因为章太炎本就推崇古体而不喜近体。[23]这在现在看来颇具讽刺意味，就"文字形式"而论，章胡的具体看法竟然多有相合，那么两人的区别就只在最后的结论了：章太炎找到魏晋诗文，胡适找到宋元以来

---

[22] 常乃惪致独秀并独秀答复，《新青年》第二卷第四号，1916年12月。
[23] 钱玄同致独秀，《新青年》第三卷第一号，1917年3月。

话本语录。这让钱玄同论述起来相当轻松惬意。

在"文字形式"方面,《新青年》诸人主张废典、废律、不讲对仗,彻底解放旧文体的束缚,但没有涉及"废韵"。从第二卷第六期开始刊登胡适等人的白话诗词,都是押韵的,而且每句字数全依旧体的格局。尽管从总体上看,这些文字的是白话无疑,但很难避免让人用读古诗词的节奏来读,而且俗语词缺乏诗味,格调确实显得不高。当时胡适之所以选诗歌作为突破口,是有他的理由的,小说戏曲历史上多有用白话作的,而诗歌却少有人这么作过。只是既为诗,总是以有韵较为合理。到刘半农加入《新青年》阵营时,还和钱玄同很认真地讨论过制定新韵的问题:"希望于'国语研究会'诸君,以调查所得,撰一定谱,行之于世。则尽善尽美矣。"[24]

远在美国的胡适,不久也知道了"国语研究会"的存在,"知国中明达之士皆知文言之当废而白话之不可免,此真足令海外羁人喜极欲为发起诸公起舞者也"。[25]这年年底,胡适加入国语研究会。据说,他的申请书是从美国寄来的用白话写的明信片,让研究会那批主张国语的人感觉有点不习惯,因为他们尽管主张国语,却从没有用"国语"写过文章。受这张白话明信片的刺激和鼓励,研究会同仁终于立志以身作则用"国语"写作。不过,谁也没见过国语的范本,只好"从唐宋禅宗

---

[24] 刘半农《我之文学改良观》,《新青年》第三卷第三号,1917年5月。
[25] 胡适致独秀,《新青年》第三卷第四号,1917年6月。

和宋明儒家底语录，明清各大家底白话长篇小说，以及近年来各种通俗讲演稿和白话文告之中，搜求好文章来作模范"。㉖

其实这很可能是胡适"无心插柳"。大概他觉得向"国语研究会"写申请，总应该特别用白话才行。也就是这一年，他和《新青年》同人一样，撰"文"用的都还是文言。后来黎锦熙替他们算过一笔账：

> 这年陈仲甫主撰的《新青年》杂志，首先提倡"文学革命"，第一篇是胡适底《文学改良刍议》（二卷五号），第二篇是陈仲甫底《文学革命论》（二卷六号），第三篇是刘复底《我之文学改良观》（三卷三号）。但这三篇都是文言文，其他白话作品也很少；如胡适所译的短篇小说《二渔夫》（三卷一号），刘复译的短剧《琴魂》（三卷四号），陈仲甫在北京神州学会讲的《旧思想与国体问题》（三卷三号），又在天津南开学校讲演的《近代西洋教育》（三卷五号），这几篇虽然都用白话，但小说戏剧和讲演稿之类，向来照例也多用白话的；讲到文艺底创作，只有胡适底白话诗（二卷六号）和白话词（三卷四号），然而还是因袭旧诗的五七言和词牌；至于白话论文，只有刘复《诗与小说精神上之革新》（三卷五号），钱玄同与陈仲甫论文字符号和小说的信（三卷六号），勉强可

㉖ 黎锦熙：《国语运动史纲》卷二，第68—69页。

以算得,此外便没有了。[27]

其实,《诗与小说精神上之革新》根本就是文言,而钱陈在三卷六号上的"通信"倒真是白话。之所以有这样的"特别"倒不在于"论文字符号和小说",而是这一"通信"同时也论及了《新青年》是否应该全部改行白话,那当然不好用文言写。出现这个特殊情况的原因,和胡适那封白话明信片大体相似。

1917年《新青年》书写语言的状况,确如黎锦熙所说,白话的成绩并不大。对于这不多的白话作品,他指出的两点值得注意,一是那些用白话作的小说、戏剧、讲演稿,"向来照例也多用白话的";一是胡适的白话诗词"还是因袭旧诗的五七言和词牌"。

这两句话实际上涉及到文体对语言选择或"文字形式"之限制问题:小说戏剧,宋元以来多用白话,相沿而及,已成传统;演说一门,系属章太炎提及的"口说"一路,自然以口语体为正。当然,到了近代,出现了一些新的变化,这主要是外来的影响。比如戏剧,译入的都是话剧一类,当然已没有了中国传统戏剧的曲牌,加上舞台的要求,对白只能译成非常接近口语的白话;再如小说,逐渐经历了叙事模式转变的过程,很多文体特征逐渐消失,章回小说中如"话说""欲知后事如何,且听下回分解"之类的套语慢慢看不到了。但毕竟小

---

[27] 黎锦熙:《国语运动史纲》卷二,第69页。

说、戏剧都有白话的传统，无论是翻译还是创作，选择白话语体并不困难。所以，胡适发动文学革命，选择韵文作为突破口时说："盖白话之可为小说之利器，已经施耐庵曹雪芹诸人实地证明，不容更辩；今惟有韵文一类，尚待吾人之实地实验耳。"㉘实际上他所要对抗和破坏的，就是韵文，尤其是诗中的文言传统。但要说起来，仍用五七言及词牌确实不能称之为彻底革命。

如果按照后来所形成的小说、诗歌、戏剧、散文四大分类法来看，文学革命发难初期的胡适，似乎独对于"文"没有投入足够的注意力。尽管抨击骈文、古文，但新的"文"应该是什么样的，他缺乏论述。而恰恰是"文"最缺乏白话的传统。我这里指的是作为"文辞"而非"口说"的文。他所说"今惟韵文一类"，大概是把小说作了"散文"的代表，《文学改良刍议》以施耐庵、曹雪芹为"文学正宗"，"八事"中有"不避俗语俗字"，其所取用的外来资源，为但丁、路得之以"俚语"著述，而成就意德之"国语"。㉙胡适似乎毫没意识到这篇文章全为文言，自己是在用"死文字"倡导"活文学"。

也许，这与胡陈最初所要进行的是"文学革命"而非"文字革命"有关。胡适最初在美国讨论的是文字的"死

㉘ 胡适致独秀，《新青年》第三卷第二号，1917年4月。
㉙ 胡适：《文学改良刍议》，《新青年》第二卷第五号，1917年1月。

活",但后来注意力很快转到文学的"死活"。对于"文学",他和陈独秀以及后来加入的刘半农等人都有很深的来自西方的影响。"文学"一词的使用,《新青年》同人一直非常统一;只是在《青年杂志》时代,陈独秀用过"文艺",但显然都等同于literature。而西方文类中,散文一直是边缘化的。陈独秀在《现代欧洲文艺史谭》中说:"现代欧洲文坛第一推重者,厥惟剧体,诗与小说,退居第二流……至若散文,素不居重要地位。"[30]其后回答常乃惪通信,区分了"文学之文"和"应用之文",[31]这也是西方的思路。因而他回应胡适的文学革命的倡议,所讨论自然在"文学之文",而不在"应用之文"。至若《新青年》上同人们的立论驳论,那都是"应用之文",再加上文体的惯性,无所注意也是可以理解的。

"文学之文"主张白话而"应用之文"仍是文言的格局,在当时的《新青年》中绝对是泾渭分明。就以黎锦熙提到的胡适、刘半农二人为例,如刘半农所译话剧,对白和道白当然是口语体的白话,否则无法上演,但除此之外,无论是各场的布景介绍,还是演出中的动作说明,全用文言。以下是《天明》中的一段:

[男]还是喜欢点儿的好!(脱去上衣,掷之案上。就

---

[30] 陈独秀:《现代欧洲文艺史谭》,《青年杂志》第一卷第三号,1915年11月。
[31] 独秀复常乃惪,《新青年》第二卷第三号,1916年11月。

坐，向外伸两足，以足尖点地，妇未之见）哼！哼！（妇急趋前，欲为之脱靴）你来！你来！（及妇近身，用力推之与地；自举一足，作脱靴状）……㉜

这些夹在口语中的说明文字，简直有他所痛骂的林纾译笔的风格了，但在当时《新青年》中是普遍的现象。此前如薛绍徽的译作就是如此，此后一直到"易卜生专号"，还只有罗家伦、胡适所译的《娜拉》全改成白话；陶履恭所译《国民之敌》，以及吴弱男所译《小爱友夫》，仍是这种双语体格局。㉝

至于胡适所译小说，也是双语体，译文用的是白话，但译本前后撰写的说明或评点却是文言。直到1918年中，他已用自由体译Lady Anne Lindsay的诗歌，开首却这样发议论：

……至十九世纪初叶以还，古典文学遂成往迹矣。推原文学革新之成功，实苏格兰之白话文学有以促进之也。吾既译此诗，追念及此，遂附论之以为序。㉞

仍是以文言讨论"白话文学"。这种情况是非常普遍的。比如周作人，也喜欢在译作中借助前言后记介绍域外文学的情况，一直到这一时期，他使用的也大都是文言。如《皇帝之公园》

㉜ 《天明》，《新青年》第四卷第二号，1918年2月。
㉝ 《新青年》第四卷第六号，1918年6月。
㉞ 《老洛伯》，《新青年》第四卷第四号，1918年4月。

的"译者记"用文言叙述,而其中引用原作者其他作品中的几段话又用白话翻译。[35]似乎他们都有一种顽固的习惯,说明和议论这类应用文字非得用文言不可。

较诸文学作品而言,应用文的使用面更为广泛,而且牵涉到社会习惯问题,改行白话比文学作品所遇到的问题更多。由于晚清以来剧烈的社会和文化变迁,外来新事物新观念大量涌入,作为正式语体的文言文,到《新青年》时期,与传统文言相比早已面目全非,应该说基本也适应需要。而白话在这个时期主要作为向下层民众灌输知识的工具,不怎么接触高深的学理,依然显得过于粗糙和简单,并不适合于成为正式语体。例如当时出现的新名词几乎都不为白话所有,所以才会有胡适这样的说法:

> ……此外文言里的字,除了一些完全死了的字之外,都可尽量收入。复音的文言字,如法律,国民,方法,科学,教育,……等字,自不消说了。[36]

这里列举的所谓"文言字",现在都是无可非议的白话词汇。而在当年,由于这些词基本还没有被白话使用,却大量出现在文言里,因而普通被看作文言词汇。刘半农加入《新青年》集

---

[35] 《皇帝的公园》,《新青年》第四卷第四号,1918年4月。
[36] 胡适:《国语的进化》,《新青年》第七卷第三号,1920年2月。

团后最早的建议是"文言白话可暂处于对等的地位",理由就在于当时的文言白话各有长处:"于文言一方面,则力求其浅显使与白话相达。于白话之一方面,除竭力发达其固有之优点外,更当使其吸收文言所具之优点,至文言之优点尽为白话所具,则文言必当归于淘汰。"㊲应该说,就当时的实际情况,这个主张是有其道理的。

1917年7月的《新青年》三卷五号,发表了钱玄同给陈独秀的"通信",后来收入《中国新文学大系·建设理论集》时,被冠以《论应用文亟宜改良》的标题,这是《新青年》同人第一次专门讨论文学以外的书写语言的改革问题,可以看作"文学革命"的扩展,而由作为"声韵训诂大家"的钱玄同来提出这个问题也显得顺理成章。

钱玄同这封信共有"改革之大纲十三事",涉及限制字数、规范字义、制"语典"、简化称谓、禁用典、注音字母、标点符号、印刷字体、改用横排等等问题,牵扯到应用文的方方面面。但其中最重要的是第一条:"以国语为之。"㊳亦即主张将白话提升为正式的书写语言。

对于钱玄同的高见,陈独秀只回答了一句:"先生所说的应用文改良十三样,弟样样赞成。"㊴钱玄同受此鼓励,马上就要在《新青年》上实行,第二个月在"通信"栏里讨论了诸

㊲ 刘半侬:《我之文学改良观》,《新青年》第三卷第三号,1917年5月。
㊳ 钱玄同致独秀,《新青年》第三卷第五号,1917年7月。
㊴ 独秀答钱玄同,《新青年》第三卷第五号,1917年7月。

多问题后,钱玄同说:

> 有人说,现在"标准国语"还没有定出来,你们各人用不三不四半文半俗的白话做文章似乎不很大好。我说,朋友,你这话讲错了。试问"标准国语",请谁来定?难道我们便没有这个责任吗?……这个"标准国语",一定是要由我们提倡白话的人实地研究"尝试",才能制定。我们正好借这"新青年"杂志来做白话文章的试验场。我以为这是最好最便的办法。⑩

钱玄同真是立地"尝试",这封信大概就是《新青年》中第一篇白话应用文。陈独秀很识趣,回信也报以白话,只不过微微表示了一下不同的意见:

> ……但是改用白话一层,似不必勉强一致。社友中倘有绝对不能做白话文章的人,即偶用文言,也可登载,尊见以为如何……而且既然是取"文言一致"的方针,就要多多夹入稍稍通行的文雅字眼,才和纯然白话不同。俗话中常用的文话,更是应当尽量采用。必定要"文求近于语,语求近于文",然后才做得到"文言一致"的地步。⑪

---

⑩ 钱玄同致独秀,《新青年》第三卷第六号,1917年8月。
⑪ 独秀答钱玄同,《新青年》第三卷第六号,1917年8月。

作为语言学家，钱玄同显然熟知国语运动的开展，所以很快就开始使用"国语"一词。陈独秀还是照习惯用"白话"，不过相较而言，他的立场要稳健得多，所谓"文求近于语，语求近于文"，和国语研究会主张国语应"近文可写"的观点颇为接近。这一立场也影响了胡适，让他注意到新的白话必须吸收文言成分的问题：

> 吾于去年（五年）夏秋初作白话诗之时，实力屏文言，不杂一字……其后忽变易宗旨，以为文言中有许多字尽可输入白话诗中。故今年所作诗词，往往不避文言。曾作"白话解"释白话之义，约有三端：
> 白话的"白"，是戏台上"说白"的白。故白话即是俗语。
> 白话的"白"，是"清白"的白，是"明白"的白。白话须要"明白如话"，不妨夹几个文言的字眼。
> 白话的"白"，是"黑白"的白。白话便是干干净净没有堆砌涂饰的话，也不妨夹入几个明白易晓的文言字眼。

钱玄同并不满意这种带有折衷色彩的立场，"现在我们着手改革的初期，应该尽量用白话去做才是，倘使稍怀顾忌，对于'文'的一部分不能完全舍去，那么便不免存留旧污，于进行方面，稍有阻碍"。有此一说，胡适又"极以这话为然",[42]一时摇摆不定。

《新青年》诸君个性很不相同，其中以钱玄同态度最为激烈，但这一看法也反映出他头脑清楚、富有策略性的一面。当然，其他几位持重的立场也是不可或缺的。只是白话应该吸收文言的长处，这一点没有问题；但文白之间，哪些可以相容，哪些不可相容，才是最需要厘清的。对于文学革命来说，钱玄同的黑旋风作风固然不可或缺，但从理论上解决白话与文言的关系问题，更是推动这场运动进一步向前发展的关键。事实上，对于胡适早期主张的致命缺陷，居于反对地位的严复已经看破：

> 北京大学陈、胡诸教员主张文白合一，在京久已闻之，彼之为此，意谓西国然也。不知西国为此，乃以语言合之文字，而彼则反是，以文字合之语言。今夫文字语言之所以为优美者，以其名辞富有，著之手口，有以导达要妙精深之理想，状写奇异美丽之物态耳……今试问欲为此者，将于文言求之乎？抑于白话求之乎？[43]

从当初与梁启超的争论到此时对胡陈的批判，严复的观点一

---

[42] 胡适：《论小说及白话散文》，《新青年》第四卷第一号，1918年1月。
[43] 《与熊纯如书八十三》，《严复集》第三册，中华书局1986年1月版。

以贯之，那就是白话过于简单，词汇不足，因而只能用于面向下层的启蒙，不能用于文学和学术。另外他指出"西国"是"以语言合之文字"，也就是说欧洲所谓"国语"是用书写语言规范口头语言，而胡适却要"以文字合之语言"，让书写语言迁就口头语言，完全是学倒了。指出这一命门，严复真可称得上老眼无花。只是胡适固然没有意识到自己的"误读"，但文言怎么可能成为像"西国"那样"以语言合之文字"的"文字"？严复的立场也经不起反躬自问。文学革命的目标是用白话取代文言，这大概只能以胡适的方式开始，但要真正达到目的，必须有能力回答严复的提问。

1918年初，尚是北京大学学生的傅斯年发表了《文言合一草议》，这篇用文言撰写的论文立论在于"取白话为素质，而以文词所特有者补其未有"，与陈独秀看法一致。但可贵的是，他提出了十条具体的标准：

（一）代名词全用白话……

（二）介词位词全用白话……

（三）感叹词宜全取白话……

（四）助词全取白话……

（五）一切名静动状，以白话达之，质量未减，亦未增加，即用白话……

（六）文词所独具，白话所未有，文词能分别，白话所含混者，即不能曲徇白话，不采文言……

（七）白话之不足用，在于名词……至于动静疏状，亦复有然。不足，斯以文词益之，无待踌躇也……

（八）在白话用一字，而文词用二字者，从文词。在文词用一字，而白话用二字者，从白话。但引用成语，不在此例……

（九）凡直肖物情之俗语，宜尽量收容……

（十）文繁话简，而量无殊者，即用白话……[44]

其中值得分析的是前八条。一至四条是"全用"或"全取"白话者，分别是代词和虚词；五至七条即所谓名动形，可以兼容文言，尤其要大量取用文言中的名词；第八条是单音词和双音词的问题，取双音词，但成语不在此例。

傅斯年所建议的这些原则清晰而贤明，可谓切中肯綮。白话与文言在词汇上最明显的区别确实是体现为代词和虚词，"吾""尔""汝""若"和"你""我""他"，"之""乎""者""也""矣""焉""哉"和"的""了""吧""吗"，无疑是阅读者从经验上判定文言和白话的最主要依据。同时，虚词的选择和采用又与句式和语法紧密相关。在这些词类上无条件地选择白话，必然可以保证书写语言的白话文性质。而对于名动形这些实词，尤其名词，广

---

[44] 傅斯年：《文言合一草议》，《新青年》第四卷第二号，1918年2月。

泛地采用合式的文言词汇，可以丰富白话的表达，使新的白话文充满活力。同时，倾向于使用双音词也符合白话文的特点和汉语书写语言的发展规律。这些条目的提出，为刘半农、陈独秀、胡适那些抽象的说法提供了具体的可供依赖的标准。同时，钱玄同所担心的"存留旧污，于进行方面，稍有阻碍"，也可以很大程度上予以打消。

从1918年起，《新青年》基本上全行白话，书写语言的变革从文学扩展到应用文领域。此时，胡适已回到国内，依然"只认定这一个中心的文学工具革命论是我们作战的'四十二生的大炮'"，[45]同时他显然注意到国语运动的存在以及双方目标很大程度的一致。于是，就有了文学革命的另一个核心文件——《建设的文学革命论》。[46]

《建设的文学革命论》的副标题是"国语的文学——文学的国语"，这篇文章标志着文学革命和国语运动的合流。关于这两大运动的合作，黎锦熙和胡适都提到了国语研究会会长蔡元培居间介绍之功。胡适说：

> 这时候，蔡元培先生介绍北京国语研究会的一班学者和我们北大的几个文学革命论者会谈。他们都是抱着"统一国语"之弘愿的，所以他们主张要先建立一种"标准国语"。我对他

---

[45]　《中国新文学大系·建设理论集》"导言"。
[46]　胡适：《建设的文学革命论》，《新青年》第四卷第四号，1918年4月。

> 们说：标准国语不是靠国音字母或国音字典定出来的。凡标准国语必须是"文学的国语"，就是那有文学价值的国语。国语的标准是伟大的文学家定出来的，决不是教育部的公告定得出来的。[47]

胡适有点过于贪功了，其实相似的意思钱玄同已经说过。在《建设的文学革命论》中，他举了当时存在的另一种观点："若要用国语做文学，总须先有国语。如今没有标准的国语，如何能有国语的文学呢？"[48]这也是此前钱玄同极力批判的。

但这个类似于鸡生蛋、蛋生鸡的问题，确实是当时两难局面的生动写照，"国语的标准"还没有定出来，"标准的国语"更不知道从何而来。在这种情况下，胡适主张不管"标准"如何，先努力做去，虽然也是照搬钱玄同的观点，但无论如何，应该说所有的革命者都会奉行相似的策略：

> 所以我认为我们提倡新文学的人，尽可不必问今日中国有无标准国语。我们尽可努力做白话的文学。我们可尽量采用《水浒》《西游记》《儒林外史》《红楼梦》的白话；有不合今日的用的，便不用他；有不够用的，便用今日的白话来补助；有不得不用文言的，便用文言来补助。这样做去，决不愁

---

[47] 《中国新文学大系·建设理论集》"导言"。
[48] 胡适：《建设的文学革命论》，《新青年》第四卷第四号，1918年4月。

语言文字不够用，也决不用愁没有标准白话。中国将来的新文学用的白话，就是将来中国的标准国语。造将来中国白话文学的人，就是制定标准国语的人。[49]

关于国语的打造，胡适关注的中心一直是古代的白话，尤其是白话小说的传统。到1919年，傅斯年在《新潮》上发表了《怎样做白话文》，提出另外两个思路，一是"乞灵说话"，[50]也就是向口头语言学习。这与胡适所主张的向《红楼梦》《水浒传》等传统白话文学习的思路不同，应该说二者提供了很好的互补。因为传统白话虽然较文言浅近，但毕竟有很多表达习惯与现在已经不同，并不完全适应需要；另一方面，口头语言终究与书写语言在性质上有差异，还是需要白话文历史所提供的某些最基本的规范。胡傅二人各有偏重，其主张正好可以合璧。

除"乞灵说话"外，傅斯年认为还需"再找出一宗高等凭藉物"，这就是他的另一个思路，"欧化中国语"：

> 这高等的凭藉物是甚么，照我回答，就是直用西洋文的款式，文法，词法，句法，章法，词枝，（Figure of speech）……一切修词学上的方法，造成一种超于现在的国语，欧化的国

---

[49] 胡适：《建设的文学革命论》，《新青年》第四卷第四号，1918年4月。
[50] 傅斯年：《怎样做白话文》，《新潮》第一卷第二号，1919年2月。

语，因而成熟一种欧化国语的文学。㉛

欧化国语主张的提出，其意义在于将当时所要造就的书写语言从性质上与口语体和传统白话区别开来。当然，所谓欧化，在近代文言中就已经开始，此时更有周氏兄弟的全新的汉语书写语言实践，傅斯年只是予以理论上的明确而已。

胡适后来说："我们当时抬出'国语的文学，文学的国语'的作战口号，做到了两件事；一是把当日那半死不活的国语运动救活了；一是把'白话文学'正名为'国语文学'，也减少了一般人对'俗语'、'俚语'的厌恶轻视的成见。"㉜这段话应做两面观，一方面，意大利和英国的例子确实说明问题，没有但丁和乔叟，就没有意大利和英国的"国语"，经典文学作品起着规范语法的作用，从事后看，当时鲁迅的创作和周作人的译作，正是"国语的文学"和"文学的国语"的双重实现，没有这些实绩，胡适的"作战口号"设计得再漂亮，也无非只是留下一个思想材料而已；另一方面，"国语运动"的工作并非所谓的"半死不活"，国音字母、国音字典至少能确定标准音，标准音和基础方言的确定实际上就是确定"标准国语"，而这是有赖于权威力量的，至于1919年标点符号方案的正式公布，使得许多新的表达方式成为可能，也保证了所谓欧

㉛ 傅斯年：《怎样做白话文》，《新潮》第一卷第二号，1919年2月。
㉜ 《中国新文学大系·建设理论集》"导言"。

化国语的推广，国语运动所做努力对"国语"的确立是非常关键的。实际上，正如胡适所说，"白话文学"这个名称确实有俚俗的意味，而正名为"国语文学"正拜国语运动所赐，贬低国语运动有过于把自己当作主角的嫌疑。

国语研究会从1916年成立后，发展非常迅速，1918年有会员1500多人，1919年增至9800多人，到1920年则达到12000馀人，1921年就设分会于上海了。人数如此之众，可以想见这是非常广泛的同盟。在他们的促进下，1918年11月23日教育部正式公布了注音字母。㉝从晚清拼音化运动到民初"国音"制定再到此时的公布，时间几达三十年，"国语"总算有了第一块基石。

也许是国语运动的核心人物基本都在当时的教育部，因而他们对官方的权威总是特别看重：

> ……中国向来革新的事业，不经过行政方面的一纸公文，在社会方面总不容易普及的；就算大家知道了，而且赞成了，没有一种强迫力也不会实行……

注音字母的公布，显然增强了他们这方面的意识。1919年成立了教育部附属的"国语统一筹备会"，而会员大部分就是

㉝ 黎锦熙：《国语运动史纲》卷二（三），第70页。

"国语研究会"的成员,所谓"宫中府中,俱为一体"了。[54]

"统一会"开第一次大会时,就有《国语统一进行方法》的议案,要求改小学的"国文读本"为"国语读本"。提出议案的会员为刘复、周作人、胡适、朱希祖、钱玄同、马裕藻等,全是《新青年》同人,而且提案是用白话写的,很符合他们的身份。

很快,第二年教育部就训令全国各国民学校将一二年级国文改为国语。这份命令照例是用符合权力机关身份的文言发布。一项拖延多年,谁都认为极难实施的改革,就在一瞬间成功了。个中奥妙,全在"朝中有人":

> 教育部部务照例是分司主办的,那时普通教育司司长是张继煦,就是统一会的总干事;主管师范教育的第一科科长是张邦华,主管小学教育的第三科科长是钱家治,都是统一会的会员。修改法令是要经由参事室和秘书处的。那时三参事汤中蒋维乔邓萃英和秘书陈任中,也都是统一会的会员。[55]

真是绝妙的配合。改"国文"为"国语",是文学革命和国语运动合流的最大成果,同时也是确立白话地位最关键的一环。因为,让白话文进入教材,就等于承认它有正式书写语言的资格。

---

[54] 黎锦熙:《国语运动史纲》卷二(三),第72页。
[55] 黎锦熙:《国语运动史纲》卷二(三),第114页。

来自权力机构的命令，对出版界也是有效的。训令还未公布，显然是从内部先得到了消息，商务印书馆就抢先出版了《国民学校用新体教科书》八册，比中华书局《新教育国语读本》早了五个月，总算出了民国初年在教科书方面被新成立的中华书局暗算的一口恶气。这当然并不是出版商特别赞成"国语"，实实在在只是抢占市场的"商机"。民国时期，教科书是各个出版社的生命线。而纷拥出版的教材，对国语又形成了最好的宣传。

旧派人士当然大摇其头：商务1922年出的《新学制国语教科书》第一册第一课是"狗、大狗、小狗"，较之清末多是"天地日月"，民初多是"人"，真可谓每况愈下了。反对者可以指责教育机构"猫狗教育"、"贼夫人之子"，[56]但对受商业利益驱动的出版商却无能为力。似乎预感到"国语科"不会只停留在初等教育，1920年商务印书馆就急不可耐地推出《中等学校用白话文范》四册，程颢、程颐、朱熹与蔡元培、胡适、钱玄同、梁启超、沈玄庐、陈独秀同时登台亮相。果然，到1923年，初高中也改称了"国语科"。于是，两年前刚刚脱稿的鲁迅的《故乡》进入了中学教材，并几乎不间断地沿用到了现在。[57]

只是新文学和新的书写语言实在太年轻了，让当时的教

---

[56] 黎锦熙：《国语运动史纲》卷二（三），第121页。
[57] 参看藤井省三《鲁迅〈故乡〉的阅读史与中华民国公共圈的成熟》，《中国现代文学研究丛刊》2000年第1期。

材编定者感到非常麻烦。1918年"注音字母"公布，1919年"新式标点符号案"公布，1920年《国音字典》公布，同年小学一二年级改"国文"为"国语"，1923年一直延到高中，"国语运动"的主要目的几乎都实现了。这才发现，"国语"可拿出来的东西实在太少了。

但无论如何，以周氏兄弟的作品为代表的新的书写语言已经成为雅文学而非俗文学的文学语言。用钱玄同的话说，新文学作品"原是给青年学生们看的，不是给'初识之无'的人和所谓'灶婢厮养'看的"。[58]这一事实既意味着一个新的文学传统的建立，同时也意味着一个新的书写语言体制的产生。五四后，传统的白话小说仍在流行，正式书写语言比如公文、应用文、报章文字等绝大部分还是文言，真正推动现代书写语言发展的是新文学。二十年代初，国语运动的成功，为白话文争得至关重要的初步的合法地位，使它成为正式书写语言的候选人；然后由新文学不断丰富锻造，到共和国时代，终于依靠政权力量彻底取代了文言。[59]

（初刊《中国现代文学研究丛刊》2001年第3期）

---

[58] 钱玄同：《英文SHE字译法之商榷》，《新青年》第六卷第二号，1919年2月。
[59] 参看北京师范学院中文系汉语教研组编《五四以来汉语书面语言的变迁和发展》第一章，商务印书馆1959年12月版。

工具革命和思想革命的缪轕

1935年出版的《中国新文学大系》,各分卷主编基本都算得人。首当其冲的《建设理论集》,胡适作为主要当事人,"导言"开首就说:"中国新文学运动的历史,我们至今还不能有一种整个的叙述。"①而事实上,至少有关文学革命,胡适的叙事建构一直没有中断。《建设理论集》的"导言",可以看作十多年前《五十年来之中国文学》,于新旧文学两面互换论述比重的新版。"导言"之后,专门作为"历史的引子"的《逼上梁山》,也可以看作《尝试集》自序的增订本。

胡适有他的自信。针对陈独秀所谓"常有人说:白话文的局面是胡适之、陈独秀一班人闹出来的。其实这是我们的不虞之誉……适之等若在三十年前提倡白话文,只需章行严一篇文章便驳得烟消灰灭"。②胡适断言,"白话文的局面,若没有

---

① 胡适:《中国新文学大系·建设理论集》"导言",上海良友图书印刷公司,1935年版,第1页。
② 独秀:《答适之》(胡适:《科学与人生观》"序"之"附录"),《科学与人生观》,上海亚东图书馆,1923年版,第40页。

'胡适之陈独秀一班人',至少也得迟出现二三十年"③。二人各有主张,此无法求证,可不具论。

胡适在《新青年》上发表《文学改良刍议》,一向被叙述为文学革命的起点,其中最为核心的就是"八事"。有关"八事",胡适前后有好几个版本。按他自己的说法,最早于1916年8月19日给朱经农的函件中提出,④随即10月的《新青年》第二卷第二号上刊载他给陈独秀的"通信",也有同一版本的"八事",只是稍多些附注。估算邮寄到刊发的时间,应写于给朱经农信后不几天。接着就是《文学改良刍议》上的版本,内容未变,顺序却进行了很大的调整。到《建设的文学革命论》,除又有顺序调整外,为了映照新提出"肯定的口气"的"四条","八事"均改写为以"不"开头的句式。为清眉目,兹先简表如次:

	致朱经农函	与陈独秀通信	文学改良刍议	建设的文学革命论
一	不用典	不用典	须言之有物	不做"言之无物"的文字
二	不用陈套语	不用陈套语	不摹仿古人	不做"无病呻吟"的文字

---

③ 胡适:《中国新文学大系·建设理论集》"导言",第17页。
④ 《胡适留学日记手稿本》第十二册,1916年8月21日记,上海人民出版社,2015年版,无页码。此后胡适《我为什么要做白话诗(〈尝试集〉自序)》(《新青年》第六卷第五号,1919年5月)及排印本《胡适留学日记》(卷十四"文学革命八条件"条,《胡适日记全集》第二册,联经出版公司,2004年版,第399—400页。)皆曾征引,唯字句小有出入。

续表

	致朱经农函	与陈独秀通信	文学改良刍议	建设的文学革命论
三	不讲对仗	不讲对仗（文当废骈诗当废律）	须讲求文法	不用典
四	不避俗字俗语	不避俗字俗语（不嫌以白话作诗词）	不作无病之呻吟	不用套语烂调
五	须讲求文法	须讲求文法之结构	务去烂调套语	不重对偶——文须废骈，诗须废律
六	不作无病之呻吟	不作无病之呻吟	不用典	不做不合文法的文字
七	不摹仿古人，须语语有个我在	不摹仿古人，语语须有个我在	不讲对仗	不摹仿古人
八	须言之有物	须言之有物	不避俗字俗语	不避俗话俗字
出处	《胡适留学日记手稿本》第十二册，1916年8月21日记	《新青年》二卷二号（1916年10月1日）	《新青年》二卷五号（1917年1月1日）	《新青年》四卷四号（1918年4月15日）

这几个版本，内容无甚差别，只是顺序多有不同。《文学改良刍议》各条的排序，从感觉上说，颇为混杂。其实此前函件中的两个版本，却有着相当清晰的相互关联。前五条之末附注"此皆形式上之革命也"；后三条之末附注"此皆精神上之革命也"。有着明确的分类。

形式五条，首先是"不用典"，次条"不用陈套语"，"陈套语"是对"典"以外的语言要求。再下来两条，其实都是他当年热心作白话诗的原则，"不讲对仗"关于形式，"不避俗字俗语"关于语言。最后的讲求文法结构，则是全体性的总论。

内容三条与此相类,"不作无病之呻吟"是约束"有我";"不模仿古人"是避忌"无我"。最后一条"须言之有物",则是总纲。

"八事"还在美国留学生朋友中传阅时,第一条"不用典"就受到挑战。"吾友江亢虎君"论证绝对不用典之不可能,⑤也确实胡适自己函件中,都无以避忌。而到了陈独秀这儿,却是最后一条"须言之有物"遭到质疑。陈独秀的答言在大表赞同之馀,直截了当提到他的疑虑:

> 尊示第八项"须言之有物"一语,仆不甚解。或者足下非古典主义,而不非理想主义乎?鄙意欲救国文浮夸空泛之弊,只第六项"不作无病之呻吟"一语足矣。若专求"言之有物",其流弊将毋同于"文以载道"之说。以文学为手段为器械,必附他物以生存。窃以为文学之作品与应用文字作用不同,其美感与伎俩,所谓文学美术自身独立存在之价值,是否可以轻轻抹杀,岂无研究之馀地?况乎自然派文学,义在如实描写社会,不许别有寄托,自堕理障。盖写实主义之与理想主义不同也。⑥

显然是为回应陈独秀的质疑,《文学改良刍议》将先前"第八

---

⑤ 1916年9月15日江亢虎致胡适信,《胡适遗稿及秘藏书信》第二十五册,黄山书社,1994年版,第12—16页。
⑥ "通信"之胡适致独秀及独秀答复,《新青年》第二卷第二号,1916年10月。

项"一下子提到第一项,由此打乱了原来的规整秩序。胡适解释,他的"言之有物"并非"文以载道","吾所谓'物',约有二事",即"情感"和"思想",而"思想","盖兼见地,识力,理想三者而言之"⑦。

陈独秀对"言之有物"所可能产生的"流弊"如此敏感,并一下子联想到"文以载道",实在毫不足奇。陈胡都是安徽人,当时后期桐城派还是文坛最大势力。桐城派所标举的最有名最简洁口号,即方苞所谓"义法","义"指"言有物","法"指"言有序"⑧,约略类今之内容与形式。而发端于韩愈的"古文",衍至宋元明清民国,所谓唐宋派文章,实不止是文章一事,还有正统意识形态的一面。方苞"学行继程朱之后,文章在韩欧之间"⑨,正是桐城派的理想和准则。其"言有物"一说,乃与柳宗元"文以明道"、周敦颐"文以载道"相贯通。难怪陈独秀立即对此表示警惕。

在这个问题上,胡适和陈独秀是两条道上跑的车。胡适回应说:"吾国近世文学之大病,在于言之无物。今人徒知'言之无文,行之不远',而不知言之无物,又何用文为乎。"⑩而陈独秀关心的是,"以文学为手段为器械,必附他物

---

⑦ 胡适:《文学改良刍议》,《新青年》第二卷第五号,1917年1月。
⑧ 方苞:《又书货殖传后》:"春秋之制义法,自太史公发之,而后之深于文者亦具焉。义,即《易》之所谓'言有物'也;法,即《易》之所谓'言有序'也。"《方望溪先生文集》卷二"读子史",四部丛刊景咸丰元年戴钧衡刊本,叶二十上。
⑨ 王兆符:《方望溪先生文集·原集三序》,叶三上。
⑩ 胡适:《文学改良刍议》,《新青年》第二卷第五号,1917年1月。

以生存……其美感与伎俩,所谓文学美术自身独立存在之价值,是否可以轻轻抹杀?"⑪

胡适解释"物"指"情感""思想",绝非"文以载道"那个"道"。而陈独秀所指,显然在于"言之有物"和"文以载道"在思路上的一致性,也就是文学为某种功利目的服务。在他看来,"道"固不可以文"载"之,胡适所谓"见地,识力,理想",尽管在内容上绝异于"道",但就性质而言,同样不能要求由文学来承担。因而,《文学改良刍议》文末的独秀按语,所称赞仅是胡适"白话文学,将为中国文学之正宗"一点,而不及其馀。此后在答他人的通信中,间接地回应了胡适的辩解:

> "言之有物"一语,其流弊虽视"文以载道"之说为轻……文学之文,特其描写美妙动人者耳。其本义原非为载道、有物而设……状物达意之外,倘加以他种作用,附以别项条件,则文学之为物,其自身独立存在之价值,不已破坏无馀乎。故不独代圣贤立言为八股文之陋习。即载道与否,有物与否,亦非文学根本作用存在与否之理由。⑫

陈独秀对西方文学史有相当系统的认知。1911年初《神州日

---

⑪ "通信"之胡适致独秀及独秀答复,《新青年》第二卷第二号,1916年10月。
⑫ "通信"之独秀答曾毅,《新青年》第三卷第二号,1917年4月。

报》连载《欧洲文艺革新论》，其中有署名"仲"者，即陈独秀。连载内容截断在十八世纪末，首尾今已不可见。[13]四五年后，《新青年》一卷三、四号上的《现代欧洲文艺史谭》，大体可以看作续作。其叙述"欧洲文艺思想之变迁"，由古典主义（Classicalism）到理想主义（Romanticism），再到写实主义（Realism），最后到自然主义（Naturalism）的进化论路径。并强调"现代欧洲文艺，无论何派，悉受自然主义之感化"[14]。

因而，陈独秀《文学革命论》尽管声称，"首举义旗之急先锋，则为吾友胡适。余甘冒全国学究之敌，高张'文学革命军'大旗，以为吾友之声援。"[15]似乎是作为侧翼和援军。但他的论述，无论是出发点还是具体主张，与《文学改良刍议》几乎完全没有呼应之处。

胡适对自己的文学革命前史有着长篇累牍的不断叙述，1915年他和赵元任合作，在东美学生年会上提交有关"国文"的论文。赵元任分任"论吾国语能否采用字母制及其进行

---

[13] 今可见有《神州日报》1911年2月6日、3月13日、3月19日连载。署"仲"者，1912年3月9日《民立报》章士钊《秋桐杂记》云："予别陈仲甫六年矣。避地英伦时，曾见《神州日报》载有'欧洲文学'一首，予决为仲甫之作。"随后就见到陈独秀。而该记未言独秀否认此文，则士钊猜测应无误。又有署"僇"者，系当时《神州日报》和《民立报》主笔王钟麒，自号天僇、天僇生、僇民等。参邓百意《王钟麒笔名与著述考》，《中国文学研究》2014年第2期。
[14] 陈独秀：《现代欧洲文艺史谭》，《青年杂志》第一卷第三号，1915年11月15日。
[15] 陈独秀：《文学革命论》，《新青年》第二卷第六号，1917年2月1日。

方法",胡适则是"如何可使吾国文言易于教授"⑯,文中断言"汉文乃是半死之文字"⑰。其后自为"诗歌革命",并与留美同仁翻翻滚滚辩论了数个回合。因而"俗字俗语"入诗,是他此前主要的实践路径。发展到以后,就是白话为中国文学正宗的思路。

而陈独秀的《文学革命论》,"文学"是置于"革命"大布景下,系"革命"的板块之一。文章以欧洲引首:

> 今日庄严灿烂之欧洲,何自而来乎?曰,革命之赐也……故自文艺复兴以来,政治界有革命,宗教界亦有革命,伦理道德亦有革命。文学艺术,亦莫不有革命,莫不因革命而新兴而进化。近代欧洲文明史,宜可谓之革命史。故曰,今日庄严灿烂之欧洲,乃革命之赐也。

以此类于今之中国,"孔教问题,方喧哗于国中,此伦理道德革命之先声也。文学革命之气运,酝酿已非一日"。当时陈独秀正致力于批判以孔教为国教,以及其他诸多政治社会议题,于文学一项,只是馀力为之,且置于全体性革命的思考与实践之中。

---

⑯ 《胡适留学日记》卷十一"如何可使吾国文言易于教授"条,1915年8月26日记,《胡适日记全集》第二册,第207—210页。
⑰ 参席云舒《文学革命的序曲——论胡适的〈如何可使吾国文言易于教授〉》,《中国现代文学研究丛刊》2013年第4期。

随之他提出"革命军三大主义",所"推倒"者,有贵族文学、古典文学、山林文学;所"建设"者,有国民文学、写实文学、社会文学。这三组,并不来源于现成的系统,似乎是他诸多思考杂糅而成。贵族与国民,属于阶级分类;古典与写实,当来源于西方文学史的流派分类。在对中国古代文学的回顾中,陈独秀并将贵族、古典合并使用。至于山林文学,所指最为含糊,却完全未涉及具体文学史事实,由与其对举的社会文学,饰以"明了的通俗的"看,[18]似乎系骈文律诗之属。而这个"社会文学",是与胡适的主张最有交叉的了。

胡适后来一直提醒并强调,他的《文学改良刍议》是兼顾形式和内容两方面,倒也确实。1916年4月17日的札记中,他总结"吾国文学大病有三。一曰无病而呻……二曰摹仿古人……三曰言之无物……"[19]早于给朱经农和陈独秀函件提出"八事"四个多月。但这有关的"内容",文句皆其来有自,源远流长。更与陈独秀的"主义"水米无干。《文学革命论》固然是声援,但于《文学改良刍议》不着一语,而是扭头另说了一套。

陈独秀所关心的急务,还在社会与文化。《文学革命论》后,他只是在通信中,对文学问题有零星回应。而很快加入的钱玄同,当行本色则在语言方面。由此《新青年》上的讨

---

[18] 陈独秀:《文学革命论》,《新青年》第二卷第六号,1917年2月1日。
[19] 《胡适留学日记》卷十二"吾国文学三大病"条,《胡适日记全集》第二册,第315—316页。

论,很快就转为胡适"八事"中的"形式",也就是他所说的"工具":

> 我最初提出的"八事",和独秀提出的"三大主义",都顾到形式和内容的两方面……钱玄同先生响应我们的第一封信也不曾把这两方面分开。但我们在国外讨论的结果,早已使我认清这回作战的单纯目标只有一个,就是用白话来作一切文学的工具。[20]

所谓"早已使我认清",是胡适习惯的自我历史化叙述的方式。其实钱玄同"第一封信",对《文学改良刍议》的"响应",也就寥寥"其斥骈文不通之句,及主张白话体文学,说最精辟"数语。更著名的是提出"选学妖孽,桐城谬种"一说。[21] 而下一期刊发他第二封来信,则径直称赞胡适"'不用典'之论最精",以为"凡用典者,无论工拙,皆为行文之疵病"[22]。本来,《文学改良刍议》道及,江亢虎对"不用典"异议后,胡适已经接受。陈独秀在回复常乃惪和陈丹崖的"通信"中,也直接说"行文本不必禁止用典","行文原不必故意禁止用典"[23]。如今钱玄同一下子又扯了回去。其主张依据来

---

[20] 胡适:《中国新文学大系·建设理论集》"导言",第18页。
[21] "通信"之钱玄同致独秀,《新青年》第二卷第六号,1917年2月1日。
[22] "通信"之钱玄同致独秀,《新青年》第三卷第一号,1917年3月1日。
[23] "通信"之独秀答常乃惪、答陈丹崖,《新青年》第二卷第六号,1917年2月1日。

自章太炎理论，但太炎是区分不同文体的，远没有钱玄同一杆子打翻的极致。在非根本问题上，胡适一向有适度的弹性，此节很快就被悬置了。

那么几人的交集，就只是"不避俗字俗语"一条中，尊"白话文学之为中国文学之正宗"这一总括性的断语了。如此，"八事""三大主义"事实上均被搁置一旁，"白话"和"白话文学"成为了1917年《新青年》接下来讨论的核心话题。

本年度《新青年》，发表胡陈二人的文学革命檄文后，有关语言文学的讨论，基本上转为对历史上和现实中白话文学的估价。此前胡适《文学改良刍议》已对"活文学"多所追认，此时正面系统立论，发为《历史的文学观念论》。[24]本文以"一时代有一时代之文学"作为立论基础，实则这一说法来自王国维。而王国维也其源有自，明代王骥德、清代焦循等都有类似说法。[25]大体上，胡适追溯白话文学，从唐代小诗短词、佛氏讲义，到宋人讲学语录、宋代部分诗词，再到金元戏曲，最后自然落到明清以及近代白话小说。

1917年的《新青年》，8月出满三卷六号后，到年底处于

---

[24] 胡适：《历史的文学观念论》，《新青年》第三卷第三号，1917年5月1日。
[25] 王国维：《宋元戏曲考》"序"，《王国维遗书》第十五册，上海古籍出版社，1983年版，无页码；王骥德：《古杂剧序》，《王骥德曲律》，湖南人民出版社，1983年版，第337页；焦循：《易馀籥录》卷十五，辽宁出版社，2004年版，第125—126页。参张丽华《现代中国"短篇小说"的兴起：以文类形构为视角》，第一章"导论：文学革命与文类形构"，北京大学出版社，2011年版，第1—2页。

停刊状态。但此期间，实际上酝酿着翌年改行为同人刊物的计划。钱玄同于是开始频频访问"我的朋友周豫才起孟两先生"[26]。本年4月1日，周作人抵京，入住绍兴会馆，亦即鲁迅笔下的S会馆。[27]鲁迅是此前一年，亦即1916年5月6日，迁居此间的"补树书屋"。[28]半个世纪后，周作人回忆其时情景：

> 我初来北京，鲁迅曾以《新青年》数册见示，并且述许季茀的话道，"这里边颇有些谬论，可以一驳。"大概许君是用了民报社时代的眼光去看它，所以这么说的吧，但是我看了却觉得没有什么谬，虽然也并不怎么对，我那时也是写古文的……[29]

周作人日记里，有随后购买《新青年》的记录，[30]但就兄弟二人的感觉，是既"没有什么谬"，又"并不怎么对"。换句话说，是既无附和的冲动，也没有驳斥的价值。周作人言"我那时也是写古文的"，实则兄弟二人，除最早期鲁迅翻译凡尔纳时试用过白话外，从来都是文言写作。而且也没有任何迹象表

---

[26] "通信"之钱玄同致独秀，《新青年》第三卷第六号，1917年8月1日。
[27] 《周作人日记（影印本）》上册，大象出版社，1996年版，第662页。
[28] 同日鲁迅日记，《鲁迅全集》第十五卷，人民文学出版社，2005年版，第226页。
[29] 周作人：《知堂回想录〈药堂谈往〉（手稿本）》"一一五 蔡孑民二"，牛津大学出版社，2021年版，第266页。
[30] 周作人日记中购读《新青年》的记录，有1917年4月20日（三卷一号），8月3日（三卷二、三号）、14日（三卷四号），9月3日（当为三卷五号）。三卷六号则是在北大图书馆借阅的（10月6日），此时他已开始为该刊供稿。《周作人日记（影印本）》上册，第666—699页。

工具革命和思想革命的辖辑 383

明，他们曾经考虑过改行白话。

周作人到京三个月后，7月1日，张勋复辟。那天是星期日，"鲁迅起来得相当的早，预备往琉璃厂去……听到的时候大家感到满身的不愉快"[31]。按周的说法，这一事件对于他们接下来的行动，是关键的触媒：

> 经过那一次事件的刺激，和以后的种种考虑，这才翻然改变过来，觉得中国很有"思想革命"之必要，光只是"文学革命"实在不够，虽然表现的文字改革自然是联带的应当做到的事，不过不是主要的目的罢了。[32]

由此可以见出，周氏兄弟加入《新青年》并非追随胡适、陈独秀的主张，而有着自己另外的独立关怀。固然，此时他们同意"文字改革"，但参与"文学革命"背后的动因却是"思想革命"。所接续是十年前兄弟在东京的工作思路，此时再作冯妇，二度发动。

其实，鲁迅的《呐喊》"自序"也是这样的叙述逻辑，全文分为两大部分，从《新生》的失败直接跳到金心异为《新青年》约稿。据周作人日记，钱玄同来绍兴会馆，8月份三次，分别是9日、17日、27日，其后每月一次。周则在9月7日开始

---

[31] 周作人：《知堂回想录（药堂谈往）（手稿本）》"一一二 复辟前后二"，第260页。
[32] 周作人：《知堂回想录（药堂谈往）（手稿本）》"一一五 蔡子民二"，第267页。

"录北美评论（第七—七）中《ドストエフスキ論》"，9月18日完成《古诗今译》，均是为《新青年》而作。[33]

1918年1月周作人在《新青年》上亮相。而鲁迅似乎确实并非"切迫而不能已于言"[34]，虽然钱玄同数月间不断地热情催请，直到5月才出手《狂人日记》——这无疑也是"思想革命"的文学表达。至8月开始大量写作"随感录"，则于"故事"之外，直接针对"时事"发言。而尽管小说的水平更加让人惊异，但他将更多的精力投入到直接的议论。

本年《新青年》上的诗作全体改行白话，诸多同人都用自由体作诗，显然是出于胡适的组织。这已经不是俗字俗语入诗的语言问题，却是在文体上打破一切束缚，是一场前所未有的大变革。至于理论上的进一步整理，发表于四卷四号《建设的文学革命论》，构筑正面的建设主张，用来替换《文学改良刍议》以及《文学革命论》的破坏主张。而其"唯一在宗旨"，便在于"国语的文学，文学的国语"[35]。就中的关键，其实就是"国语"替代了"白话"。由此将文学语言的变革依托，从口语转入了共同语。[36]

"国语"的观念早在二十世纪初年就已传入中国，民元

---

[33] 《周作人日记（影印本）》上册，第686—695页。
[34] 鲁迅：《呐喊》"自序"，《鲁迅全集》第一卷，第441页。
[35] 胡适：《建设的文学革命论》，《新青年》第四卷第四号，1918年4月15日。
[36] 参看王风《文学革命与国语运动之关系》，《中国现代文学研究丛刊》2001年第3期。本书已收录。

以后的"国语运动"自成脉络。㊲而《新青年》共同体内部，是陈独秀首先提及。在胡适就《文学革命论》发表感想的通信之末，独秀答语中声称"独至改良中国文学，当以白话为文学之正宗，其是非甚明，必不容反对者有讨论之馀地"，之后解释说"倘已至文言一致地步，则以国语为文……岂非天经地义，尚有何种疑义必待讨论乎？其必欲摈弃国语文学，而悍然以古文为文学正宗者……吾辈实无馀闲与之作此无谓之讨论也"㊳。

钱玄同作为语言学家，"国语"问题自是本色当行。三卷六号他声称从此开始用白话作文，并议论到"标准国语"："这个'标准国语'，一定是要由我们提倡白话的人实地研究'尝试'，才能制定。"㊴由此可知，"国语"和"白话"在钱玄同那儿是截然有别的不同概念。如其《尝试集序》所言，白话"没有一定的标准"，"各人所用的白话不能相同，方言不能尽袪"，但对于文学的"传神"是有好处的；而国语"应该折衷于白话文言之间，做成一种'言文一致'的合法语言"。

就学理的层面，钱玄同的区分是正确的。所谓白话，是自然语言，传于口耳；而共同语是民族国家的产物，具有强制的标准。《建设的文学革命论》受这一思路启发，但胡适完全

㊲ 相关较新研究参黄兴涛、黄娟《清末"国语"的概念转换与国家通用语的最初构建》，《近代史研究》2022年第6期。
㊳ "通信"之独秀答胡适，《新青年》第三卷第三号，1917年5月1日。
㊴ "通信"之钱玄同致独秀，《新青年》第三卷第六号，1917年8月1日。

不可能认同"做白话韵文,和制定国语,是两个问题"[40]。在很大程度上,他直接混用并等同了两个概念,"中国若想有活文学,必须用白话,必须用国语,必须做国语的文学","要使国语成为'文学的国语'。有了文学的国语,方有标准的国语。"[41]

从《文学改良刍议》到《历史的文学观念论》再到《建设的文学革命论》,胡适以自己为中心,整合各种意见,主导着讨论向他希望的方向推进。但作为主要讨论阵地的"通信"栏,尤其主要讨论对象钱玄同,就胡适的角度,似乎逐渐进入失控的状态。钱玄同越来越多地陷入世界语的话题中,包办着各方寄来有关世界语函件的答复,挤占版面。胡适的话语主导权,有边缘化的趋势。而且就钱玄同的逻辑,白话文学也好,国语文学也好,都不过是世界语这一终极目标的初始过渡品,所担负无非是为世界语的实现廓清历史渣滓的使命。

钱玄同持论一向有极端的特点,为同人所熟知。胡适和陈独秀虽也表明意见,但都是不愿将此问题扩大的态度。在当时的情境下,世界主义的高蹈理想,以及进化"公例",是他们格于立场都难以否定的前提。因而陈独秀主张"先废汉文,且存汉语,而改用罗马字母书之"作为折衷调停方案。至于胡适,在承认"中国将来应该有拼音的文字"之馀,特别强调

---

[40] 钱玄同:《尝试集序》,《新青年》第四卷第二号,1918年2月15日。
[41] 胡适:《建设的文学革命论》,《新青年》第四卷第四号,1918年4月15日。

"凡事有个进行次序","文言中单音太多,决不能变成拼音文字。所以必须先用白话文字来代文言的文字;然后把白话的文字变成拼音的文字"[42]。这是策略性地希望将讨论的话题扭转回他主导的白话问题上。

不过,始终居于反对立场的陶孟和,终于直言"白话文字犹今之活言语,而世界语始有若钱玄同先生所称'谬种'之文字也"[43]。面临同人间的意气之争,陈胡不得不出来止息。但随即玄同毫不客气地揭露,"适之先生对于Esperanto,也是不甚赞成的",并表示要去寻找新的同志,"如刘半农唐俟周启明沈尹默诸先生"。

被指认为"不反对"的唐俟,[44]极为罕见地在《新青年》通信栏中露面,刊发了题为《渡河与引路》的公开函,表明对于Esperanto,"固不反对,但也不愿讨论"。随后议论道:

但我还有一个意见,以为学Esperanto是一件事,学Esperanto的精神,又是一件事。——白话文学也是如此。——倘若思想照旧,便仍然换牌不换货:才从"四目仓圣"面前爬起,又向"柴明华先师"脚下跪倒;无非反对人类进步的时

---

[42] "通信""中国今后之文字问题"钱玄同致独秀之独秀、适附言,《新青年》第四卷第四号,1918年4月15日。
[43] "通信""论Esperanto"之陶履恭答区声白信,《新青年》第五卷第二号,1918年8月15日。
[44] "通信""论Esperanto"孙国璋致独秀之独秀、适、玄同附言,《新青年》第五卷第二号,1918年8月15日。

候，从前是说no，现在是说ne；[45]从前写作"哱哉"，现在写作"不行"罢了。所以我的意见，以为灌输正当的学术文艺，改良思想，是第一事；讨论Esperanto，尚在其次；至于辨难驳诘，更可一笔勾消。[46]

寥寥数语，可见出周氏兄弟加入《新青年》集团的用心。1918年开始，《新青年》中的文章几乎全用白话写作，至少在同人内部，"工具"统一了。周氏兄弟自居"客员"的边缘位置，鲁迅人不在北大，诸事均通过弟弟，更是边缘的边缘。对于"白话文学"，他们自然是赞成的，Esperanto也不反对，[47]但从不介入有关讨论，因其发愤于斯役，目的全在"改良思想"。

在胡适《中国新文学大系·建设理论集》"导言"中，文学革命首先是他的工具革命，亦即"活的文学"。"第二个作战口号"则是"人的文学"，这部分篇幅很小，且是从他的《易卜生主义》开始叙述的。[48]易卜生是二十世纪初年被关注的有特殊意义的作家，而关注长期集中于他中期的"社会剧"，显然是中国人从"问题"中得到了共鸣。早在1908年《摩罗诗

---

[45] "ne"原刊作"no"，据《鲁迅全集》改，见第七卷，第37页。
[46] "通信""渡河与引路"唐俟致玄同，《新青年》第五卷第五号，1918年11月15日（实为1919年1月）。
[47] 关于《新青年》上围绕世界语的讨论及其背景，参季剑青《语言方案、历史意识与新文化的形成——清末民初语言改革运动中的世界语》，《现代中文学刊》2017年第1期。
[48] 胡适：《中国新文学大系·建设理论集》"导言"，第28—29页。

力说》和《文化偏至论》中，伊孛生或译伊勃生就是"摩罗诗人"谱系中的一员，鲁迅尤属意于富有尼采气的《社会之敌》又译《民敌》一剧。[49]据周作人说，鲁迅"那时最喜欢伊勃生的著作"[50]。国内搬演易卜生戏剧的实践或始于1914年。[51]而1915年《甲寅》第一卷第十号"通信"中，有胡适《非留学》，是乃他将《留美学生年报》的文章寄来重新发表，结果文稿被章士钊弄丢了，只得将来信登在杂志上，其中言及"思译Ibsen之 *A Doll's House* 或 *An Enemy of the People*"。

1918年《新青年》四卷开始改由同人轮值，六人中胡适分配到了第六号。几个月前，他就筹划"易卜生专号"，前数期广而告之。这也算是实现了多年前的理想。本号中，胡适与罗家伦合译《娜拉》，并撰写《易卜生主义》作为专题的总纲。[52]

《建设理论集》"导言"转述此文大意，说是他认为易卜生所宣传的是"真正纯粹的个人主义"，而写这篇文章是"借易卜生的话来介绍当时我们新青年社的一班人公同信仰的'健

---

[49] 鲁迅：《文化偏至论》《摩罗诗力说》，《鲁迅全集》第一卷，第52—56、81页。前文原载《河南》第七号，1908年8月，署名迅行；后文原载《河南》第二、三号，1908年2、3月，署名令飞。

[50] 周遐寿（周作人）：《鲁迅的故家》"第三分 鲁迅在东京""二五 看戏"，上海出版公司，1952年版，第377页。

[51] 予倩（欧阳予倩）：《自我演戏以来（三）：春柳剧场》，《戏剧》第一卷第四期，1929年。

[52] 罗家伦、胡适译：《娜拉（*A Doll's House*）》，胡适：《易卜生主义》，《新青年》第四卷第六号，1918年6月15日。

全的个人主义'"㉝。

这显然是做了太过度的发挥。胡适在《易卜生主义》中的用词是"为我主义"。但该文的中心并不在于此,虽然也谈及"发展个人的个性",但总体是在提倡"写实派的文学",反对"盲目的理想派的文学",即所谓"易卜生的文学,易卜生的人生观,只是一个写实主义":

> 易卜生把家庭社会的实在情形都写了出来叫人看了动心,叫人看了觉得我们的家庭社会原来如此黑暗腐败,叫人看了觉得家庭社会真正不得不维新革命:——这就是易卜生主义。㉞

这所谓让人看完戏,就去进行家庭社会"维新革命"的教化功能,本质上还是未脱梁启超"改良群治"一类的路数。至于提倡"写实主义",是陈独秀一向的主张,也是《新青年》同人共有的倾向。胡适以此为"人的文学"主张的起源,实则只是一篇徒有"主义"口号的较为完善的易卜生介绍。

"思想革命"是《新青年》一直有的线索,《社告》所谓"本志之作,盖欲与青年诸君商榷将来所以修身治国之道。"㉟一年之后,陈独秀形成最后决断,以"伦理之觉悟"

㉝　胡适:《中国新文学大系·建设理论集》"导言",第28页。
㉞　胡适:《易卜生主义》,《新青年》第四卷第六号,1918年6月15日。
㉟　《社告》,《青年杂志》第一卷第一号,1915年9月15日。

为"最后觉悟之最后觉悟",直指"儒者三纲之说",[56]"教忠、教孝、教从,非皆片面之义务、不平等之道德、阶级尊卑之制度、三纲之实质也耶。"[57]

陈独秀的批判,集中在"三纲"中"君为臣纲",所谓"教忠"的向度,寄望于培养未来民族国家的合格国民。而到1918年同人刊物时期,则首先转为针对"夫为妻纲"所谓"教从"一面,这由周作人翻译与谢野晶子《贞操论》、胡适《贞操问题》、鲁迅《我之节烈观》,一组相关的文章构成。《贞操论》主要讨论两个问题:贞操与道德有什么关系;贞操是对于女子单方面的要求还是男女双方都应该恪守。[58]胡适在《贞操问题》中呼应《贞操论》,以为"贞操是男女相待的一种态度;乃是双方交互的道德",并慨叹"我们的中华民国居然还有什么《褒扬条例》"。而具体论述则涉及寡妇再嫁、烈妇殉夫、贞女烈女诸问题。[59]《我之节烈观》针对一致,却是鲁迅特有的文风,层层设问,层层驳难,揭发其"极难,极苦,不愿身受,然而不利自他,无益社会国家,于人生将来又毫无意义的行为",呼吁"发愿""要人类都受正当的幸福"[60]。

至于"父为子纲"的"教孝",鲁迅涉入"随感录"栏目

---

[56] 陈独秀:《吾人最后之觉悟》,《青年杂志》第一卷第六号,1916年2月15日。
[57] 陈独秀:《宪法与孔教》,《新青年》第二卷第三号,1916年11月1日。
[58] 日本与谢野晶子著、周作人译《贞操论》,《新青年》第四卷第五号,1918年5月15日。
[59] 胡适:《贞操问题》,《新青年》第五卷第一号,1918年7月15日。
[60] 唐俟(鲁迅):《我之节烈观》,《新青年》第五卷第二号,1918年8月15日。

的第一篇，讨论的就是这个问题，所谓"'人'之父"，以为"中国现在，正须父范学堂"[61]。而后来作为《我之节烈观》姊妹篇的《我们现在怎样做父亲？》动念于"想研究如何改革家庭"，而且"尤想对于从来认为神圣不可侵犯的父子问题，发表一点意见"。核心却是批判"中国的旧见解"："本位应在幼者，却反在长者；置重应在将来，却反在过去。"从这个思路出发，他倒转旧伦常，呼吁"觉醒的人""自己牺牲于后起新人"[62]。

鲁迅之于《新青年》，自我位置感觉非常特殊。与胡适引导话题、主持风会不同，他并不主动介入讨论，似乎只是在不得已时才发言，所谓"仍不免呐喊几声"[63]，确实是写实。而与乃弟周作人，虽然主张一致，但他的文章，基本没有直接议论到语言文学，而是针对社会和思想问题发言。其实即便他那时期不多的几篇小说，也都可以看成讨论思想问题的特殊文体的文本。因而，将伦理问题与文学相关联起来的使命，就落到周作人头上，即发表于《新青年》五卷六号上的《人的文学》。其开宗明义言：

> 我们现在应该提倡的新文学，简单的说一句，是"人的文

---

[61] 唐俟（鲁迅）：《随感录（二五）》，《新青年》第五卷第三号，1918年9月15日。
[62] 唐俟（鲁迅）：《我们现在怎样做父亲？》，《新青年》第六卷第六号，1919年11月1日。
[63] 鲁迅：《呐喊》"自序"，《鲁迅全集》第一卷，第441页。

工具革命和思想革命的辗轹　393

学"。应该排斥的，便是反对的非人的文学。

新旧这名称，本来狠不妥当……思想道理，只有是非，并无新旧。[64]

此处重新定义了"新文学"，而且隐含着对"新文学"这一提法的异议，即于"思想"而言，判定标准只能是"是非"，而不能是"新旧"。也就是说，"新"未必"是"，而"旧"也不一定"非"。以白话代文言，只是"新旧"更替，忽略了"是非"。在周作人看来，胡适奉为圭臬的《水浒》《三国》《西游》之类的"通俗行远之文学"[65]，恰恰是大有问题的。《人的文学》列出十类"非人的文学"，并例举了十部古代广义的"小说"，计《封神传》《西游记》《绿野仙踪》《聊斋志异》《子不语》《水浒》《七侠五义》《施公案》《三笑姻缘》《笑林广记》，其中只有《聊斋志异》和《子不语》是文言，其他均属白话。以此可见出其与胡适路线的根本差异。其实就在五年前，周作人写过一篇《小说与社会》，言及"若在方来，……当易俗语而为文言，勿复执着社会，使艺术之境萧然独立"。盖因历史上的白话文学，在周作人看来，从"思想"层面都是有"缺限"的。[66]

---

[64] 周作人：《人的文学》，《新青年》第五卷第六号，1918年12月15日（实为1919年1月）。
[65] 胡适：《文学改良刍议》，《新青年》第二卷第六号，1917年2月1日。
[66] 《周作人集外文（1904—1948）》，海南国际新闻出版中心，1995年版，第157页。原载《绍兴县教育会月刊》第五号，1914年2月20日，署名启明。

《人的文学》的"人",指的是人道主义,而且是"个人主义的人间本位主义"。周作人的主张,是"用这人道主义为本,对于人生诸问题,加以记录研究的文字,便谓之人的文学"。因此中国古典白话小说,在他那儿基本上都是首当其冲的"非人的文学",不能以其白话而赦免甚至推崇。周作人并举例,"譬如两性的爱……其次如亲子的爱"[67],与鲁迅之前《我之节烈观》、之后《我们现在怎样做父亲?》,正形成话题呼应。他并不觉得此前有关"文字形式",即所谓"工具"问题的讨论有多重要。而致力于区分"人的文学"和"非人的文学",把《新青年》同人一系列伦理革命的主张,作为"人的道德",来界定"新文学"的性质。

半个月后,周作人又作《平民文学》,却是针对陈独秀等人的说法,即认为"古文多是贵族的文学,白话多是平民的文学",只要是白话,就是"活文学",天然优于文言的"死文学"。周作人以为并不尽然,从"文字的形势〔式〕上,是不能定出区别的"。而应该从"文学的精神"加以划分,即"普遍与否,真挚与否的区别"。因此,"平民文学决不当是通俗文学";"平民文学决不是慈善主义的文学"。原先陈胡等人有关古典白话小说的讨论,言人人殊,而周作人按他自己重建"平民文学"的标准,"只有《红楼梦》要算最好……因为他能写

---

[67] 周作人:《人的文学》,《新青年》第五卷第六号,1918年12月15日(实为1919年1月)。

出中国家庭中的喜剧悲剧,到了现在,情形依旧不改,所以耐人研究。"[68]除此之外,"全是妨碍人性的生长,破坏人类的平和的东西"[69]。

几个月后的《思想革命》,又从另一角度论述,目的仍然是对胡适等人的主张,予以纠偏:

> 我们反对古人[文],大半原为他晦涩难解,养成国民笼统的心思,使得表现力与理解力,都不发达。但别一方面,实又因为他内中的思想荒谬,于人有害的缘故。……如今废去古文,将这表现荒谬思想的专用器具撤去,也是一种有效的办法。但他们心里的思想,恐怕终于不能一时变过……不过从前是用古文,此刻用了白话罢了……无论用古文或白话文,都说不出好东西来。就是改学了德文或世界语,也未尝不可以拿来做黑幕,讲忠孝节烈,发表他们的荒谬思想……所以我说,文学革命上,文字改革是第一步,思想改革是第二步,却比第一步更为重要。

其中使用的例子,如"用从前做过《圣谕广训直解》的办法,也可以用了支离的白话,来讲古怪的纲常名教。他们还讲三纲,却叫做'三条索子',说'老子是儿子的索子,丈夫是妻

---

[68] 仲密(周作人):《平民文学》,《每周评论》第五号,1919年1月19日。
[69] 周作人:《人的文学》,《新青年》第五卷第六号,1918年12月15日(实为1919年1月)。

子的索子'。又或仍讲复辟，却叫做'皇帝回任'"⑦，与鲁迅《渡河与引路》同一修辞方式。自然，得出的也是与鲁迅"改良思想，是第一事"同样的结论。

周作人警惕无原则提倡白话，而忽视白话原也只是载具，白话风行而思想依旧。鲁迅的神经，更敏感于文言即便成为"落水狗"，爬上岸来仍要咬人。在他看来，白话固然可以承载旧思想，但文言无疑更是旧思想的载具。半年后在"随感录"中，痛斥反对白话者"明明是现代人，吸着现在的空气，却偏要勒派朽腐的名教，殭死的语言，侮蔑尽现在"，斯为"现在的屠杀者"，因为"杀了'现在'，也便杀了'将来'。——将来是子孙的时代"⑪。

胡适曾将《文学改良刍议》《历史的文学观念论》《建设的文学革命论》作为他文学革命的三项基本文献。如果以此比照的话，周作人《人的文学》《平民文学》《思想革命》也可看作类似的文件。胡、周作为"活的文学"和"人的文学"的核心主张者，由同人公认到世所共知。笼统地说，后者是在默认前者最底层主张并以之为前提的基础上，否定性地提出另外的理论。但正因具备白话或国语这一前提，就为二者相合提供了条件，并被整理成文学革命的全体叙述。

但这样的并列对举，胡适似乎并不以为然。十多年后，

---

⑦ 仲密（周作人）：《思想革命》，《每周评论》第十一号，1919年3月2日。
⑪ 唐俟（鲁迅）：《随感录（五七）现在的屠杀者》，《新青年》第六卷第五号，1919年5月。

他追叙早在1916年2、3月间,就已"澈底想过:一部中国文学史只是一部文字形式(工具)新陈代谢的历史"。[72]因而"回国之后,决心把一切枝叶的主张全抛开,只认定这一个中心的文学工具革命论是我们作战的'四十二生的大炮'"。这一先知形象的自我指认,使得纠结复杂的历史过程,变成了清澈简洁的因果关系。自然,作为结论,他裁断"这一次文学革命的主要意义实在只是文学工具的革命"。[73]

《思想革命》刊发于1919年3月,此时,林蔡之争风起;5月,五四运动爆发,新思想阵营的注意力被大量分散。6月8日的《每周评论》上,陈独秀发表"随感录"《研究室与监狱》以为声援:"我们青年要立志出了研究室就入监狱,出了监狱就入研究室。"[74]6月11日他被捕,《每周评论》由同人们支撑,直到8月31日被政府封禁。9月16日陈独秀"出了监狱",却再也无法"入研究室"了。他离开北大,带来了《新青年》的归属问题,同人集团逐渐分裂。[75]

当事者应该都感到了筵席将散,1919年底1920年初,不约而同地发表带有总结意味的文章。善于提出纲领的胡适刊出

---

[72] 胡适:《逼上梁山——文学革命的开始》,《中国新文学大系·建设理论集》,第9页。
[73] 胡适:《中国新文学大系·建设理论集》"导言",第22、31页。
[74] 只眼(陈独秀):《研究室与监狱》,《每周评论》第二十五号,1919年6月8日。又,6月29日第二十八号"随感录"上,胡适以"适"为署名发表同题文,以为声援。
[75] 参欧阳哲生《〈新青年〉编辑演变之历史考辨——以1920—1921年同人书信为中心的探讨》,《历史研究》2009年第3期;耿云志《〈新青年〉同人分裂过程中的一个重要细节》,《广东社会科学》2018年第5期。

《新思潮的意义》，以"研究问题、输入学理、整理国故、再造文明"，[76]作为未来努力的概图。周作人则有演讲《新文学的要求》，总结自己的主张，调和"艺术派"和"人生派"而成"人生的艺术派的文学"[77]。至于陈独秀，此时要告别文化运动，奔赴政治场域去了，《新文化运动是什么？》对老朋友们放言一快，并警告"白话文若是只以通俗易解为止境，不注意文学的价值，那便只能算是通俗文，不配说是新文学"。[78]

这在鲁迅眼中，是"《新青年》的团体散掉了，有的高升，有的退隐，有的前进"[79]，由此他彷徨无地而上下求索。不过倘从另一面看，正如他《渡河与引路》所言：

> 然问将来何以必有一种人类共通的言语，却不能拿出确凿证据。说将来必不能有的，也是如此。所以全无讨论的必要；只能各依自己所信的做去就是了。[80]

"原来同一战阵中的伙伴"，固然走散。但也不过是"各依自己所信的做去"罢了。

（初刊《文学评论》2023年第4期）

---

[76] 胡适：《新思潮的意义》，《新青年》第七卷第一号，1919年12月1日。
[77] 周作人：《新文学的要求（一月六日在北京少年学会讲演）》，《晨报》1920年1月8日。
[78] 陈独秀：《新文化运动是什么？》，《新青年》第七卷第五号，1920年4月1日。
[79] 鲁迅：《〈自选集〉自序》，《鲁迅全集》第四卷，第469页。
[80] "通信""渡河与引路"唐俟致玄同，《新青年》第五卷第五号，1918年11月15日（实为1919年1月）。

新时代的旧人物

严复：书牍里的中国

> 此番英使朱尔典返国，仆往送之，与为半日晤谈。抚今感昔，不觉老泪如缕，朱见慰曰："严君，中国四千馀年蒂固根深之教化，不至归于无效。天之待国犹人，眼前颠沛流离，即复甚苦，然放开眼孔看去，未必非所以玉成之也，君其勿悲。"复闻其言，稍为破涕也。
>
> ——1916年12月25日严复《与熊纯如书》

民元以后，严复每年冬天都为哮喘病所困，1915年起，一年比一年严重。1918年底，他南下福州，希望家乡温暖的气候能缓解自己的病症，同时为三子严琥娶亲。亲家是台湾大商人林有熊，这门亲事很让他满意。1919年新历元旦办了喜事，到1月5日，他在日记中写道："日来喘甚剧，精神萎顿，殊可虑也。新妇归宁，取龙涎香至。"①刚过门的儿媳开始照料他的病体。

据说林姑娘过于依恋自己的母亲，本日之后，7日再度从乡间"归宁"，到9日，"归宁"的同时新婚夫妇干脆觅居于母家所在的城内郎官巷。病喘的严复随之跟了过去，21日"在郎官巷病发几殆，美医金尼尔来"，②直到2月5日才"病见转机"。③三星期后他在给熊纯如的信中对迁居一事深表庆幸：

> 纯如老弟如见：别后回闽，住城南之阳崎乡，仆祖籍之所在也。在彼为琥儿娶妇，而族人亦相聚为仆作寿，以是劳劳。至旧历腊月之廿一日，而仆病作，病势大危，神经瞀乱者十馀日。幸琥夫妇作计早迁入城，不然病亟时，求一善医且不可得也。病至立春日，始呈转机，然今日下地尚头涔涔耳。④

熊纯如是严复得意门生熊元锷从弟，民国元年起，到严复逝世，十年间通信极密，保留至今的严函多达一百馀封。严复曾在信中说："不佞平生答复友人书札，惟于吾弟为最勤，此非有所偏重于左右也。盖缘发言质直，开口见心……不佞阅世数

---

① 严复：《日记》（1919年1月5日），《严复集》第五册，中华书局1986年1月版。
② 严复：《日记》（1919年1月21日），《严复集》第五册。
③ 严复：《日记》（1919年2月5日），《严复集》第五册。
④ 严复：《与熊纯如书》七十七（1919年2月26日），《严复集》第三册，中华书局1986年1月版。

十年，求之交游之中，殆不多觏，此所以尊书朝颁夕答，常复累纸……"⑤晚年严复身病心疲，已不大公开对世事发言，但忧世伤生，有不能已于言者，"吾辈托生东方，天赋以国，国者其尊如君，其亲如父，今乃于垂老之日，目击危亡之机，欲为挽救之图，早夜思维，常苦无术"，⑥故在致纯如函中，无所不谈，牵涉之广，几乎遍及当时中国所有的重大事件和问题。

严复病情稍稳，"春杪至沪，入红十字医院"，⑦甫到上海尚未入院即去信熊纯如，告知通讯地址。随后是6月20日函，此时五四及六三均已过去，严复在信中评论说：

> 和会散后，又益以青岛问题，集矢于曹章，纵火伤人，继以罢学，牵率罢市。政府俯殉〔徇〕众情，已将三金刚罢职，似可作一停顿矣……咄咄学生，救国良苦，顾中国之可救与否不可知，而他日决非此种学生所能济事者，则可决也。⑧

接着29日又去函："公长两校，学生须劝其心勿向外为主。从古学生干预国政，自东汉太学，南宋陈东，皆无良好效果，况今日耶？"⑨这种看法当时并不罕见，几个月后林纾在一篇题

---

⑤ 严复：《与熊纯如书》三十九（1916年9月22日），《严复集》第三册。
⑥ 严复：《与熊纯如书》三十七（1916年8月30日），《严复集》第三册。
⑦ 严璩：《侯官严先生年谱》，"己未（1919）"条，《严复集》第五册。
⑧ 严复：《与熊纯如书》七十九（1919年6月20日），《严复集》第三册。
⑨ 严复：《与熊纯如书》八十（1919年6月29日），《严复集》第三册。

为《某生》的小说中借"某生"之口质问道:"天下岂有学生兼司国家刑宪耶?"并设喻曰:"国事固宜争,国贼固宜讨。惟学生能否以飞机潜艇,与敌争长?既不之能,譬之父兄为豪强所并,悉倾其产。子弟不能摈敌,但日夜搅其父兄,俾还其产,此非速父兄之死耶?"⑩

严复到上海前,林纾刚与蔡元培等新派大战三百回合。此时在病榻上,他也与熊纯如论及此事,却是双方全看不起,以为"蔡子民人格甚高,然于世事,往往如庄生所云:'知其过,而不知其所以过。'偏喜新理,而不识其时之未至,则人虽良士,亦与汪精卫、李石曾、王儒堂、章枚叔诸公同归于神经病一流而已。于世事不但无补,且有害也"。⑪至于甚嚣尘上的林纾与陈胡之争,他更以为是争所不当争:

> 北京大学陈胡诸教员主张文白合一,在京久已闻之,彼之为此,意谓西国然也。不知西国为此,乃以语言合之文字,而彼则反是,以文字合之语言……须知此事,全属天演,革命时代,学说万千,然而施之人间,优者自存,劣者自败,虽千陈独秀,万胡适、钱玄同,岂能劫持其柄,则亦如春鸟秋虫,听其自鸣自止可耳。林琴南辈与之较论,亦可笑也。⑫

---

⑩ 林纾:《某生》,《新申报》,1919年9月13日。
⑪ 严复:《与熊纯如书》八十一(1919年7月10日),《严复集》第三册。
⑫ 严复:《与熊纯如书》八十三(1919年7月23日),《严复集》第三册。

此类事严复不愿多费心思，在他看来，那不过是这个时代的一个细枝末节。现在国家正处在关键时刻，身为文人的"林琴南辈"当然只能讲讲大道理，而他是以救时为己任的，应该有独立的逻辑和判断。对于时下的局面，他的主张非常简明：坚决隐忍。

其实早在1914年，日本借口对德宣战，进攻时为德国势力范围的山东，严复就以为"谋国之事，异于谋身，通计全盘，此时决裂，万无一幸"，在这通是年10月23日致熊纯如书中，他对当时的形势和以后的发展作了分析和预测：

> 日围青岛，占及济南，譬彼舟流，不知所届。顾为中国计，除是于古学宋之韩侂胄，于今学清之徐侗，则舍"忍辱负痛"四字，无他政策。夫云山东祸烈，固也，然我不授之以机，使之无所借词，则彼虽极端野蛮，终有所限。以俟欧洲战事告息，彼时各国协商，而后诉之公会，求最后之赔偿。无论如何，当较今之不忍愤愤者为胜耳。

这是诉诸理性的结论，在感情上，他同样是创剧痛深，以至说："但有一物可以言战者，严复必不忍为是言也。"[13]如今形势确如他所料，而且中国还成了战胜国，但数年来，内则政府更迭，外交混乱，外则日人猖獗，诸强均利，以至山东问题

---

[13] 严复：《与熊纯如书》十八（1914年10月23日），《严复集》第三册。

将成国际定论。对此局面,严复仍主张退让,以为"和约不签字,恐是有害无利,盖拒绝后,于胶济除排阁日货外,羌无办法,而和约中可得利益,从而抛弃,所伤实多"。

严复自认为能冷静判断形势,此时公理是非是一回事,实力对比是另一回事。政治作为一种现实,当事者必须有决断,能承担责任,不可感情用事,虚与推诿。他对政府犹豫观望、责任人害怕担待骂名极为痛恨:

> 此事陆专使及中央政府莫不知之,然终不肯牺牲一己,受国不祥,为国家行一两害择轻之事。此自南宋以来,士大夫所以自为谋者,较诸秦缪丑诸人,为巧多矣。[14]

几年前,中日谈判廿一条时,严复就说过"中倭交涉,所谓权两祸而取其轻,无所谓当否"。[15]"两害择轻"这一思路的来源见于1916年4月4日给熊纯如的信中:"英人摩理有言:'政治为物,常择于两过之间。'法哲韦陀虎哥有言:'革命时代最险恶物,莫如直线。'" 其时正当袁世凯取消帝制,但仍留在大总统位上,严复反对必去袁世凯而后快的全国性声浪,可谓甘冒天下之大不韪,理由在于"项城此时一去,则天下必乱,而必至于覆亡。德人有言:'祖国无上。'为此者,一切有形无形

---

[14] 严复:《与熊纯如书》八十一(1919年7月10日),《严复集》第三册。
[15] 严复:《与熊纯如书》二十四(1915年6月19日),《严复集》第三册。

之物皆可牺牲"。⑯他认为中国积弱,当以"瓦全"为第一要义,静待苏息。如若轻举妄动,冒死一击,不留后着,必陷于万劫不复。所谓"将亡之国,处处皆走极端,波兰前史,可为殷鉴,人人自诩救国,实人人皆抱薪厝火之夫"。⑰

严复所言固然未始没有道理,但民族危亡之际,民众必然奋起,这也是一种国家力量。如五四,正显示民气可用,未可轻侮。要求政治家冷静是对的,但不可能要求普通人个个沉默,以待死灰复燃之机。对于1919年拒约期间的群众运动,严复的议论其实也是他所看不起的书生之见:

> ……民情嚣张,日于长官作无理要求,无所不至。用其旧时思想,一若官权在手,便是万能,不悟官吏之无所能为,正复同己。每遇抵触挑拨,望其为国忍辱,自无其事,甚则断脰蹈海,自诩义烈。而敌人以静待躁,伺隙抵巇,过常在我,此亡国之民所为,每况愈下者也。⑱

"为国忍辱""受国不祥"是这几年间严复对当政者和士大夫乃至于普通民众的道德要求。在他看来,国势如此,当以"存国为第一义",⑲侈谈"义烈"、气节不仅于事无补,简直是亡

---

⑯ 严复:《与熊纯如书》三十(1916年4月4日),《严复集》第三册。
⑰ 严复:《与熊纯如书》三十五(1916年7月15日),《严复集》第三册。
⑱ 严复:《与熊纯如书》八十三(1919年7月23日),《严复集》第三册。
⑲ 严复:《与熊纯如书》三十(1916年4月4日),《严复集》第三册。

国之兆。民元他任北京大学校长，极属意于陈三立，陈不愿仕民国，严复在给熊纯如的信中说："伯严已坚辞不来，可谓善自为谋矣。"[20] 1918年11月27日日记曰："菊生请晚饭，坐有梦旦、伯训，独苏堪不来，想持高节，以我为污耳。"[21] 意态冷冷，见于言外。严复历仕清朝、民国、洪宪，在遗老眼中诚可谓变节不计其数，但他早已是具有现代国家观念的新人物，以为"历史废兴，云烟代谢，我曹原无所容心于其际也。至于存种救民，自是另为一事。因果所呈，不应专求于上，四百兆之民质实为共之"。[22]

1919年南北和会正在上海举行，严复自然极为关注。病榻上他收到徐佛苏主张南北分治的说帖，以为"颇窥症结"，7月23日致熊纯如函言：

> 北之东海、合肥、河间，南之岑、唐、陆、唐诸公，地丑德齐，莫能相尚，真如来书所云："无一有统一中国能力者也。"既不能矣，则以分治，而各守封疆，亦未始非解决之一道耳。[23]

严复在他生命的最后十年里，最希望的就是看到一位"有统一

---

[20] 严复：《与熊纯如书》四（1912年5月3日），《严复集》第三册。
[21] 严复：《日记》（1918年11月27日），《严复集》第五册。
[22] 严复：《与熊纯如书》二十六（1915年9月23日），《严复集》第三册。
[23] 严复：《与熊纯如书》八十三（1919年7月23日），《严复集》第三册。

中国能力者",无论谁都行。他一直认为中国教育程度太差,宜君主不宜共和,推翻清朝是一个历史性的错误。及民国建立,袁世凯得位,阳共和而阴独裁,严复觉得尚是差强人意,时下当行霸道而非王道,重要的是保持国家统一并建立秩序,此非铁腕人物不可,袁自是上上之选,以后视情况进可民主退可君主。当前要着在于"循名责实之政",作为历史经验,"齐之强以管仲,秦之起以商公,其他若申不害、赵奢、李悝、吴起,降而诸葛武侯、王景略,唐之姚崇,明之张太岳,凡为强效,大抵皆任法者也。而中国乃以情胜,驯是不改,岂有豸乎?"㉔此所谓崇法黜儒。该函写于1915年3月4日,31日又去信熊纯如,再作发挥:

> 是故居今而言救亡,学惟申韩,庶几可用,除却综名核实,岂有他途可行。贤者试观历史,无论中外古今,其稍获强效,何一非任法者耶?管商尚矣,他若赵奢、吴起、王猛、诸葛、汉宣、唐太,皆略知法意而效亦随之。至其他亡弱之君,大抵皆良懦者。今大总统雄姿盖世,国人殆无其俦,顾吾所心憾不足者,特其人感多情,而不能以理法自胜耳。㉕

虽有缺点,还是颇为称心的。但随后几个月中日纷争,不知

㉔ 严复:《与熊纯如书》二十(1915年3月4日),《严复集》第三册。
㉕ 严复:《与熊纯如书》二十一(1915年3月31日),《严复集》第三册。

道严复大不满意于什么,评价直线下降:"大总统固为一时之杰,然极其能事,不过旧日帝制时一才督抚耳……使人不满意处甚多,望其转移风俗,奠固邦基,呜呼,非其选尔。"无可奈何的是,"顾居今之日,平情而论,于新旧两派之中,求当元首之任而胜项城者,谁乎?"㉖基于这种判断,在袁世凯称帝以及退位而仍为总统期间,严复一直反对拉他下台,以为"以目前之利害存亡言,力去袁氏,则与前之力亡满清正同,将又铸一大错耳"。㉗接下来的局面正如他所料,世凯一去,中国立成军阀割据。此时急需之人才,已不是"任法者",而是"当先出曹孟德、刘德舆辈,以收廓清摧陷之功,而后乃可徐及法治之事"。㉘其后几年严复看尽天下风云人物,但举世滔滔,正所谓"一蟹不如一蟹",不仅"督抚"之才,甚乃"求一盗魁不能",㉙民党从不入法眼,南北军阀"其力以相吞并不能,而残害地方有馀裕",㉚打下去只能是与国无益而与民有害,如此不如南北分治,这正是他认为徐佛苏的主张"颇窥症结"的理由。

但分治只是势不能不如此,"签字纵令有日,而和平恐无其事",严复还是把徐佛苏之议看成"仅仅取济目前,固未为

㉖ 严复:《与熊纯如书》二十四(1915年6月19日),《严复集》第三册。
㉗ 严复:《与熊纯如书》三十(1916年4月4日),《严复集》第三册。
㉘ 严复:《与熊纯如书》六十二(1917年),《严复集》第三册。
㉙ 严复:《与熊纯如书》六十三(1918年1月23日),《严复集》第三册。
㉚ 严复:《与熊纯如书》八十八(1919年10月23日),《严复集》第三册。

永息争端之计"。㉛至于他本人，在上海几个月，辗转病榻之上，也是或南或北，犹豫不决。6月6日入院，10日开始在日记中用英文自记身体状况。头一个月，病情不见好转，而长子在北京买房迟迟不能决定，家乡福州又传来"新妇""已动喜脉"的消息，严复感到"欲北归又无房屋，或重复回闽与琥居，未可定耳"，㉜归隐的倾向要大些。一个月后，随着病势好转，北边房屋渐渐落实，出山的念头又占了上风。所谓"大抵吾病则思归，吾愈则思出耳"。㉝终于，8月9日他得以出院，9月9日付医药费，"计银444.80两"，㉞"秋杪北归，入协和医院"。㉟

严复还是希望多活几年，看到能够让他满意的雄主出现，罢兵戈苏民息。但次年冬他又因喘南下福州，再一年就去世了。尽管他只再活了这么两年，还是看到了直皖战争，以至到死都老泪不干。只可惜严复没多活几年，如果他能见到1927年蒋介石的手段，不知会作何感想。要是还不行，那也就只能如此了，不可能指望他再活二十多年。

（初刊陈平原、夏晓虹主编：《触摸历史：五四人物与现代中国》，广州出版社1999年4月版）

㉛ 严复：《与熊纯如书》八十四（1919年8月26日），《严复集》第三册。
㉜ 严复：《与长子严璩书》六（1919年7月6日），《严复集》第三册。
㉝ 严复：《与长子严璩书》八（1919年7月18日），《严复集》第三册。
㉞ 严复：《日记》（1919年9月9日），《严复集》第五册。
㉟ 严璩：《侯官严先生年谱》"己未（1919）条"，《严复集》第五册。

章太炎：行万四千里之后

> 休言麟定说公孙，鲁语能污帝阙尊。蜡泪满前君莫笑，沛公如厕在鸿门。——民国八年，章太炎先生寓沪上也是庐，予《洪宪纪事诗》成，呈稿请序。先生谓有故事一则，属予撰诗，佳则序之，不佳则无有也。……诗成，走呈先生，先生曰："毛厕诗甚佳！坐片刻，为子序之。"疾书一小时，成本诗诗序。今春，在吴会祝先生寿，先生尚曰："毛厕诗甚好！"
>
> ——刘成禺《洪宪纪事诗本事簿注》

《章太炎自定年谱》"中华民国七年"条曰："自六年七月以还，跋涉所至，一万四千馀里，中间山水狞恶者，几三千里。"[36]本年10月11日章太炎归抵上海，11月13日有信致吴承仕（检斋），其中谈到："仆此行自广东过交趾，入昆明。北出毕节，至于重庆。沿江抵万县，陆行至施南。南抵永顺、辰州，沿沅水至常德，渡洞庭入夏口以归。环绕南方各省一帀，凡万四千二百馀里，山行居三分一。"[37]叙述生动豪迈，文字

---

[36] 章太炎：《章太炎先生自订年谱》"中华民国七年五十一岁"条，上海书店1986年6月版。

[37] 章太炎"致吴检斋信"（1918年11月13日），《章炳麟论学集》，北京师范大学出版社1982年5月版。其中排印版"帀"作"币"，本文据影印版引。

亦跌宕流走，可见其当时的心情。

此次回到上海，章太炎行年五十有一，随后卜居苏州，终有晚年安定生活。而这之前的三十多年，其真可谓奔走天下，为王者师。先因颠覆清廷系狱海上，流落东瀛；及民国建立，复由于反抗洪宪帝制遭软禁于北京。袁世凯死后，他南行广东，参与护法。为调停孙中山与西南军阀之间的关系，章太炎自讨印信，以军政府秘书长的身份行于粤川滇之间，纵横捭阖，这便有了他所说的"跋涉所至，一万四千馀里"。

回到上海后章太炎的中心工作仍是护法。但整个护法运动的阵营矛盾重重，西南军阀岑春煊、陆荣廷、唐继尧等各有算盘，首鼠于战和之间。孙中山空有印信，号令不能出府门。太炎早年就与中山不和，此时二度合作，想法也不一致。他争取的目标是与他交厚的黎元洪复位总统，和旧国会的重开。但就在他回到上海的前一天，徐世昌在北方就总统职，而此人章太炎可谓极为厌恶，"因念帝制复辟僭立，皆此一人为主。自袁氏死，黎公继任，海内粗安，其间交搆府院，使成大衅者，亦世昌也。二年以来，乱遍禹域，则世昌为始祸，冯国璋其次也，段祺瑞又其次也。"可是，受日本支持的唐绍仪被西南方面推为议和总代表，章太炎"见同志无深慭世昌者，西南群帅，且屈意与和好"，大受刺激，乃至于"发愤杜门，不时见人"。㊳并在12月2日《时报》上发表《章太炎对于西南之言

㊳ 章太炎：《章太炎先生自订年谱》"中华民国七年五十一岁"条。

论》，历述西南之行，声称"西南与北方者，一丘之貉而已。仆固不欲偏有所助，是以抵家五十日间，未尝浪发一语……中土果有人材能戡除祸乱者，最近当待十年以后，非今日所敢望也"，[39]愤懑与绝望之情，溢于言表。

闭门不出的章太炎只好移情于他事，11月13日致吴检斋信中说："在蜀搜得古泉数十品，葬玉一二事，聊可自慰。"并要检斋在宛平为他收集铜器，看来他是打算以此遣闷了。同函还议论到当时学界："颇闻宛平大学又有新文学旧文学之争，往者季刚辈与桐城诸子争辩骈散，仆甚谓不宜。老成攘臂未终，而浮薄子又从旁出，无异元祐党人之召章蔡也。"[40]

实际上"新文学旧文学之争"和"季刚辈与桐城诸子争辩骈散"都与章太炎或多或少有点关系。1909年章太炎《与人论文书》将林纾之文列为最下品，林纾反唇相讥，至称章氏为"庸妄巨子"。太炎目高于顶，自是绝不介怀，但弟子们多少都会上心。民元后黄侃等入北大，其实不止"与桐城诸子争辩骈散"，最终是将林纾、姚永概等排挤出学校，章太炎说："每见欧阳竟无辈排斥理学，吾甚不以为是，此与告季刚勿排桐城派相似。盖今日贵在引人入胜，无取过峻之论也。"[41]正是他一贯不知世故该有的议论。此时新旧文学之争，林纾又是头号靶子，也以他弟子钱玄同的打击最是不遗余力。章门弟子

---

[39] 章太炎：《章太炎对于西南之言论》，《时报》1918年12月2日。
[40] 章太炎"致吴检斋信"（1918年11月13日），《章炳麟论学集》。
[41] 章太炎"致吴检斋信"（1917年5月23日），《章炳麟论学集》。

对老师都极为尊敬，但做起事来未必听他的，太炎也只好跟检斋这样置身事外的学生发表高见了。

大概吴检斋在回信中谈了一些当时的情况，章太炎12月6日函曰："所称北都现象，令人发笑。然非蔡子民辈浮浪之说所能平也。"㊷接着又是佛学铜器古钱等事，毫不及于他面临的政治斗争，对于这类足不出书房的弟子，说也无用。不过在接下来1919年1月11日的去件中，还是轻描淡写了一句"得书久未复，因近亦有少许烦恼也"，㊸多少流露出时下的心境。

2月，徐世昌派朱启钤与唐绍仪谈判，南北终于开始议和。章太炎不能再以沉默相抗议，排门而出，"集同志茅祖权咏熏、方潜寰如、简书孟平等为护法后援会，破徐唐之谋也"。他的原则非常清楚："今西南所以自名者，护法也。曩日为保持国会，今国会已集矣，但令世昌退位，伪国会解散已足，不当先论他事。""伪国会解散"是南方总体立场，但太炎所争还在"世昌退位"，并"重以帝制、复辟、僭立三罪"。3月因陕西战事，和会中断，而孙中山策略较章太炎灵活，并不绝对地以战和为是非，不久又让唐绍仪重开谈判。接着，显然是为了统一意见，中山招饮太炎，"言和议为外人所赞，必欲反对，外人将令吾辈退出租界。余笑不应，归，力争如故。"㊹随后他又致函中山，坚持反对立场，并提出"纵使

㊷ 章太炎"致吴检斋信"（1917年12月6日），《章炳麟论学集》。
㊸ 章太炎"致吴检斋信"（1919年1月11日），《章炳麟论学集》。
㊹ 章太炎：《章太炎先生自订年谱》"中华民国八年五十二岁"条。

言和，惩办祸首与国会行使职权两件，必当提出"。㊺

在此期间，北京大学部分学生于3月20日创办《国故》，其大后台之一黄侃寄了一册给章太炎。章回信季刚，厉声责问"《月刊》中有何人言'炭石训钜，古代所无'"。太炎对晚辈本一向和气，但恰逢心绪不佳，又是私函，"姑为弟言之"，因而语气有点失控。这封信很快转到学生编辑手里，师太爷教训，当然不能怠慢，4月20日该刊第二期刊发全信并诚惶诚恐附言道："太炎先生学问文章，本社同人素所景慕。此次锡之教言，匡其不逮，同人极为感激。谨将原书载入通讯栏，并拜佳惠。"㊻

半个月后，北京大学又发源了五四运动，这一不期而至的事件在章太炎自然也成了南北斗争的一部分，《自定年谱》"民国八年"条曰："五月四日，京师学生群聚击章宗祥，欲尽诛宗祥及陆宗舆、曹汝霖辈，三人皆伪廷心膂，介以通款日本者也。事起，上海学生亦开国民大会，群指和议为附贼。"㊼这场运动的导火线是巴黎和会，而中国之所以参加巴黎和会，是由于介入一战并成为战胜国。当初章太炎是站在黎元洪一边，坚决反对参战的，再加上现在"伪廷"丧权辱国，与北方议和自然即是"附贼"。在各方面压力下，唐绍仪向朱启钤提出八条和谈建议，除国会问题外还有废除中日密约，作为妥协，承认徐世昌为临时大总统。由于北方不可能接受，和

㊺ 《致孙中山反对南北议和书》，转引自谢樱宁《章太炎年谱摭遗》"一九一九年"，中国社会科学出版社1987年12月版。
㊻ 《章太炎先生与黄季刚先生书》，《国故》第二期，1919年4月。
㊼ 章太炎：《章太炎先生自订年谱》"中华民国八年五十二岁"条。

会中断。在此期间，太炎几度向国会建议选举大总统，"虽分立亦无害"，说明他为了达到去除徐世昌的目的，已放弃让黎元洪归总统位的努力，而在护法运动伊始，他力劝孙中山组织军政府，只任大元帅，目的之一就是让南方"遥戴黎公"。[48]

8月以后，北方以王揖唐为和谈代表，但军政府和国会都反对重开谈判，西南军阀也渐有战志，和平终至于无望，章太炎算是达到了目的。在长达一年的时间里，他跳踉叫喊，奔走最力，"自余始宣布徐唐罪状，其后八次与绍仪书，道其隐情，留沪议员亦相与应和，至是徐唐之谋暴著，和会始破"。[49]其言行之激烈，真不愧章疯子之目。

不过，超然于双方之外的人士未必皆以太炎为然，冀望和平者不会太少。民间各种力量格于利益，也多有希望南北谈判成功。对此他必定痛斥，1919年3月31日上海《神州日报》刊载章太炎《劝告商团书》，对"和议停顿，上海有商民公团五十三种，自称商团联合会"，"悬旗请愿，力求和平，恳请唐朱速开和议"，予以警告。该报全文照发，却拟了一个大标题，曰，"章太炎之大放厥词"，[50]恨恨之情，令人发噱。

（初刊陈平原、夏晓虹主编：《触摸历史：五四人物与现代中国》，广州出版社1999年4月版）

---

[48] 章太炎：《章太炎先生自订年谱》"中华民国八年五十二岁"条。
[49] 章太炎：《章太炎先生自订年谱》"中华民国八年五十二岁"条。
[50] 《章太炎之大放厥词》，《神州日报》，1919年3月31日。

刘师培：闭关谢客　抱疾著述

>　　……后来他来到北大，同在国文系里任课，可是一直没有见过面。总计只有一次，即是上面所说的文科教授会里，远远的望见他，那时大约他的肺病已经很是严重，所以身体瘦弱，简单的说了几句话，声音也很低微，完全是个病夫模样，其后也就没有再见到他了。
>
>　　　　　　　　　　　　　　——周作人《知堂回想录》

　　1919年刘师培三十五岁，但已病入膏肓，垂垂待毙。少年得志者不祥，这句话在他身上应验得毫髮不爽。世纪之初，刘师培二十出头，便有大师之誉，际会风云，啸傲江湖，而后迭经世变，数度转向，其声名气节渐至于国人侧目。1917年蔡元培长校后，念及旧谊学识，延之讲席，但已不复当年雄姿英发之概，唯自励于学术，可谓与世无争了。

　　本年3月18日，北京《公言报》刊发林纾那封著名的"致蔡鹤卿书"，同时附发了一篇《请看北京学界思潮变迁之近状》，将此前及当时北大教员分门别派为三，牵扯到了刘师培：

>　　国立北京大学自蔡孑民氏任校长后，气象为之一变，尤以

文科为甚。文科学长陈独秀氏以新派首领自居,平昔主张新文学甚力,教员中与陈氏沆瀣一气者有胡适、钱玄同、刘半农、沈尹默等,学生闻风兴起,服膺师说张大其辞者亦不乏人……近又由其同派之学生组织一种杂志曰新潮者,以张皇其学说……顾同时与之对峙者有旧文学一派,旧派中以刘师培氏为之首,其他如黄侃、马叙伦等则与刘氏结合,互为声援者也。加以国史馆之耆老先生如屠敬山、张相文之流,亦复而深表同情于刘黄,刘黄……文章则重视八代而轻唐宋,目介甫、子瞻为浅陋寡闻,其于清代所谓桐城派之古文家则深致不满。……从前大学讲坛为桐城派古文家所占领者,迄入民国,章太炎学派代之以兴,在姚叔节、林琴南辈目击刘黄诸后生之皋比坐拥,已不免有文艺衰微之感,然若视新文学派之所主张,更当认为怪诞不经,似为其祸之及于人群,直无异于洪水猛兽,转顾太炎新派,反若涂轨之犹能接近矣。顷者刘黄诸氏以陈胡等与学生结合,有种种印刷物发行也,乃亦组织一种杂志曰国故,组织之名义出于学生,而主笔政之健将教员实居其多数。盖学生中固亦分旧新两派,而各主其师说者也……介乎二派者则有海盐朱希祖氏……[51]

这里虽大肆描述陈独秀、刘师培两大首领,各率一批教员学生,以杂志为阵地相对抗,但与刘师培关系不算太大,此时

---

[51] 《请看北京学界思潮变迁之近状》,《公言报》1919年3月18日。

正是林蔡斗争之际,主角是林纾和蔡元培。附发此文的目的是为当时林纾"致蔡鹤卿书"提供背景资料,叙述中偶有的不准确处,无伤于大体上的符合事实。有趣的是,当时战成一团的林蔡陈胡诸人对此不置可否,被连类带及的刘师培却急于出来剖白。3月21日《北京大学日刊》发表蔡元培《答林君琴南函》,22日《公言报》就刊出《刘师培致公言报函》:

> 公言主笔大鉴:阅十八日贵报北京学界思潮变迁一则,多与事实不符。鄙人虽主大学讲席,然抱疾岁馀,闭关谢客,于彼校教员,素鲜接洽,安有结合之事。又国故月刊由文科学员发起,虽以保存国粹为宗旨,亦非与新潮诸杂志,互相争辩也。祈即查照更正,是为至荷。刘师培启十九日[52]

到24日,这则文字又出现在《北京大学日刊》上,显然是为了校中诸公能尽数看到。同时还刊出《国故月刊致公言报函》:

> 国故月刊纯由学生发起……嗣以社中尽属同学,于稿件之去取,未便决定。又因同学才识简陋,恐贻陨越,箴规纠正,端赖师资。故敦请本校教员,及国史馆职员,为总编辑,及特别编辑。而社中编辑十人,则全为学生。由此以观,则学生为

---

[52] 刘师培:《刘师培致公言报函》,《公言报》1919年3月22日。标题系《北京大学日刊》转载所添。

主体，教员亦不过负赞助上之职务耳。(53)

这一天《公言报》的重头戏是林纾的《林琴南再答蔡鹤卿书》，按语中也顺便致意刘师培："本报前登学界思潮之变迁一则，采访传闻绝非无据。唯其间国故月刊杂志之内容或稍有舛误。前日刘师培氏已有来函，自行声明矣。"(54)语气间仍不肯吃亏。而《国故月刊致公言报函》也送到了报社，篇幅比《北京大学日刊》上发的多出五六倍，并且啰里啰嗦，开头说："主笔先生大鉴：阅本校日刊，得悉十八日贵报有论北京大学新旧学派一条，所云国故月刊情形与真象不符。特将敝社经过事实略为陈述，请详览焉。"接着把创刊宗旨等等全搬上去，最后还来了些诛心之论。

这班学生是有点夹缠不清，几句声明自脱干系就完了，此时唱大轴的是林蔡，他们跑龙套的却瞎掺和。报社大概又好气又好笑，全文照发之后另作点评：

至国故月刊之出现，本报诚至为赞成。当时仅摭拾传闻，以为刘申叔主持其事，当必大有可观。不意刘氏既有声明。而本报昨接该社更正来缄一通，累数百言，既酸且冗。其实本报不过对于该社内部组织不甚明瞭，何至谓为荧惑观听。且诸君

(53) 《国故月刊致公言报函》，《北京大学日刊》1919年3月24日。
(54) 《北京学界思潮变迁现状再志》，《公言报》1919年3月24日。

> 既以昌明国学自任，而寻常启事，已拖沓若此，何以发挥新义，刮诟〔垢〕磨光？诚恐非新青年每周评论之敌手。本报厚爱国故月刊，故不觉谆切言之，想秉笔诸公必能相谅。㊹

《公言报》"主笔"笔下硬是来得，既打屁股又摸脑袋，不知"秉笔诸公"作何感想。"不意刘氏既有声明"前后不搭，大概是后加的，提醒刘师培并非冲他而去，打狗和看主人面同时兼顾，真可谓是老江湖了。

写得不好是另一回事，但《国故月刊致公言报函》很可能就出于刘师培的授意。不过，今天回头来看，申叔固然不愿多生是非，年轻气盛的学生却并不见得如此怕事，而且未始没有自己的主张。

说《国故》以"学生为主体"，这是对的，组织这一杂志并非为与《新潮》对抗，看来也是事实。《国故》创刊确是晚于《新潮》，但本年初《新潮》面世之时，《国故》的动议也已提出，该刊第一期"本社记事录"云："岁初俞士镇、薛祥绥、杨湜生、张煊慨然于国学沦夷，欲发起学报以图挽救……"接着，"一月二十六号开成立大会于刘申叔先生宅内，教员至者六人，同学至者数十人，当即提出章程讨论"，㊺两天后《北京大学日刊》就登出《国故月刊社成立会

㊹ 《北京学界思潮变迁现状再志》，《公言报》1919年3月24日。
㊺ "本社记事录"，《国故》第一期，1919年3月。

纪事》。但不知什么原因，创刊号迟至3月20日才出版，而不巧的是，此时林蔡之争硝烟甫起，《国故》降世前两天就被《公言报》拿来做了材料。

《国故》以刘师培和黄侃为总编辑，特别编辑有陈汉章、马叙伦、康宝忠、吴梅、黄节、屠孝寔、林损、陈钟凡八人，但杂志的具体事务全由身为编辑的十名学生负责，刘师培等人是被拉来写文章的作者和当虎皮的大旗。在刘宅开成立大会并不说明申叔定夺一切，当时文科国文学研究所的学术讨论会都在他家里举行，3月20、24、25日的《北京大学日刊》上就有此类启事，这可能是由于刘师培身体欠佳，艰于出门，同时也反映了他在北大隐然头牌教授的学术威望。

刘师培在《国故》上发表了大量著述，但全是纯学术性的文章，确实不曾介入与新派的任何争论。不止于他，除了黄侃为创刊号写了一篇《国故月刊题辞》外，所有总编辑和特别编辑都没有在这份刊物上登载过议论文字。而主事的学生并不受约束，老师们的大作刊在"专著"栏，另有"通论"可供他们纵谈天下，这反而在某种程度上坐实了《公言报》的预言。

张煊在《国故》第一期上发表《言文合一平议》，尽管出语平和，主张却与《新潮》相对，第二期的《论难与进步》隐约也有所指。对方当然不能放过，5月，同为学生的毛子水在《新潮》第一卷第五号刊出《国故和科学的精神》，正式发难。此时的张煊哪能想起刘师培曾说过《国故》"非与新潮诸杂志，互相争辩"，几天里草出《驳新潮国故和科学的精神篇》，发在同月出版的《国故》第三期上，新旧之争正式由校外波及校内。

但在此时的北大，这件事根本无足轻重，五四运动已是水漫金山，而且一直延续到期末。暑假两刊同时停出，到9月双方重开笔仗，本月《国故》第四期有张煊的《中国文学改良论》，接着是10月《新潮》第二卷第一号毛子水的《〈驳新潮"国故和科学的精神篇"〉订误》，一来一往，煞是热闹。可正在这愈争愈烈之际，《国故》停刊，辩难戛然而止。

停刊很可能与两位总编辑的状况有关，这学期黄侃离开北大，南下武昌任教，而刘师培已近垂危，入住医院。刘黄是当时校内最有影响力的旧派学者，台柱子一撤，这一路人马也就排不成阵了。

11月18日，刘师培病逝于北京，远在武昌的黄侃制《始闻刘先生凶信，为位而哭，表哀以诗》遥祭。一年后，又写了《先师刘君小祥会奠文》，文曰："庚申年壬申朔越六日戊寅，弟子楚人黄侃自武昌为文奠我先师刘君。呜呼！岁序一周，师恩没世，泪洒山阿，魂销江溁……我滞幽都，数得相见，敬佩之深，改从北面。凤好文字，经术诚疏，自值夫子，始辨津涂……周孔虽圣，岂必长生，聊将此语，解我悲情。呜呼哀哉！"[57]真可谓伤痛至深。

黄侃师事刘师培是民国学术史上一则著名的美谈。黄侃早年从学于章太炎，虽说章刘平辈论交，但黄仅比刘小一年零三个月，所以与他年龄相若的章门弟子如钱玄同只称申叔为友。至刘黄同任教于北京大学，黄侃早有大名于天下，精研音韵，举国罕有其匹，此时拜师，形同传奇，以至连章太炎都觉奇怪。故而辗转记载，愈加详尽。如刘赜在《简园日记存抄·独学记》中说：

> 戊午己未之际，仪征刘申叔先生亦应北庠之聘，与先师旧交也。一日，惨然语先师："余奕代传经，不意及身而斩。"先师伤其无胤息，强慰之曰："君今授业于此，勿虑无传人。"仪征曰："诸生何足以当此！"曰："然则谁足继君之志？"曰："必如吾子而后可。"先师蹶然起曰："愿安承教。"即相约，翌日往执贽为弟子。至则扶服叩头，仪征立而受之，并请申君中美为赞，一时传为佳话。[58]

钱玄同与刘黄同在北大任教，算是当事人，三十年代中期他编《刘申叔先生遗书》，其所撰序也提到此节："四年之冬，二君复在北平晤面，申叔出其关于左传之著作示季刚，季刚读之

---

[57] 黄侃：《黄季刚先生手稿·先师刘君小祥会奠文》，《河南儒效月刊》第四期，1935年10月。
[58] 刘赜：《师门忆语》，《学林漫录》八集，中华书局1983年4月版。

而大悦,其后遂北面称弟子,以绍述申叔之学自任。"

但《遗书》的出版也带出了一段公案,其所收《周礼古注集疏》后有申叔弟子陈钟凡的一则跋语,里面提到:

> 中华建国之八年秋九月,钟凡北旋故都,谒先师仪征刘君于寓庐。君以肺病沉绵,势将不起,不禁愀然怅触,涕零被面,慨然谓钟凡曰:"余平生述造无虑数百卷……精力所萃,实在三礼,既广征两汉经师之说,成《礼经旧说考略》四卷,又援据五经异谊所引古周礼说、古左氏春秋说及先郑杜子春诸家之注,为《周礼古注集疏》四十卷,堪称信心之作。尝移写净本,交季刚制序待梓。世有论定予书者,斯其嚆矢矣。"钟凡谨识之不敢忘。季刚蕲春黄氏侃字也,于其年七月辞大学讲席,南返武昌。越时两月,君亦逝世。同门诸子检君遗文,独缺斯编,仅著其卷帙于遗书总目而已……所识有至鄂者,托求清稾于季刚,久不得报。十七年春季刚自辽宁南来,相见于扈上,亟以两稾为询,谓藏诸箧衍,容谋刊布,不任湮晦也。廿三年冬,郑子友渔函征左庵遗著,适钟凡于役广州,告以季刚在京寓所,属其函索,芒无端绪。明年秋,钟凡亲抵京邑,季刚又以瘵疫遽尔逝世,原著遂不可复得矣。[59]

---

[59] 陈钟凡:《周礼古注集疏·陈跋》,《刘申叔遗书》上册,江苏古籍出版社1997年11月版。

全书后的刘师颖跋也说："惟《周礼古注集疏》《礼经旧说》二种，其全稿为黄君季刚假借以去。黄君去岁物故，迄于不可访求。今所刊行，已非全豹，后之览者，同滋惋惜。"[60]两文虽无正面指责之语，不满之情仍不难见于字里行间。《周礼古注集疏》用手稿残编付排，整理者郑裕孚谓"涂乙凌乱，辨识綦难"，[61]为了表明对此书和此事的重视，还影印了一页手迹，这是《遗书》中唯一一份申叔手书，确实潦草，而且也当得起《知堂回想录》中"恶札……要算第一"[62]的评价。其叔父刘富曾甚至在《亡侄师培墓志铭》中说他"书法枯槁无润气，均非寿征"。[63]

陈钟凡跋被埋藏在卷帙浩繁的《遗书》中，未入目录，而钱玄同在《刘申叔先生遗书总目》后记谈及两书时虽引陈跋"勾乙涂改，迹如乱丝，几令人不可识别"等语，对钟凡他言却不曾置一词。[64]以至此后几乎无人提及此事，直到几十年后的1981年，黄侃侄黄焯才在《记先从父季刚先生师事馀杭仪征两先生事·附记先从父藏刘君遗稿事》里讲他"阅之不胜骇异"，并解释说，"凡先从父所藏书稿，经焯数度清理，从未见有四十卷与四卷之清稿，亦无所谓全稿。忆先从父祭刘君文有

---

[60] 刘师颖：《跋》，《刘申叔遗书》（下册）。
[61] 郑裕孚：《周礼古注集疏·跋》，《刘申叔遗书》上册。
[62] 周作人：《知堂回想录（药堂谈往）（手稿本）》"一五五 北大感旧录二"，牛津大学出版社2021年版。
[63] 刘富曾：《亡侄师培墓志铭》，《刘申叔遗书》上册。
[64] 钱玄同：《序五》，《刘申叔遗书》上册。

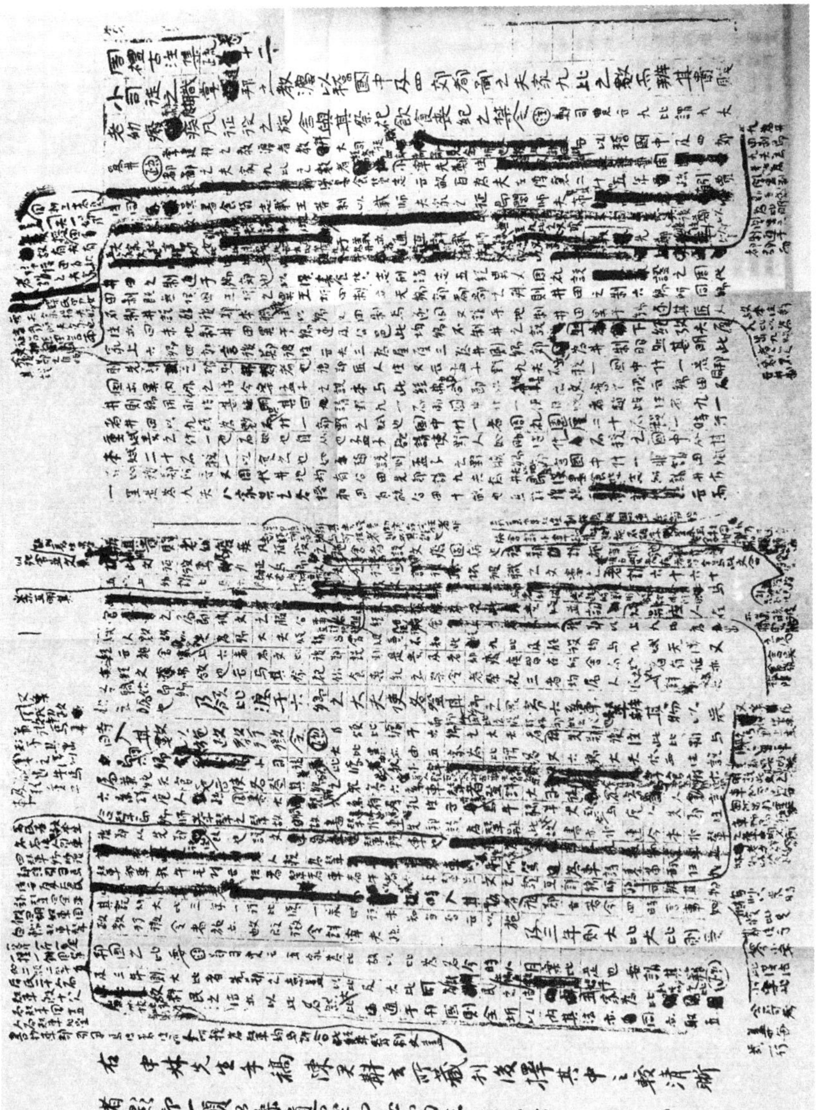

《刘申叔遗书》所附刘师培手稿影件

《春秋》《周礼》纂述未竟之语，是《周礼古注集疏》本为未完成之作。又据钱玄同序，知《礼经旧说》亦不全"。[65]

"《礼经旧说》亦不全"是在《总目》而非钱序里，但玄同只是说明所据稿，不能证明就没有清稿。至于《先师刘君小祥会奠文》，确实言及"君之绝业，春秋周礼，纂述未竟"，可接下来一句就是"以属顽鄙"，看来还是交给黄侃了，只是完成没完成的说法不同而已。而且"我归武昌，未及辞别，曾不经时，遂成永决"，以至于"手繙断简，泣涕浪浪"，显然仍在季刚手中。[66]但无论真实情况如何，被陈钟凡认为是刘师培扛鼎之作的这部《周礼古注集疏》大概早已交付于天了。

刘师培身后极为萧条。11月21日《北京大学日刊》"本校纪事"栏发了一则《刘师培教授在京病故》的消息：

> 本校刘师培教授于前日在京寓病故。刘教授字申叔，江苏仪征人，现年三十五岁。系于民国六年到校，在国文学系担任中国文学史等学科。[67]

12月1、2两日又连续刊出《刘申叔先生出殡定期广告》：

> 本校已故教授刘申叔先生柩定于本星期三（十二月三号）

---

[65] 黄焯：《记先从父季刚先生师事徐杭仪征两先生事·附记先从父藏刘君遗稿事》，《训诂研究》第1辑，北京师范大学出版社1981年4月版。
[66] 黄侃：《黄季刚先生手稿·先师刘君小祥会奠文》，《河南儒效月刊》第四期。
[67] 《刘师培教授在京病故》，《北京大学日刊》1919年11月21日。

出殡于妙光阁，即于是日公祭，特此广告。⑱

本年北大还有几位教员去世，都有治丧组织和纪念活动。甚至教授父母过世，还会有人出面征集赙仪。而刘师培的故去，除了这两条启事外，再没有任何消息了。

仪征刘氏四世传经，从曾祖到祖父到伯父到申叔，一代比一代活得短。父亲也在他少年时弃世。1910年他曾生有一女，同年夭折。他死后，夫人何震随即精神失常，不久出家为尼，法名小器，不知所终。七十八岁的老母伤心失度，一个多月后随之而去。所谓家破人亡，在刘师培身上真是字字落到了实处。

（初刊陈平原、夏晓虹主编：《触摸历史：五四人物与现代中国》，广州出版社1999年4月版）

林纾：拼我残年　极力卫道

蠡叟者，性既迂腐，又老而不死之人也。一日，至正志学校，召诸生而诏曰：呜呼。世变屹矣！僭悖昌矣！圣斥为盗矣！弑父母者诵言为公道矣！……呜呼。余将据道

---

⑱　《刘申叔先生出殡定期广告》，《北京大学日刊》1919年12月1日—2日。

而直之耶？抑将守吾拙坐而听之耶？将息吾躬而逃之穷山耶？将泯吾喙而容其诋谰耶？将和光同尘偶彼厮滥耶？将虞吾决肮洞腹而与彼同其背诞耶？

——林纾《腐解》

1919年9月13、14日，林纾发表了一篇题为《某生》的小说，谈及五四运动："今年五月，京畿学校以掊击国贼，悉罢课。余校中生徒三百馀人，屹然山立不动。"寥寥数语，既点明此乃"掊击国贼"，又对他所从教的正志学校学生"屹然山立不动"感到自傲，其态度颇值玩味。接着他借与"某生"的对话深化自己的看法：

又七月三日，某生忽造余家。余曰："外间罢课，力争青岛，其有济乎？"生曰："先生以为何如？"余曰："是非义心所激耶？"生曰："学生如新嫁娘耳。……名曰保家，为时不岂早耶？"余曰："既为人妇，则产为其产，家为其家。即贡忠款，亦复何碍？"生曰："……学生尚为处子，处子上有父兄，宜秉礼自重，胡能强预人事？"余笑曰："国事耳！今人恒言，天下兴亡，匹夫有责。学生为国复仇，即出位而言，心犹可谅。"

对话双方其实都表达了林纾的立场，"某生"批评"出位而言"，对学生行为本身持有异议；"余"则强调"心犹可谅"，所谓"以蠡、种为心"。⁶⁹所以五四期间，林纾既约束生徒不要参与，也不曾对这场运动发表议论。毋宁说，他是同情参与者的举动的，所谓"天下兴亡，匹夫有责"，这符合林纾心中的价值标准。

五四运动期间优游于事件之外的林纾，其实刚刚从一场大论战的漩涡中抽身出来。发轫于1917年的新文学运动一直将林纾作为主要批判对象，此在1918年3月《新青年》第四卷第三号的《复王敬轩书》中达到高潮。两年间林纾基本上未予正面回答，这只能说是自重身份。1919年2月4日起，上海《新申报》以"蠡叟丛谈"为名替林纾辟了一个专栏，按日发表短篇小说。也许他觉得在这种"不严肃"的文体中教训一下对手是合适的，于是便有了本月17、18两日的《荆生》。

《荆生》批判"去孔子灭伦常"和"废文字以白话行之"，这在林纾乃大是大非的问题，本尽可以长篇大论，但他偏要游戏于小说之中，而且生造出"皖人田其美"、"浙人金心异"和"不知其何许人"的"狄莫"，最后被"伟丈夫""荆生"一通拳脚打得落花流水。⁷⁰局中人一眼就能认出那三人即是陈独秀、钱玄同和胡适，而荆生则是会武术、写过《技击馀闻》的林纾本人，这与1913年的《剑腥录》以会剑

---

⑥⑨ 林琴南：《某生》，《新申报》1919年9月13—14日。
⑦⓪ 林琴南：《荆生》，《新申报》1919年2月17—18日。

术的主人公邴仲光自况如出一辙。现在当然很难猜测林纾何以出此下策，或许"木强多怒"[71]的他被打击压抑得太久了，乘机在文字中好好发泄一通，甚至可能他以为这只是"性滑稽"的表现。但毕竟这种影射显得非常恶意，遭到反击是必然的。

也就在《荆生》发表后的几天里，北京开始有政府将驱逐甚至逮捕陈胡等四人的传言，虽然没有证据表明与林纾有关，但这两件事还是很快被联系起来。3月2日，《每周评论》十一期有署名"只眼"（周作人）的《旧党的罪恶》，其中谈到："若利用政府权势，来压迫异己的新思潮，这乃是古今中外旧思想家的罪恶，这也就是他们历来失败的根原。至于够不上利用政府来压迫异己，只好造谣吓人，那更是卑劣无耻了。"[72]此乃《新青年》集团对谣言的最初反应，并未牵涉这篇小说。但一周后第十二期"杂录"刊发《荆生》全文，并定性为"想用强权压倒公理的表示"，按语指出"甚至于有人想借用武人政治的威权来禁压这种鼓吹。前几天上海新申报上祭出一篇古文家林纾的梦想小说就是代表这种武力压制的政策的"，已将林纾与北洋政府搁在一起。不过该按语点明小说中人物的影射对象，仍指"荆生"为"著者自己"。[73]而同期"选论"转载5日《晨报》上守常（李大钊）的《新旧思潮之

---

[71] 林纾：《冷红生传》，《林琴南文集·畏庐文集》，中国书店1985年3月版。
[72] 只眼《旧党的罪恶》，《每周评论》第十一期，1919年3月2日。
[73] 《想用强权压倒公理的表示 ·附：荆生》，《每周评论》第十二期，1919年3月9日。

激战》一文,则是另一种说法:"……想抱着那位伟丈夫的大腿,拿强暴的势力压倒你们所反对的人。……或是作篇鬼话妄想的小说快快口,造段谣言宽宽心,那真是极无聊的举动。须知中国今日如果有真正觉醒的青年,断不怕你们那伟丈夫的摧残,你们的伟丈夫,也断不能摧残这些青年的精神。"[74]此处的"伟丈夫"则成了当权者的代名词,以后荆生被认为是安福系的徐树铮大概就源于此。

论战主题迅速转为追究林纾的官方背景还源于另一个人在此期间的举动,此君即当时就学于北京大学的张厚载,张厚载是林纾在五城学堂时的老学生,被认为是林纾在北大的心腹。他在上海的《神州日报》上主持一个不定期的"半谷通信"栏目,传递些北京方面的消息,其间时不时也炒点"学海要闻",内容十有八九与他所在的北大有关。2月26日他把陈独秀等将去职的传言也弄了进去:

> 近来北京学界忽盛传一种风说,谓北京大学文科学长陈独秀即将卸职,因有人在东海面前报告文科学长教员等言论思想多有过于激烈浮躁者,于学界前途大有影响,东海即面谕教育总长傅沅叔令其核办,傅氏遂讽令陈学长辞职,陈亦不安于位,故即将引退。又一说闻,谓东海近据某方面之呈告,对于陈独秀及大学文科各教授如陶履恭胡适之刘半侬等均极不

---

[74] 守常《新旧思想之激战》,《每周评论》第十二期,1919年3月9日。

> 满意，拟令一律辞职云云。然陶胡两君品学优异，何至牵连在内，彼主张废弃汉文之钱玄同反得逃避于外，当局果有此种意思诚不能不谓其失察也。……凡此种种风说果系属实，北京学界自不免有一番大变动也。颇闻陈独秀将卸文科学长职之说最为可靠，昨大学校曾开一极重大讨论会，讨论大学改组问题，欲将某科某门改为某系，如是则可以不用学长，此种讨论亦必与陈学长辞职之说大有关系，可断言也。⑦⑤

将学校的事情捅到社会上，这还罢了，要命的是，他把事件的背景直接和当时的最高统治者徐世昌以及主管学界的傅增湘联系起来。而到了一周以后的3月3日，他变本加厉，进一步扩大宣传：

> 前次通信报告北京大学文科学长、教授将有更动消息。兹闻文科学长陈独秀已决计自行辞职，并闻已往天津，态度亦颇消极。大约文科学长一席在势必将易人，而陈独秀之即将卸职，已无疑义，不过时间迟早之问题。⑦⑥

10日《北京大学日刊》刊出《胡适教授致本日刊函》，"将我写给神州日报通信员本校学生张厚载君的信和张君的回信送

---

⑦⑤ "半谷通信"，《神州日报》1919年2月26日。
⑦⑥ "半谷通信"，《神州日报》1919年3月3日。

登日刊,以释群疑"。选择被张厚载认为"品学优异"并代为打抱不平的胡适出面显然是最合适的,他在信中软中带硬地质问:"不知这种消息你从何处得来,我们竟不知有这么一回事。此种全无根据的谣言,在外人或尚可说,你是大学的学生,何以竟不仔细调查一番。"张厚载的回信写于7日,除了解释"通信"栏是"有闻必录"并为未向当事人证实道歉外,主要还是替自己开脱:"神州通信所说的话,是同学方面一般的传说,同班的陈达才君他也告诉我这话,而且法政专门学校里头,也有许多人这么说……这些传说,决非是我杜撰,也决不是神州报一家的通信有这话。"⑦

张厚载大概没料到胡适会把他的信件公开发表,只好在次日《日刊》上声明此事与"陈达才君"无关。但麻烦不止于此,9日的《神州日报》又出现了一则"学海要闻",考虑到当时的邮递速度,应是撰写于他收到胡适质问函前,而报纸恰恰在这一天被送到北京:

> 北京大学文科学长陈独秀近有辞职之说,日前记者在〔再〕访该校核〔校〕长蔡孑民先生,询以此事。蔡校长对于陈学长辞职一说,并无否认之表示。且谓该校评议会议决,文科自下学期或暑假后与理科合并,设一教授会主任,统辖文理两课〔科〕,教务学长一席即当裁去云云。则记者前函

---

⑦ 胡适、张厚载:《胡适教授致本日刊函》,《北京大学日刊》1919年3月10日。

新时代的旧人物 435

报告，信而有征矣……

此则文字没有涉及胡适，却牵扯出了蔡元培，真是擦不完的屁股。其实"蔡校长"所大谈者尽在学校系科的调整建设，对于涉及陈独秀的问题，只是"并无否认之表示"，张厚载自作联系，以为"信而有征"，并忍不住歌颂"蔡校长对于校务经营擘画，不遗馀力，洵吾国教育界之功人也"。[78]但站在校长的立场看，这简直是净添乱子。

蔡元培并不理会张厚载，3月18日正式致函《神州日报》，一一作了"否认之表示"。[79]《神州日报》动作则快得多，此前两天就以报社名义刊出一则"更正"，曰："据闻前此北京通信中所载北京大学陈独秀辞职，胡适、钱玄同等受教育部干涉等不确，特此更正。"[80]这以后"半谷通信"虽仍正常维持，"学海要闻"却完全消失了。显然，他们已经发现形势不妙，就报社立场而言，即使并不中立，也不能把自我形象和一个通讯记者的命运捆在一起。

张厚载确已难脱干系，同日出版的《每周评论》十三期只眼（陈独秀）《关于北京大学的谣言》广泛摘录京海两地报纸的声援文字，抨击"有'倚靠权势''暗地造谣'两种恶根性"的"国故党"，并指名道姓说："这班国故党中，现在我们

---

[78] "半谷通信"，《神州日报》1919年3月9日。
[79] 蔡元培：《蔡校长致神州日报记者函》，《北京大学日刊》1919年3月19日。
[80] "更正"，《神州日报》1919年3月16日。

知道的，只有新申报里《荆生》的著者林琴南，和神州日报的通信记者张厚载两人。"对于林纾，告之曰"他所崇拜所希望的那位伟丈夫荆生，正是孔夫子不愿会见的阳货一流人物"，终于将荆生与徐树铮之流挂起钩来；对于张厚载，则有诛心之论："张厚载因为旧戏问题，和新青年反对，这事尽可从容辩论，不必藉传播谣言来中伤异己。"⑧同期"通讯"栏刊发《评林蜎庐最近所撰〈荆生〉短篇小说》，作者二古自称中学教员，该文逐段点评《荆生》，亟称其文章不通，这已是从《复王敬轩书》发展起来的战法了。而就在本期《每周评论》出版之时，林纾的《妖梦》正寄往《新申报》发排，刊于19至23日的"蠡叟丛谈"中，双方终成乱战。

《妖梦》主旨和《荆生》相同，但如果《荆生》还可算是逞一时之快的话，《妖梦》则是道道地地的恶语中伤。小说讲到阴曹有一白话学堂，"校长元绪，教务长田恒，副教务长秦二世"，"田恒二目如猫头鹰，长喙如狗；秦二世似欧西之种，深目而高鼻"，分别指陈独秀和胡适，而"谦谦一书生"的元绪影射的竟是一直置身事外的蔡元培，最后罗睺罗阿修罗王"直扑白话学堂，攫人而食，食已大下，积粪如丘，臭不可近"。⑧

凑巧的是，这边《妖梦》寄往《新申报》馆，那边他却

---

⑧ 只眼《关于北京大学的谣言》，《每周评论》第十三期，1919年3月16日。
⑧ 林琴南：《妖梦》，《新申报》1919年3月19日—23日。

收到蔡元培的来函，有一个叫赵体孟的人，想出版"明遗老刘应秋先生遗著"，求托蔡元培"介绍任公太炎又陵琴南诸先生代为品题"。[83]林纾接信后大概有点手忙脚乱，一面让张厚载追回《妖梦》，一面赶写复函，从正面立论，诚恳进言，"尤有望于公者，大学为全国师表，五常之所系属"，"今全国父老，以子弟托公，愿公留意以守常为是"，[84]所论仍以伦常问题和白话问题为主。此文以公开信的方式刊于3月18日的《公言报》上，并且在该报所附《请看北京学界思潮变迁之近状》中，赶紧顺带声明："日前喧传教育部有训令达大学，令其将陈钱胡三氏辞退，但经记者之详细调查，则知尚无其事。"[85]

《致蔡鹤卿书》总算及时发表，但张厚载那儿却出了麻烦，《妖梦》覆水难收，来不及追回，结果言之谆谆的《致蔡鹤卿书》今天在北京刊发，含沙射影的《妖梦》明天在上海连载，时间的凑巧更显得林纾的行为异常恶劣。可能是张厚载自作主张，给蔡元培去信解释，不料马上被发在《北京大学日刊》上：

> 子民校长先生大鉴：新申报所登林琴南先生小说稿悉由鄙处转寄，近更有《妖梦》一篇攻击陈胡两先生，并有牵涉先生之处。稿发后而林先生来函谓先生已乞彼为刘应秋文集作序，

---

[83] 蔡元培：《致公言报并答林琴南君函》，《公言报》1919年3月18日。
[84] 林纾：《林琴南致蔡元培函》，《公言报》1919年3月18日。
[85] 《请看北京学界思潮变迁之近状》，《公言报》1919年3月18日。

> 《妖梦》当可勿登。但稿已寄至上海，殊难中止，不日即可登出。倘有渎犯先生之语，务乞归罪于生，先生大度包容，对于林先生之游戏笔墨，当亦不甚介意也。

张厚载这人大概有点愣头愣脑，自我承担责任之馀竟将底细和盘托出，结果更显得林纾做事鬼鬼祟祟。而事实上"孑民校长先生"是"介意"了，复信通篇充满师长教训后生的严厉语气：

> 镠子兄鉴：得书，知林琴南君攻击本校教员之小说，均由兄转寄新申报。在兄与林君有师生之谊，宜爱护林君。兄为本校学生，宜爱护母校。林君作此等小说，意在毁坏本校名誉，兄徇林君之意而发布之，於兄爱护母校之心，安乎？否乎？仆生平不喜作谩骂语，轻薄语，以为受者无伤，而施者实为失德。林君詈仆，仆将哀矜之不暇，而又何憾焉？惟兄反诸爱护本师之心，安乎？否乎？往者不可追，望此后注意！此复并候学祺。蔡元培白[86]

此信写得非常厉害，"攻击本校教员"、"意在毁坏本校名誉"、"谩骂语轻薄语"、"詈仆"等等，语语指着林纾。此为侧

---

[86] 蔡元培、张厚载：《蔡校长复张镠子君书·附：张镠子君函》，《北京大学日刊》1919年3月21日。

击，同期《答林君琴南函》则正面回应，该文堪称经心之作，逻辑严密，举证充分，站在校长立场介绍学校情况，并抓住林纾言论夸张之处，要他提供证据，对新派诸君虽有维护，但注意自己的中立身份，已是立于不败之地。两信一文同刊于21日的《日刊》，而此时《新申报》上的《妖梦》刚刚连载过半，在北京尚不能看到，也就是说，蔡元培在根本不知道"林君"如何"詈仆"的情况下就作出了反应，其真可谓迅雷不及掩耳。

林纾的动作也很快，24日《公言报》上就出现《林琴南再答蔡鹤卿书》，除对蔡元培文中他可接受的部分表示欣慰外，又说："弟辞大学九年矣，然甚盼大学之得人，幸公来主持甚善。顾比年以来，恶声盈耳，至使人难忍，因于答书中孟浪进言。……至于传闻失实，弟拾以为言，不无过听，幸公恕之。"毕竟，真要提供证据又是牵涉多多，倒不如道个歉落得干净。但不知为什么，接着他又声明："然尚有关白者：弟近著蠢叟丛谈，近亦编白话新乐府，专以抨击人之有禽兽行者，与大学堂讲师无涉，公不必怀疑。"[87]这可让人百思不得其解了，难道他不知道张厚载已经说过"近更有《妖梦》一篇，攻击陈胡两先生，并有牵涉先生之处"[88]吗？

蔡元培当然不会再作理会，而林纾则马上为他的举止失

---

[87] 林纾：《林琴南再答蔡鹤卿书》，《公言报》1919年3月24日。
[88] 张厚载：《蔡校长复张豂子君书·附：张豂子君函》，《北京大学日刊》1919年3月21日。

度付出代价。论战结束后,《每周评论》4月13日十七期、4月17日十九期大幅度增扩版面,专载"特别附录"《对于新旧思潮的舆论》,从中可以看出这期间对他的批评几乎形成全国性的言论合围。当然主阵地还是《每周评论》,3月23日十四期"通讯"有曼殊一函,针对上期二古文中林纾文笔退化的议论,说这是由于他为多捞钱而粗制滥造的缘故。30日十五期又有郑遂平来信,叙述被林纾主持的中华编译社函授部骗钱的经历。尽管这些都是外稿,但已近于人身攻击,今天读来并不让人感到愉快。而在4月2日《新申报》的《归氏二孝子》中,林纾也承认"近日有友数人,纂集此辈数人之劣迹,高可半寸,属余编为传奇",只是他"万万不忍"而作罢。[89]

但也有忍不下去的,《每周评论》把点评《荆生》那一期送上门去,林纾只好去信表态:

> 大主笔先生:足下承示批斥荆生小说一段,甚佳。唯示我不如示之社会,社会见之胜我自见。后此请不必送,自有人来述尊作好处。至蠡叟小说,外间闻颇风行,弟仍继续出版,宗旨不变,想仰烦斧削之日长矣。此候箸安。林纾顿首

"记者"自是要反唇相讥:"文理不通的地方,总要变变才好。前回批改大作的人,不是本报记者,乃是社外投稿,占去

---

[89] 林琴南:《归氏二孝子》,《新申报》1919年4月2日。

本报篇幅不少，实在可惜。请你以后下笔留神，免得有人'斧削'，祸延本报。记者正经事体很多，实在无暇'斧削'。"⑨⑩

当然，局面并不像这类斗嘴那么轻松，新的传言还在出现，这一期《每周评论》只眼《林纾的留声器》披露说："林纾本来想藉重武力压倒新派的人，那晓得他的伟丈夫不替他做主。他老羞成怒，听说他又去运动他同乡的国会议员，在国会里提出弹劾案，来弹劾教育总长和北京大学校长。"⑨⑪同日出版的《申报》"二十九日下午二钟""北京电"曰："参院耆老派因北京大学暗潮甚烈，傅增湘不加制裁，拟提出弹劾案。"⑨⑫另一条"二十九日下午五钟"的电稿说："钱命教部傅总长干涉北京大学，意在禁止新潮、撤换校长，傅以事实上万办不到，拟改为贻书规劝，并设法调和新旧。"⑨⑬到4月1日，又以《傅教育弹劾说之由来》为题详细报道：

> 日前张君元奇竟赴教育部方面，陈说此等出版物实为纲常名教之罪人，请教育总长加以取缔，当时携去新青年新潮等杂志为证。如教育总长无相当之制裁，则将由新国会提出弹劾教育总长案，并弹劾大学校长蔡元培氏，而尤集矢于大学文科学长陈独秀氏……又据新国会中人言，弹劾案之提出须得多数

---

⑨⑩ "通讯"，《每周评论》第十五期，1919年3月30日。
⑨⑪ 只眼《林纾的留声机》，《每周评论》第十五期，1919年3月30日。
⑨⑫ "专电：北京电（二十九日下午二钟）"，《申报》1919年3月30日。
⑨⑬ "专电：北京电（二十九日下午五钟）"，《申报》1919年3月30日。

議员之赞成，此次弹劾傅总长之运动，乃出于参院中少数耆老派之意见，决难成为事实。张元奇向傅总长之警告，不过恫喝［吓］而已。㉔

像《申报》这样的大报，其威望的建立很大程度上依赖于新闻的严肃和准确，尤其是涉及权力机构的消息，一般都由最有能力的记者负责，因而可以信任它对这一事件的报道。至于《每周评论》的说法，张元奇确是林纾"同乡的国会议员"，同情林纾的立场也是完全可能的，但弹劾案的提出是否出于林的"运动"，则既为"听说"，在没有确实证据之前，姑且不论。

"北京电"所谓"贻书规劝"其实已经实行了，原件今天还能见到。傅增湘去函写于3月26日，所针对者在于《新潮》，蔡元培则于4月2日复信，据说就由《新潮》主将傅斯年代撰，两相对照，着实有趣。老傅云"自《新潮》出版，辇下耆宿，对于在事生员，不无微词"；小傅答曰，"敝校一部分学生所组之《新潮》出版以后，又有《国故》之发行，新旧共张，无所缺琦"，他大概还没想到以后是要争论的。老傅云"近顷所虑，乃在因批评而起辩难，因辩难而涉意气。倘稍逾学术范围之外，将益启党派新旧之争"；小傅答曰，"元培当即以此旨喻于在事诸生，嘱其于词气持论之间，加以检约"。

㉔ 《傅教育弹劾说之由来》，《申报》1919年4月1日。

当时北京政坛，傅增湘是保护蔡元培的，详审词气，这一函件往复也是做给别人看的，一个说"利而导之，疏而瀹之，毋使溃溢横决，是在经世之大君子如我公者矣"，另一个说"正赖大德如公，为之消弭局外失实之言"[95]，都不光是说给对方听的，两人配合得十分默契。稍加注意，很容易发现蔡元培肯定是马上交代新派诸公"加以检约"，《每周评论》从3月2日11期起，对林纾的批判逐期加码，到3月30日十五期，几乎成了林纾专号，但一周后的十六期，对林简直只字不提，其后旁敲侧击虽在所难免，点名道姓基本上是没有了。

　　对手的突然隐没并没有减轻林纾的压力，整个三月份，传言中先是徐树铮，后是新国会弹劾案，都与他瓜葛不断，尽管前者并无其事，后者难以证实，但毕竟无人出面澄清，而舆论最不饶恕的就是这类仗势欺人。蔡元培可以约束《新潮》，影响《每周评论》，却管不了也不想管天下的报社，抨击几乎铺天盖地。在这种情况下，连一向极力支持林纾的《公言报》都有点扛不住了，4月1日刊出《关于北京学界思潮之辩论》，冠冕堂皇地大谈报社立场之馀，重点还在于自脱干系：

　　　　至林先生致蔡氏书及新乐府诸篇，不过代为披露，并非本报之主张，读者要当分别认明耳。昨林先生又有致神州报馆

---

[95]　蔡元培：《复傅增湘函（1919年4月2日）·附：傅增湘致蔡元培函》，《蔡元培全集》第十卷，浙江教育出版社1998年8月版。

世杰君书,嘱为登载,亦系新旧辩论之馀波。又蔡氏复林先生书,未经寄稿,兹从他报转录于后,以示本报对于学界思潮,但期真理以切磋而益明,固非有所容心也。[96]

此处提到的"致神州报馆世杰君书"即刊于4月5日《新申报》上的《林琴南先生致包世杰君书》,报纸特地声明不对此函负责,林纾在信中说:"承君自神州报中指摘仆之短处……切责老朽之不慎于论说,中有过激骂詈之言,吾知过也……仆今自承过激之斥,后此永永改过,想不为闇。然敝国伦常及孔子之道仍必力争。当敬听尊谕,以和平出之,不复嫚骂。"[97]

这份函件可能还在别的地方刊载过,当然在林纾看来,错只在态度而不在观点。应该说,这是出之以诚,并不是讨好或求和。事实上,也正是4月5日,他还在《公言报》发表《腐解》,重申决心,但对手已得到保持缄默的关照,无人再理会他。至于舆论的压力,以林纾的地位和名望,还不至于顶不住。倒霉的是张厚载,3月31日《北京大学日刊》登出一则"本校布告":

> 学生张厚载屡次通信于京沪各报,传播无根据之谣言,损坏本校名誉,依大学规程第六章第四十六条第一项,令其退

---

[96] 《关于北京学界思潮之辩论》,《公言报》1919年4月1日。
[97] 林纾:《林琴南先生致包世杰君书》,《新申报》1919年4月5日。

新时代的旧人物　445

学。此布。㊾

问题严重了,其时距他毕业仅差三个月。现在不清楚这项决定是在蔡元培尚未收到傅增湘来书时,还是赶在他复信前作出的,但"布告"所谓"屡次通信于京沪各报"确实其源有自。本来,自打3月16日《神州日报》刊出《更正》后,"半谷通信"确没有半字言及北大,但这是报社不愿惹麻烦,以至22日刊发蔡元培"来函"时,也声明"此栏本报不负责任"。㊾而张厚载很不知轻重,《神州日报》不让登"学海要闻",他转到《新申报》,25、27两日署名缪公接连发表"学海思潮",如25日一则,重提《妖梦》,说林纾本打算追回而不及,就颇为犯忌,又将北大分为刘师培、马叙伦、黄侃等"国故派",陈独秀、胡适等"改革派",蔡元培、朱遏先等"折衷派",虽系抄袭3月18日《公言报》上《请看北京学界思潮变迁之近状》一文的内容,但站在校方立场,这可以说是恶意播弄乃至于屡教不改了,是对学校尊严的公然挑衅,采取措施也算顺理成章。

不料,几天后,在4月10日《晨报》和4月12日《申报》上,出现了一篇《北大文理两科改制》的文章,从行文看,是由学校寄往各报发表的:

㊾ "本校布告",《北京大学日刊》1919年3月31日。
㊾ "来函",《神州日报》1919年3月22日。

国立北京大学去年十月间曾决议将文理两科合并，此议已经全国专门以上学校校长会议通过，并经教育部认可。今年二月又经大学评议会议决，废除学长制，由各科教授会主任合组文理两科教务处，直接校长办理各事。此议原定于今年暑假后实行，今理科学长秦汾新任为教育部司长，文科学长陈独秀亦因事请假南归，蔡校长因暑假期近，改组事宜应早为筹备，特于春假期内召集各教授会主任会议，议决将改组案提前实行，即由各教授会同主任，组织教务处，公推马寅初博士为教务长。凡关于一学系之事，由本京〔系〕教授会处理之，其有全校之事，每周由教务长召集各教授会主任会议以决行之。[100]

核对《北京大学日刊》，1918年10月8日有"傅君斯年致校长函"《论哲学门隶属文科之流弊》，信后有"蔡元培附识"，曰："不如破除文理两科之界限，而合组为大学本科之为适当也。"[101]翌日刊发顾兆熊《文理两科合并之理由》。决议是19日作出的。30至31日"本校拟在专门以上各学校校长会议提出之问题"中，包括"变通现有文理两科各设学长之制，大学本科只设学长一人，由大学教授会开全体大会选举三人，由校长择一人任之"，[102]以及"大学本科合今之文理两科及其他各

---

[100] 《北大文理两科改制》，《晨报》1919年4月10日；《大学改组案提前实行》，《申报》1919年4月12日。
[101] 《傅斯年致校长函》，《北京大学日刊》1918年10月8日。
[102] "本校拟在专门以上各学校校长会议提出之问题"，《北京大学日刊》1918年10月30日。

科之基础科学组成之"⁽¹⁰³⁾两条。废除学长制的大学评议会召开于1919年2月22日，也就决定了陈独秀将成为普通教授。随后即有了26日张厚载在《神州日报》上夹缠着不少传言的"通信"，由于此稿寄往上海刊发需要两三天时间，可以肯定是写于23日，所以文中说"昨大学校曾开一极重大讨论会"，有关消息当来自与会人士。空穴之来风大概就源于此。而据3月27日《汤尔和日记》及1935年12月28日胡适致汤尔和函，当时陈独秀之"请假南归"实即离职，原因是社会上对陈"私行"的议论。此虽在3月底才决定，但这件事应该是有个过程的。现在看来，当初张厚载采访蔡元培，询及陈辞职的传闻，蔡"并无否认之表示"，正说明可能性已经存在了。

陈独秀的去职和改组案的提前实施，反而坐实了张厚载2月26日和3月9日的"学海要闻""信而有征"，当然这无改于对他开除令的执行。至于不在其位的林纾，自是无可如何，唯一可做的就是写一篇《赠张生厚载序》，"张生厚载既除名于大学，或曰为余故也。明日生来面余，其容充然，若无所戚戚于其中者"，⁽¹⁰⁴⁾等等等等，不曾有一句道歉语，满纸写来漫不在意，却难掩打肿脸充胖子的神态。

张厚载当然不可能"无所戚戚"，4月16日《新申报》上有一篇《北京特约通信——新旧思潮冲击之馀波》，披露新国

---

[103] "本校拟在专门以上各学校校长会议提出之问题"，《北京大学日刊》1918年10月31日。
[104] 林纾：《赠张生厚载序》，《公言报》1919年4月12日。

会弹劾案是段书云等人搞的,反而是张元奇居间折冲调停。该文署名"HK生",弄不好就是这个"张生":

> 近大学文科学长陈独秀已去职,法科学生张厚载已退学,兹事遂有风平浪静之观,新旧冲击于此可告一结束……新派中为新旧冲突牺牲一陈独秀,新派中自不能平,蔡校长为调剂双方意气起见,乃不得不令法科学生张厚载退学。其实张对于新旧向无成见,对于新文学亦极赞成,徒以京沪报纸上发生种种嫌疑之关系,而新派对于议员对于林琴南皆无可奈何,则革除一学生以为对等的牺牲,亦聊且快意之举。张自预科升至本科已七八年,去毕业才二三月,今罹此厄,一般社会多惋惜不置,林琴南亦赠以一序文,中颇有慰解之意,对于大学方面亦绝无丝毫激烈之论调……新旧冲击之风潮至此盖已极形和缓,至其所以顿形和缓之原因,仍为对等牺牲之效果云。⑩

这一对结局的描述颇有些荒诞色彩。而被认为"对等牺牲"的陈独秀,也有喜剧性的一笔,在新派齐刷刷的沉默中,他以特有的豪爽,在4月13日《每周评论》十七期"随感录"上署名"只眼"发表了一则《林琴南很可佩服》:

> 林琴南写信给各报馆,承认他自己骂人的错误,像这样勇

---

⑩ HK生《北京特约通信——新旧思潮冲击之馀波》,《新申报》1919年4月16日。

于改过，到［倒］很可佩服。但是他那热心卫道、宗圣明伦和拥护古文的理由，必须要解释得十分详细明白，大家才能够相信咧！⑯

陈独秀是原谅了，其他人则未必。1924年10月，林纾逝世，12月1日，周作人在《语丝》第三期上发表《林琴南和罗振玉》，借林的成绩批评当时译界。翌年3月30日第二十期有刘半农《巴黎通信》，认为周说得很对，"经你一说，真叫我们后悔当初之过于唐突前辈了"。⑰接着是钱玄同《写在半农给启明的信底后面》，要"半农兀丫""别长前辈底志气，灭自己底威风才好ㄨ丫"。⑱周作人也写了一篇《再说林琴南》，立论重点转到"世人对于林琴南称扬的太过分"，"所以我不能因为他是先辈而特别客气"⑲——最终还是没有饶恕。

至于张厚载，此后迁转流徙，1948年以病居沪。不久，历尽人世沧桑的周作人开始在上海《亦报》卖文度日，时间长达两年多。1951年3月10日，他署名"十山"发表《蠹叟与荆生》，谈的是林纾，却扯出张厚载的话题，其后一个月，从3月15日到4月15日，余苍、柳絮、杨华写了多篇有关张的文章。4月15日余苍一文是《节录张谬子来信》，说是"节录"，

---

⑯ 只眼《林琴南很可佩服》，《每周评论》第十七期，1919年4月13日。
⑰ 刘复：《巴黎通信》，《语丝》第二十期，1925年3月30日。
⑱ 钱玄同：《写在半农给启明的信底后面》，《语丝》第二十期，1925年3月30日。引文中两处国音字母，"兀丫"读如［nga］，"ㄨ丫"读如［ua］。
⑲ 开明《再说林琴南》，《语丝》第二十期，1925年3月30日。

实际上是转述，里面讲到当年大错已铸、回天无力的情形：

> ……仅差两个多月即毕业，当然心有未甘，他去找蔡校长，校长推之评议会，去找评议会负责人胡适，即又推之校长。本班全体同学替他请愿，不行，甚至于教育总长傅沅叔替他写信，也不行……特请他所担任通讯的新申报，出为辩白，列举所作的通讯篇目，证明没有一个字足以构成"破坏校誉"之罪，结果仍然不能免除处分。蔡校长给了他一纸成绩证明书，叫他去天津北洋大学转学，仍可在本学期毕业，他却心灰意懒，即此辍学了。[110]

三十多年的旧事，说起来依然是愤愤之色，不可自抑。但无论如何，他当时所作所为，也正是林纾所批评的"出位而言"，至于是不是"心犹可谅"，也只有他自己知道了。

（初刊陈平原、夏晓虹主编：《触摸历史：五四人物与现代中国》，广州出版社1999年4月版）

---

[110] 余苍：《节录张镠子来信》，《亦报》1951年4月15日。

王国维："殉清"亦或"殉文化"

  我的思想、我的主张完全见于我所写的王国维纪念碑中……你要把我的意见不多也不少地带到科学院。碑文你带去给郭沫若看。郭沫若在日本曾看到我的王国维诗。碑是否还在，我不知道。如果做得不好，可以打掉，请郭沫若来做，也许更好。郭沫若是甲骨文专家，是"四堂"之一，也许更懂得王国维的学说。那么我就做韩愈，郭沫若就做段文昌，如果有人再做诗，他就做李商隐也很好。我的碑文已流传出去，不会湮没。

——陈寅恪口述，汪篯笔录《对科学院的答复》

一

  就一时的轰动和之后的影响而言，王国维自沉无疑是20世纪文化界经久不衰的话题，与之差堪比拟的大概只有周氏兄弟失和和周作人的下水，其真可谓聚讼纷纭，而且笔墨官司打得相当感情用事。王国维一生在书斋中度过，经历并不复杂，翻阅他的传记资料，有关行止方面的记述多所重复，与此形成鲜明对比的是对他死因解释的翻空出奇，以及态度的激烈和强硬。

  从某种意义上说，这是王国维的"哀荣"，如此广泛而持

清华园王国维纪念碑

久的争论从侧面体现了王国维在学术史和文化史上的重要地位，几乎所有的参与者都是出于真挚甚至是崇仰，分歧也许出于价值观的不同，说他"殉清"和说他"殉文化"就各自立场而言都是最高评价。[111]

王国维遗嘱由于持续不断的争论变得非常著名，所谓"五十之年，只欠一死；经此世变，义无再辱"云云，前两句是远由而后两句是近因，诸多立论也因此多有偏重。重远由者可以陈寅恪为代表：

> 寅恪以为古今中外志士仁人，往往憔悴忧伤，继之以死，其所伤之事、所死之故，不止局于一时间一地域而已，盖有超越时间地域之理性存焉，而此超越时间地域之理性，必非其同时间地域之众人所能共喻。然则先生之志事多为世人所不解，而有是非之论者，又何足怪耶！[112]

其次有论及王国维与叔本华的关系，如缪钺《王静安与叔本华》[113]，但究竟是叔本华影响了王静安，还是王静安忧郁悲观的个性使他接受了叔本华，此亦一言难尽。我想补充的是，王

---

[111] 包括受到广泛抨击的罗振玉伪作遗折替王国维争得"忠悫"谥号，应该说也是他所认为的为死者争到的最高荣誉。刘蕙孙《我所了解的王静安先生》引罗氏言曰："但死者不能复生。只好为他寻个谥法。遗折是我替他做的。"（《王国维学术研究论集》第3辑，华东师范大学出版社1990年2月版）不能认为罗心存恶意。
[112] 《王静安先生遗书序》，《海宁王静安遗书》（一），1940年2月商务印书馆石印本。
[113] 《思想与时代》第二十六期，1943年9月。

国维早年治哲学，民国后转为经史考据之学，以历史学家终其馀生，我们也应该注意他对历史的判断。罗振玉《海宁王忠悫公遗书初集弁言》谈及十月革命时的一件事：

> 已而俄国果覆亡，公以祸将及我，与北方某耆宿书言：观中国近状，恐以共和始而以共产终。⑭

早在1917至1918年间王国维就对20世纪中国作出总体的准确判断，不能不令人佩服（共产党成立是在1921年7月），但"以共和始而以共产终"对他而言显然是再糟糕不过的结论。十年之后，北伐军势如破竹，共产党杀叶德辉的传言腾嚣京津，⑮似乎他的判断马上就要兑现。就整个思想根源而言，在哲学的悲观之外是否还有历史观方面的绝望呢？

相对"远由"而言，"近因"由于涉及具体人事，争论更加热闹，诸说纷纷，令人莫衷一是，不过就影响而言，大体不脱陈寅恪所谓"一人之恩怨"、"一姓之兴亡"两种。⑯

"一人之恩怨"就是影响巨大的罗振玉"逼债说"，罗王

---

⑭ 《海宁王忠悫公遗书初集》，1928年天津罗氏贻安堂初刻本。
⑮ 容庚：《甲骨学概况》，《岭南学报》第七卷第二期，1947年7月。
⑯ 《清华大学王观堂先生纪念碑铭》："先生以一死见其独立自由之意志，非所论于一人之恩怨，一姓之兴亡。"《陈寅恪集·金明馆丛稿二编》，生活·读书·新知三联书店2001年7月版。另口述于1953年12月1日的《对科学院的答复》言："我认为王国维之死，不关与罗振玉之恩怨，不关满清之灭亡，其一死乃以见其独立自由之意志。"《陈寅恪集·讲义及杂稿》，生活·读书·新知三联书店2002年5月版。

晚年因家事绝交，与王亲近之人如陈寅恪、马衡等自然深知缘由，因此殷南（马衡）在追悼文中闪烁其辞，大体认为王之自杀也有"挚友之绝"的因素，[117]此亦无可厚非。问题是罗振玉涉足政界，深陷党争之中，随后不久一篇非常恶意的文章即史达《王静庵先生致死的真因》，很可能就来自政敌构陷。此说后经郭沫若大力发挥，溥仪《我的前半生》随声附和，几成不刊之论。直到80年代，王国维致罗振玉的最后三封书信发表，[118]罗王两家后人均出面否认，[119]此事才得以澄清。

"一姓之兴亡"指"殉清说"，实际上此说很难被否认，绝大部分人都是在承认王国维殉清的前提下提出别的看法，至于殷南说"他的辫子是形式的，而精神上却没有辫子"[120]，顾颉刚认为"他在这个环境（指遗老圈）之中也就难以自脱，成了一个'遗而不老'的遗老，骑虎难下，为维持自己的面子起见，不得不硬挺到底了"[121]，未见得能服人。而蒋复璁所谓"静安一生无利禄之思，并不要进宫做官，重要的要看内府的珍藏"[122]，更是迹近胡说。

谈及"殉清"，必须涉及两个问题，一是"世变"、一是

---

[117] 《我所知道的王静安先生》，《国学月报》第二卷第八、九、十号合刊，1927年10月。
[118] 1926年10月24、25、31日函，《王国维全集·书信》，中华书局1984年3月版。
[119] 如罗继祖《跋〈观堂书札〉》，《读书》1982年第8期；王东明《先父王公国维自沉前后》，《中国时报》1984年5月19日；另罗福颐写于1954年的《记观堂先生手札二通》亦辨及此事，刊于《江海学刊》1982年第2期。
[120] 《我所知道的王静安先生》。
[121] 《悼王静安先生》，《文学周报》第五卷第一、二期合刊，1927年8月7日。
[122] 《追念逝世五十年的王静安先生》，《幼狮文艺》第47卷第6期，1978年6月。

"再辱"。"世变"指当时北伐,所谓"南军势张",此殆无可疑。"南北"问题当时已积存有年,对北方文化界的神经牵动颇大,《王国维全集·书信》亦屡屡谈及。北伐战争是为总爆发,因而京津间一片恐慌,读《梁启超年谱长编》有关部分大略可以体会当时状况。王国维心理受到强烈冲击,这是绝大多数追忆文都谈及的,尽管解释不尽一致。

至于"再辱",则自然要涉及"初辱",也就是1925年冯玉祥逼宫的"甲子之变"。[123]80年代中《王国维全集·书信》的出版为王国维研究提供了众多第一手资料,但此书非常奇怪地失收了"甲子之变"时王国维致狩野直喜的一封信:[124]

> 君山先生有道:前日读尊致雪堂手书,以皇室奇变,辱赐慰问。一月以来,日在惊涛骇浪间。十月九日之变,维等随车驾出宫,白刃炸弹夹车而行,比至潜邸,守以兵卒,近段张入都,始行撤去,而革命大憝,行且入都,冯氏军队尚踞禁御,赤化之祸,旦夕不测。幸车驾已于前日安抵贵国公使馆,蒙芳泽公使特遇殊等,保卫周密,臣工忧危,始得喘息。诸关垂注,谨以奉闻。前日阅报纸,知先生与同僚诸君有仗义之言,尤课感谢……[125]

---

[123] 有人说"初辱"是辛亥,误!
[124] 因刊发此信的同期杂志即日本《艺文》第十八年第八号[昭和二年(1927)8月]上王致铃木虎雄的九封信全收入了。
[125] 狩野直喜《回忆王静安君》,陈平原、王枫编《追忆王国维》,中央广播电视出版社1997年1月版。原刊《艺文》第十八年第八号,昭和二年(1927)8月。

信中言及"赤化之祸,且夕不测",可见这一问题当时已是王国维的忧危之源。更重要的是,从这封信联系1927年的形势,大体可以推想当时他的心情。

这里必须辨及"辱"的含义,此在遗老圈中并无间言,即"颇虑将来于宣统有何不利"[126],再来一个"甲子之变"或更有甚者。所以谈及王的死因,金梁称"既以世变日亟,事不可为,又念津园可虑,切陈左右,请迁移,竟不为代达"[127];罗振玉亦言"南势北渐,危且益盛,公欲言不可,欲默不忍"[128]。清华园中也有人持此观点,王国维助教赵万里在《王静安先生年谱》中说:"去秋以来,世变益亟,先生时时以津园为念。新正赴津觐见,见园中夷然如常,亦无以安危为念者,先生睹状至愤,返京后,忧伤过甚,致患咯血之症。四月中,豫鲁间兵事方亟,京中一夕数惊。先生以祸难且至,或有更甚于甲子之变,乃益危惧……"[129]

但清华园及其周围学术圈多以为王国维是"怕国民革命军给他过不去",[130]担心剪辫之"辱",所谓"不畏枪杀而畏剪辫"。[131]当时两湖学者叶德辉、王葆心被杀对北京学术界震动

---

[126] 《继屈平投江之王国维投昆明湖自杀》,《顺天时报》1927年6月4日。
[127] 《王忠悫公殉节记》,《王忠悫公哀挽录》,1927年7月天津罗氏贻安堂刻本。
[128] 《海宁王忠悫公传》,《碑传集三编》七册卷三一,台湾文海出版社1980年9月版。
[129] 《国学论丛》第一卷第三号,1928年4月。
[130] 《悼王静安先生》。
[131] 《甲骨学概况》。

很大，[132]"研究院同学之关心王先生者，日往造其家，柔色巽词，以去其辫为请，意盖设有万一，先生此辫，将为取祸之标识，而难见谅于群众也"。但据周光午回忆，王国维曾说过："吴（其昌）谢（国桢）诸君，皆速余剪此辫，实则此辫只有待他人来剪，余则何能自剪之者。"[133]态度相当从容。其时王国维亦有可避之地，戴家祥回忆说："当宴会之际，同学卫聚贤曾劝先生迁徙其家乡山西长治。先生答云：'没有书，怎么办？'"[134]如果说在山西无法做学问的话，当时多有日人劝他如辛亥时那样避居京都，[135]那里生活、学术条件都很好，可见问题不在他自身。实则"甲子之变"时，王国维曾随柯劭忞、罗振玉自杀未果，陈寅恪《王观堂先生挽词》中"南斋侍从欲自沉，北门学士邀同死"指的就是此事，周光午亦谈及王夫人说过"先生前于'逼宫之役'，即有此志"，皆可证王国维之自杀并非出于一己之虑。清华大部分学生或因不知、或因不解、或因不愿，迷惑王"何自苦于此"，便联想到他的辫子，这可以说是民国后成长起来的年轻人已经颇不了解王国维的"遗民心态"了。

与此形成有趣对比的是日本学者的追忆文章。王国维与

---

[132] 参见梁启超《给梁令娴等的信》，《梁启超年谱长编》，上海人民出版社1983年版。
[133] 周光午：《我所知之王国维先生——敬答郭沫若先生》，《重庆清华》第四期，1947年4月。
[134] 陈鸿祥：《王国维年谱》317页引戴致作者函，齐鲁书社1991年12月版。
[135] 如新城新藏，参见《生霸死霸考——悼念王国维先生》，《追忆王国维》。原刊《艺文》第十八年第八号。

"京都学派"的狩野直喜、内藤虎次郎等平辈论交,神田喜一郎、青木正儿等可以说是他的晚辈,这两代人无不认为王国维自沉是"殉清",且极致赞美。狩野认为王国维应入"儒林""忠义"两传;小川琢治说"出于感激宣统帝的宠遇,以一死来警醒万民的王君装点了清朝史的最后一页";青木正儿称"先生的头髮是先生把信念、节义、幽愤一起编成的,很结实"。[136]日人多数通过罗振玉结交王国维,有此观点并不足奇;但另一方面,日本"万古一系",以忠立国,王国维这一举动自然会引发他们的共鸣和敬佩。值得一提的是,王国维随罗振玉辛亥东渡后适逢乃木大将自戕殉明治天皇。这件事不但震动全日本,中国遗老层中也有不小的反响,[137]当时在日本的王国维感受自然更加真切,罗庄在《海东杂忆》中回忆说:

> 居东二年,最令人惊心动魄者为乃木大将希典殉明治天皇一事……伯父、王姻丈及家大人皆叹仰不置。伯父为道大将轶事,大人每日为据报纸解说其旨,虽吾辈小儿女亦不能不为动容也。[138]

"伯父"、"王姻丈"、"家大人"即罗振玉、王国维、罗振

---

[136] 狩野直喜《回忆王静安君》、小川琢治《回忆王静庵君》、青木正儿《王先生的辫髮》,皆见《追忆王国维》。原刊《艺文》第十八年第八号。
[137] 如梁济自沉什刹海所留下的遗书中就提及乃木。
[138] 《初日楼遗稿》,1942年上虞罗氏石印本。

常。这段记述颇能传达当时的气氛,罗庄所说的"居东二年"也正是王国维一生最重要的转折点,现在当然无法探究乃木自杀对他的具体影响,但至少由此事可见日本国情之一端,日人对王国维自沉有如此一致的看法,亦无可怪。

二

梁启超在《王静安先生墓前悼辞》中分析中西自杀观的不同,提到开始于伯夷叔齐的遗民传统,在《国学论丛·王静安先生纪念号序》中联想到开始于屈原的自沉传统,试图揭示王国维自沉的文化和历史背景,可以说是避开了意气之争。也许只有梁启超这位"与时俱进"的人物,才能兼具这种既体贴又超脱的态度。

遗民传统和自杀传统皆源远流长,由于中国君主制时代的朝代更迭频繁,坚持遗民身份就成为士大夫阶层在特殊时期的一种特殊的道德表达方式。这种"特殊时期"指的是旧朝恢复基本无望,"特殊的道德表达方式"则是"不食周粟"的精神。远的不说,宋遗民和明遗民都是浩浩荡荡的一队大军,其中当然不乏从事具体的政治和军事运作以争取恢复者,但更多的或一死,或不仕新朝,以遗民身份终其馀生。降至清朝覆亡,自然又出现一批人数可观的遗民队伍。只是此时情势大变,清末革命党人的利器一是"民族"、一是"民主",因此此次天翻地覆已不能视为一般的朝代更迭，民心向背自也有所不同。清遗民至少有为异族守节的嫌疑，（与此相似的是元遗民，但情况亦有不同，此处不论。）并授人拥护君主专制的口实，清遗民的形象色彩由此大变，至少，"遗老遗少"这一贬义称呼的出现就部分地说明了这个问题。

另一方面，清朝与民国的政权交接从形式上看采用的是和平方式，遗民层中多有称之为"禅让"的，民国政府也未对旧朝遗臣采取什么激烈的措施。诸多因素造成清亡数年，有守节之臣而无死节之士，现在人可能很难理解这一事实如何刺痛遗民们的神经。

梁济（巨川）是第一位为清朝殉节的，至少是有影响的第一位，但此时已迟至民国七年的1918年，他在遗书中这样说：

> 何古今亡国之时必有臣工赴亡国之难者，廿四史中不乏先例，岂廿五史之末，竟无一人？吾故起而代表廿五史中最末一臣，以洗国无人焉之耻，而留天理不绝之机。[139]

此前一年即丁巳五月，张勋复辟，失败后无人自杀，遗民圈中无不认为奇耻大辱，甚至可能觉得这是比复辟失败本身更严重的事情。梁济自沉的直接原因就在于此，《伏卵录》中说："因

---

[139]《桂林梁先生遗书·敬告世人书》，1926年京华书局铅印本。

复辟诸人事败后以保证生命为条件,吾故代公等赴死。"⑭戊午《留示儿女书》云:

> 若使世事未坏到极处,我亦不妨优游,作一太平之民,不必倾身救之;若世事虽坏,而辛亥与丁巳(原作丙辰,系属笔误)或有耆儒、或有大老,表彰大节,使吾国历史旧彩不至断绝,我亦不必引为己责。⑭

张勋复辟失败后,王国维也非常关注此事,从他当时致罗振玉的书信看,情绪比复辟暂时得逞时更为激动。1917年7月6日,他得知失败消息,其致罗振玉函云:"北行诸老恐只有以一死谢国。曲江之哀,猿鹤沙虫之痛,伤哉!"到7月14日,仍未得到有人自杀的消息,王致罗函说:"此次负责及受职诸公,若再靦颜南归,真所谓不值一文钱矣。……寐叟于前日已有传其南归者,此恐不确也。"似乎对他所崇拜的沈曾植有所期待。7月17日函言:"报纸记北方情形惟在军事一面,而寐叟等踪迹均不一一纪,惟一纪陈、伊二师傅,一投缳、一赴水,不知信否?黄楼(指张勋)赴荷使署,报言系西人迎之,殆信。又言其志在必死,甚详,此恰公道。三百年来乃得此人,庶足以饰此段历史。余人等无从得消息。此等均须为之表

---

⑭ 《桂林梁先生遗书·伏卵录》。
⑭ 《桂林梁先生遗书·留示儿女书》。

新时代的旧人物　463

章，否则天理人道绝矣。"⑫焦急之情，溢于言表。随后几函已不大谈此事，显然情况已明了，他的希望落空了。

"北行诸公"从事的是非常具体的政治运作，从张勋复辟到伪满洲国，其志均在恢复旧朝，自然不会因一时成败而"以一死谢国"。梁济、王国维所关注者显然有所不同，梁济认为自杀可"留天理不绝之机"，王国维认为不表彰死者则"天理人道绝矣"，这提醒我们"死节"的背后有丰富的内涵，不能过于简单地看待。（当然更不能因为梁、王不介入政争而否认他们的清遗民身份，今之论者多犯此病。）

五十多年后，梁济的次子梁漱溟写了一篇《王国维自沉昆明湖实情》，回忆他曾因编订父亲的年谱向王国维请益体例，并移用当年知交所致挽联评价王国维：

> 忠于清，所以忠于世；
> 惜吾道，不敢惜吾身。⑬

将"忠于清"与"忠于世"联系起来，正可调和当下最流行的"殉清说"和"殉文化说"，庶几去其两偏。

陈寅恪《王观堂先生挽词并序》曰：

> 凡一种文化值衰落之时，为此文化所化之人，必感痛苦，

---

⑫ 《王国维全集·书信》。
⑬ 《龙门阵》1985年4期。

其表现此文化之程量愈宏，则其受之苦痛亦愈盛；迨既达极深之度，殆非出于自杀无以求一己之心安而义尽也……

盖今日之赤县神州值数千年未有之钜劫奇变，劫尽变穷，则此文化精神所凝聚之人，安得不与之共命而同尽，此观堂先生所以不得不死，遂为天下后世所极哀而深惜者也。[144]

陈寅恪不愿将王国维之死庸俗化，因此提炼此义以反对"流俗恩怨荣辱委琐龌龊之说"。但他亦未否认王国维"殉清"，《王观堂先生挽词》将辛亥东渡之王国维比作明末清初避地日本的朱舜水，并以"他年清史求忠迹，一吊前朝万寿山"来结束全篇。一序一诗，互相参证，可见"殉文化"与"殉清"在陈寅恪心目中并不矛盾（将此对立起来的是后之研究者）。以此参照王国维《送日本狩野博士游欧洲》，既说"汉土由来贵忠节"，又说"兴亡原非一姓事"，[145]不能不承认陈寅恪对王国维的体味是深刻的。

陈寅恪阐发了王国维"殉清"背后的文化意义，梁济则有完整的自述告知世人他之所以"殉清"的思想背景。

梁济自沉殉清，当然毫无可疑，《敬告世人书》开门见山："吾今竭诚致敬告世人曰：梁济之死，系殉清朝而死也。"但这只是"忠于清"的一面，另一面是所谓"忠于世"，梁济的

---

[144] 《王观堂先生挽词并序》，《国学论丛》第一卷第三号。
[145] 《观堂集林》卷二十"缀林二"，1923年乌程蒋氏密韵楼石印本。

说法是:"吾因身值清朝之末,故云殉清,其实非以清朝为本位,而以幼年所学为本位。吾国数千年先圣之诗礼纲常,吾家先祖先父先母之遗传与教训,幼年所闻以对于世道有责任为主义,此主义深印于吾脑中,即以此主义为本位,故不容不殉。"

至于二者的关系,梁济也有他的解释:

> 或云既言殉清,何又言非本位?曰义者天地间不可歇绝之物,所以保全自身之人格,培补社会之元气,当引为自身当行之事,非因外势之牵迫而为也。清朝者,一时之事耳;殉清者,个人之事耳。就事论事,则清朝为主名;就义论义,则良心为道理。设使我身在汉,则汉亡之日必尽忠;我身在唐,则唐亡之日必尽忠;在宋在明,亦皆如此。故我身为清朝之臣,在清亡之日则必当忠于清。是以义为本位,非以清为本位也。⑯

陈寅恪反对将王国维自沉归因于"一人之恩怨""一姓之兴亡",梁济也说"清朝者,一时之事耳;殉清者,个人之事耳",认为"效忠于一家一姓之义狭,效忠于世界之义广;鄙人虽为清朝而死,而自以为忠于世界"。二人之论在本质上有相通之处,即都认为在自杀这一具体事件的背后,有着超越当时历史情境的更高追求,正如陈独秀所说:"梁先生自杀的宗

---

⑯ 《桂林梁先生遗书·敬告世人书》。

旨，简单说一句，就是想用对清殉节的精神，来提倡中国的纲常名教，救济社会的堕落。"⑭⑦

"纲常名教"对于今人而言，是既陈腐又久远的词汇，"五四"矛头所向很大程度上就是"三纲五常"。但对于当时的遗民层而言，借用顾炎武的说法，这是超乎于清朝覆灭之"亡国"进而为"亡天下"的严重问题。⑭⑧在清朝甫亡的1912年，辜鸿铭就严厉抨击"袁世凯不但毁弃中国民族之忠义观念，且并毁弃中国之政教，即中国之文明"，并宣称"许多外人笑我痴心忠于清室。但我之忠于清室非仅忠于吾家世受皇恩之王室——乃忠于中国之政教，即系忠于中国之文明"。⑭⑨说得非常严肃；1919年新文化运动时林纾在那份著名的文件《答大学堂校长蔡鹤卿太史书》中表达他对"名教""五常"

---

⑭⑦ 《对于梁巨川先生自杀之感想》，《新青年》第六卷第一号，1919年1月。

⑭⑧ 顾炎武在《日知录》卷十三"正始"中曰："易姓改号谓之亡国。仁义充塞，而至于率兽食人，人将相食，谓之亡天下。"并发挥说："魏晋人之清谈，何以亡天下？是孟子所谓杨、墨之言，至于使天下无父无君，而入于禽兽者也。"《日知录集释》，岳麓书社1994年5月版。

⑭⑨ "……he has destroyed not only the sense of honour and duty in the Chinese nation, but also the religion, the civilization of the Chinese race." "Many of my foreign friends are amused at what they call my foolish and fanatic loyalty to the Manchu Dynasty. But my loyalty is not merely a loyalty to the Imperial House under whose beneficent rule my father and my forefathers have lived, my loyalty in this case is a loyalty also to the religion of China, to the cause of the civilization of the Chinese race." 见 The Story of a Chinese Oxford Movement（《清流传》）1912年第二版（Shanghai Mercury, Limited, Print.）所增之"Jacob in China"（《中国雅各宾派》）一文，此文注为"Letter from a Chinese Official to a German Pastor"，署名T.S.，实即辜之名"汤生"。译文据林语堂所译的温源宁《辜鸿铭》（《人间世》第十二期，1934年9月），温氏只说是辜氏的"关系文字"，大概未能确定即辜作。另需说明林氏将 religion 译为"政教"，应该说是准确的，因辜氏在此文中花了大量篇幅论述中国的政教合一。

的强烈关注，[150]应该说也是出于系念天下的真诚；梁济于草拟遗书之前两个月在《四上内务部恳准退职书》"又加数语书后"中说："吾国之国粹，莫大于伦常，非轻易所可改。欲求与伦常价值并重之物以相抵换，惟有全国人民真得出苦厄而就安舒，乃不惜牺牲伦常以行变通之策。故改组共和者以一姓君位之尊，与亿兆民生之安为交换条件，所以谓之民国也……"[151]则将天下苍生与纲常名教视为同等价值。

与此相仿的是陈寅恪对王国维所殉"文化"的解释，曰："吾中国文化之定义，具于白虎通三纲六纪之说，其意义为抽象理想最高之境，犹希腊柏拉图所谓Idea者。"[152]

梁济以为"伦常"乃"国粹"之大者，陈寅恪认为"白虎通三纲六纪之说"是"中国文化之定义"的具体，辜鸿铭宣称"中国之政教"即"中国之文明"，各个概念的具体内涵不尽相同，众人之立论则颇为一致。在他们心目中，"伦常""三纲六纪""政教""名教"等等是远远超越于一朝一代兴亡的恒定精神存在，陈寅恪所谓"抽象理想最高之境"，这才是他们真正要维护的。以此不难理解梁济的说法：

> 我愿世界人各各尊重其当行主事。我为清朝旧臣，故效忠于清，以表示有联锁巩固之情；亦犹民国之人，对于民国职

---

[150] 《林琴南文集·畏庐三集》，中国书店1985年3月版。
[151] 《桂林梁先生遗书·四上内务部恳准退职书》。
[152] 《王观堂先生挽词并序》。

事,各各有联锁巩固之情。此以国性救国势之说也。[153]

此处的"国",已远非"大清"可以概括,这大概颇为出人意料。所谓"联锁巩固之情",既是个人情操又是民族精神,于"清"于"民国"都应该有,这种坚定才是所谓的"国性"。[154]

辜鸿铭亦有类似的说法,但表达出来却是他特有的奇突之论:

> 现在中国只有二个好人,一个是蔡元培先生,一个是我。因为蔡先生点了翰林之后不肯做官就去革命,到现在还是革命。我呢?自从跟张文襄(之洞)做了前清的官以后,到现在还是保皇。[155]

这已是辜鸿铭被引为笑谈的众多逸事之一,但剥开他故作惊人的言辞外表,其内里实是非常严肃的。

王国维与辜鸿铭相反,极少进行自我表述,不过有个小细节颇富意味:

---

[153] 《桂林梁先生遗书·敬告世人书》。
[154] 对于梁济这一思维的分析,可参看林毓生《论梁巨川先生的自杀》(《中国传统的创造性转化》,生活·读书·新知三联书店1988年12月版)。但林文将梁归结为"道德保守主义",论述其"含混性",牵扯过多,终觉辞费。
[155] 参见罗家伦《回忆辜鸿铭先生》,《文坛怪杰辜鸿铭》,岳麓书社1988年10月版。

新时代的旧人物 469

> 据他太太对人说起,她给他梳辫子的时候,也曾问过他:"都到这个时候了,还留着这东西做什么?"他的回答是:"正是到了这个时候了,我还剪它做什么!"[156]

清华学生多拘泥于"剪辫"之论,独戴家祥的解释远超侪辈,正可以作这一细节的注释:

> 我以先师之死,正足以示来学者抱一不二之模范,将为跨党骑墙之针砭……陆君将认为君子之出仕"利为国不为一家,为民不为一姓"。此则先师耻而不为,非不达此义也。[157]

戴家祥说王国维"既仕于清室,义不二其节操",此正是清遗民价值观之所在,因而"白头之新人物"如梁启超者在他们那儿当然不被欣赏,世纪初众多杰出人物的由"新"变"旧"也就不难理解。[158]对于王国维这样卓绝人物的"矢忠清室",作为史学大师的陈寅恪,其识断可谓截断众流:

> 夫纲纪本理想抽象之物,然不能不有所依托,以为具体表

---

[156] 毕树棠《忆王静安先生》,《追忆王国维》,原刊《宇宙风乙刊》第五期,1939年5月。另王国维的女儿王东明也有类似回忆。
[157] 《读陆懋德〈个人对于王静安先生之感想〉》,《晨报》1927年6月15日。
[158] 《新青年》六卷四号(1919年4月15日)"通信"栏有梁漱溟《梁巨川先生的自杀》及"胡适答",梁文谈及梁济世之交时作为新人物的一些情况,胡适议论到"白头新人物"的问题,可参阅。但从文中看,梁漱溟、胡适这代人对其上一辈已颇为隔膜。

现之用；其所依托以表现者，实为有形之社会制度，而经济制度尤其重要者。[159]

也就是说，王国维所殉的是"有形之社会制度"的清朝，但其Idea则为"纲纪"这一"理想抽象之物"，二者其实互为表里。

王国维遗书曰："书籍可托陈吴二先生处理。"陈寅恪与吴宓也确实是王在清华时期的至交，吴宓所谓"我辈素主维持中国礼教"云云，可以说是他们共同的思想基础。[160]

《雨僧日记》1927年6月3日有下面一段话：

> 先生忠事清室，宓之身世境遇不同。然宓固愿以维持中国文化道德礼教之精神为己任者。今敢誓于王先生之灵，他年苟不能实行所志，而腆忍以没，或为中国文化道德礼教之敌所逼迫，义无苟全者，则必当效王先生之行事，从容就死……[161]

吴宓和陈寅恪都没有"清遗民"的身份，吴宓所谓"身世境遇

---

[159] 《王观堂先生挽词并序》。
[160] 《雨僧日记》1927年6月2日，转引自吴学昭《吴宓与陈寅恪》，清华大学出版社1992年3月版。同日他又记道："王先生此次舍身，其为殉清室无疑。大节孤忠，与梁公巨川同一旨趣。若谓虑一身安危，惧为党军或学生所辱，犹为未能知王先生者。"第一个联想到梁济并预见到以后的争论。6月4日见黄节（晦闻），黄为革命派，对此，吴宓说："……二先生所主张虽不同，而礼教道德之精神，固与忠节之行事，表里相维，结为一体，不可区分者。"此可与陈寅恪所言相参证。
[161] 《雨僧日记》，转引自《吴宓与陈寅恪》。

不同",陈寅恪的说法是"其所依托以表现者"相异,但他们"抽象理想最高之境"则大体一致,因而精神上也一脉相承。三人中最后死的吴宓在1971年1月29日日记中记道:

> 阴晦。上午身体觉不适。心脏痛,疑病。乃服狐裘卧床朗诵(1)王国维先生《颐和园词》,(2)陈寅恪君《王观堂先生挽词》等,涕泗横流,久之乃舒。[162]

这真是个意味深长的细节,有人论述陈寅恪为抽象的"文化遗民",可以说是很说到点子上的。[163]

三

民国时整个学界几乎没有人对王国维有大的非议,这大概也是个奇迹。罗振玉说"品行峻洁,如芳兰贞石,令人久敬不衰"[164],鲁迅说"老实到像火腿一般"[165],所指虽然不同,但倾向是一致的。

不过更多还是因为学术上的成绩,除了章(太炎)黄(侃)格于学术立场外,王国维得到了几乎所有学者的崇

---

[162] 《雨僧日记》,转引自《吴宓与陈寅恪》。
[163] 参见冯衣北(刘斯奋)《陈寅恪晚年诗文及其他》,花城出版社1986年7月版。
[164] 《五十日梦痕录》,《罗雪堂先生全集》三编二十册,台湾大通书局1970年4月版。
[165] 《而已集·谈所谓"大内档案"》,《鲁迅全集》第三卷,人民文学出版社1981年版。

敬，有意思的是包括了几位对人少所许可的人物，如鲁迅、顾颉刚、郭沫若等等。鲁迅在学术上与乃师章太炎亦有不合处，但称赞王国维"要谈国学，他才可以算一个研究国学的人物"[166]；顾颉刚独支门户、排击众流，而对于王国维，则希望"追随杖履，为始终受学之一人"[167]；郭沫若曾称最钦佩鲁迅与王国维，[168]郭对鲁迅的态度是个复杂的问题，此处姑且不论，而推赏王国维对他没有任何实际的好处，甚至弄不好还会惹出不必要的麻烦，应该说他对王国维的崇敬是真诚的。

整个学术界的评价与此相仿。遗民学术圈自不必说，当时这个圈子的领袖沈曾植曾不无得意地指着王国维的文章对罗振玉说："即此戋戋小册，亦岂今世学者所能为。"称王的成果可"信今传后，毫无遗憾"。[169]民国学术界亦始终关注王国维，早在1917年蔡元培就欲聘王为北京大学教授，遭到拒绝；[170]到二十年代，经过马衡的不断努力，王国维始就任北京大学国学门通讯导师。清华国学院筹建时，王国维就是导师的首席人选，国学院学生蓝文徵讲述了当时的情况，被他的弟子陈哲三记入《陈寅恪先生轶事及其著作》一文中：

---

[166] 《热风·不懂的音译》，《鲁迅全集》第一卷，人民文学出版社1981年版。
[167] 《悼王静安先生》。另顾颉刚日记1967年3月27日记："静秋检出予所存信札，欲尽焚之。予谓其中有王国维与我论顾命信，求其为我留下，得允。"
[168] 《鲁迅与王国维》，《文艺复兴》第三卷第二期，1946年10月。
[169] 《五十日梦痕录》。
[170] 参见王国维1917年9月4日致罗振玉函，《王国维全集·书信》。

> ……制度订妥，曹（云祥）请胡适之主持，胡说不够格，胡推荐梁启超、王国维、罗振玉和章太炎。于是曹亲自拿聘书聘请王静安先生，王先生不答应，胡说有办法。原来当时王先生在清宫教溥仪，所谓"南书房行走"，于是胡找溥仪，溥仪劝他，王先生仍然不愿去，因为清华是洋学堂，溥仪没法，只得下了一道圣旨——这圣旨我在王先生家看到了。很工整，红字。王先生没法，只得去了。[171]

这段记述颇有野史气，可以参照的是吴宓的说法，《吴宓自编年谱》1925年2月13日项下曰：

> 宓持清华曹云祥校长聘书，恭谒王国维静安。先生，在厅堂向上行三鞠躬礼。王先生事后语人，彼以为来者必系西服革履、握手对坐之少年，至是乃知不同，乃决就聘。[172]

王国维进入清华园是本世纪学术史的一件大事，当时遗民学术圈与民国学术界是相对隔绝的，尽管王国维的清华时期只有两年，但他把遗民圈的学术思想带入清华国学院这个现代教育机构内，[173]并利用这一教育体制的威力，培养出一大批学术

---

[171] 台湾《传记文学》第16卷第3期，1970年3月。
[172] 《吴宓自编年谱》，生活·读书·新知三联书店1995年12月版。
[173] 王到清华第一次讲演《最近二三十年中中国新发见之学问》，所述均遗民学术圈最为关心的问题和成绩最大的学科分支。参见《清华周刊》第二十四卷第一期，1925年9月。

传人。

经史小学始终是中国学术的核心，本世纪头三十年，大体说来，学术界存在三股力量，即"信古"的章（太炎）黄（侃）学派、"释古"的罗（振玉）王（国维）学派和较后起的以《古史辨》集结的"疑古"学派。就身份而言，章黄是革命派，罗王为清遗民；而在治学路径上，章黄为清儒传统理路的后劲，罗王则代表世纪之交兴起的一种新的学术倾向。这一学派按陈寅恪的说法，一是"取地下之实物与纸上之遗文互相释证"、一是"取异族之故书与吾国之旧籍互相补正"。前者发端于世纪之交甲骨文的发现，由罗振玉开始致力于上古史的重建，王国维辛亥东渡后加入此项工作，并在上海时期做出了他在这一领域的主要成果；后者则承自所谓"南沈北柯"（沈曾植、柯劭忞）的西北史地之学，王国维的北京时期已把主要精力移入这一领域，可惜由于他的早死，未能像在甲骨学上那样成绩显赫。但尽管如此，王国维仍是遗民学术的集大成者。

罗、沈、柯三人对王国维的学术生涯影响巨大，但罗长期受非议，沈、柯则在学术史上被"遗失"，⑭其中重要的原因是当时的学术传承已渐转入现代教育体制之内，而罗、沈、柯格于遗民立场，拒绝涉足民国学界。反观王国维，恰恰有两年多的清华园经历，国学院学生虽数量不多，但质量奇高、分布

---

⑭ 参见葛兆光《世间原未有斯人——沈曾植与学术史的遗忘》，《读书》1995年第9期。

广泛，影响深远，再加上王国维本人清白的人格和无以复加的学术成就，遂使他的学术史地位得到了充分的确认。

刘蕙孙回忆罗振玉曾说过："在学术上静安的识力往往不如自己，而精密深邃，远非自己所及。"[175]王国维早期治学承时代风会，举凡哲学、文学（包括《红楼梦》、词学、曲学）方面的工作均是空谷足音，也可以说是识力非凡；但入民国后，甲骨承自罗振玉，西北史地承自沈、柯，自然也是事实。罗振玉精力弥漫，识断过人，他在"识力"上的自负并非大言欺人；[176]至于王国维，其在国学上的贡献并不在于开创，而在于将这些新出现的学科推进到惊人的水平。王国维可以说是当时所能出现的最完美的学者：先天条件绝佳，身值千年罕遇的资料大发现，治学勇猛精进，其成果的数量、质量、深度、广度以及重要性均堪惊人；更重要的是，在治学上他既没有章黄的保守，也不曾沾染新起"古史辨"派的冒进，识见通澈，不为奇突之论，态度既谨慎又自信，可谓"允执厥中"。王力的回忆基本上代表学界对他印象：

"王国维那时留着辫子，戴着白色棉布瓜子小帽，穿长袍，勒一条粗布腰带，一个典型的冬烘先生的模样。"

王力这样描写他的老师。王国维那时讲授《书经》。他

---

[175] 《我所了解的王静安先生》。
[176] 如王国维《最近二三十年中中国新发见之学问》中所列五项大发现，绝大部分罗振玉都起了至关重要的作用并引入学术研究。

讲学的时候，常说："这个地方我不懂。"但又宣称："我研究的成果是无可争议的。"王力说："他这样讲，只能使我尊重他。"⑰

王国维早年治"新学"，晚年转为"古学"，这使他"能通有清考据训诂之学而综合之，兼具晚近科学研究眼光"，⑱用狩野直喜的说法："新涌现的学者往往在中国学基础的经学方面根柢不坚、学殖不厚；而传统的学者虽说知识渊博，因为不通最新的学术方法，在精巧的表达方面往往无法让世界学者接受。也就是说，他们的表述不太好领会。而王君既没这二者的毛病，又兼有两者的优点……"⑲

罗王学派也确实在较早时候就为"世界学者接受"。世纪之交新学问尤其敦煌遗书的出现引来大批外国学者，再由于罗振玉良好的组织手段和交往能力，由此形成一个国际性的学术圈子。其核心人物用罗振玉的说法是，"国内则沈乙庵尚书、柯蓼园学士，欧洲则沙畹及伯希和博士，海东则内藤湖南、狩野子温、藤田剑峰诸博士"⑳，陈寅恪所谓"伯沙博士同扬榷，海日尚书互倡酬。东国儒英谁地主，藤田狩野内藤

---

⑰ 白夜：《燕南园中话王力》，《随笔》第10集，1980年8月。
⑱ 松浦嘉三郎《斯文之厄运》，《追忆王国维》。原刊《文字同盟》第四号，1927年7月15日。
⑲ 《回忆王静安君》。
⑳ 《海宁王忠悫公传》。

新时代的旧人物 477

虎"⑱。他们之间的学术交往非常活跃，辛亥罗王东渡，适值京都学派的形成期，罗王与内藤、狩野等的学术追求近似，因此对这一学派的建设起了巨大作用，⑱罗王之学由此远播东瀛。当时王国维正在结束之中的戏曲研究也由此影响了那里的一代学者，盐谷温在《支那文学概论讲话》第五章"戏曲·概论"中谈到："王氏游寓京都时，我学界也大受刺激，从狩野君山博士起，久保天随学士、铃木豹轩学士、西村天囚居士、亡友金井君等都对于斯文造诣极深，或对曲学等研究吐卓识，或充先鞭于名曲底绍介与翻译，呈万马骈镳而驰骋的盛观。"⑱还可举出的是青木正儿，他的《中国近世戏曲史》就是发愿续王国维《宋元戏曲史》而作。至于王后期的经史小学研究，自然影响更巨。

东方如此，在西方，罗振玉早就是法兰西学院的通讯员，而普鲁士学术院在王国维自沉前不久也决定聘请他为通讯员，以此不难想见其在欧洲学术界的地位。与此形成有趣对比并让人百思不得其解的是，当蒋复璁1930年在柏林推荐拥有同样崇高学术地位的章太炎顶替原先留给王国维的位置时，当地学界竟从来没听说过章的名字。⑱

王国维无疑是本世纪中国最伟大的学者之一，不过与他同

---

⑱ 《王观堂先生挽词并序》。
⑱ 参看神田喜一郎《忆王静安师》，《追忆王国维》。原刊《中国文学月报》第二十六号，昭和十二年（1937）五月。
⑱ 据孙俍工译本《中国文学概论讲话》，开明书店1929年6月版。
⑱ 参见《追念逝世五十年的王静安先生》。

有大师之目的并不乏人,但谈到影响的广泛和深远,可能无人能与之比肩。王国维同时在遗民学术圈和民国学术界各个学派中拥有崇高威望,自亦一时无两;论及国际声誉,恐也罕见其匹。他晚年的"古学"研究,由于综有新旧之长,新老两代人均难望其项背;而早年所治"新学",因承时代风会,后来之人无不溯源于此,他也因此成为本世纪学术史的巨大存在。王国维学养深湛而行止狷洁,以此深受各方崇仰和爱戴,他对自己归宿的特殊选择以及不作明确解释,使得在他身后,各个圈子的评价由于立场不同而结论大异。遗老认为流行的各种说法"全失其真,令人欲呕",[18]而民国学界又认为将王国维自沉仅仅评价为"尸谏"有损其形象,东瀛学界也议论纷纷,价值观的不同导致观点高度对立,再加上后之研究者的不断加入,时势迁移,已难对其心志和当时时势有切身体味,致使争论历数十年而不断。王国维自沉无疑已是文化史的一个研究焦点,但换一个视角,探讨各派持论者的立论背景,以此观照本世纪的学术兴替和文化变迁,也是一个饶有趣味的话题。

(初刊陈平原、王枫编《追忆王国维》,为此书"后记",中央广播电视出版社1997年1月版)

---

[18] 张尔田:《张孟劬复黄晦庵书》,《文字同盟》第四号。

初版后记

本书之编，事起仓促。搜罗历年所作，竟发现最早的一两篇没有电子文档，那还真是隔着世纪。我素来对新技术心有畏惧，或者也可以说念旧，每每到山穷水尽，逼不得已才不得不就范。总之，还得托学生输入并校对。

更为复杂的是注释体例的统一，原刊各文，注释情况不一。这不只是因为发表时间相隔久远，更多是不同地区、不同发表机构的要求不一所使然。我不太明白对格式的勒索为什么永无穷尽，基于学术伦理、学术规范，有所规定自无不可。但这应该体现在精神，而不是划一于细节。况且学术文体的千门万户，是基于不同的学术思考方式，而具体化为文本的各种样貌。格式的僵化，正意味着学术多样性的消失，和学者的身入彀中。先贤复生，亦将无所容身。

在这方面，港台的情况其实更为严重，已经全面美国化了。人文学术本为土地所生长，不同文化圈各有自己的传统。如今的所谓"国际化"，恰是从学术文体的八股到学术思考的八股的锲而不舍的进程。曾见台湾的撰稿体例，要求论文中必须设置绪论和结论两项，则已经超越具体的格式规定，干涉到学者的写作。大陆的情况还不至于如此，但并非因为自觉到其中的弊端，而是还没有"进化"到海峡对岸的水平，现在正往那个方向努力，是毫无疑问的。

借着成集的机会，我很希望在这方面能有所解脱。感谢出版社以及责任编辑艾英女史的宽容，同意以我认为合适的注释体例为基础，统一各文，让我有机会改回自以为是的方式。但首尾两组文章，本所采取的是文间注，以适应其文体。现在为了不可抗拒的有关规定，也不得不统一为底注，虽然有点可笑，那也只能贻笑了。

为了这繁细的工作，在读的数位研究生，帮忙承担了核对引文和统一注释的工作。感谢李浴洋、付丹宁、王芳、宋雪、马娇娇、高思的分劳。有些文章查出了一些引证方面的问题，则总算对以前的工作疏忽有了一次补正的机会。

各篇文章，还分请魏泉、张丽华、袁一丹、陆胤、季剑青诸兄痛加指摘，李浴洋硕士毕业论文涉及王国维，也请他就内容方面看看有关的两篇文章是否有问题。诸公不以谫陋见弃，皆有以教我，匡我不逮，在此敬申谢忱。

本书出版，对我而言，也算是于陈、夏二师有所交代。耳提面命二十年，他们自然对我有所期待，不过时日奄忽，渐渐已转为对我的担心。如今的这个东西，虽是聊胜于无，但也终于不是"无"了。不过思虑再三,还是没有请他们赐序,怎么也应该比这做得好一点时再说。

去年复活节,家父见背。"子欲养而亲不待",这句无比熟悉的老话,终于化为实实在在的锥心之痛。想着虽然这书并没有什么了不起,但他如能看到,总是高兴的。呜呼,把玩岁月,岁月无心,只是流去。

2015年1月

壹卷 YE BOOK

洞见人和时代

官方微博：@壹卷YeBook
官方豆瓣：壹卷YeBook
微信公众号：壹卷YeBook
媒体联系：yebook2019@163.com

壹卷工作室
微信公众号

图书在版编目（CIP）数据

世运推移与文章兴替：中国近代文学论集/王风著. -- 增订本. -- 成都：四川人民出版社，2023.4
ISBN 978-7-220-13507-1

Ⅰ.①世… Ⅱ.①王… Ⅲ.①中国文学—近代文学—文学研究—文集 Ⅳ.①I206.5-53
中国国家版本馆CIP数据核字(2023)第187796号

SHIYUN TUIYIYU WENZHANGXINTI：ZHONGGUO JINDAI WENXUE LUNJI (ZENGDINGBEN)

世运推移与文章兴替：中国近代文学论集（增订本）
王　风　著

出 版 人	黄立新
策划统筹	封　龙
责任编辑	封　龙　冯　珺
封面设计	周伟伟
版式设计	张迪茗
责任印制	周　奇
出版发行	四川人民出版社（成都三色路238号）
网　　址	http：//www.scpph.com
E-mail	scrmcbs@sina.com
新浪微博	@四川人民出版社
微信公众号	四川人民出版社
发行部业务电话	（028）86361653　86361656
防盗版举报电话	（028）86361661
照　　排	四川胜翔数码印务设计有限公司
印　　刷	成都东江印务有限公司
成品尺寸	150mm×227mm
印　　张	31.25
字　　数	300千
版　　次	2023年4月第1版
印　　次	2023年4月第1次印刷
书　　号	ISBN 978-7-220-13507-1
定　　价	98.00元

■版权所有·侵权必究
本书若出现印装质量问题，请与我社发行部联系调换
电话：（028）86361653